T0243767

Dos chicas en los confines del mundo

DOS CHICAS EN LOS CONFINES DEL MUNDO

LAURA BROOKE ROBSON

Traducción de María del Carmen Boy Ruiz

Argentina – Chile – Colombia – España
Estados Unidos – México – Perú – Uruguay

Título original: *Girls at the Edge of the World*
Editor original: Dial Books, un sello de Penguin Random House LLC
Traducción: María del Carmen Boy Ruiz

1.ª edición: julio 2023

ISBN: 978-84-17854-01-0
E-ISBN: 978-84-17981-55-6
Depósito legal: B-9.717-2023

Fotocomposición: Ediciones Urano, S.A.U.

Impreso por: Rodesa, S.A. – Polígono Industrial San Miguel
Parcelas E7-E8 – 31132 Villatuerta (Navarra)

Impreso en España – *Printed in Spain*

Para mamá y papá,
por enseñarme a ser sarcástica
y valiente en igual medida

Antes de empezar, debemos estar de acuerdo en algo: todas las historias tratan del océano.

Ah, sí. Insisto.

Podría hablarte de personajes: una doncella encantadora con la atracción de la luna, un rey volátil con la furia de una tempestad. Y de tramas: podría contarte la del chico que busca su amor, la chica que busca un tesoro perdido o el hombre que busca fama y gloria. ¿Y qué hace el océano sino buscar? ¿En las grietas de los canales, las aristas afiladas de las paredes de los acantilados y la planta baja de los apartamentos de la ciudad donde un océano más educado no moleste?

Sin embargo, creo que el mejor argumento aguarda en la siguiente fábula.

Ahora, podemos comenzar.

—«Introducción», *Las fábulas completas de Tamm*

Cuando la tierra sólida se asienta bajo el bote, salto por la quilla del bote y aterrizo de espaldas sobre la orilla de guijarros. Esta quietud sabe a gloria; había olvidado cómo no mecerme con el mar.

Me levanto y miro mi Nuevo Mundo: los acantilados bañados de hierba mecida por la brisa, los árboles alzándose hacia el cielo, las flores silvestres rojo sangre a las que, con el tiempo, daré nombre.

Esta tierra ha renacido pura para que yo la tome, creada para ser mi reino y así permanecerá hasta que otro ajuste de cuentas nos inunde de nuevo.

—*El cuaderno de bitácora del capitán,*
Antinous Kos (1189, edición PKF)

EL AÑO HARBINGER

Décima Tormenta: hielo.

Novena Tormenta: florecimiento de los árboles.

Octava Tormenta: viento.

Séptima Tormenta: enjambre de insectos.

Sexta Tormenta: calor.

Quinta Tormenta: éxodo de los pájaros.

Cuarta Tormenta: pánico del ganado.

Tercera Tormenta: éxodo de las ranas.

Segunda Tormenta: sangre.

Primera Tormenta: la Inundación.

1
NATASHA

Hace mil doscientos años, un hombre que debería haberse ahogado no lo hizo. Algunos dicen que era pescador. Otros afirman que era un rey. Otros todavía niegan con la cabeza. Era un dios.

Según cuenta la historia, hubo un año de tormentas llamado el año Harbinger. Diez tormentas, cada una acompañada por un horror nuevo. La última trajo la Inundación. El agua, en el mundo entero, mató a toda planta, animal y persona que no se subió en un barco a tiempo, y fueron muchos. La Inundación duró un año y cuando las aguas retrocedieron, el mundo se creó de nuevo.

Otros sobrevivieron, pero no escribieron su historia. Y es una importante. Es la historia que podría enseñarnos cómo sobrevivir a una Inundación. Sobrevivir a cualquier cosa.

Así que olvidamos el nombre y la vida de los demás, pero recordamos a Antinous Kos.

Hace nueve años, una mujer que no debería haberse ahogado, lo hizo.

Era lista, hermosa y estaba en una discusión perdida constante con su mente. Antes de irse, me contaba historias. Nunca la de Kos. El resto del mundo ya la contaba mucho.

En cambio, me contaba fábulas. De reyes amables y princesas valientes. De palacios de hielo. De chicas a las que una vez llamó amigas, chicas que sabían volar.

Cuando tenía cuatro o cinco años, me di cuenta de que este último tipo de historias no eran fábulas. Ella había formado parte de estas: la Compañía Real de las Bailarinas del Aire, las chicas que actuaban en el aire, muy alto, con sedas. Cuando era una bailarina del aire, conoció a reyes y reinas, vivía en un palacio, giraba sobre sí misma envuelta en telas donde el agua no podía alcanzarla.

Las otras bailarinas le dijeron que lo dejase cuando descubrió que estaba embarazada. No volvió a volar. Cuando yo tenía nueve años, se ahogó en el canal.

La historia de mi madre no es una que alguien quiera recordar porque no te dice cómo sobrevivir. Es una historia de cómo no hacerlo.

Agarro las sedas con fuerza, suspendida en un arabesco a casi cinco metros del suelo. Las otras cinco bailarinas del aire están cenando. Sus sedas se mecen con suavidad con la brisa del estudio. Mucho más abajo, la tela está atada con gruesos nudos para evitar que se deslice sobre esterillas acolchadas y el suelo de madera. Al otro lado de la pared con espejos, entra luz por una ventana rectangular casi tan alta como las vigas del techo; a nivel de la vista de la parte superior de las sedas, se entrevé un cielo plomizo y el fulgor diluido de una lámpara de gas agotada abajo en la calle.

La puerta se abre de par en par.

—¿Has visto a Pippa?

Al girar, veo a Sofie atravesando el suelo en tres brincos con agitación.

—No desde que terminó el ensayo. —Hago una pausa y frunzo el ceño—. Pero tendría que estar aquí conmigo. La ejecución de sus elementos técnicos son un desastre.

—No está en nuestra habitación. —Sofie ladea el cuello para mirarme. Sus ojos, de párpados pesados, están muy abiertos por la preocupación. La iluminación tenue hace que su piel parezca más grisácea, casi traslúcida. No ha llegado a quitarse el traje de cuerpo entero de entrenamiento, un uniforme que la cubre con una tela negra ceñida desde los tobillos hasta las clavículas y las muñecas.

»Sus cosas no están.

—¿Qué? —Me deslizo unos centímetros por la seda.

—Los libros, el baúl, los zapatos…

Toco el suelo con los pies.

—No lo entiendo.

Sofie sacude la cabeza.

—No ha venido a cenar, así que fuimos a buscarla. Pero entonces vi que faltaban todas sus cosas. Si se ha ido a otro sitio, ¿por qué no me lo ha dicho?

Corro hacia la habitación que comparten las otras bailarinas. Fue mi cuarto desde que tenía nueve años hasta que me convertí en la principal. Las cinco camas están en distintos grados de desorden, como es habitual. Los armarios tienen los cajones abiertos con ropa sobresaliendo de ellos. Libros, lazos para el pelo y al menos una botella de vino muy mal escondida.

La cama de Pippa está hecha de forma impecable. Su mesita de noche está desnuda.

Me vuelvo hacia Sofie.

—¿Está con Gregor?

Ella pellizca la manta de Pippa.

—¿Por qué se llevaría todas sus cosas para ver a su...? —Sofie contrae el gesto—. ¿Novio?

Cuando salgo de la habitación, Sofie me pisa los talones.

—He intentado encontrar a madame Adelaida —dice.

De todas formas, llamo a la puerta de Adelaida. Un momento después, una doncella bajita abre la puerta. Unos vestidos voluminosos cuelgan de sus brazos.

—Señorita Koskinen. —Me dedica una reverencia incómoda y se le cae una camisola.

—Estoy buscando a Adelaida —digo.

—Mencionó algo de ir a los Jardines de Piedra, señorita, para hablar con Gospodin, el marino.

El corazón empieza a latirme más rápido. Gospodin —el marino insigne que supervisa la rama Kostrov del Álito Sacro— es uno de los hombres más ocupados del país. Además de dirigir los servicios del Álito Sacro cada mañana —lo que me recuerda que llevo casi dos meses sin ir, no importa que las bailarinas se supone que debemos ir todos los sábados— es el consejero de mayor confianza del rey Nikolai. No creo que Gospodin sea de los que vienen de visita a tomar el té. Si se ha reunido con Adelaida, es para discutir algo importante.

Me doy media vuelta. Sofie se queda ahí un momento y luego trota para alcanzarme.

—Espera, espera. —Enrosca el codo con el mío—. ¿Qué haces?

—Pensaba que querías descubrir a dónde ha ido Pippa.

—Sí, claro. Pero…

Sofie y yo doblamos la esquina y dejamos atrás la parte del palacio reservada para las bailarinas y la danza aérea. El resto del palacio es más imponente. El suelo está enlosado de mármol. Los tapices, con escabrosas escenas de batalla bordadas con hilo turquesa, cubren las paredes.

—Es que me da miedo interrumpirlos, eso es todo —dice Sofie.

—Lo sé —respondo—, pero ¿se te ocurre una alternativa?

Ella no dice nada.

Hace seis meses, justo antes de mi decimoséptimo cumpleaños, estalló la Décima Tormenta. Es gracioso cómo la gente insiste en que todo va a ir bien. *No, Natasha, no es la Décima Tormenta,* decían. *No habrá otra Inundación hasta dentro de cientos de años.* Adelaida me dijo que sonaba como mi madre. Paranoica.

Pero sí era la Décima Tormenta. Llovió desde el alba hasta el anochecer y dejó los canales rebosantes de medusas y las calles encharcadas de aguas residuales. Después, todo se congeló. Empezaron a llegarnos noticias de que había nieve en todo el mundo, incluso en lugares en los que nunca están bajo cero. Algunas personas seguían diciendo que se suponía que el año Harbinger no daría comienzo hasta dentro de ochocientos años. No se creían que ya hubiera comenzado. ¿Por qué debían hacerlo? Hace falta ser muy cínico para pensar que el mundo intenta matarte.

Yo soy así de cínica.

Durante la Séptima Tormenta, después de que las langostas y los mosquitos descendieran sobre Kostrov como una plaga, nadie pudo negarlo. De repente, el Álito Sacro informó que habían descubierto una interpretación nueva de *El cuaderno de bitácora del capitán*, una que demostraba que la Inundación llegaría ochocientos años antes. Pero no teníamos que preocuparnos. El Álito Sacro, el rey y el amor del océano nos protegerían.

Madame Adelaida me dijo lo contrario. Solo había una cosa que me protegería. Lo mismo que me había protegido todos estos años desde que mi madre murió. Ser una Bailarina Real.

Los reyes iban y venían, pero mientras existiera Kostrov, siempre habría una Compañía Real de las Bailarinas del Aire kostrovianas. Cuando Roen asedió Nueva Sundstad hace trescientos años, la Compañía Real de las Bailarinas del Aire siguió practicando. Cuando una epidemia de cólera asoló el país, la Compañía Real de las Bailarinas del Aire siguió en pie. Y ahora, cuando Kostrov se hunde y el país se hace a la mar, nosotras seguiremos en el lugar al que pertenecemos: entre la realeza, en la corte, donde siempre hemos estado.

Las chicas que permanezcan en nuestras filas cuando la Primera Tormenta estalle, se unirán a la flota real. Las que no, tendrán que arreglárselas por sí mismas contra la Inundación.

Puedo practicar catorce horas al día. Puedo practicar hasta que se me revienten las ampollas y me sangren las manos.

No puedo practicar lo suficiente para evitar que Adelaida deje que alguien más se vaya. Que deje que Pippa se vaya.

—Pippa es muy buena, eso sí. —Sofie se mordisquea el labio inferior—. Puede que hoy haya estado algo floja en el ensayo, pero solo ha sido un día.

Llegamos a los Jardines de Piedra en el centro del patio del palacio y serpenteamos por el laberinto de esculturas imponentes y canales en miniatura. La luz agitada de las lámparas de gas atraviesa la niebla y se refleja en el camino húmedo.

—No veo por qué es asunto tuyo opinar de mis chicas.

Reconozco el gruñido ronco de Adelaida.

Entonces, en respuesta, una voz segura y profunda.

—Todo es asunto mío —dice—. No es necesario que te alteres.

—No estoy…

Adelaida y Gospodin se materializan entre la niebla. Cuando Adelaida me ve, frunce los labios. Gospodin parpadea y la sorpresa se disuelve en una sonrisa tranquila. Mientras que la apariencia de Adelaida es una construcción meticulosa —los ojos pintados con lápiz negro y los pies enfundados en tacones de aguja—, el atractivo de Gospodin es perezoso, curtido por el viento y cálido.

—Volved al estudio —dice Adelaida.

Sofie me agarra de la muñeca. Nunca la había visto desafiar a Adelaida, pero si hay algo que le dé valor, es perder a Pippa.

—¿Dónde está Pippa? —pregunto.

A Adelaida le tiembla la mandíbula.

—Sus cosas no están —añade Sofie.

Adelaida frunce el ceño y Sofie se muerde el labio.

—¿La has obligado a irse? —digo—. ¿Por qué no me lo has dicho?

—¿Debería dejar que te ocupes de esto? —pregunta Gospodin con la barbilla inclinada hacia Adelaida.

—No —señala ella—. Al estudio. Ahora.

Sofie da un respingo. Por terquedad, yo me quedo donde estoy un momento más.

—Vamos. —Sofie me tira del brazo—. Nos lo contará luego.

La sigo a regañadientes para salir de allí.

—¿Escuchaste de qué estaban hablando?

—No lo sé. —Sofie hace una pausa—. ¿De las homilías?

—Hablaban de nosotras —le dijo—. ¿Por qué tendría que opinar Gospodin sobre nosotras? —Recorro el pasillo con la mirada, nerviosa de que alguien nos oiga. Está vacío—. Quiero saber a qué se referían.

—¿Cómo piensas descubrirlo?

—Creo que me las apañaré.

—Ah —musita Sofie—. ¿Vamos a volver al jardín al estilo supersecreto de Natasha?

La silencio.

Colgado junto a la biblioteca hay un tapiz con un oso. Cuando tenía once años y me encantaba la idea de espiar a los niños de la realeza mientras jugaban a juegos de mesa, descubrí que ese tapiz esconde una cámara.

Aparto la tela y me agacho.

—Ni hablar —dice Sofie—. Espera, ¿de verdad esperas que quepa por ahí?

Pego el estómago al suelo y empiezo a arrastrarme por el suelo cubierto de polvo.

—No hace falta que me sigas.

Cómo no, Sofie se arrodilla y me sigue.

—Pensaba que éramos amigas, pero todo este tiempo me has hecho pensar que solo había tres pasadizos secretos en el palacio.

En realidad, conozco ocho, pero prefiero guardarme algunos para mí.

Un metro más adelante, salimos a un conducto de aire que da a la biblioteca. Está vacía y en penumbras. Sigo gateando.

Un par de momentos sofocantes después, el pasadizo termina sobre una pared alta de piedra en una cámara a oscuras. Oigo el chapoteo del agua debajo.

—¿Sofie?

—¿Sí?

—Hay una caída de poco más de un metro delante, así que ten cuidado.

—¿Qué? ¿Cómo se supone que voy a superar una caída de más de un metro?

—Um. —Sacudo el torso al salir a un espacio abierto—. Con poca elegancia.

En cuanto Sofie y yo estamos en suelo firme, con los pies sumergidos en unos quince centímetros de agua, recorro la habitación con los ojos entornados.

—Por aquí.

—¿Dónde estamos? —pregunta Sofie.

—Debajo del jardín. Ahora, *shh*.

El agua gotea por una rejilla de metal sobre nuestras cabezas; se filtra por una de las fuentes al túnel para que se renueve una y otra vez por las docenas de canales en miniatura y esculturas borboteantes esparcidas por los jardines.

Oigo fragmentos de una conversación y levanto la mano. El chapoteo que hace Sofie al andar se ralentiza.

Me pongo de puntillas y echo un vistazo por la rejilla en la parte superior del pasadizo. Me cae un hilillo de agua por el labio, pero por encima de ella, veo las piernas de Adelaida y Gospodin. Están frente a frente. La postura de Gospodin es relajada.

Sofie se pone de puntillas a mi lado.

—¿Has hablado con el rey Nikolai? —pregunta Adelaida

—Por supuesto. Le apenará dejarlas marchar, pero es sensato. Entiende que estamos atravesando un momento de decisiones difíciles.

—Y sus consejeros…

—También lo entienden —dice Gospodin—. Lo siento, Adelaida, de verdad, pero la decisión está tomada.

Sofie me mira de reojo. Articula algo, pero no comprendo qué me está preguntando. Niego con la cabeza.

Adelaida deja escapar un suspiro largo y ligero.

—Entonces ¿quieres que sustituya a Pippa?

—¿La que está embarazada?

Sofie me toma de la mano. Me la aprieta con tanta fuerza que creo que está a punto de romperme los huesos. Intento no dejar que esta información me cale. Hace dieciocho años, mi madre tuvo que dejar a las bailarinas porque estaba embarazada; su vida se vino abajo y amenazó con llevarse la mía con ella. Y ahora, Pippa. Embarazada.

Me sacudo la mano de Sofie.

—Sí —dice Adelaida—. He intentado que se quede hasta el festival, pero no quiere.

—Qué inconveniente —responde Gospodin.

—Egoísta.

—Reemplázala tan pronto como puedas. Estos días necesitamos todo el apoyo público que podamos.

—No tendrás miedo de que un puñado de cenagosos se reúna para empezar una revuelta, ¿no? —pregunta Adelaida.

—Yo me preocuparé de ellos. Tú ocúpate de las bailarinas.

Empiezan a alejarse. Sofie y yo tenemos que apresurarnos por el pasaje poniendo la oreja en diferentes rejillas para seguir enterándonos.

—Y, Gabriel —dice Adelaida. Tiene la voz tensa.

—¿Hum?

—Quería recordarte de que he sido miembro de esta corte mucho más tiempo que tú. Tengo un legado. Siempre y cuando los kostrovianos pueblen este mundo, habrá bailarinas del aire. Eso te lo puedo asegurar.

—El arte es un bien —dice Gospodin—. No voy a discutirlo contigo.

—Sin mí —continúa Adelaida—, nadie podrá entrenar a la siguiente generación de bailarinas cuando pase la Inundación. Soy la única que puede volver a formar la Compañía Real de las Bailarinas del Aire. Ocuparé mi lugar en la flota real.

Gospodin hace una pausa.

—Quiero que lo garantices —añade ella.

—Adelaida —dice—. Eres una parte vital de la corte. Estarás en la flota.

—Bien —responde ella—. Bien, lo sé.

—Claro. —El espacio entre sus pies se reduce ligeramente; me imagino a Gospodin posando una de sus grandes manos sobre el hombro de Adelaida—. Mucho aliento.

—Mucho aliento.

Siento la mirada de Sofie clavada en mí en el momento en que los pies desaparecen, pero no puedo apartar la mirada del lugar en el que estaban.

—¿Natasha?

Trago saliva. Oigo los latidos del corazón atravesarme el cráneo.

—¿Natasha? —repite más bajo.

Despacio, me pongo frente a ella. Un rectángulo inclinado de luz le cruza los ojos y le corta en dos la nariz. Tiene el pelo húmedo pegado a las mejillas.

—Creo que no he entendido bien algo —dice Sofie.

—Yo creo que no —respondo.

—¿Por qué se preocupa Adelaida de entrenar a la siguiente generación de bailarinas?

Tengo la garganta tan seca que siento que se me va a partir.

—No van a llevarnos en la flota cuando estalle la Primera Tormenta. Van a dejar que nos ahoguemos.

2

ELLA

Voy a matar al rey de Kostrov.

No me crie soñando con el asesinato. El asesinato me encontró. Nos llevamos muy bien.

Aunque técnicamente todavía no he matado a nadie, mi entusiasmo compensa la falta de experiencia. Cuando me acuesto, pienso en matar a Nikolai. Cuando me despierto, pienso en matar a Nikolai. Cuando Maret y yo nos tomamos el té en el viaje en barco nauseabundo hacia Kostrov, discutimos entre susurros todas las formas mediante las que podemos quitarle la vida.

Al ser la tía de Nikolai, Maret pone sobre la mesa todo el conocimiento que una aspirante a asesina podría desear. La estructura de la corte y los ritmos de palacio. Como una pequeña donnadie, yo pongo la parte de colarme en los sitios y matar.

Voy a asesinar al rey y no pienso sentirme mal por ello.

Esto es con lo que crecí soñando: una granja cerca de la de mis hermanos. El olor del pan de mi madre en el horno. La chica que vendía flores en la ciudad y siempre llevaba una en el pelo.

Pero mis hermanos, mi madre y la chica de las flores están muertos. Llevados por la corriente.

Hubo un tiempo en el que no pasaba cada momento despierta pensando en Nikolai. Me pasaba cada minuto pensando en su hermana; ella me amaba y quedé destrozada cuando me dejó sola en este mundo desamparado y a punto de inundarse.

Pero Nikolai mató a Cassia.

Así que yo voy a matar a Nikolai.

Es la persona más protegida de Kostrov, así que moriré en el intento. Pero ¿qué importa, siempre y cuando él muera?

Maret se pasó semanas sin sonreír después de que Cassia muriera. No hasta que nos bajamos del barco en Kostrov. En el momento en que una sonrisa le cruzó los labios, sentí que algo se rompía entre nosotras. El dolor de perder a Cassia nos había unido a Maret y a mí. Sonreír en un mundo donde Cassia ya no estaba quedaba expresamente prohibido.

Cuando los pies de Maret tocaron la piedra irregular que rodeaba el muelle, tomó aire profundamente y lo contuvo en las mejillas. Soltó el aliento y se volvió para mirarme.

—Kostrov, querida Ella.

Contemplé la ciudad. Nueva Sundstad —*El único lugar de Kostrov al que merece la pena ir,* dijo Maret durante el viaje— era un panegírico al gris. El océano tenía el color de las plumas de las palomas. Los edificios tiznados sobresalían del suelo y crujían al rozarse unos con otros.

—De nuevo en la ciudad. —Maret cargaba con su enorme bolsa trabajosamente—. No creo que echemos ni un poquito de menos a la vieja y rústica Terrazza, ¿verdad? —Sonrió.

No respondí, perdida en las voces que resonaban por el muelle. No había esperado que escuchar a tanto kostroviano junto de repente se sentiría como si una cabra me diera una patada en el estómago.

Un hombre llamado Edvin, con el cabello más rubio que había visto en un adulto, nos recibió en la puerta de nuestro nuevo piso.

—Lo siento —dijo al abrir la puerta—. No es exactamente un alojamiento para la realeza. Aunque tiene techo alto, como me pediste.

—Eres un encanto, Eddie. —Maret entró y soltó el bolso en un sofá rosa desgastado

Por la ventana, vislumbré un edificio igual de lúgubre al otro lado de la calle estrecha. Con cautela, di un paso sobre la tarima pálida.

Edvin me recorrió el cuerpo con la mirada. La dejó clavada en el tatuaje que se me enroscaba en la muñeca. Me bajé la manga.

—Ah, Edvin, esta es Ella. ¿La mencioné en mi carta?

Le dediqué a Edvin una mirada severa. Maret también me había hablado de él durante el trayecto hacia aquí. Me contó que tenía algunos amigos de sus días de palacio que podían ayudarnos. *Nos darán ropa y un lugar donde alojarnos, pero nada demasiado lujoso,* me dijo. *Tendremos que pasar bastante inadvertidas.*

Edvin tenía las mejillas salpicadas de rosa.

—¿La amiga de… Cassia?

Maret me puso una mano en el hombro con suavidad.

—La misma. —Entonces, me envolvió la mano con la suya y me llevó al otro extremo de la habitación—. Mira qué grande es. Pondremos el sofá a ese lado y así tendremos espacio suficiente para instalar las sedas, ¿no?

Cuando Maret sonreía, se parecía más a Cassia. Tenían el mismo tono —el pelo rubio, los ojos claros—, pero sus rasgos no se asemejaban en nada. Cassia tenía las mejillas redondas, la nariz respingona, hacía pucheros al sonreír. El rostro de Maret es adulto, angular y sofisticado. Cassia era más guapa, pero no sabría decir por qué. A veces, creo que lo recuerdo mal porque es imposible que fuera tan guapa como lo es en mi cabeza. Sin embargo, pensar que no recuerde bien cualquier detalle de Cassia es demasiado insoportable.

Como no respondí, Maret me dio unas palmaditas en la mejilla con dos dedos.

—Muéstrate más alegre. No tendremos que esperar mucho.

Aunque han pasado tres meses. Siento que lo único que hacemos es esperar.

Cada mañana, practico con las sedas. Edvin instaló la plataforma en el salón al segundo día de llegar. Cuatro postes de madera forman una pirámide que casi rozan el techo. Un par de telas rojas y largas cuelgan del vértice de las vigas. Edvin incluso se las arregló para conseguir un libro donde se explican los distintos elementos técnicos que siempre quise aprender. Soy bajita y ligera y llevo toda la vida escalando árboles, así que pensé que descubriría que había nacido con ese talento.

Pero las sedas me dolían cuando empecé a practicar. Y luego, me dolió todo el cuerpo, aunque al menos era un dolor que podía controlar. Y mientras que mi interior sigue entumecido y la cabeza embotada, disminuyó el dolor de los brazos estirados más de la cuenta y los pies envueltos con fuerza. Me aclimaté.

Mejoré.

Maret es noble de los pies a la cabeza; quiere salir por la ciudad, que la admiren y hablar sobre política con gente importante. Sin embargo, sus suministros de aliados kostrovianos son menores de lo que me hizo creer. A veces se pone una capa verde oliva discreta y sale con Edvin —creo que es profesor de la universidad y puede que un antiguo amante—, pero la mayoría de los días se pasea por el piso hojeando ejemplares de tratados políticos y recopilatorios de noticias sobre la Inundación. Si lee algo muy insultante contra la corona, masculla que Nikolai es una desgracia para la familia y se esconde en su habitación lo que queda de día.

Para cuando Maret consigue salir de sí misma sobre la hora de la cena, normalmente he excedido mis límites físicos, de forma que me quedo tendida en el suelo con las sedas colgando sobre mí. Si no, me pide que le enseñe lo que he practicado. Consulta el libro, me corrige la postura del cuerpo si no coincide con las ilustraciones.

Cuando le hablo en terrazzano en lugar de en kostroviano, chasquea la lengua.

—No te vas a librar de él en palacio —me dijo la última vez que lo hice.

—A este paso, nunca llegaré a palacio —le respondí—. ¿Estás segura de que no hay noticias sobre las próximas audiciones?

—No se ha ido ninguna bailarina —dijo. Y luego, añadió—: Pero si ninguna se marcha cuando llegue la próxima tormenta, puede que me las apañe para que alguna tenga una mala caída en uno de los canales.

—Es una broma, ¿verdad?

Resopló por la nariz.

Tres meses de entrenamiento. Tres meses en Kostrov. ¿Cuántos más me quedan? ¿Cuántos nos queda a cualquiera?

El pensamiento me golpea mientras estoy colgando cabeza abajo en las sedas un día que Maret había ido a ver a Edvin. Prefiero estos días. Maret es, si no como mi madre, como mi tía, y se asegura de que tenga algo que comer cada día y me deja hacerle preguntas sobre Cassia que no pude formular cuando estaba viva. Aunque se las dé o no de tía, no me gusta cuando se pasea a mi lado. Es como estar atrapada en un piso con un lince cada vez más aburrido.

Sin embargo, cuando Maret abre la puerta de golpe, está tan contenta como el primer día que llegamos a Kostrov. Me sorprende tanto este cambio en ella que casi pierdo el agarre de las sedas.

—Es la hora. —Cierra la puerta con el talón y ondea la capa por la habitación—. Hay una vacante para las bailarinas del aire.

Me suelto.

—¿Ahora?

—Edvin acaba de contarme el rumor. Una de ellas lo ha dejado.

Acaricio las sedas con las manos.

—¿La has empujado al canal?

—Por todos los mares, Ella. No, no la empujé al canal.

—Ah —digo—. Qué buena noticia.

—¿Estás preparada para el palacio? —pregunta Maret.

—Estoy lista —respondo.

Maret me dedica una sonrisa que muestra todos sus dientes relucientes.

—Nikolai jamás te verá venir.

3
NATASHA

La marcha de Pippa es el secreto peor guardado del festival de la estación de la grulla. La mañana del festival, pido una góndola para llevar las sedas del escenario al Distrito del Muelle. En tres ocasiones distintas, unos desconocidos me paran —inclinados sobre el puente mientras me deslizo por el agua— para preguntarme por Pippa.

Soy una Bailarina Real desde que tenía nueve años, pero nunca llegaré a acostumbrarme a que la gente actúe como si nos conociera personalmente. Han leído nuestros nombres, oído rumores de nuestras instructoras de danza aérea que nos entrenaron de pequeñas, se han reído sentados en las mesas pegajosas de las tabernas opinando sobre quién de nosotras es más guapa. Así que a la tercera de estas interrupciones, cuando un hombre de pecho fornido me para mientras monta la caseta del festival para preguntarme si Pippa de verdad está embarazada y si el padre es ese guardia pelirrojo de palacio, gruño.

—¡Lárgate! —dice mi gondolero. Golpea la parte plana del remo contra el agua oscura y lo salpica. El gondolero me dedica una sonrisa de disculpa. Rema una vez, dos—. Pero ¿el padre de verdad es Gregor Lepik?

Las otras bailarinas llegan cuando un equipo contratado de hombres está terminando de instalar la plataforma y las sedas en la ribera. Cinco telas del color de las joyas se mecen desde unas vigas de madera.

Me froto las manos frías contra las piernas. Siento que hacer esto sin Pippa no está bien. Pero también es cierto que todo parece ir mal desde que oí a hurtadillas a Adelaida hablar con Gospodin. Las demás están reunidas en torno a ella sobre el escenario. Estos últimos dos días he intentado encontrarme a solas con Adelaida, aunque sin éxito. Estoy convencida de que me está evitando.

Adelaida nos examina a todas una por una.

—Ya es mediodía. Volved sobre las dos para calentar.

Ness, que se unió a las bailarinas hace unos meses, da una palmada. Tiene las mejillas redondas sonrosadas por el viento.

—Bueno, chicas. ¿Al festival?

Me quedo atrás, observando a Adelaida mientras se acerca con aire ofendido al borde del escenario para gritarles a los violinistas. Tienen la misma expresión de cansancio.

—¿Natasha?

Las bailarinas —Ness, Sofie, Katla y Gretta— esperan al otro lado del escenario.

—¿Vienes con nosotras? —pregunta Ness. Se balancea sobre los dedos de los pies enfundados en sus zapatillas.

Sofie ladea la cabeza. Tiene los labios presionados en una línea terca.

—Venga, Natasha —dice—. Vamos. Podemos compartir una manzana asada.

Si Adelaida me ha estado evitando, yo he estado evitando a Sofie con el mismo empeño. Quiere que les cuente al resto de las bailarinas lo que escuchamos. Pero no puedo, todavía no. Sé cómo reaccionan cuando se ponen nerviosas. Ness pierde el ritmo. Katla hace un aspaviento y a veces lo deja lo que queda de día. Si se dan cuenta de que hemos perdido nuestro sitio en la flota real, nuestra actuación se caerá a pedazos.

Además, sigo aferrada a la esperanza de que haya entendido mal a Adelaida y a Gospodin.

No es como si hubiera visto el listado de la flota real, pero las bailarinas del aire siempre se han codeado con la realeza. ¿Por qué tendría que cambiar ahora? Sería como dejar a todos los guardias fuera del barco. Ellos se encargan de la seguridad de los nobles, pero nosotras protegemos su cultura. Su historia.

—Ah, dejadla —dice Sofie—. De todas formas, seguramente quiera practicar. Deberíamos buscar a Pippa.

Se da la vuelta y tira de Ness al marcharse. Gretta —con catorce años, es la bailarina más joven y taciturna—, duda, frunce el ceño y luego las sigue.

Katla se queda atrás. Se cruza de brazos.

—Estoy esperando a Adelaida para hablar con ella —le digo.

Katla no se mueve.

—Puedes irte —añado.

Tiene el rostro impasible.

Le dedico una última mirada a Adelaida —todavía está regañando a los violinistas y me da la impresión de que está demasiado ocupada para mí— y suspiro. Luego camino fatigosamente hacia Katla y le sigo el ritmo cuando enfila la calle en dirección al corazón del festival.

—Tienes bolsas bajo los ojos. —Rodea un charco con agilidad—. Tienes la cara morada y con manchas.

Frunzo el ceño.

—Tú sí que tienes la cara morada y con manchas.

—¿Por qué no estás durmiendo?

—¿Quién dice que no duerma?

—Tasha, venga ya.

Nos detenemos junto a un punto escarpado de la calle. Creo que antes estaba conectado con algo, puede que un muelle, pero las tormentas lo han erosionado.

Evito la mirada de Katla observando a propósito el despliegue del festival por encima de su pelo recogido en una corona de trenzas. El olor a humo de turba, setas caramelizadas y vino especiado caldea el aire. El festival de la estación de la grulla era mi fiesta favorita de pequeña. Es espeluznante, se celebra en el equinoccio para señalar el último día antes de que lleguen las nieves.

Las otras tres bailarinas esperan frente a una carretilla con un toldo festivo naranja. Pagan mientras el vendedor ambulante elogia sus trajes y les tiende tostadas de centeno rebosantes de mermelada.

Sofie se topa con mi mirada en la distancia. Sostiene en alto su tostada en un gesto de salud, pero la sonrisa no le llega a los labios.

—¿Qué pasa con vosotras? —dice Katla—. ¿Está enfadada por lo de Pippa?

—No —respondo—. Bueno, puede.

—Pero tú no lo sabías.

—No, os lo habría dicho. Y a Sofie. —Al fin, le devuelvo la mirada a Katla.

Se pone seria. Esa es la expresión por defecto de Katla. Sospechosa, con los labios curvados hacia abajo. Con las cejas pobladas unidas. Las dos tenemos la piel clara, pero su pelo es oscuro y espeso. El mío es fino y está seco de tantos recogidos agresivos.

—Hoy estáis todas hechas un lío por el tiempo.

Miro al cielo.

—Bueno, dado el nuevo estándar de mal tiempo, creo que no me importa que esté nublado.

—Hoy está peor —dice Katla.

Un rayo de luz consigue atravesar la neblina de las nubes.

—Te tomo la palabra. Oye, ¿viene hoy tu familia?

—Espero que sí. —Se da la vuelta y entorna la mirada en dirección al pantano—. Aunque no les he podido preguntar, con el horario que nos ha puesto Adelaida. Tendrá que aflojar en breve.

Sigo la mirada de Katla. A través de la niebla, distingo unas pocas siluetas, unos destellos rojos, el lateral de los cobertizos y casas a lo lejos.

Las familias como la de Katla, que han vivido en el pantano desde antes que nadie pueda recordar, se llaman cenagosos. Cuando los defensores del Álito Sacro de Grunholt llegaron a nuestras orillas hace trescientos años —según cuenta la historia—, se quedaron impresionados por los edificios pintados con colores vivos y chillones. Ese tono vivo de rojo, hecho a medida para un cobertizo enclavado en la nieve, es rojo cenagoso. Fue muy sensato pintar los edificios de ese color. La pintura viene de las minas de cobre al otro lado del pantano y ayuda a proteger la madera del tiempo. También hace que los edificios sean más fáciles de ver a través de la niebla densa, tan famosa por aquí. Pero cuando llegaron los grunholteños, actuaron como si esas paredes rojas, de alguna forma, fuesen algo infantil; un diseño de mal gusto decidido por un pueblo que no sabía cómo pintar de blanco una casa.

El nombre se quedó. Katla se llama a sí misma cenagosa, pero a menudo lo escucho decir como un insulto. La mayoría de los cenagosos vive a las afueras de Nueva Sundstad en casas pintadas de rojo tanto dentro como fuera del pantano. Técnicamente, no es ilegal no formar parte del Álito Sacro, pero sí lo es implicarse en otra religión. Y como algunos cenagosos siguen adorando a antiguos espíritus y cantan himnos en lenguas antiguas, los tratan con sospecha.

Salgo de mi ensoñación al sobresaltarme cuando una mano, pequeña y fría, me toma la muñeca.

—Te encontré.

Contengo el aliento. Entonces me echo a reír.

Me doy la vuelta y veo a una chica de aspecto aniñado, demasiado joven incluso para las tropas más pequeñas de bailarinas. Lleva puesto un abrigo ancho de lana. Hace tintinear un saquito con monedas frente a mi estómago.

—Vaya, no eres un espíritu del pantano —digo.

Ella sonríe de oreja a oreja.

—Paga a menos que me vieras venir.

—Pues no —respondo—. Eres muy escurridiza. —Me palmeo los costados de mi traje buscando unos bolsillos que no están ahí. Me vuelvo hacia Katla—. ¿Has traído monedas?

Ya le está tendiendo una a la niña.

—Como si no recordases qué festival es.

Durante el festival de la estación de la grulla, los niños se escabullen para intentar asustar a los kostrovianos que tienen pinta de ser ricos. Su intención es mantenerte alerta para evitar que algo bastante horrible te lleve, como un espíritu del pantano. Por supuesto, la mayoría de los kostrovianos no creen en espíritus del pantano y demás seres folclóricos, pero hace felices a los niños y a mí también. Además, esa tontería de los espíritus es solo una excusa para darle una moneda a un niño hambriento.

La niña se desvanece en una marea de cuerpos. Los festivaleros se alejan del agua.

—Todavía no es la hora del discurso de Nikolai, ¿verdad? —Katla ladea el cuello.

—Vamos a ver.

Cuanto más vueltas le doy a las palabras de Gospodin, más se me enquista lo que dijo sobre Nikolai. Ojalá lo recordase con exactitud. Era algo sobre Nikolai y si sabía o no que iban a echar a las bailarinas de la flota.

Emprendí un paso rápido.

La multitud se dirigió en manada a un par de podios rodeados a ambos lados por docenas de banderas y el doble de guardias.

—Unos pocos molestan a Gospodin y de repente un poco más y se tropieza con los guardias —dice Katla.

—Decir *unos pocos* es quedarse cortos. —Me pongo de puntillas—. Aunque hay muchos guardias.

En el festival de la estación de la foca, un grupo de dos docenas de cenagosos aprovechó la distracción y asaltaron uno de los graneros llenos de provisiones para la flota. Dejaron un mensaje en maapinnen, un idioma antiguo que Katla tuvo que traducirme: *Canta como el mar*. Se ha convertido en el grito de guerra de la gente, sobre todo de los cenagosos, que creen que no les dejarán subir a la flota. Intentan sabotearla. No estoy segura de lo que significa la frase, pero supongo que el ataque bastó para asustar a Nikolai y Gospodin. Hoy, la fuerza desmesurada de los guardias escanea la multitud con sospecha.

Cuando estalló la Décima Tormenta, la gente les exigió respuestas a Nikolai y Gospodin. Corrieron rumores de que los nobles estaban construyendo un barco y que solo permitirían subir a una docena de los ciudadanos más importantes de la ciudad. Faltó muy poco para que hubiera una revuelta.

Entonces Gospodin y Nikolai anunciaron a la ciudad que construirían la flota más grande y resistente que pudiera comprar el dinero. Llenarían los barcos de comida y agua potable suficiente hasta que terminase el año de la Inundación. Y cuando las aguas retrocediesen, todos aquellos que formaran parte de la flota real participarían en construir el Nuevo Mundo. Gospodin hizo que pareciese que cualquier buen ciudadano, cualquier seguidor devoto del Álito Sacro, estaría en la flota. Cualquiera podía soñar con unirse a ella. Y los demás podrían abastecer sus propios barcos. Asumiendo, por supuesto, que quedase lo suficiente que añadir a sus reservas personales después de los diezmos.

Ahora los kostrovianos siguen el Álito Sacro con más diligencia que nunca. Sin embargo, solo hay tres barcos terminados de la flota a pesar de que prometieron construir más. El país está en los huesos por el racionamiento, sobre todo después de las langostas que siguieron a la Séptima Tormenta y el calor devastador de la Sexta. Las familias como la de Katla se llevan la peor parte. Viene de una familia numerosa con demasiadas bocas y poca comida. Sin embargo, cada mes un recolector viene a pedir raciones: madera, monedas, turba, agua, harina. Todo lo que la flota real necesita. «Un diezmo para el bien común», lo llama Gospodin, incluso a pesar de que el bien no sea ni la mitad de común de lo que nos gustaría.

Aun así, todos tienen esperanzas. Es una lección que aprendí rápido cuando empezaron a sucederse las tormentas. Crees que todo el mundo entrará en pánico, pero no. Agachan la cabeza, encuentran una nueva rutina y albergan esperanzas. Es demasiado difícil concebir que tu vida pueda quedar reducida a una estadística: solo un cadáver más.

Creía que yo era lo bastante lista o muy cínica para caer. Pero yo también tenía esperanzas, como ellos, al creer que formaría parte de la flota real, que era imposible que las bailarinas no sobreviviesen. Me doy cuenta de que todavía me lo creo. Que todavía tengo esperanzas.

El ruido de la multitud a mi alrededor disminuye. Nikolai y Gospodin suben al escenario: Nikolai con su atuendo de gala negro y dorado; Gospodin, de blanco. Si Gospodin es una nube perlada, de pelo claro y rebosante de alegría, Nikolai está oculto en su sombra, con una expresión ceñuda tan oscura como su cabello.

—Parece que le estén arrancando los dientes —dice Katla—. No es que lo culpe. Seguramente yo también tendría esa cara si me pasase el día con Gospodin.

—¡Katla! —exclamo. Cuando veo su sonrisa taimada, me doy cuenta de que solo intenta provocarme. Le doy un empujoncito en el hombro con el mío—. ¿No tiene Nikolai cara de que le estén arrancando los dientes siempre?

—Nunca entendí por qué la gente piensa que todo ese aire taciturno es atractivo —dice Katla.

Miro de nuevo a Nikolai. Las pestañas oscuras, los ángulos geométricos de sus mejillas y la mandíbula, la impasividad casi aburrida de su rostro que esconde lo que quiera que esté pensando en realidad. Oigo a más de unos pocos hablar en susurros de él, de nuestro rey joven y misterioso. Puede que Katla no entienda lo de ese aire taciturno, pero puede que sea la única.

Aunque es más que eso. Para mí —para bastantes kostrovianos—, Nikolai es un símbolo de nuestro hogar. Lo he visto crecer mientras estaba ocupada haciendo lo mismo. Tiene diecisiete, como yo, y la primera vez que lo vi de cerca, ambos teníamos nueve años. Era delgado y taciturno incluso por aquel entonces. Mientras que otros nobles mueren, luchan, cometen traición, abandonan Kostrov, Nikolai ha sido una constante. Lo que siento cuando pienso en él —esta sensación de pertenencia y hogar— es lo que imagino que la mayoría de los devotos del Álito Sacro sienten cuando piensan en Gospodin.

Gospodin se inclina sobre el podio y esboza una amplia sonrisa. La multitud se adelanta para oír.

—Feliz estación de la grulla —dice.

La multitud estalla. Katla me da un codazo en el costado. Me dedica una mirada que dice: *No apruebo su amor desenfrenado por este hombre y quiero asegurarme de que no te dejas llevar por el entusiasmo.*

Me encojo de hombros. Puede que no sea una seguidora devota del Álito Sacro, pero me gusta Gospodin lo suficiente. A diferencia de los consejeros sosos de Nikolai, Gospodin se ríe con calidez y a menudo. Mientras que la mayoría de los hombres con su influencia se esconden tras muros de piedra, él pasa el tiempo con el pueblo ofreciéndoles comida y sermones.

Me pongo de puntillas para ver mejor. Nikolai pasea la mirada por la multitud, buscando, y al final sus ojos se posan en mí. El corazón me da un vuelco. El peso de su mirada —como si fuera un ancla en medio del caos— se asienta en mis hombros. Nikolai se permite esbozar la más pequeña de las sonrisas, un temblor en la comisura de sus labios.

—Para empezar —dice Gospodin—, quiero compartir buenas noticias. Como habréis visto, los tres primeros barcos de la flota están terminados y la construcción del cuarto va por muy buen camino. También hemos asegurado un trato con Grunholt. Nuestra turba por su madera. Pronto, contaremos con diez barcos nuevos que añadir a la flota real.

Un susurro de emoción se expande entre la multitud.

—Como siempre —continúa Gospodin—, somos siervos del pueblo y del océano. Seguiremos con la construcción para conseguir barcos hasta que todo kostroviano digno tenga un sitio. Y ahora, un poco de historia.

Gospodin se sumerge de lleno en una historia tortuosa sobre Antinous Kos, el padre del Álito Sacro, y el primer año después de la Inundación que pasó cultivando los brotes de trigo que trajo del antiguo mundo. Se supone que es una alegoría de la paciencia. No es una virtud que posea, así que no presto mucha atención.

Observo las otras figuras cerca de Nikolai y Gospodin en los podios. Cuando Nikolai anunció su compromiso con la princesa Colette justo antes de la Décima Tormenta, empecé a ver a sus oficiales vestidos de violeta flanqueando a los consejeros de Nikolai. Hoy no están.

Me inclino hacia Katla.

—¿Dónde están los illasetienses?

Frunce el ceño.

Cuando Nikolai al fin empieza a hablar, me esfuerzo por escucharlo. Habla más bajo que Gospodin. Firme, pero bajo.

—Después de hablarlo mucho con mis consejeros —dice—, he roto mi compromiso con Colette, princesa de Illaset.

La multitud contiene el aliento. Es todo muy dramático. Los labios de Gospodin se curvan en una sonrisita complacida.

Nikolai cambia el peso de pierna.

—Hemos decidido que es mejor que los sitios en la flota real sean para proteger a los kostrovianos dignos, no a los illasetienses.

Se me sube el corazón a la garganta. ¿Cuándo se ha decidido? ¿Qué significa eso para las bailarinas?

—*El cuaderno de bitácora del capitán* nos enseña que la tierra quedará irreconocible después de la Inundación. —Nikolai mira de reojo a Gospodin—. Illaset no está tan bien preparada como Kostrov para las estaciones venideras. Como sus tierras de cultivo han desaparecido, no tienen nada que darnos. Si Illaset no puede ofrecer armas, comida o barcos, la unión no es favorable. Les deseamos la mejor de las suertes a nuestros amigos illasetienses frente a las tormentas que están por venir. —Respira profundamente—. Por tanto, el marino Gospodin y yo hemos decidido que en lugar de la princesa Colette, la próxima reina será una muchacha kostroviana.

La multitud comienza a murmurar y Gospodin parece más complacido que nunca.

Nos ofrece una sonrisa de triunfo.

—Nikolai tomará su decisión dentro de tres meses, el día de su decimoctavo cumpleaños después del festival de la estación del oso. Pensad en vuestra hermana, vuestra hija, llevando la

corona de la reina. Será la madre del Nuevo Mundo. Hoy podría estar entre nosotros.

Katla resopla con fuerza. Algunos festivaleros la miran mal.

—Solo intentan distraernos de las tormentas —me dice.

—No lo sé —respondo—. Parece algo salido de *Las fábulas completas de Tamm*. ¿Como «La chica que se casó con el rey
ballena»?

—Sí, bueno, Nikolai es una persona y no una ballena y no
me lo imagino casándose con una chica vestida con un traje
cosido por anguilas.

Gospodin le pone fin a la ocasión con una declaración victoriosa de que los kostrovianos somos muy valientes y que, de
hecho, gracias a nuestra fe imperecedera en el Álito Sacro, todos estamos bastante a salvo. Cuando la multitud al fin empieza a dispersarse, es hora de calentar para nuestra actuación.

—Qué presumido es —dice Katla.

—Por los mares, Katla, cállate. Solo hace su trabajo.

Ella se encoge de hombros.

—Vamos al escenario —le digo—. Antes de que Adelaida
empiece a buscarnos a gritos.

Me vuelvo muy deprisa. Mi brazo golpea contra un hombro. Atisbo a la chica a la que le he dado por un instante. El
momento dura lo suficiente como para mirarla a los ojos, ver
sus pómulos altos, el tono oliváceo de su piel y los rizos oscuros que sobresalen bajo la capucha.

Ladea la cabeza en mi dirección, como si nos conociéramos, pero... creo que la reconocería si la hubiera visto antes.
Abro la boca.

Entonces escucho un murmullo. No es la chica. Ella también alza la vista con la barbilla en alto, buscando con la mirada.

Katla me sujeta la muñeca.

—¿Lo has oído? Tenemos que irnos.

Los murmullos forman palabras. De repente, lo entiendo: *Canta como el mar.*

Un terrón de barro —o un fardo de turba, quizá— silba al atravesar el aire. Proviene de un lugar tan cercano que me agacho cubriéndome la cabeza con las manos.

Más barro. Lloviendo a nuestro alrededor. Todo dirigido al podio, hacia…

Nikolai y Gospodin están cubiertos de él. Unas manchas marrones enormes salpican el uniforme blanco inmaculado de Gospodin. Los guardias se arremolinan en torno a los dos con las manos en alto, pero los que están tirando barro se detienen tan rápido como empezaron.

Katla me tira de la muñeca con fuerza.

—Vámonos.

Entre los hombros de dos guardias, la mirada de Gospodin me encuentra. Contengo el aliento. Sus ojos se entornan. Ladea la cabeza a un lado.

Intento negarlo, intento parecer desconcertada. Yo no he tirado el barro.

Al fin, Katla consigue tirar de mí. Recuerdo a la chica con la capa, pero ya se ha ido. Llegamos al final de la caótica multitud mientras nos abrimos paso hasta donde la calle vuelve a ensancharse.

Katla maldice por lo bajo.

¿Creerá Gospodin que tengo algo que ver con eso? Llevo media vida viviendo en palacio. Puede que no sea tan diligente al asistir a los servicios del Álito Sacro, pero soy leal a la corona. Me llevo una mano a la mejilla y descubro que está manchada de barro.

—¿De qué iba eso? —digo.

—La semana pasada arrestaron a más recolectores de turba por escatimar en los diezmos —responde Katla en voz baja—. Supongo que intentan demostrar algo.

—Bueno, tal vez si todos dejasen de sabotear a Gospodin y a Nikolai, rebajaran los diezmos. Se supone que la flota tendrá espacio para todos.

Katla deja escapar una risita de incredulidad.

—Incluso con diez barcos de Grunholt, ¿cómo espera que medio millón de kostrovianos quepa en catorce navíos?

Agacho la mirada.

—No.

—Vamos —dice—. Adelaida ahora sí que nos va a gritar.

Me siento idiota.

—Detrás de ti.

4

ELLA

Decido que me gusta la bailarina alta y pelirroja, aunque me haya empujado entre la gente. Tenía cara de pocos amigos, con el ceño fruncido, algo que apruebo totalmente. Sin embargo, cuando Nikolai anuncia sus planes de matrimonio, enfoca su atención. Quizá no debería gustarme después de todo.

Entonces, la gente empieza a tirar barro. A Nikolai le sienta bien estar cubierto de él. Tendría que llevarlo siempre.

Me doy la vuelta y me abro paso entre la muchedumbre tan rápido como puedo. Ya estoy planeando suficientes actividades ilegales. No pienso dejar que me arresten por un crimen que no he cometido.

Kostrov está masificado. Demasiado. Fuimos a muchos festivales cuando era pequeña, pero ninguno lo sentí tan claustrofóbico. No solo porque haya tantas personas. Es por la forma de hablar de Nikolai y Gospodin. Hacen que sienta que soy falsa. Que me han mentido.

¿Alguna vez oí un discurso así en un festival terrazzano? Creo que no. Jamás recuerdo haber visto al marino insigne terrazzano en persona, pero insisto, no estoy segura de poder distinguirlo siquiera entre la multitud.

Mi familia asistía a los servicios del Álito Sacro de vez en cuando, pero nuestra granja estaba a dos horas a pie de la ciudad. Mis padres eran personas estoicas y solícitas. Plantaban, usaban la azada, horneaban y limpiaban, y nunca oí que se quejaran. Sin embargo, siempre tenían una excusa para no ir al servicio del Álito Sacro. Pensé que era porque no les gustaba estar en interiores, que no les gustaba quedarse quietos ni intentar acorralar a mis hermanos incontrolables.

No se me ocurrió que puede que yo fuera la razón por la que no iban hasta que cumplí los catorce años. Los descubrí murmurando mientras se tomaban una taza de sidra especiada en la cocina, con la cabeza gacha y sus cabellos enredados. Cuando se percataron de mi presencia, mi madre parecía enfadada y mi padre, triste.

«¿Qué?», dije.

Ninguno de ellos era de perder el tiempo.

«Brigida Barbosa», dijo mi madre. «La chica que vende flores en la esquina entre la calle Vine y Mayor».

Me tensé.

«Al parecer», dijo mi padre, «la han sorprendido con una chica que venía de Cordova. Las han marcado como sirenas».

Se me contrajo el estómago.

«¿Marcado?».

«Como advertencia», me dijo mi madre. Tenía las mejillas sonrojadas. Entonces, vi que se había agarrado al borde de la encimera y que ni siquiera eso bastaba para mantener a raya el temblor de sus hombros. «Para los hombres».

Mi padre le cubrió la mano con la suya. Luego, los dos me miraron un instante. Ninguno de nosotros dijo nada. Ni sobre las sirenas. Ni sobre Brigida Barbosa, que siempre me regalaba un narciso cuando paseábamos por la calle Vine. Tampoco por la forma en que me colocaba la flor en el pelo y la dejaba ahí hasta que se marchitaba. Solo nos miramos entre nosotros.

Nunca más volvimos a un servicio del Álito Sacro.

Maret me alcanza cuando me alejo de la multitud y tira de mí hacia un callejón entre un zapatero y una oficina de correos. Un cartel anuncia que están faltos de *hombres jóvenes cualificados para el trabajo de cartero; no se admiten insolentes. Solo kostrovianos.*

—¿Qué haces? —Maret tiene las mejillas sonrosadas.

—Bueno —digo—, ahora mismo me pregunto por qué entregar el correo es una tarea demasiado difícil como para encargársela a la gente de mi país.

—¿Qué? Mira, no importa. Me refería al discurso.

—Quería verlo.

—No hablo de eso —dice Maret—. Vi que te acercaste a las Bailarinas del Aire. Casi tiras a una al suelo.

—Yo no hago esas cosas.

Pues claro que me acerqué. Me he pasado tanto tiempo entrenando para convertirme en una de ellas que tenía curiosidad. Además, me gustaba la de la cara de pocos amigos.

Maret deja escapar un suspiro exasperado. Se da unos golpecitos en la cabeza y se recoloca un rizo suelto bajo el sombrero. Me pregunto si le resulta difícil ser discreta. Con lo glamurosa que es. En una ocasión, Cassia me dijo que antes del exilio de Maret, tenía un armario de vestidos de todos los colores que pudiera imaginar. Cuando dije que me imaginaba uno amarillo como la cera del oído, Cassia me aseguró que Maret tenía un traje así con tacones verde moco a juego.

Yo, por otro lado, llevo una capa negra sin forma que oculta un vestido negro y sin forma y no querría que fuera de otra manera. La capa cubre el tatuaje de sirena que tengo en la muñeca y eso es lo máximo que puedo pedir.

—El barro —dije—. ¿Te ha pasado alguna vez?

—Claro que no —responde Maret—. El pueblo amaba a mi padre. Me amaban. Aunque no puedo decir que me sorprenda que eso sea lo que piensa la gente de la corona ahora que Nikolai está al mando. —Compone una mueca agria—. Y todo eso de la flota. ¿Lo bastante grande para todo kostroviano digno? No me lo creo. Nikolai y Gospodin no tienen ni idea de lo que están haciendo.

Echa un vistazo al callejón, como si hubiese hablado demasiado alto, pero solo estamos nosotras con el olor a pescado muerto.

Maret odia a Nikolai y Gospodin. Nikolai fue quien la exilió, pero no lo habría hecho sin el visto bueno de Gospodin. Siempre me ha dejado claro que es Nikolai, no Gospodin, en quien debemos centrarnos. Después del rey, Maret es la siguiente en la línea de sucesión al trono. Piensa que podrá ocuparse de Gospodin cuando esté en palacio. Y, para ser totalmente sincera, no soy capaz de sentir el mismo odio hacia Gospodin que siento por Nikolai. Él es a quien odiaba Cassia. Del que despotricaba. Para ella, Gospodin era solo… un inconveniente. Una espina. Peligroso solo mientras trabajase con Nikolai.

—Son buenas noticias —añade Maret—. Que Nikolai rompa su compromiso. Tener a la princesa Colette paseándose por aquí y si tuviera un heredero demasiado pronto arruinaría nuestro plan.

Asiento. Personalmente, me pregunto cuán probable es que Nikolai llegue a casarse con una chica kostroviana normal y corriente. Si se parece en algo a su tía Maret, apostaría a que nunca. Si es como Cassia… Cassia, que no distinguía entre *pobre, terrazzana* y *huérfana*; Cassia, que solo me veía a mí…

Aparto el pensamiento, porque Nikolai no se parece en nada a Cassia.

—¿Cuál ha sido tu primera impresión? —pregunta Maret.

Pienso en distintas respuestas, pero no consigo decir ninguna porque no sé muy bien cómo poner en palabras el sentimiento alojado en mi estómago. Va mucho más allá del odio, tanto que no sé describirlo en kostroviano. La palabra casi correcta existe en terrazzano.

—Me gustaría —dije al final— verlo muerto.

Maret sonríe con aprobación.

—Ese es el espíritu, querida. ¿Vamos a ver a las Bailarinas Reales?

Asiento, pero mi mente está muy lejos de este lugar. Está en una habitación oscura con un cuchillo en la mano, el susurro que lleva esperando meses salir en el fondo de la garganta, por fin pronunciado en voz alta. Es mi aliento contra su oído…

Esto es lo que te pasa por matar a tu hermana.

5
NATASHA

Cuando Katla y yo llegamos al escenario, Adelaida está ayudando a Ness con una parte complicada de la coreografía e ignora a la multitud cada vez mayor.

Le tiro de la manga mientras Ness gira en la seda sobre nosotras.

—Necesito hablar contigo.

Adelaida contrae el rostro entero: labios, nariz y cejas.

—Tienes barro en la cara. Ness, si no bloqueas las rodillas, te caerás y te romperás el cuello y la culpa será solo tuya.

—¡Ya lo hago! —dice Ness.

Una ligera risa brota de la multitud tras nosotras. Me presiono las sienes con los índices.

—Adelaida, por favor.

—Ahora no.

—Lo que ha dicho Nikolai sobre los sitios de la flota real…

Adelaida sostiene la mano en alto para que me calle.

—Después del festival.

—¿Me prometes que hablaremos?

—Después —dice con firmeza—. Ahora, a calentar.

El terreno frente al escenario está atestado de cuerpos tan delgados como espiguillas. De rostros sonrientes. Manos con barro bajo las uñas, sosteniendo paraguas sin funda y bolsas con caprichos del festival, pan caliente de bordes tiernos.

Tras ellos, bajo un toldo de tela azul, están los rostros que conozco. Guardias, consejeros, Gospodin, Nikolai. Ninguno de ellos sonríe; ninguno de ellos tiene paraguas o bolsas.

Nikolai me descubre mirándolo. Ladea la cabeza con un saludo mudo. Gospodin mira de reojo al joven rey y luego a mí, y entonces entorna la mirada. Siento que me han atado a la mesa de disección de un erudito. ¿Cree que yo tiré el barro? ¿Sabe que oí a escondidas su conversación con Adelaida?

—Bailarinas —dice Adelaida—. En posición.

La orquesta comienza a tocar. Me envuelvo el tobillo con las sedas. Alargo las manos hacia arriba y entonces empiezo a escalar, alzándome al ritmo de una actuación que me sé de principio a fin. Antes de ser bailarina, la actuación de la estación de la grulla, *La canción del pantano,* me asustaba y me cautivaba en igual medida. La melodía está repleta de violines chirriantes y el tintineo de las campanas. Como bailarina principal, hago el papel de niña que se pierde en el pantano una fría noche de la estación de la grulla. Mi papel es el más difícil y el más importante, y no puedo permitirme cometer un solo fallo. Sigo mirando de reojo a la audiencia mientras busco a Adelaida, Gospodin y Nikolai.

Si las bailarinas van en la flota real, esta actuación importa.

Si dejan que se ahoguen en Kostrov, no significa nada.

Respiro hondo, despacio, y giro en un enganche de cadera. Presiono la nariz contra las rodillas y me mantengo suspendida en el aire mientras las otras chicas suben a mis lados.

Katla lo hace perfecto. Sofie lleva un segundo de retraso, pero no puedo regañarla como lo haría durante el entrenamiento. Gretta y Ness han conseguido seguir un poco el ritmo, gracias a los mares.

El escenario no parece equilibrado con solo dos bases en lugar de tres. Pippa y Katla han sido mis alas desde que soy principal. Ahora, Sofie actúa en lugar de Pippa.

Me pregunto si Pippa está ahí. Si Sofie la encontró antes de la danza. Me pregunto…

La música aumenta y casi se me pasa la señal. Salgo del enganche de cadera justo a tiempo. *Concéntrate, Natasha.*

Giro, voltear hacia abajo, extensión, volver a subir. Separar las sedas y abrirlas en abanico. Mantener posición. No falta mucho para terminar. Un, dos, tres y…

El pájaro sale de la nada.

Un minuto, paseo la mirada entre la multitud y mis manos. Al siguiente, mi campo de visión al completo queda oculto por un cuerpo emplumado de dos metros y medio de largo de ala a ala. El pájaro parpadea con sus ojos ámbar, sobresaltado, y entonces me roza el brazo con las plumas.

Me tiemblan las manos envueltas en seda y entonces, se sueltan. Me suelto. La seda, de repente libre de tensión, rebota como un resorte.

El mundo me da vueltas. La audiencia, luego la estructura, después el cielo sobre mí. Caigo de espaldas sobre el escenario.

Sobre mí, la grulla —ahora veo que es una grulla de pico largo y alas negras— gorjea mientras vuela hacia el horizonte.

La música chirría.

La audiencia permanece en silencio. Contengo el aliento y me siento tan rápido que me palpita la cabeza. Sobre mí, Gretta y Katla siguen ejecutando los elementos técnicos. Ness me mira fijamente. Sofie se desliza por las sedas tan rápido que resulta imprudente.

Seguid, quiero decir, pero me he quedado sin aliento.

Sofie llega al suelo y se arrodilla a mi lado.

Entonces, la multitud rompe el silencio.

Empieza con un susurro. Un murmullo preocupado por aquí y por allí. Luego una risita, una risa, una carcajada. Unos aplausos dispersos; algunos abucheos. Adelaida, desde el borde del escenario, sisea con una voz tan aguda y enfadada que no entiendo qué dice.

Sofie me apoya la mano en el hombro.

—¿Estás bien, Tasha?

Me digo a mí misma que no mire a la multitud, pero no me escucho. Algunos se quedan mirando abiertamente. La mayoría de los que están bajo el toldo azul desvían la mirada, como si no soportasen formar parte de mi humillación.

Sofie me sacude.

—Tasha. Natasha.

Así es como debe sentirse ahogarse.

No miro a Sofie.

—Vuelve a la seda.

Titubea.

Todavía siento la forma en que la seda saltó de mi mano como si estuviera viva. Todavía siento la mirada sobresaltada del pájaro.

—Vuelve a la seda —le repito a Sofie. Luego intento levantarme. Me duele la muñeca izquierda al apoyar el peso de mi cuerpo en ella.

Pero debo seguir con la danza. *Tengo que hacerlo.*

Noto el escozor de las lágrimas en los ojos cuando subo agarrándome a la seda con los pies para aliviar la carga en la muñeca.

Otro pájaro nos sobrevuela y casi se choca contra la parte superior de la estructura. Luego otros tres, cinco, una bandada tan grande que no puedo contar los pares de alas.

Grullas. Lechuzas con el rostro en forma de corazón. Merópidos con plumas de tonos enjoyados y una docena de otras especies cuyos nombres no conozco. A medida que pasan sobre nosotras, proyectan su sombra sobre la ciudad como si hubiera llegado el crepúsculo.

Todas las miradas que estaban puestas en mí se clavan en los pájaros. Y entonces, mientras los animales se dirigen hacia las afueras de la ciudad, todos esos ojos descienden hacia el mar. Una nube esponjosa, tan negra y suave como una foca en el agua, se infla en el horizonte.

La Quinta Tormenta, según *El cuaderno de bitácora del capitán*, comienza con el éxodo de los pájaros.

La palabra *tormenta* se escucha flojito, un murmullo entre la muchedumbre, y empieza a pulsar entre nosotras.

Adelaida cruza el escenario a paso rápido.

—Bajad de las sedas. Todas. Ahora.

Me dejo caer el metro y medio que me separa del suelo y me arden las muñecas cuando me atraviesa el impacto. Katla me sujeta antes de que me desplome de rodillas.

—Vamos. —Me pasa la mano por la cintura.

La multitud empieza a abrir los paraguas como si fueran burbujas. Los músicos se apresuran a guardar los instrumentos en sus fundas por si la lluvia empieza. Miro hacia atrás, al toldo azul, esperando ver a Gospodin gritando palabras de consuelo a las masas, pero ya lo han desalojado.

—De vuelta al palacio. —Adelaida pasea la mirada entre nosotras—. Dejad las sedas. Vamos.

Sofie va a por nuestras capas al borde del escenario. Me pongo la mía al tiempo que empezamos a correr y sostengo la capucha sobre la cabeza con la mano derecha mientras avanzamos. Gretta y Ness abren el paso. Katla y Sofie permanecen cerca a ambos lados.

Nos mantenemos pegadas al rompeolas, cruzamos puentes adoquinados e inclinados y contemplamos el océano furioso, el cielo agitado, todavía salpicado por la sombra de los pájaros. No es el camino más seguro, pero es el menos probable de quedar congestionado por la multitud en desbandada. Los carromatos permanecen abandonados en las calles.

—¿Estás bien? —pregunta Katla.

—Ya veremos —digo. Me aprieto la muñeca contra el estómago.

Una ola golpea el rompeolas.

Trona contra la piedra y salpica entre los huecos de la barandilla. El agua me golpea de lado tan fuerte que casi me caigo. Ness se cae en un charco. Sofie la ayuda a levantarse. Seguimos corriendo.

Entonces, el cielo se desarma como si las compuertas de un canal se abriesen sobre nosotras. En la lejanía, se escucha el chillido de un pájaro.

En cuestión de minutos, estoy empapada. Cuando el dobladillo de la capa se queda enganchado en la barandilla del puente, me quito la tela. El viento se lleva mi capa en dirección al océano.

Corremos hasta que la silueta del Palacio Gris se recorta a través de la lluvia. Las ventanas apuntadas brillan como una hilera de dientes desnudos. El agua gotea de los hocicos y las astas de una colección de animales de bronce que nos observan cabizbajos desde las torretas.

Para cuando me lanzo contra el muro de palacio, las zapatillas se me desintegran en los pies.

Hay un guardia apostado en la puerta de las bailarinas. La abre de golpe y nos grita algo, pero la lluvia se lleva sus palabras. Me palpita la cabeza.

Unas garras de luz estallan en el cielo. Se escucha el estruendo del trueno.

—Tasha. —Katla me agarra de la muñeca buena—. Vamos.

¿Cuántos meses nos quedan?

—Natasha. —Katla me tira del brazo—. Entra.

¿Cuántos días?

6

ELLA

Mi familia murió en la Décima Tormenṭa. Durante la Novena, Octava y Séptima Tormenta, tenía a Cassia. La Sexta Tormenta fue la primera que presencié en Kostrov y me la pasé entera escondida en el piso de Maret.

Esta es la primera que he sentido en las calles de la ciudad. Es la primera vez que he sentido el terror de estar atrapada, el olor de las aguas residuales que sube por los canales. Si no hubiera tenido un trabajo que hacer, me marcharía de Nueva Sundstad mañana. Nadie debería morir en una ciudad como esta.

Cuando la Décima Tormenta estalló, estaba demasiado ocupada con el duelo como para darme cuenta de lo que implicaba. Que la Inundación se acercaba. Después de que mi familia muriese, conseguí un trabajo de camarera en una posada cerca de donde había estado la granja de mi familia. Fue entonces cuando conocí a Cassia y Maret. Estaban atravesando la ciudad —huyendo de los hombres de Nikolai, según me enteré más tarde— y yo les limpié la mesa. Cassia me miró sobre el borde de una pinta de sidra. Me dedicó una sonrisa tan afilada, tan inteligente, como si ya supiera todo lo que había por saber de mí. Merodeé un rato más en torno a su mesa porque estaban hablando en kostroviano y eso me recordó a mi padre, que había aprendido por su cuenta —y, por consiguiente, me enseñó a mí— idiomas de lugares en los que nunca había estado y que nunca vería solo porque pensaba que era el tipo de cosas que debía hacer la gente. Así que escuché su kostroviano. Y Cassia me vio.

—Entiendes todo lo que decimos, ¿verdad? —me dijo. Yo asentí y añadió—: Pues necesitamos un traductor. Así que siéntate y dinos tu nombre.

Para cuando me senté, ya era un caso perdido. Así es como la quise: rápido como una mordedura de serpiente y el doble de dolorosa.

Me enteré de que era una princesa kostroviana a la mañana siguiente. Pasaron la noche en la posada, donde había empezado a quedarme a dormir… No tenía otro sitio al que ir. Las sorprendí discutiendo en kostroviano en voz baja y uní todas las piezas. Maret pensaba que era una ridiculez dejar que una extraña se uniera a ellas mientras siguieran huyendo de los hombres de Nikolai. Cassia pensó que mi sonrisa era divertida. ¿*Divertida*? Pero ¿en plan bien o mal? Estaba ocupada preguntándome si lo había interpretado mal cuando me descubrieron. Les pregunté directamente si eran de la realeza. Cassia, por toda respuesta, se desabrochó el abrigo de lana y me enseñó un broche que llevaba sujeto en la solapa interior, un insecto con diamantes y perlas del tamaño de avellanas engarzados.

—Es la mariquita —dijo.

Como me limité a parpadear —¿*la mariquita*?—, añadió como si fuera obvio:

—¿El símbolo de la realeza kostroviana?

Así que me marché con ellas. Cómo no iba a ir. ¡Eran nobles! Eran una familia. Y me querían allí.

La Novena Tormenta llegó unos días más tarde. La lluvia era tan fuerte como durante la Décima Tormenta, y amenazaba con anegar los campos y reventar las presas. Pero después, los árboles no dejaron de florecer y florecer. Y así era como me hacía sentir Cassia. Como si volviera a crecer después de que el dolor me hubiese encogido hasta hacerme pequeña.

Merodeando entre aquellos árboles en flor, desviándonos por los caminos secundarios de un pueblo terrazzano al siguiente, Cassia me puso una amapola naranja claro tras la oreja. Maret se agarró el sombrero que llevaba puesto cuando estiró el cuello para mirar al cielo.

—Ha sido la Novena Tormenta, ¿verdad? —dijo Maret.

—Está claro —respondió Cassia.

Había oído rumores, pero esos siempre estaban ahí. Cada vez que caía un poco de lluvia fuerte, todo el mundo decía que era el comienzo de otro año Harbinger. Aunque mis padres nunca creyeron en esas cosas. Los Neves no entraban en pánico.

—Conoces el primer libro de *El cuaderno de bitácora del capitán,* ¿no es así, Ella? —me preguntó Cassia en aquel bosquecillo exuberante de árboles.

Dudé.

—Recuérdame de qué parte estás hablando.

—En Terrazza no son tan devotos. Ya lo sabes —le dijo Maret a Cassia.

Noté calor en el rostro. Todavía no estaba segura de qué creían Cassia y Maret… si mi devoción inconsistente era o no algo malo.

Cassia la desestimó con un gesto.

—Hablo de la parte en la que Kos insiste en que la Inundación viene solo cada dos mil años. Nunca da ningún motivo por el que venga con esa frecuencia. Solo pone que «Es algo consabido». Pero el Álito Sacro no quiere que nadie husmee en su libro, así que intentan convencer a todo el mundo de que este no puede ser el comienzo del año Harbinger. ¿Sabes? Si fuera reina, enviaría a todos esos literatos aburridos al fondo del mar. Puede que Kos cometiera un error. ¿Tan malo sería?

—Los literatos aburridos son el linaje de Kostrov —dijo Maret—. Los literatos aburridos y un rey niño petulante.

—Por ahora —añadió Cassia. Lo dijo con énfasis, que era como decía la mayoría de las cosas. No podría haberle llevado la contraria ni queriendo.

Durante los meses siguientes, dejé que me construyera un futuro. Volveríamos a Kostrov. Le reclamaría el trono a su hermano. Le contaría al país la verdad: la Inundación vendría, y estaríamos preparados. Haríamos todo aquello que los países de todo el mundo tardaban demasiado en hacer: almacenar comida y agua, preparar los barcos. Y entonces, cuando llegase la Primera Tormenta, no sería el fin del mundo. Cassia y yo iríamos en el mismo barco, surcando las olas. Sobreviviríamos. Descubriríamos el Nuevo Mundo. Ya no me importan esas cosas.

Nikolai no solo me arrebató a Cassia. Me arrebató todo mi futuro.

Cuando llegamos al piso, Maret trastea con la llave. Sacude la cabeza y se ríe. El agua le ha soltado algunos rizos del recogido y se los ha pegado a la cara. Tiene las mejillas arreboladas. Tiene las pestañas largas y salpicadas por la lluvia.

—Debes pensar que me comporto como una tonta.

Me encojo de hombros.

Por fin consigue introducir la llave bien.

—Es solo que... ¿no estás emocionada? —Entra y se quita el sombrero—. No tendremos que esperar mucho más.

Mientras que los demás cuentan las tormentas que quedan para el fin del mundo, Maret las cuenta para el principio. Quiere hacerse con la corona lo más cerca posible de la Primera Tormenta. Demasiado tarde y la flota real zarpará sin ella. Demasiado pronto y otra persona podrá venir a derrocar su reinado. Pero si Nikolai muere en el momento adecuado y Maret, como la única heredera obvia que queda, llega para hacerse con la corona y tranquilizar al país, será todo suyo. Controlará la flota. Controlará quién vive, quién muere, quién se ahoga, quién respira.

A la mayoría les preocupa no llegar a ver nunca el Nuevo Mundo. Maret quiere gobernarlo.

—¿Ella? —dice—. Entra.

Siento el agua fría como el hielo sobre la piel. No se diferencia mucho de la forma en que la seda me hacía daño cuando empecé a practicar, el dolor justo para recordarme que sigo viva.

Si cerrase los ojos y me tapase la nariz y los oídos y lo único que notara fuera la sensación de las gotas de lluvia estallando sobre mi piel, sería como si estuviese en Terrazza de nuevo. Como si estuviera con mi familia. Con Cassia.

Maret chasquea los dedos.

—Sal de la lluvia antes de que te engulla.

Eso me gustaría mucho.

7
NATASHA

Me reúno con las otras bailarinas en el pasillo que conecta el estudio con nuestras habitaciones. Nadie dice por qué hemos escogido este lugar, pero creo que todas lo sabemos. No hay ventanas en el pasillo. Aquí, no podemos ver la tormenta.

Sofie, Ness y Gretta juegan al rummy quinientos con una baraja de tarot. Katla estira con las piernas frente a ella y la nariz pegada al suelo. Me arden los tendones de las corvas con solo mirarla.

Estoy a unos metros y ya me he envuelto una y otra vez la muñeca con una venda larga tres veces. Lo vuelvo a hacer y sujeto la tela con fuerza entre los dientes.

—¿Crees que seguirán llamándola la estación de la grulla después de la Inundación? —dice Ness.

—¿Por qué no? —pregunta Gretta.

—Pues porque ya no quedarán grullas —responde Ness. Según *El cuaderno de bitácora del capitán*, todos los animales que no subieron a bordo del barco en la última Inundación murieron, salvo la vida marina. Cuando las aguas retrocedieron, surgieron especies nuevas de pájaros, osos y abejas que habían nacido del lecho marino y que emergieron con la tierra—. Ah, pero puede que el marino Gospodin lleve una grulla en la flota. Como símbolo cultural.

—¿Te imaginas si te echan de la flota real para hacerle hueco a una grulla? —dice Gretta.

Sofie me mira a los ojos. Aparto la vista.

—Me pregunto si Pippa consiguió volver a casa —dice.

—Es su culpa que la hayan echado —comenta Gretta. Sofie la atiza con sus cartas.

—Seguro que está bien —interviene Ness.

—No —dice Katla—, puede que tu familia esté bien. Probablemente tus amigos ricos estén ben. Pippa corre mucho peligro.

Ness curva hacia abajo su boca redondeada.

—Solo estaba siendo optimista.

—Es gracioso cómo una cantidad obscena de dinero hace que una persona sea optimista.

Ness mira a su alrededor como si fuera a encontrar a una aliada entre nosotras, pero nadie acude en su ayuda. Es la única cuyo padre es mercader y tiene una mansión adosada en Heather Hill.

Al final, agacha la cabeza y mira las cartas. Los rizos le tapan el rostro.

—Malas.

—Mi padre dice que los hombres de la universidad están progresando con el vaporizador —comenta Gretta—. Para la flota. Son buenas noticias para el agua potable.

—¿En serio? —dice Sofie—. Yo he oído a algunos de los guardias hablar del tema durante el desayuno y dicen que no notaban la diferencia entre el agua de mar que entraba y la que salía.

Gretta compone una mueca.

—Pues ya pueden darse prisa. No quiero beber grog durante un año.

Todas nos quedamos calladas un momento.

—¿Sabéis qué me gustaría saber? —dice Gretta—. Adónde ha ido Adelaida.

Pues sí, adónde. La puerta de la habitación de Adelaida está conectada con este pasillo. Otra razón más para sentarnos aquí. Sin embargo, no la he visto desde que nos sacó del escenario. Me prometió que hablaríamos tras la actuación, pero ahora temo esa conversación.

Me dirá que no estuve concentrada. Señalará que ninguna de las otras bailarinas se asustaron tanto por los pájaros que se cayeron de las sedas. No me degradará, ¿no?

Ay, por los mares. ¿Y si me echa de la Compañía Real de las Bailarinas del Aire?

—Apuesto a que está ayudando a reunir nuestro equipo —dice Ness.

—Esas sedas habrán quedado arruinadas —dice Katla—. Abandona la esperanza.

Ness se abanica con las cartas y las vuelve a poner todas juntas.

—Entonces puede que esté ayudando a los músicos.

Katla resopla.

—Porque es muy típico de Adelaida ser tan caritativa.

—¿Tienes que ser tan gruñona todo el rato? —dice Ness.

Katla asiente y el pelo le roza las rodillas.

—Estoy obligada por contrato.

Gretta da unos golpecitos con las cartas contra el suelo.

—Sofie —dice—. Es tu turno desde hace cinco minutos. Juega ya.

—¡Ah! Lo siento.

Fuera, alguien grita. Todas nos sobresaltamos.

Katla deja de estirar y viene a sentarse a mi lado. Sujeta la venda y termina de atarla.

—Deja de juguetear.

Miro de reojo a las otras chicas. Están inmersas en el juego.

—¿Estás bien? —le pregunto en voz baja.

—Iré a ver a mi familia por la mañana —dice Katla.

—Lo siento —musito, porque no sé qué otra cosa útil decir.

He ido a casa de Katla una docena de veces en los cinco años que llevamos conociéndonos. Es pequeña pero acogedora, llena de humo de turba, olores provenientes de la cocina y la risa caótica de sus hermanos pequeños. La casa está embutida en el barro en la linde del pantano y la última vez que estuve allí, durante la estación del ciervo, el agua se colaba entre las grietas de cada piedra.

Si tiene alguna ventaja estar sola, es no tener una familia de la que preocuparse.

Las bailarinas son lo más cercano que tengo a una familia. Sofie, Gretta, Ness, con quienes he entrenado y me he reído, y Katla es aún más especial, con quien llevo practicando danza aérea desde que teníamos doce años. Cuando me dedica esa sonrisa tan típica suya —con los labios fruncidos, sin mostrar los dientes; en realidad, casi no se puede decir que sea una sonrisa—, se me atenaza el corazón.

Sé que necesito contarle —a todas ellas— lo que oímos Sofie y yo. Pero primero tengo que hablar con Adelaida. Asegurarme de que no lo he entendido mal.

Fuera: trueno, viento, otro grito.

Pertenece a alguien. Al padre, hijo o hermano de alguien. Puede que tenga las manos curtidas, los pies empapados por la lluvia y, con suerte, una casa llena de humo de turba. Grita pidiendo ayuda.

Los guardias no lo van a invitar a palacio. Los sirvientes compondrán una mueca y murmurarán «Qué lástima», pero no contradirán las órdenes. No cuando sus familias podrían morir de hambre sin el salario de un mes de palacio.

El grito es penetrante.

No puedo preocuparme por tanta gente.

Así que guardo mi corazón en una caja de hierro.

Me digo a mí misma que, de todas formas, el hombre no iba a sobrevivir a la Primera Tormenta.

Y a menos que sea egoísta, yo tampoco.

8
ELLA

A la mañana siguiente de la tormenta, la calle reluce cubierta de rocío. El cielo tiene un color blanco inocuo, como la nata antes de transformarse en mantequilla. Esta vez, la tormenta ha sido breve, solo ha durado la noche. Cuando una paloma aterriza en el alféizar del apartamento de Maret, ladea la cabeza a un lado y me mira.

—¿No se supone que ya tendrías que haberte ido? —le digo.

Eriza las plumas con aire ofendido.

Encuentro una nota de Maret en la mesita de la cocina.

Con Edvin. He ido a buscarte un regalo. ¡Feliz entrenamiento!

¿Un regalo? Recorro las letras curvas con el dedo. Mi caligrafía es apretada y diminuta, como si las letras fueran inseguras. La de Maret se parece a la de Cassia, probablemente como las de todos los nobles habidos y por haber: listas, claras, sin miedo.

Dejo la nota y abro el armario de la cocina. Un pedazo de pan. Una patata que empieza a germinar.

Cuando Maret y yo comenzamos a trazar el plan en Terrazza, asumí que tendría algunos amigos más con más dinero. Una pensaría que el título de la Tía de Nikolai Caída en Desgracia y Exiliada sería lo bastante influyente como para conseguirnos cosas mejores que picar.

Saco el pan y le doy un mordisco resentida.

La paloma me mira al otro lado de la ventana.

«Este pan», le digo, «sabe a desesperación».

Echa a volar. Puede que no hable terrazzano. Sigo vigilando la ventana, pero no vuelvo a ver otro pájaro en todo el día.

Practico con las sedas inspirada por la actuación de la Compañía Real. Esa forma de mover los brazos con suavidad sin traicionar el esfuerzo de subir por las sedas solo con una mano y tirar de sí mismas hacia arriba. La posición elegante de los dedos de los pies. Y el ascenso. Ahora entiendo por qué las llaman las bailarinas del aire, porque mientras que yo he estado practicando en una estructura interior que solo me levanta dos metros del suelo, ellas volaron.

Y oí el nombre de mi primera bailarina entre susurros, risas y murmullos. Natasha Koskinen es la que se cayó. La alta con ese maravilloso ceño fruncido. Me sobresalté cuando su cuerpo golpeó el suelo.

Pero cuando volvió a levantarse, dolida, avergonzada o agotada —no sabría decirlo por su expresión pétrea—, era imposible dejar de mirarla.

Incluso antes de la caída, la audiencia hablaba de que aquella era una actuación poco habitual porque solo había cinco bailarinas. En cuanto empezó la tormenta, se convirtió en una actuación que estoy segura de que Kostrov nunca olvidará.

Bueno, al menos hasta que llegue la Primera Tormenta. Después, la gran mayoría estarán muertos, así que puede que entonces lo olviden.

Maret vuelve al atardecer con un panfleto lleno de manchas en las manos —probablemente el papel lo hayan reciclado por enésima vez—, pero ella lo sostiene como si fuera un tesoro.

Estoy bocabajo con las sedas tironeándome de las piernas a horcajadas en una posición que sería un método de tortura muy efectivo. Maret extiende el papel frente a mí. Emite un *pop* satisfactorio al aplanarse.

—Aniraliab ed senoicidua —digo.

—Ay, por lo que más quieras, Ella.

—Es muy difícil leer un idioma extranjero bocabajo.

Maret le da la vuelta al papel y se aclara la garganta.

—«Audiciones de bailarina. Chicas de catorce a veinte años. Deben tener experiencia en danza aérea. Se necesita recomendación de una directora. Contacte con Adelaida Folkat para concertar una audición».

Me pongo del derecho de un giro. Es agradable cómo la sangre vuelve a recorrerme las piernas.

—No tengo ninguna recomendación de una directora.

—Edvin tiene una prima —dice Maret—. Le pidió un favor. Por suerte, no le tiene tanto aprecio a Adelaida, así que no tendrán ocasión de hablar. Me acuerdo de ella, ¿sabes? De cuando era la bailarina principal.

—¿Algo que deba saber?

Maret hace una pausa para pensarlo.

—Una vez —dice— la vi presionar a una de las chicas más jóvenes a hacer aperturas de piernas hasta que gritó. —Se anima—. Pero los tuyos son preciosos, estoy segura de que te irá bien.

—Parece horrible. Puede que nos llevemos bien.

—Te he concertado una audición y todo. Mañana a las dos de la tarde. Así que descansa hasta entonces.

Desenrollo las sedas y me deslizo hasta el suelo. Maret ya se está dando la vuelta tarareando una de las canciones de la actuación del festival.

—¡Ah! —Se gira—. Casi se me olvida. —Maret abre la bolsa que lleva colgada al hombro y busca algo en ella. Saca lo que por un momento creo que es un reloj. Es un círculo de madera lustrosa con una superficie de cristal y una única manecilla larga. Sin embargo, en lugar de números rodeando el borde, tiene palabras: *Seco, Favorable, Chaparrones, Tormentoso.*

—¿Este es mi regalo?

—Es un barómetro —dice Maret—. Presiona el botón en el extremo de la manecilla.

Eso hago. El aparato hace *clic* y la manecilla se suelta de la superficie del barómetro. Cuando la saco, me doy cuenta de que es tan pesada y afilada como una daga.

—¿A que es ingenioso? —dice Maret—. Nadie mirará dos veces a una chica con un interés inocente en mantenerse al tanto del tiempo.

Vuelvo a colocar el cuchillo en el barómetro. Encaja con un ruido sordo.

—Si alguien te sorprende con una pistola —añade—, estarías en el calabozo antes del almuerzo. Pero ¿un barómetro? Funcionará.

Lo que no dice es: *Después de lo que ocurrió con Cassia, supuse que no querrías usar una pistola.*

—Gracias —digo, y va en serio.

Maret y yo hemos repasado el plan durante meses. Ahora me lo conozco tan bien que temo empezar a contarlo en sueños.

Me congraciaré con las bailarinas del aire y los guardias. Incluso con Nikolai. Cuando Maret tenía mi edad, una princesa adolescente en palacio, ella y su hermano —el padre de Nikolai y Cassia— pasaban las horas muertas con las bailarinas y los guardias jóvenes jugando a las cartas y holgazaneando en los jardines. Según ella, todos están tan ocupados bebiendo, riendo y coqueteando que podría pasar junto a Nikolai sin que nadie se diese cuenta.

Y entonces, lo apuñalaré.

Sé que me arrestarán o me matarán. Pero conseguiré vengar a Cassia y devolverle el trono a Maret. Preferiría morir así que a manos de la Inundación.

Sin embargo, antes necesito entrar en palacio.

—¿Y si no soy lo bastante buena para el puesto? —pregunto.

Maret se da la vuelta despacio.

—¿Por qué dices eso?

Porque ahí fuera hay chicas con recomendaciones reales de directoras reales. Porque las niñas kostrovianas se han criado viendo a la Compañía Real de las Bailarinas del Aire y sueñan con entrar en el grupo.

—Solo preguntaba —respondo.

—Venga, vamos —dice Maret—. Te has convertido en una bailarina excelente.

Pero ¿y si mañana no entro a formar parte de la Compañía Real?

No mucho después de su exilio, Maret intentó infiltrar un guardia en palacio para que espiase para ella. Lo descubrieron y lo ejecutaron en cuestión de días. Luego, hace dos años, intentó utilizar a un cocinero. Corrió el mismo destino incluso antes de conseguir el trabajo.

Maret me contó que someten todos esos puestos de trabajo a un escrutinio meticuloso. El mismísimo capitán de la guardia los ha entrevistado a todos. Ha hecho que vigilen y sigan a personas. No contrataba a nadie que no tuviese nada que perder.

Pero las bailarinas del aire responden a una líder distinta.

Según Maret, Adelaida se preocupa por descubrir a las mejores artistas, no las kostrovianas más patrióticas. Las bailarinas pueden flirtear con la realeza en lugar de verse atrapadas por ella. Son parte de la corte, pero nunca forman parte de la política.

Maret sabe que los hombres sospechan de otros hombres, pero no de unas jóvenes bonitas. Sabe que si quiere una espía en palacio, tiene que ser una chica de las sedas.

Si no entro en la Compañía Real, el plan de Maret se evaporará. Y el mío también.

Acaricia la seda con el dedo sin llegar a sujetarla, como si no quisiera que viera que lo está haciendo mal.

—Ya tenías mucha fuerza antes de empezar a entrenar, pero ahora tienes más. Has practicado cada hora que has pasado despierta de cada día desde que llegamos. Pero sobre todo, sé que serás una Bailarina del Aire porque no hay nadie en Nueva Sundstad que esté más desesperada que tú por conseguirlo.

—Pero…

—Las otras chicas —continúa Maret— desean convertirse en Bailarinas del Aire porque quieren que un consejero real rico se fije en ellas y les prometan amor eterno. Alguien que les compre un pasaje para la flota real. Pero ¿qué quieres tú?

Noto la voz atascada en la garganta.

—Quiero matar al rey.

—Eso es —dice Maret—. Y lo harás.

9
NATASHA

Adelaida me despierta al tirarme un zapato.

Me siento de un sobresalto y me froto el hombro. Está apoyada en el marco de la puerta con los brazos cruzados. Un segundo zapato cuelga de su dedo índice.

—¿Querías hablar? —dice.

—¡Me has tirado un zapato!

Mira con el ceño fruncido el zapato que ha acabado en el suelo junto a mi cama.

—Supuse que las zapatillas que llevabas ayer quedaron destrozadas por la lluvia.

—¿Así que decidiste atacarme con un par nuevo?

—Ah, aquí yace Natasha Koskinen, aporreada hasta la muerte por cien gramos de satén. Vístete.

—Anoche —le digo—, ¿dónde…? —Adelaida cierra la puerta al salir—. ¿Fuiste?

Mis zapatillas nuevas y yo nos reunimos con Adelaida en el estudio diez minutos después. Estoy congelada con un traje de cuerpo entero gris como el carbón y una falda de gasa. Adelaida está apilando briquetas de turba en la chimenea. Su gato, una criatura rechoncha llamada Kaspar, se le enrosca entre los tobillos.

La luz que entra por la ventana es tenue y pálida. Desde fuera, oigo el *plic, plic, plic* del agua de lluvia remanente que cae de los aleros.

—A lo mejor mañana me puedes despertar con una capa nueva —digo—. He perdido la mía.

El fuego chisporrotea. Adelaida se pone en pie y se sacude las rodillas.

—Eres muy exigente. Y precisamente hoy, cuando ni siquiera tengo una criada que se haya ofrecido a encender el fuego.

—Puede —comento mirando al gato de reojo— que esta mañana las criadas no den abasto comprobando que sus familias, aterrorizadas por la tormenta, estén bien.

Me agacho para levantar a Kaspar. Posiblemente sea el gato más estúpido del mundo y, a pesar de la poca paciencia que tiene Adelaida con las tonterías humanas, le tiene mucho cariño.

—Bueno —dice—, es muy egoísta por su parte.

—¿En serio? —respondo.

—No me culpes a mí —continúa—. Me pongo de mal humor cuando tengo frío. —Me quita a Kaspar de los brazos y lo abraza contra su pecho. Clava la mirada en mi muñeca. El vendaje sigue ajustado con los nudos de Katla.

El corazón se me sube a la garganta.

—Bueno. —Adelaida me mira a los ojos.

—Fue ese pájaro. Actuaba raro por la Quinta Tormenta.

—Estabas distraída.

—¡El pájaro era enorme! Adelaida, sabes que soy demasiado buena como para tener una caída como esa.

—Tu arrogancia es inspiradora.

—Pero no fue culpa mía.

—Sí lo fue —dice.

—Bueno, tú eres quien me ha entrenado. Así que… —respondo con aspereza.

—Te entrené bien y debidamente —añade—. Lo bastante como para que te mantuvieras en las sedas. Aunque siempre eres libre de caer. Eso depende de ti.

—Por favor, Adelaida.

Me observa con los ojos entrecerrados. Tengo que luchar contra el instinto de apartar la mirada y cruzar los brazos sobre el estómago. Aprieto los dientes. Kaspar le da un golpecito en la barbilla y ella arruga la nariz.

—No —dice al final—. No, no creo que te hubieras caído si no hubiese sido por la tormenta. Pero lo hiciste e incluso antes de eso, era la peor actuación en un festival que te he visto hacer.

Tomo aire.

—Oí lo que dijo Gospodin. Sobre la flota.

Ella se agacha y suelta a Kaspar. Se aleja dando unos saltitos y se da un golpe en la cabeza con el espejo.

—¿Cuánto oíste?

—Nosotras no iremos en la flota, ¿verdad?

—Depende —dice—. Según a quién te refieras con *nosotras*.

Aprieto las manos en un puño a mis costados.

—¿A qué te refieres? Me prometiste que estaría a salvo. ¿Cómo pudiste mentirme? Pensaba que eras mi…

Pero ¿qué es Adelaida? No es mi amiga. Ni mi confidente. Y aunque Adelaida conocía a mi madre y actuó con ella, nunca intentó asumir un papel maternal. Supongo que, al final, solo es mi directora. Se preocupa por mí porque soy una buena bailarina.

—No te estaba mintiendo —dice—. Por lo que sé. Gospodin pretendía llevarte en la flota real.

—¿Gospodin? ¿No Nikolai?

Sacude una mano.

—Gospodin. Nikolai. Lo mismo es. Yo también pensé que todas estaríamos incluidas. Y no fuimos las únicas. A mediados de la estación de la foca (más o menos por la Sexta Tormenta, o eso creo), algunas familias de mercaderes importantes empezaron a hablar entre ellas. Parece que casi todos los que han tomado el té con Gospodin piensan que tendrán un hueco en la flota real. Pero no hay suficiente comida. Ni provisiones. No con las tormentas, los incendios, los insectos y la hambruna. Había que sacar a alguien.

Tengo la boca seca.

—Así que quitaron de la lista a la Compañía Real.

—Si fueras Gospodin, ¿preferirías decirle que no a un mercader influyente con suficiente dinero para alimentar a la flota durante un mes? ¿O a un puñado de *niñas que bailan*?

—¿Nos llamó niñas que bailan?

Adelaida juguetea con las sedas mientras hablamos extendiendo la tela y comprobando que no tenga agujeros.

—No tenemos ni suficiente comida ni bastantes barcos para esta Inundación.

—¿Qué pasa con los barcos de Grunholt?

—Es mentira —dice—. O, mejor dicho, una demostración de optimismo. Gospodin habló con el marino insigne de Grunholt para asegurar más barcos, pero ellos los necesitan tanto como nosotros. Como todo el mundo. Deberíamos haber tenido un plan a prueba de fallos para la inundación todo este tiempo, pero no... *El cuaderno de bitácora del capitán* dice que las Inundaciones suceden cada dos mil años, así que ¿por qué tendríamos que empezar a almacenar cereales y barcos ochocientos años antes? Qué estupidez. Los únicos países que puede que de verdad estén preparados para esto son los que no pertenecen al Álito Sacro, y esos están demasiado ocupados haciéndose los listos como para considerar ayudarnos.

—Pero todavía quedan meses —digo—. Podemos construir más barcos.

—Vale —tercia Adelaida—. Asumamos que tenemos mil barcos. ¿Qué pasa con los suministros de comida que tan generosamente han destruido y saqueado los ciudadanos descontentos? ¿Qué pasa con el agua dulce que no tenemos?

Quiero que me trague la tierra.

—Pero... la lluvia.

—Sí. Toda la lluvia que se han deslomado para recoger solo para darse cuenta de que las aguas residuales se han rebosado de la fosa séptica y se han filtrado en la cuenca de recolección. Personalmente, me encanta la idea de beber solo vino durante un año, pero puede que el ganado no esté tan contento.

Suelto el aire despacio.

—Vale —digo—. Vale.

Empiezo a darle vueltas a un montón de ideas, y ninguna es buena.

—Te está entrando pánico —dice Adelaida—. Eres muy miedosa. ¿Lo ves? Por eso no te conté lo de Pippa.

Me clavo las uñas en la base del pulgar.

—¿No te sientes culpable? Vas a partir sin nosotras, ¿y no te importa nada?

—Ah. Ahí es donde te equivocas. —Suelta la seda después de inspeccionarla por completo y me mira fijamente—. Ya oíste a Gospodin. Oíste lo que me dijo.

Me esfuerzo por recordarlo.

—¿Que no tenías que preocuparte porque por supuesto que formas parte de la flota?

—Y —dice Adelaida— ¿le creíste?

Reproduzco el recuerdo de su voz divina en silencio.

—No lo sé.

Ella asiente como satisfecha porque lo haya admitido.

—Bueno, no estoy del todo convencida de que Gospodin me deje subir a la flota cuando llegue el momento.

—¿Quieres que te dé el pésame?

—No —dice Adelaida—. Quiero que te cases con Nikolai.

Se me escapa una risa que hasta a mí me suena penetrante y aguda.

—Lo digo en serio —añade.

—¿Te creíste ese discurso? —digo—. Pensé que solo era una gran estratagema para distraer a todo el mundo antes de la Inundación.

—Es una estratagema que busca precisamente eso —admite Adelaida—. Y al final, ¿con quién crees que Nikolai preferiría casarse? ¿Con una chica de Southtown a la que nunca ha conocido? ¿Una aristócrata con demasiados aliados internacionales? ¿O con la bailarina del aire principal que se ha pasado los últimos ocho años en palacio flirteando con él y haciéndose amiga de sus guardias?

Se me enciende el rostro.

—¡No flirteo con Nikolai!

—¿Aquella cena? ¿Durante la última estación del oso?

El palacio celebró una gala real justo antes de que Nikolai anunciase su compromiso con la princesa Colette. Puede que me hubiese fijado en que Gregor estaba charlando con Nikolai, así que quizá puse empeño en saludar a mi buen amigo Gregor, y tal vez Nikolai y yo hablásemos unos minutos. El rey me saludó por mi nombre y me preguntó cómo tenía el hombro, ya que la última vez que nos habíamos visto —en una partida de cartas con los guardias—, me estaba poniendo hielo en una torcedura.

Tenía una sonrisa sutil. Yo estaba tan ocupada fijándome en ella que no me di cuenta de que Gregor se había esfumado para dejar que hablásemos a solas.

Me cruzo de brazos.

—Eso no era un flirteo.

—Fue algo —dice Adelaida.

Admito que Nikolai me intriga —es joven, influyente y lo bastante atractivo—, pero no me imagino como reina. ¿Besarlo? ¿Acostarme con él? ¿Y la política? Por los mares. Nunca conocí a mi padre, un guardia de palacio, y mi madre fue una exbailarina caída en desgracia. No soy exactamente lo que se dice una princesa elegible.

—Incluso si Nikolai aceptase —digo—, Gospodin no lo haría.

—Pues menos mal que no es decisión de Gospodin.

Casi me echo a reír.

—Nikolai confía más en Gospodin que en su propia familia. ¿No crees que buscará su consejo?

Hace dos años, Nikolai, su hermana Cassia y algunos consejeros trazaron un plan para echar a Gospodin del consejo real. Pensaban que el Álito Sacro comenzaba a tener demasiado poder sobre la corona. Pero en el último minuto, Nikolai se cambió de bando. Le contó a Gospodin lo que estaba ocurriendo. Ejecutaron a los consejeros de Nikolai y exiliaron a Cassia. No es la primera noble a la que echan de Kostrov, pero me sorprendió de todas formas. Siempre había pensado que Nikolai y Cassia eran las dos mitades de una pareja. ¿No consiste en eso ser hermanos? Sin embargo, Nikolai confió más en Gospodin al final.

—Bueno —dice Adelaida—, puede que Gospodin vea que elegir a una chica como tú es sabio. Va detrás de una historia inspiradora de una chica del pueblo que entra a formar parte de la realeza, y eres una buena opción como otra cualquiera. La gente te conoce. Te han visto actuar desde hace años.

Niego con la cabeza.

—¿Qué hay de mi madre?

—¿Qué pasa con ella?

—¿No es...? —Compongo una mueca, me siento como una traidora—. ¿Una mancha en mi candidatura?

—Sí, pero lleva tanto tiempo muerta que quién se acuerda ya.

—Probablemente Gospodin —digo.

Adelaida exhala por la nariz y se le ensanchan las fosas nasales.

Mi madre creció en Nuestra Señora de las Desdichas en la Mar, un orfanato fundado por el Álito Sacro. La llamaron Tatiana Kosen. *Kosen*, de Kos, como todos los huérfanos. Pero ella, para sus adentros, renunció a *El cuaderno de bitácora del capitán* de Kos y, en vez de eso, leyó a Tamm. Las fábulas tienen cientos de años y cuentan historias de antes de que el Álito

Sacro conquistase Kostrov. Cuando esta tierra se llamaba Maa-pinn, teníamos clanes y jefes en lugar de familias nobles y reyes. Ella soñaba con la magia, memorizaba los cuentos, trazaba mapas a reinos lejanos. Ahorró hasta poder pagarse clases de danza aérea y practicó hasta convertirse en una Bailarina del Aire.

Cuando entró en palacio, escogió un nombre de una de las fábulas de Tamm: Koskinen. Sigrid Koskinen era una chica de una de las historias que había remado un bote por el río hasta el centro del mundo, hasta una cueva que nunca se inundaba y deambulaban bestias antiguas.

Kosen significa «de Kos». *Koskinen* significa «de los ríos».

Kosen. Koskinen. Un cambio de tres letras. Solo una sílaba. Una pequeña diferencia.

Pero, además, era una forma de borrar su conexión con el Álito Sacro. Una traición a aquellos que la criaron, y algunos se lo tomaron de manera personal. La mayor diferencia del mundo.

Y luego va y tiene una hija con un hombre que no quería casarse con ella. Nuestra Señora de las Desdichas en la Mar no iba a volver a aceptarla y ella tampoco habría acudido a ellos si lo hubieran hecho. Aceptó cualquier trabajo que encontrase. Me crio entre arranques de atención desenfrenada y nubes de ausencia.

Y después me entregó a Adelaida, saltó por la orilla del canal y nunca subió a buscar aire. Su último pecado: negarse a soportar Kostrov un minuto más.

No le hicieron un funeral. Nunca se lo hacen a los apóstatas.

Aun así, tengo su nombre. Su pelo. Su afinidad por la danza aérea. Su copia de *Las Fábulas completas de Tamm*. Y, a diferencia de ella, voy a sobrevivir.

—Gospodin —dice Adelaida al fin— puede ser difícil de convencer.

Mi madre lo conocía de cuando formaba parte de la Compañía Real de las Bailarinas del Aire. No se callaba sus opiniones sobre el Álito Sacro.

—Imposible —respondo. Recuerdo la forma en que me miró en el festival. Los ojos entornados mientras el barro sobrevolaba por encima de mi cabeza.

—Y aun así te lo estás pensando.

—Si me caso con Nikolai —digo—, ¿crees que podría llevar a las otras bailarinas en la flota?

—Solo hay una forma de averiguarlo. Ahora, no sé tú, pero dudo de que pueda soportar preparar las audiciones sin whisky. Podemos echárselo al té. —Resuelta, da unas zancadas hacia la puerta antes de que yo sacuda la cabeza y consiga alcanzarla.

—Espera —digo—. ¿Así sin más? ¿Pasamos a las audiciones?

—Bueno, no podemos volver a actuar solo con cinco bailarinas. Fue una atrocidad. Las audiciones son mañana.

Niego con la cabeza.

—Todavía no hemos hablado de Pippa.

Adelaida levanta una mano.

—¿Qué hay que hablar? Se quedó embarazada. Le dije que tendría que marcharse cuando se le empezase a notar y escogió irse más pronto que tarde. Así es como la Compañía Real hace las cosas. Tú, de entre todas las personas, deberías saberlo.

—Pero ¿qué sentido tiene? La bailarina nueva solo estará con nosotras, ¿cuánto? ¿Dos estaciones?

—La Compañía Real necesita mantener la imagen de normalidad. Cuanto más estés en palacio, mejores serán las probabilidades de que enamores a Nikolai. Ninguna está mejor preparada que la bailarina principal para robarle el corazón.

—Es extraño lo violento que suena —digo.

—El amor siempre lo es.

10
ELLA

Maret se pasa la mañana de la audición preparándome. Me recoge los rizos en una trenza con la que me envuelve la cabeza como si fuera una corona del mismo estilo que llevaban las Bailarinas del Aire en el festival. Cierro los ojos y trazo mentalmente los mapas de palacio. Me imagino caminando por los largos pasillos. Giro una esquina y veo a Nikolai, arrogante, con la corona refulgiendo sobre su cabeza.

Tengo un nudo en el estómago. Como por nervios —mi madre siempre sabía cuándo estaba nerviosa cuando la despensa se quedaba misteriosamente vacía—, pero Edvin todavía no nos ha traído la entrega semanal del mercado.

Maret me tira de las mangas del traje negro de cuerpo entero que me consiguió Edvin.

—Te está un poco corto, pero si vigilas el puño, nadie verá el tatuaje.

Después, me guarda una carta en el bolsillo de la capa.

—Puedes dejarla en la oficina de correos en el Distrito del Muelle antes de que vayas al palacio para las audiciones. Tengo un viejo amigo en Illaset. Ahora que Nikolai ha roto el compromiso, creo que los illasetienses estarían interesados de ver un cambio en el gobierno. ¿Te acuerdas de la oficina de correos?

—¿La que decía que no iban a contratar a nadie que no fuese de Kostrov?

—Estás muy obsesionada con eso. —Me endereza la capa—. Ya está. Estás lista. —Me apoya las manos sobre los hombros—. Ya pareces una bailarina, querida.

Siento los latidos del corazón en el estómago. Después de tantos meses, por fin voy a ver el palacio donde se crio Cassia. Y conocer al chico que ordenó su muerte.

—Recuerda. Si alguien pregunta, has entrenado con Luda. Tus padres son terrazzanos, pero te mudaste a Nueva Sundstad de pequeña. Vives en una calle sin nombre de Southtown.

Asiento.

—Eres una bailarina excelente —dice—. No te muestres tan nerviosa.

Pero ella parece tan nerviosa como yo me siento. Ambas sabemos lo importante que es esta audición.

—No quiero decepcionarte —confieso.

—No lo haces por mí —dice—. Lo haces por Cassia. Y la corona. —Me envuelve en un abrazo breve. Me aprieta con fuerza—. La corona lo es todo. No le confiaría a nadie más esta tarea.

Luego me desea suerte y me marcho.

Serpenteo por Nueva Sundstad. Algunos de los puentes de piedra se han derrumbado, con lo cual deja a una con la elección de contratar a un gondolero o seguir buscando una ruta seca. Como no tengo dinero, voy caminando.

Un olor agrio se asienta en las calles. Me tapo la nariz con la manga cuando creo que no soporto más el olor, giro una esquina y veo el cadáver de un animal gris tirado en medio del camino.

Tiene el vientre pálido e hinchado y el rostro achatado. Hay tres hombres con abrigos de lana elegantes y sombreros de ala inclinados sobre el cuerpo. Uno de ellos tiene un cuchillo y le está abriendo de un tajo el centro grasiento de la criatura. Otro sostiene una pluma y toma notas. El tercero se tapa la nariz.

—Es una marsopa del golfo —dice el hombre del cuchillo—. Mirad esa coloración.

—¿Eres tonto? —espeta el hombre del papel y la pluma—. Es una marsopa de nariz de foca. ¿Dónde están los investigadores skaratanos? Ellos te lo dirán.

—Voy a vomitar —interviene el que se tapa la nariz.

Miro con una mueca a la marsopa de especie indiscernible. Se merece algo mejor.

En cuanto estoy de cara al viento, puedo volver a respirar, aunque la marsopa no es el único resto de la Quinta Tormenta. Por encima de mi cabeza las siluetas de los pájaros salpican el cielo, pero ya no queda casi ninguno en la ciudad. Hay calles enteras tan inundadas que no puedo atravesarlas. Los techos han cedido. El agua rebosa del canal y arrastra una corriente de ramas, tablas, muñecas de los niños, botas de trabajo de los hombres, botellas de cristal, un par de gafas, una copia empapada de *El cuaderno de bitácora del capitán*.

Cuando llego al Distrito del Muelle, veo la cola de la oficina de correos antes que el edificio en sí. Dejo la carta de Maret en un buzón de correos que hay dentro mientras una mujer discute con el empleado tras el mostrador.

—¿No hay cartas de Grunholt? ¿Estás seguro? Pero mis hermanas están allí. No, estoy segura de que quieren contactar conmigo. Bueno, ¿cuándo se espera que llegue el barco de Grunholt?

Al menos, cuando me marché de Terrazza, no dejé a nadie de quien preocuparme.

Me apresuro a enfilar de nuevo hacia la plaza mojada del Distrito del Muelle. Tengo el estómago más agitado que nunca. Paso junto a una chica de más o menos mi edad de extremidades largas y sonrisa bonita y lo único que puedo pensar es: *Por los mares, espero que no se presente a la audición.* No sé qué hará Maret si no consigo el puesto. No sé qué haría yo.

Un grupo de personas está a la sombra de Nuestra Señora de las Desdichas en la Mar y cuando vuelvo la nariz hacia ellos, capto un olor tan agradable que casi se me olvida el hedor de la marsopa.

Me acerco unos pasos más.

Huele a miel y a calidez.

A las puertas de Nuestra Señora de las Desdichas en la Mar, hay una mujer de pie con un montón de hogazas de pan cubiertas con un paño. Me ruge el estómago a niveles monstruosos.

Doy un paso más. Miro alrededor. Como nadie me detiene, me pongo en cola.

La fachada cubierta de caracolas de Nuestra Señora de las Desdichas en la Mar se cierne sobre mí. Una de las ventanas cercanas está destrozada. Todavía hay esquirlas de cristal esparcidas en la piedra bajo ella. Cuando un par de hombres pasan por al lado, uno le da un codazo al otro y dice con amargura:

—Cenagosos.

Un hombre vestido entero de blanco está rascando pintura de una pared cerca de la ventana. No distingo qué hay escrito.

Sé tres idiomas, pero no es ninguno de ellos. Casi parece kos-troviano, pero…

La persona que está en la fila detrás de mí me da un empu-jón para que avance. Aparto la mirada y sigo andando.

Cuando llego al principio de la cola, la mujer me recibe con una amplia sonrisa. Lleva una capa blanca modesta y el cabello recogido en un moño sutil.

—Mucho aliento, amiga —dice.

—¿El pan es gratis?

Me hace un gesto para que me acerque.

—Es un regalo del Álito Sacro. Ven.

Trastabillo hacia delante, embelesada. Cuando retira el paño y deja al descubierto hileras e hileras de hogazas precio-sas de pan de centeno humeantes, creo que corro el riesgo de empaparlas porque se me caiga la baba.

Extiendo el brazo. La mujer retira una hogaza pero no me la da.

—Es fácil tener miedo durante una tormenta —dice—. In-cluso yo pasé tanto miedo como una chiquilla cuando empeza-ron a sonar los truenos.

Por los mares. Sabe que tiene presa a su audiencia. Intento ofrecerle un mínimo de atención por educación, pero mis ojos no dejan de desviarse hacia el pan.

—Así que —continúa—, durante la Quinta Tormenta, en-cendí una vela y volví a uno de mis pasajes favoritos de *El cua-derno de bitácora del capitán*. El mar eligió perdonar a Kos durante la última Inundación. Cuando leemos sus palabras, leemos una guía sobre cómo debemos actuar para ganarnos el favor del mar. Con compasión. Paciencia. Esperanza.

—Hum —digo. *Pan, pan, pan, pan, pan*—. Sí. Por supuesto.

—Kos soñaba con una edad dorada —añade—. Cuando la sociedad era pura y no requería la purga de las Inundaciones.

El estómago vuelve a rugirme.

—No podría estar más de acuerdo.

—Aunque las consecuencias de la última Inundación fueron graves, piensa en los beneficios. Le permitió a Kos promulgar su mensaje. —Me dedica una sonrisa con muchos dientes—. La siguiente Inundación traerá un Nuevo Mundo incluso más bonito que este.

Y entonces, por fin, milagrosamente, me tiende el pan. Alargo las manos con mucha mucha codicia.

Pero la manga se me sube un poco en el antebrazo dejando el tatuaje al descubierto. Un remolino de pelo, ojos vacíos, el torso de una mujer, cola de pescado.

—Ah —musita la mujer—. *Ah.*

Me bajo la manga de un tirón.

Presiona la hogaza contra su estómago.

—¿Una sirena? —Frunce el ceño y no es empatía lo que sigue a ese atisbo de aversión. Es compasión.

La multitud se agita a mis espaldas.

Espera a que me explique, pero no tiene sentido: ya ha decidido que sabe todo lo necesario.

Dejo caer las manos a ambos lados.

—Ay, querida —dice. Tiene las mejillas sonrosadas. Me gustaría decirle que se metiera la vergüenza indirecta por su sagrado trasero, pero no me siento segura entre tanta gente—. A lo mejor deberías salir corriendo.

Me doy la vuelta enseguida. Me choco contra un cuerpo del doble de tamaño que el mío en todos los sentidos. El hombre tiene el pelo largo, fino y sucio y le veo el cuero cabelludo a través de él.

—Lo siento —musito, pero no se mueve.

Aprieto los puños y lo rodeo. Solo me he alejado tres pasos cuando dice:

—Eres demasiado bonita, ¿lo sabías?

Me doy la vuelta despacio hacia él. Tiene los ojos clavados en mi manga.

—Para ser eso —dice.

Aprieto los dientes hasta que creo que se me van a romper. Pero no digo nada. Me alejo. La vista amenaza con emborronarse con el recuerdo de Cassia.

Demasiado bonita, dice.

El mar también es bonito.

Ese hombre ya debería saber de lo que es capaz el mar.

11
NATASHA

Cuando tenemos que interrumpir la audición por tercera vez porque la chica no sabe hacer una inversión de escuadra, fulmino a Adelaida con la mirada.

—¿Habrán visto las telas alguna vez?

—Necesito más whisky.

Adelaida y yo nos sentamos en el suelo con la espalda apoyada en el espejo. Empezamos el día de pie. Perdimos la fuerza de voluntad después de la audición número doce.

—He oído que algunos estudios están perdiendo chicas —digo—. Supongo que nadie quiere mandar a sus hijas a practicar danza aérea cuando les preocupa ahogarse.

—Pues es una excusa encantadora para tamaña incompetencia que hemos visto hoy.

Un guardia escolta a la vigésima audición. La chica es incluso más alta que yo, de pelo corto y rubio y hombros anchos. Se presenta; no me quedo con su nombre.

Tras diez segundos de subida torpe, miro el fondo de mi taza de té. Unas hojas negras se secan en la porcelana.

Quiero que vuelva Pippa. Las otras chicas han ido a verla ahora para asegurarse de que superase la tormenta. Gregor le dio la dirección nueva de Pippa a Sofie y me gustaría que me hubiesen dejado unirme al grupo. Pero como principal, tengo que quedarme con Adelaida durante horas y horas de tortura.

La chica gruñe del esfuerzo cuando intenta hacer un giro lateral para el enganche de cadera. La seda se le enreda en el pie.

—Gracias —dice Adelaida—. Con eso es suficiente.

—Espera —dice la chica. Habla rápido y tiene la voz aguda—. Deja que lo intente de nuevo, por favor.

—Estamos muy ocupadas hoy —responde Adelaida.

Pero la chica lo intenta otra vez de todas formas y, de nuevo, se le queda atascado el pie en la seda. Deja escapar un gruñido frenético, animal.

Adelaida llama al guardia.

—Espera, espera —insiste la chica—. Por favor. Sé cómo hacerlo. Lo prometo.

El guardia le pone la mano en el hombro.

—Por favor —repite con los ojos muy abiertos, desesperada—. Es mi única oportunidad.

Mi corazón frío y muerto da un latido sordo. El guardia la acompaña hasta la puerta. Me tiro del cuello del traje de cuerpo entero y respiro tensa.

Las chicas que vienen aquí piensan que hacen la audición por su propia supervivencia. Pero ni siquiera podemos darles eso. Quizá, cuando les demos la espalda, intenten casarse con Nikolai.

Durante la breve pausa entre las audiciones, pregunto:

—¿Cuándo se lo puedo contar a las chicas?

—¿El qué?

—La verdad. La flota.

—Puedes contárselo cuando quieras que la Compañía Real de las Bailarinas del Aire se desintegre por completo.

—No es justo —digo—. No quiero mentirle a Katla. A ninguna de ellas. Y, además, Sofie ya lo sabe. Es cuestión de tiempo que deje de mantenerlo en secreto.

Adelaida deja la taza de té. Se le está hinchando la vena del cuello.

—Entonces haz que Sofie entienda por qué el resto de las chicas no puede saberlo.

—¿De verdad crees que se derrumbarían?

—Por supuesto —dice Adelaida—. Y tú también. Por eso no se lo dijiste antes del festival.

Apoyo la cabeza contra la pared.

—Por los mares.

Adelaida chasquea los dedos delante de mi rostro.

—Vamos. Nos quedan tres horas. Finge que te importa.

—Está bien. —Dejo la taza en el suelo y me pongo en pie. Me inclino hacia delante, estirándome hasta que las palmas tocan el suelo—. ¿Quién va ahora?

Adelaida comprueba la lista.

—Una chica del estudio de Luda. —Pone una mueca—. No la tengo en alta estima.

Me incorporo y me miro en el espejo. Mi reflejo me devuelve una mirada compasiva.

—¿Cómo se llama?

—Parece extranjera —dice Adelaida—. Ella Neves.

12
ELLA

Un guardia de pelo oscuro me guía a través de una puerta azul en la parte trasera del palacio; pasaría inadvertida si no fuera por los hombres con armas a la cadera frente a ella.

El vestíbulo pequeño y sin decorar que hay al otro lado no se parece en nada al esplendor que me prometió Cassia. Supongo que han dejado la mejor parte del palacio para la realeza.

El guardia me empuja por otra puerta.

Se abre a un estudio enorme. Nunca he estado bajo un techo tan alto. Las sedas que cuelgan de las vigas son de colores vivos e infinitamente largas, tanto que siento un cosquilleo en las manos por subirme a ellas.

Reconozco a madame Adelaida y a Natasha Koskinen del festival. Madame Adelaida es una mujer de hombros anchos, como mi madre, de piel morena y mandíbula cuadrada. Está sentada en una pared con espejos; Natasha está de pie a su lado. Sin maquillaje, Natasha parece más joven que en el festival. Incluso cuando vuelve su cuerpo hacia mí, su mirada abraza su reflejo en el espejo, como si cierta vanidad la mantuviese absorta.

Si es vanidad, sería difícil culparla.

Sus ojos aterrizan sobre los míos. Son de un color marrón verdoso ambiguo. Tiene la piel pálida y llena de pecas. No he visto a otra persona con un aspecto más vulpino que ella, con el pelo naranja tostado, cuello largo y barbilla muy puntiaguda.

—¿Nos conocemos? —dice.

—No. —La observo conteniendo el aliento durante uno, dos, tres segundos.

Natasha me sigue mirando con el ceño fruncido.

—¿Y bien? —dice porque paso mucho tiempo sin moverme—. Sube a la seda. Intenta no caerte.

—¿Se supone que no debemos caer? —Las palabras salen por mi boca antes de que tenga tiempo a pensarlo mejor. Los labios de Natasha se curvan como un puente. Madame Adelaida estalla en una carcajada por la sorpresa.

—Creo que estamos de acuerdo —dice madame Adelaida— en que no hay buenas caídas. —Apoya una mano en el hombro de Natasha—. Anímate.

Natasha no parece animada.

Dejo la capa en el suelo y vuelvo a comprobar que las mangas están bien ceñidas en mis muñecas. Me dirijo hacia la seda. Enrosco los dedos en torno a ella.

Coloco una pierna a ambos lados de ella. Levanto las manos sobre la cabeza. Subo una pierna, engancho la seda, giro. Sujeto la seda suelta. Me incorporo. Otra vez.

La seda es como una serpentina a mi alrededor. Sé que debería demostrar mi capacidad de hacer movimientos fundamentales —¡Mira, un nudo de pie! ¿A que soy competente?—, pero esta seda, este estudio, saber que están observando y evaluando meses de duro trabajo, hace que esté ávida de mucho más que eso.

Cruzo la mirada con la de Natasha mucho más abajo. Le dice algo en voz baja a Adelaida. Ella se rasca el cuello con aire ausente.

Me enrosco para hacer la tijera.

Solo he podido practicar las caídas en molino en una extensión corta de seda, lo suficiente para hacer dos rotaciones. Ahora tengo metros y metros de bendita tela y mi cuerpo lo anhela.

Separo las piernas. Tomo aire.

Giro y el estudio da vueltas a mi alrededor. Las piernas abiertas están en paralelo con la seda. Las manos se mueven con fluidez por la cola de la seda mientras cae a mi espalda. Y entonces, justo antes de que el suelo venga a mi encuentro, engancho la rodilla en la seda y me detengo.

El rostro de Adelaida y Natasha queda a la misma altura que el mío.

Ya no parecen aburridas.

Natasha da un paso adelante.

—¿Sabes hacer un infinito?

Que si sé hacer un infinito, pregunta.

Quince minutos después, me tiemblan los brazos pero tengo los pulmones llenos. Cada vez que respiro, parece que el aire llega a unos niveles más profundos de mi cuerpo de lo que creía posible.

Para cuando madame Adelaida me dice que puedo irme, estoy sudando y me siento viva.

—Esta noche anunciaremos el nombre de la nueva bailarina —dice madame Adelaida—. Puedes mirar el puesto en el Distrito del Muelle.

Recojo la capa. Un guardia me acompaña a la salida. En la calle hay niebla. No se me va la sonrisa de los labios.

Por primera vez desde que Cassia murió, siento que no morí con ella.

13

NATASHA

—Lo has visto, ¿verdad? —digo cuando escucho el eco de la puerta al cerrarse.

Adelaida ladea la cabeza para mirarme.

—¿El tatuaje?

—Sí.

Encoge un hombro.

—No me importa en especial. —Hace una pausa. Tiene una expresión de sospecha en la mirada—. ¿Y a ti?

—No —respondo demasiado alto y rápido. Me deja clavada con una mirada entornada—. Solo me preocupa la reacción de Nikolai. O la de Gospodin.

—Sabes tan bien como yo que Sofie probablemente se merece esa marca.

—¿Merecerla?

¿Acaso alguien se merece que lo marquen? Ella sacude una mano.

—Ya sabes a qué me refiero. Si a Gospodin le da un ataque porque sea una sirena, le diremos que estamos ayudando a una chica desafortunada a sanar su alma rota.

La palabra se adentra en mi estómago, invasiva, y se queda ahí.

—¿Alma rota?

—Por los mares, Natasha. Es semántica. Solo utilizo las palabras que usaría el Álito Sacro.

Me pregunto cómo ocurrió. Me pregunto si alguien le sujetó el brazo y le punzaba la piel con una aguja mientras lloraba; me pregunto si se resistió; me pregunto si se quedó totalmente quieta porque alguien le dijo que había que hacerlo.

—Es la mejor que hemos visto en todo el día —digo.

—Con diferencia. Mis disculpas a Luda.

—Parece… —Hago una pausa—. Hostil.

Adelaida resopla.

—No te gusta solo porque se ha reído de tu caída.

—Sí, ¿y?

—La obligarás a hacer muchas dominadas para que sepa que no debe burlarse de ti nunca más. Le conseguiremos un traje de cuerpo entero con las mangas muy largas. Sabe hacer una caída en molino perfecta y en verdad es lo único que puedo pedir al grupo lamentable que hemos visto hoy.

Hay algo en la forma en que Ella me miró, como si viera a través de mí. La reconocí. No sabría decir de dónde.

En vez de eso, digo:

—Está bien. Bienvenida a las Bailarinas del Aire, Ella Neves.

14
ELLA

Cuando Edvin nos da la noticia, Maret me envuelve en un abrazo.

—¡Te lo dije! —exclama.

Edvin se queda junto a la puerta con las manos delante de las caderas. Tiene medio centímetro de barba rubia y bolsas bajo los ojos. Maret lo invita a brindar para celebrarlo, pero él niega con la cabeza.

—Será mejor que vuelva a la universidad. La lucha interna no deja de empeorar.

Frunzo el ceño.

—¿Lucha interna?

—Significa que hay disputas entre los compañeros —dice.

Aprieto la mandíbula.

—¿Por qué hay lucha interna?

Hace un ademán como espantando mi pregunta cual mosca que pasa zumbando.

—Están divididos entre si deberíamos seguir a los pájaros en su éxodo o no para ver a dónde van. La mayoría de nosotros piensa que caerán muertos en algún punto sobre el océano. Eso es lo que señala *El cuaderno de bitácora del capitán*. Aunque es muy típico de los ornitólogos causar problemas. —Hace una pausa—. Los ornitólogos estudian a los pájaros.

—Los criminólogos estudian por qué asesinan a la gente —digo—. Tres de cada diez veces es porque fueron condescendientes.

Maret da una palmada.

—¡Una anécdota encantadora, Ella! —Agarra a Edvin por los hombros y lo guía a la salida—. Anda, vete. Gracias por las noticias. Adiós. —Cuando volvemos a estar solas, me dedica su sonrisa más radiante—. Eres terrible, ¿eh?

—Solo a veces.

No en Nuestra Señora de las Desdichas en la Mar esta mañana, cuando no pude hacer acopio de ni una palabra en defensa propia. Considero contarle a Maret el incidente, pero no quiero que me consuele. No quiero que alguien suavice ese momento, que me diga que no pasa nada, porque no es así. Quiero que ese momento se me clave en la piel.

No necesito que Maret me levante el ánimo. Estará bien en cuanto mate a Nikolai.

—Deberás tener cuidado, pero eso ya lo sabes —dice Maret—. Vigila a los hombres que mataron a Cassia. Puede que te reconozcan.

Asiento.

—Y recuerda, tenemos tiempo. Acabamos de pasar la Quinta Tormenta. Así que haz buenas migas. Fisgonea. Descubre a dónde va Nikolai, cuándo y si puedes encontrarte con él allí con tu cuchillo nuevo. Volverás y me contarás lo que has descubierto, ¿sí?

—Lo haré.

Suelta el aire con fuerza y me atrae a su pecho. Me sorprende lo mucho que se relaja mi cuerpo en ese abrazo maternal. Pero Maret no es mi madre. Ya no necesito abrazos ni que me levanten el ánimo ni que me reafirmen.

—Te echaré de menos —dice—. Eres la asesina más adorable que he conocido nunca.

Retrocedo un paso y ella deja caer los brazos.

—La nueva Bailarina del Aire. —Sacude la cabeza—. Duerme. Mañana será un gran día.

Cuando me tumbo en la cama estrecha, extiendo la mano por las sábanas ásperas. Es la última vez que dormiré aquí. A partir de ahora, viviré en palacio, entre las paredes donde Cassia creció, bajo el mismo techo que su asesino. Veré la gran biblioteca que le encantaba, el jardín salpicado de rocas y agua de lluvia, las piscinas termales y las nubes de vapor.

Ahí es donde viviré. Ahí es donde moriré.

Me pongo de costado y miro la pared.

El sueño no llega.

15
NATASHA

Ahora que han terminado las audiciones, mi mente vaga a un lugar oscuro. Todavía necesito contarles a las chicas lo que oí. La bailarina nueva —Ella— probablemente piense que se ha asegurado un lugar en la flota. También tendré que decírselo. Espero que no renuncien todas.

Durante la cena estoy enfurruñada. Aplasto las patatas con el tenedor y veo cómo sobresale entre los dientes. ¿De verdad la única forma de sobrevivir a la Inundación es casarse con Nikolai? Media Kostrov intentará atraer su atención. Me avergüenza lo poco que me he dedicado a pensar en planes de supervivencia a estas alturas. Estaba tan segura de que las bailarinas estarían en la flota. Ahora esa seguridad hace que me sienta infantil e ingenua.

Gretta es la única bailarina que ha venido a cenar. Si se fija en que no quiero hablar, no se da por enterada.

—Es que no entiendo por qué tenían que irse sin mí —dice—. Habría ido a ver a Pippa si me hubieran invitado.

Estamos sentadas la una frente a la otra en una mesa larga y vacía en la cocina. Mientras que los bancos normalmente están ocupados por cuerpos, la mayoría de los guardias y sirvientes, si no están trabajando, han ido a ver a sus amigos y familiares, como siempre hacen después de una tormenta. Me pregunto si alguna de las caras serias de aquí ya lo han comprobado.

Ataco el cuenco de puré de patatas.

—¿Lleva pescado?

Gretta compone una mueca. No ha tocado la comida. El chef, René, nos utiliza como sujetos de ensayo. Aunque es difícil quejarse de una comida caliente dado el estado en que se encuentra el país, me cansé de la cocina creativa de René cuando tenía doce años. Gretta ha tenido incluso más tiempo de aborrecerla, ya que ha comido en esta cocina toda la vida porque es la hija del capitán de la guardia.

Gretta se inclina sobre la mesa.

—Bueno. Las audiciones.

—Tienes suerte de habértelas perdido, hazme caso.

—¿Habéis anunciado ya a la bailarina nueva?

—Adelaida debe de estar publicándolo ahora.

Gretta tiene los ojos muy abiertos.

—Cuéntame.

—Es buena. No está muy pulida, pero es fuerte.

—¿Cómo de fuerte? —dice Gretta—. ¿Como Sofie? ¿O solo fuerte como Ness?

—¿Has pensado en ser un diez por ciento menos competitiva?

—¿Así es como llegaste a donde estás?

Me cruzo de brazos. Gretta me imita.

De todas las bailarinas, ella es la que se parece más a mí. No por nuestro color: su piel es olivácea y tiene el pelo oscuro, pero ambas estamos hechas de líneas largas. De extremidades, y dedos elongados. Su constitución implica que tenga las mismas destrezas y debilidades que yo en las sedas; tiene alcance con las manos, pero no podemos mantener la tela asegurada por las caderas estrechas.

Lo que más veo de mí misma reflejado en ella es la fiera determinación para llegar a más. A ser la mejor. A cualquier coste.

Ahora que soy la principal, no tengo que luchar con mis chicas para los solos. Sin embargo, no estoy orgullosa de la forma en que me presioné a mí misma no solo para ser buena, sino para ser mejor que mis amigas y llegar hasta aquí.

No creo que Gretta llegue a sabotearme. Aunque dudo que se le rompa el corazón si me ve caer.

—¿Cómo se llama? —me pregunta—. ¿De qué estudio viene?

Antes de que pueda responder, la puerta de la cocina se abre. Katla, Sofie y Ness entran riéndose a carcajadas. Tienen las mejillas sonrosadas por la brisa de la tarde. Llevan las capas caídas sobre los hombros.

Ness saluda con la mano. Cuando se sientan, mira de reojo mi cuenco.

—Ahh —dice—. ¿Está bueno?

—No. ¿Quieres?

Ness llena el tenedor.

—Ay —masculla—. Señor.

—Pippa dice hola —comenta Sofie. Hace días que no le veo los ojos tan brillantes.

—Espero que se case con Gregor —añade Ness—. Es el guardia favorito de Nikolai. Apuesto a que si se casan, al final podrá venir en la flota con nosotras.

Cruzo la mirada con Sofie al otro lado de la mesa. Frunce los labios.

Katla pasea la mirada entre Sofie y yo.

—¿Tasha? Necesito un momento a solas.

—Esperad —dice Ness—. Quiero oír lo de las audiciones. ¿De qué tenéis que hablar en secreto vosotras dos?

—Subidas para la llave de cadera —dice Katla—. Cómete la bazofia.

En el pasillo, el olor a marisco y humo de turba se desvanece. Katla se cruza de brazos.

—¿Recuerdas esa vez que se me rompió el traje justo en el trasero antes del festival de la estación de la foca? —dice.

Compongo una sonrisa débil.

—Sí.

—¿Y que volviste corriendo a palacio para conseguirme uno nuevo para que Adelaida no se enfadase conmigo?

—Las bailarinas deberían correr más. Es un ejercicio muy bueno.

—Lo hiciste porque eres mi mejor amiga —dice Katla.

—Siento que esta historia va a tener una enseñanza —respondo.

Katla hace ruido al soltar el aire por la nariz. No dice nada mientras un par de ayudas de cámara pasan junto a nosotras. Cuando abren la puerta, la cocina nos escupe una vaharada de humo. En cuanto vuelve a cerrarse, dice:

—Justo antes de irnos, Sofie llevó a Pippa aparte y le contó algo. No me dijo el qué.

Por un instante, me planteo no decírselo. Pero es ridículo. Es demasiado egoísta, incluso para mí. Solo tengo miedo. Miedo de que piense que le he fallado, que he fallado a las bailarinas.

Miedo de que piense que no tiene sentido seguir en la compañía y se marche.

No puedo ser la bailarina principal de un grupo que no existe.

Siento una oleada de pánico. Debería contárselo a Katla. *Tengo* que contárselo a Katla.

Me seco las palmas sudorosas en los muslos.

—No iremos en la flota.

Una pausa.

—*¿Qué?* —espeta Katla.

Cambio el peso de un pie a otro. Me quedo callada hasta que un guardia entra en la cocina. Nos dedica una mirada suspicaz.

—Adelaida dice que no hay sitio. Debería habértelo contado de inmediato, lo sé…, pero teníamos el festival y luego estuve en las audiciones y… Lo siento.

Se le endurece la expresión.

—Tienes razón. Deberías habérmelo dicho enseguida.

Me encojo. Nadie se toma la honestidad más en serio que Katla.

—De verdad que lo siento.

—Lo que tú digas —masculla.

—Pero se me ocurrirá algo —digo—. Eso es lo que hago, ¿no? Es lo que siempre hago. Pensar en algo. Adelaida y yo estamos…

—Ya —dice Katla con amargura—. Tengo mucha fe en que a *Adelaida* se le vaya a ocurrir un plan para mantenernos a salvo. ¿Qué va a hacer? ¿Casarse con Nikolai?

Katla debe percibir que algo cambia en mi rostro.

—No —continúa—. Adelaida quiere que *tú* te cases con Nikolai. ¿No es así?

Tengo la boca seca.

—Lo ha sugerido. Aunque es una locura. ¿Verdad?

—¡Es una ridiculez! —dice Katla demasiado alto—. ¡Nikolai nunca se casaría contigo!

Mentiría si dijese que no me ha dolido un poco.

—Como he dicho, es una locura.

—Estoy segura de que él y Gospodin están haciendo toda clase de negociaciones con las familias más influyentes de Kostrov —dice Katla—. Probablemente estén negociando intercambios o algo así. Apuesto a que la chica con la que se case será la que pueda ofrecer el barco más grande de la flota.

—Claro —musito y siento que me desanimo. Por los mares. ¿De verdad estaba empezando a creer que tenía una oportunidad?

—No puedo creer que Adelaida nos lo ocultara —dice Katla—. En realidad, no me creo que tú nos lo ocultaras, pero te quiero, así que dejemos esto atrás y vayamos al grano. ¿Qué vamos a hacer? Estoy tentada de renunciar solo para fastidiar a Adelaida.

—No —me apresuro a responder—. Por favor. Nuestra suerte no mejorará si dejamos las bailarinas.

—Entonces ¿qué esperas que hagamos?

—¿Qué planea hacer tu familia? —le pregunto.

Katla frunce los labios un momento.

—Han estado almacenando comida desde el día siguiente de la Décima Tormenta, pero ¿te haces una idea de cuántos alimentos se necesitan para abastecer a una familia durante un año? ¿Lo grande que tendría que ser el barco para toda el agua potable?

—Eh…, ¿no? —me avergüenza hasta decirlo.

—Contaban conmigo —dice Katla—. He sido lo bastante idiota como para creer que podría incluirlos también en la flota. Idiota, idiota, idiota.

La agarro de los hombros.

—No eres idiota. Todas pensamos… Bueno, qué más da. Pero lo arreglaremos. Yo lo arreglaré.

Intenta apartarme. Sé que se está adentrando en un rincón oscuro. Cuando empieza a retirarse de nosotras —silencios largos, hombros fríos—, a veces tarda semanas en regresar. Necesitamos hacer algo. Necesita esperanza. Y yo también.

—Vamos al puerto —propongo. Me siento temeraria.

—¿Al puerto? ¿Por qué?

—No podemos luchar contra esto si no sabemos a qué nos enfrentamos —digo—. Vamos a echarle un vistazo a la flota. ¡Compremos nuestro propio barco! Hagamos algo.

—De verdad, no creo que…

—Nop —digo y empujo a Katla por el pasillo. No se va a sumir en ese lugar oscuro y sin esperanza, y yo tampoco—. Vamos.

Diez minutos después, nos protegemos contra el viento del océano. Tengo que sujetar la capa de Adelaida, que he robado, con el puño para que no se me suba hasta las caderas.

—Mira las puertas —dice Katla cuando los mástiles de los barcos de la flota real se alzan a la vista.

Unos guardias y las puertas de metal rodean el muelle que conduce a la flota real. Hay cuatro barcos enormes meciéndose allí. Uno sigue en construcción. Solo distingo los nombres de dos: *Nuevo Paraíso* y *El Terror de la Lluvia.*

—Vamos a cruzar —digo.

—Estoy bastante segura de que el mensaje que intentan dar las puertas no es: «¡Pasen a saludar!».

Con un ademán, me dirijo al muelle. Allí, un par de guardias más mayores —no los jóvenes serviciales que están deseando cooperar con las bailarinas— montan guardia en medio de un montón cada vez mayor de colillas.

—El muelle no está abierto al público —dice uno de ellos.

—Somos bailarinas —respondo.

No parecen impresionados.

—Bailarinas *reales* —añado.

—Me había quedado claro —dice uno de ellos.

Me pongo de puntillas para ver mejor los barcos. Son grandes. Mucho. Y nosotras, pequeñas. ¿Seguro que no podemos arrebujarnos en algún rinconcito acogedor?

—¿Nos podéis contar algo sobre los barcos? —pregunto.

—Información clasificada —responde uno de los guardias—. Tenemos que pediros que os marchéis.

Katla entorna la mirada.

—¿Información clasificada? ¿Cómo pueden ser unos barcos información clasificada? ¿No es un asunto de seguridad pública?

Los hombres se limitan a cruzarse de brazos y siguen fumando.

—Vamos —murmuro y agarro a Katla del brazo—. No vamos a llegar a ninguna pare.

—¿A dónde vamos? —pregunta Katla.

—A encontrar a alguien de más utilidad.

Sí que encontramos a alguien más útil. Un hombre con marcas por el sol en la piel morena que se está subiendo a un bote estrecho repleto de redes de pesca.

—Buenas tardes —digo, intentado imprimir un tono firme pero cordial de mercader—. Tenemos algunas preguntas sobre el mercado de los barcos.

Katla masculla algo sobre la vergüenza que doy, pero la ignoro.

El hombre arquea las cejas. Se toma un buen rato antes de responder solo por si su escepticismo no hubiera quedado claro por su expresión.

—El marcado de los barcos —dice.

—Eso es. ¿Es muy difícil comprar un barco en este momento?

—Mira —dice observando el muelle de reojo—. No puedes ir por ahí preguntando para comprar un barco. Últimamente levanta muchas sospechas. Se supone que todos debemos poner de nuestra parte, ¿sabes? Que los peces, la turba y el centeno sigan llegando para almacenarlos para la Inundación. No es ilegal comprar un barco, pero ¿abastecerlo con las provisiones suficientes? Tendrías que estar extremadamente familiarizada con el mercado negro. Y tener los bolsillos llenos como los de Heather Hill.

—¿Así que no tienes tus propias provisiones para la Inundación? —pregunto.

—No tengo ni provisiones para la semana que viene —dice.

Señalo los barcos gigantescos que se mecen detrás de las puertas apostadas.

—Entonces, cuando llegue la Inundación, ¿crees que subirás a la flota real?

Katla me agarra de la muñeca. Me doy cuenta, después de que haya salido por mi boca, de que probablemente sea una pregunta estúpida. De verdad, he sido muy ingenua en cuanto a la Inundación.

Pero el hombre no parece molesto.

—Se rumorea que solo irán ciento cincuenta personas por barco.

—Pero ¡si son enormes!

Se encoge de hombros.

—Almacenar tanta comida y agua ocupa mucho espacio. Y el ganado. Y la ropa, las joyas, las obras de arte...

—¡Obras de arte! —exclamo—. ¡No lleves obras de arte, llévame a mí!

El hombre suelta una carcajada.

—El arte no necesita diez barriles de agua potable para pasar un año en la mar. Pero te entiendo.

—Seguro que los barcos necesitan tripulación —interviene Katla.

—Claro. A cualquiera de nosotros nos encantaría que nos contratasen. Si eso falla, mucha gente está almacenando su comida como buenamente pueden, pero es difícil acumular tanta después de que los diezmos se hayan cobrado su parte. Aunque los soñadores siempre van a intentarlo. Puede que duren una estación. O quizá piensen que encontrarán una isla que no se hunda en alguna parte. —Suspira—. Aunque yo soy más realista.

—Entonces ¿qué vas a hacer? —le pregunto.

—Ahogarme, probablemente.

—Oye —dice Katla—. ¡Nosotras también!

Y eso es todo.

Permanecemos en silencio durante la mayor parte del trayecto de vuelta a palacio. Es tan tarde que debería caer redonda en la cama, aunque no creo que ninguna descanse bien.

—Pensaré en algo —digo cuando llegamos a la puerta.

Katla se encoge frente al viento.

—Yo lo veo bastante imposible.

Aprieto la mano en un puño y apoyo la cabeza en ella. Adelaida cree que puedo ser reina. ¿Tendrá razón?

¿Tengo otras opciones?

—Nos reuniremos —digo—. No… no mañana por la mañana. Pasado mañana. Solo necesito algo de tiempo para pensar. Trazar un plan. Y entonces las reuniremos a todas y les daremos la noticia.

—¿De nuestra muerte inevitable?

—Ya —digo—. De nuestra muerte *aparentemente* inevitable.

Katla me dedica una larga mirada dolida.

—No vuelvas a mentirme —dice. Luego entra.

Espero junto a la puerta un rato más. Cierro los ojos.

El océano aúlla.

16
ELLA

Llego a la puerta azul al amanecer. Un guardia me deja pasar, pero cuando llego al estudio, está vacío. Lucho contra las ganas de recorrer el palacio hasta encontrar a Nikolai. En cambio, doy una vuelta despacio alrededor de la sala tocando cada una de las finas sedas.

La puerta se abre. Dejo la tela y me doy la vuelta como si estuviera a punto de meterme en problemas.

—¡Ah! —dice una voz ligera—. Una amiga nueva.

Esperaba que fuese madame Adelaida o Natasha, pero en lugar de eso, un rostro pálido y desconocido se asoma por el umbral. Lleva el cabello fino con un corte recto, una sábana marrón como el de los ratones que le roza las clavículas. Intento ubicarla del festival, pero debí pasarla por alto sin quedarme con ella.

Decide que no soy venenosa y atraviesa la estancia con los pies enfundados en unas zapatillas. Cuando sonríe, le sale un hoyuelo en las mejillas pálidas. Me tiende la mano.

—Sofie.

Cuando la saludo, noto que mi mano se cierra en torno a una red de callos duros.

—Ella.

Lleva un collar de plata del Álito Sacro: dos cuadrados superpuestos que se supone que representan las velas del barco de Kos. El manual que me dio Maret hacía mucho hincapié en la norma de no llevar joyas en las sedas. Me pregunto si tiene que quitarse el collar para practicar.

—Bienvenida a las bailarinas —dice—. Natasha apenas nos ha hablado de ti.

—No hay mucho que contar —respondo—. Nací en una ladera escabrosa y me crie con las cabras montesas. Hablo siete idiomas, pero por desgracia, todas derivan de las cabras del monte.

Sofie da una palmada.

—Ay, ¡me caes bien! No soy tan lista como para inventarme una historia original en el sitio, así que puede que la próxima vez que te apetezca contarme la verdad, me habré inventado una historia propia.

—¿Cuál es tu historia real?

—Nada tan divertido como las cabras montesas. Mi padre es dueño de algunos edificios de apartamentos en la Costa de la Anguila. Es un idiota. Pero siempre me pagó las clases de bailarina, gracias a los mares, y me uní a la Compañía Real hace dos años.

Dos años. Hago los cálculos de memoria. Cassia murió hace cuatro meses. La conocí tres meses antes. ¿Cuánto tiempo hace que huyó de Kostrov?

Puede que esta chica se haya encontrado con Cassia. Puede que la conociera.

—¿Cuánto es lo máximo que ha estado aquí una bailarina? —pregunto intentando que no parezca que me muero por saber la respuesta.

—Ah, Natasha tiene ese récord. Lleva siendo bailarina desde que tenía nueve años. —Sofie hace una pausa—. Aunque Gretta ha estado en palacio toda la vida y tiene catorce, así que supongo que lleva más tiempo aquí. Y si cuentas a Adelaida, definitivamente ella, porque lleva desde siempre en palacio. Aunque no le digas que te lo he contado, se creerá que la estoy llamando vieja.

Noto el corazón en la garganta. Hay tanta gente que pudo haber conocido a Cassia. ¿Me mencionó alguna vez uno de estos nombres? Desearía haberle prestado más atención. Desearía haber escrito todo lo que me dijo.

La puerta vuelve a abrirse. Esta vez, es Natasha, y siento el corazón palpitarme en el pecho.

Seguro que ella casi conocía a Cassia. Desde luego, Cassia la vio actuar.

Va vestida con un traje negro de cuerpo entero ceñido con un jersey granate abullonado que le tapa las manos hasta los nudillos. Se ha recogido el pelo en una coleta sobre el hombro.

¿Hablarían ella y Cassia alguna vez? ¿Cómo podrían haberse ignorado? Puede que sean las personas más injustamente encantadoras que he conocido jamás.

Natasha me recorre con la mirada de arriba abajo.

—Tendrás que cambiarte. Te traeré un traje de repuesto del armario. El que llevas parece que está a punto de caerse a pedazos. Este fin de semana haremos una prueba por derecho.

Natasha sale de nuevo por la puerta. Hasta que Sofie no me dirige una mirada significativa, no me doy cuenta de que se supone que debo seguirla.

Me recoloco la bolsa sobre el hombro. Pesa mucho por el barómetro. Aparte de eso, solo he traído un par de medias de repuesto y el vestido que llevé en el viaje desde Terrazza. Ojalá tuviese algo de Cassia.

En el pasillo, veo seis puertas, incluyendo la del estudio de la que acabamos de salir. Natasha sacude la mano sin ton ni son.

—Mi habitación, la habitación de las bailarinas, el cuarto de Adelaida, el aseo. —Se detiene frente a una de ellas y la abre—. El armario.

—No me he quedado con ninguna.

—Ya te las aprenderás.

El armario está a rebosar de sedas y disfraces. Natasha agarra un montón de tela negra y me la lanza al estómago.

La atrapo e intento que no se note que compruebo a escondidas que tengan las mangas largas. Suspiro de alivio cuando las veo.

—¿Dónde debo cambiarme?

Natasha se encoge de hombros.

—No me importa. ¿En la habitación de las bailarinas? —Desvía la mirada hacia mi muñeca. Sucede tan rápido que estoy segura de que me lo he imaginado. Solo estoy esperando a que actúe con sospecha, eso es todo—. El aseo está ahí, por si estás más cómoda.

Esta vez, señala la puerta lo bastante despacio para fijarme a cuál se refiere.

—¿Os dejan comer aquí? —pregunto.

—El desayuno es a las nueve, después del calentamiento. Las comidas las hacemos en la cocina con los sirvientes.

—¿Sirvientes? —digo—. Entonces ¿no voy a tener la ocasión de robar ningún plato de oro macizo?

—Si te refieres a si alguna vez cenamos con la realeza —señala Natasha—, pues sí. Pero solo en ocasiones especiales. Y hoy no lo es. Espero que te gusten las gachas.

—Me encantan las gachas —digo.

Hace una pausa.

—No sabría decir si lo dices en broma.

—Jamás bromearía sobre las gachas.

Natasha se apoya contra la pared con los brazos cruzados. Mueve el cuerpo de forma lánguida, suave como una serpiente.

—Bueno —dice—, te llamas Ella Neves y sientes algo fuerte por las gachas. ¿Algo más que debamos saber sobre ti?

—Prefiero cultivar un aire de misterio.

Me contempla fijamente. Le devuelvo la mirada.

—¿Por qué estás aquí? —pregunta.

—¿En sentido general? Es una pregunta demasiado filosófica sin haberme comido las gachas.

—Me refiero a —dice en alto, empieza a sonar exasperada— ¿por qué querías unirte a la Compañía Real de las Bailarinas del Aire? ¿Has oído que así tendrás sitio en la flota? ¿O solo estás aquí por pura pasión por la danza aérea?

—¿Qué puedo decir? Soy una chica que sigue sus pasiones.

¡Como el asesinato! Mejor no mencionar esa parte.

Natasha se ciñe la coleta. Ya la tiene tan apretada que me sorprende que no se arranque algún pelo.

—No vamos a practicar menos solo porque la Inundación se acerque. Así que espero que te lo tomes en serio.

—Ah —digo—, totalmente.

Me cuelgo el traje del hombro y me dirijo al aseo. Echo el pestillo en la puerta.

El baño está frío y cubierto de azulejos. Hay un par de lavabos en paredes opuestas. Y en una encimera, una salsera roenesa tan encantadora que resulta cómica. Digo cómica porque es para la orina y me parece una estupidez hacer pis en un objeto de porcelana con flores. En serio, parece un poco como algo que verías en una mesa durante una cena con el arreglo de ensalada. Me crie utilizando aseos externos, pero parece que los kostrovianos se consideran demasiado elegantes como para soportar el olor de las aguas residuales de hace un mes. Qué pena. Eso te forja el carácter.

Me quito el traje de cuerpo entero que me dio Edvin, feliz de apartar esas mangas demasiado cortas de mi vista. El nuevo me queda muy grande, pero el material es fuerte y suave.

Odio contemplar mi sirena. Odio cuando queda fuera, expuesta. Odio cuando me miro el brazo y la veo devolviéndome la mirada. Cuando tiro de la manga hasta la muñeca, me imagino que la estoy asfixiando.

Cuando regreso al estudio, han llegado las demás. Todas las miradas se clavan en mí cuando entro. Está tan silencioso como solo sucede durante un silencio repentino.

Madame Adelaida lleva una nube de pelo gris sobre el hombro. Al principio, creo que es una especie de chal, pero cuando se da la vuelta, unos ojos dorados me devuelven la mirada. Es un gato. Un gato que parece que acaba de volver de la guerra y que todavía se está recuperando de la experiencia.

Natasha ladea la cabeza, observándome, pero les habla a las otras.

—Esta —dice— es Ella Neves. Ella, te presento a las bailarinas.

—Saludaos —dice madame Adelaida. El gato se sujeta a sus hombros—. Y luego comenzad a estirar.

Todas comienzan a decirme hola por turno. Siento como si la Ella que era se alejara a la deriva. Al convertirme en una bailarina del aire, dejé de ser quien era antes. La hija de un granjero, la hermana mayor, una terrazzana. Todo lo que queda de mi identidad son las partes vengativas. La Ella que vio a Cassia morir. Aquellas partes que harían lo que fuera para que este dolor merezca la pena.

—Bienvenida a las Bailarinas del Aire —dice una de las chicas. Me dedica una sonrisa grande e impecable.

Tengo la boca demasiado seca como para responder.

Hola, Ella, dicen una tras otra tras otra.

Adiós, Ella, digo y la alejo para que no vea en quién me he convertido.

17
NATASHA

Dirijo los estiramientos de las chicas.

Sigo intranquila por nuestra escapada al puerto de anoche, intranquila por decirles a las chicas que no subiremos a la flota, así que la distracción de tener una nueva bailarina es bienvenida.

Ness no deja de hablar con Ella.

—Es oscuro, ¿verdad? Siempre he pensado que es demasiado lúgubre, pero nadie me hace caso. Y comparado con el exterior, es… ¡Ah!

Kaspar salta de los hombros de Adelaida y le tira los papeles de las manos. Se le resbalan las patas por el suelo hasta que se detiene junto a los pies de Ella, con un desvío rápido para lanzarse de cabeza a la espinilla de Ness. Se enrosca entre los tobillos de Ella y le da unos zarpazos a la tela suelta de su uniforme.

Adelaida alza la vista con los labios curvados en una mueca de desagrado.

—Kaspar no es afable —dice casi como una amenaza.

—Bueno, no tiene ningún motivo para que yo le guste. —Ella sacude el pie—. Aquí no vas a encontrar a ninguna amiga, gato.

Kaspar la mira con una adoración desenfrenada.

Nunca jamás se ha acurrucado contra mis tobillos. Una prueba más de que es un gato estúpido con un gusto estúpido.

—Guiaré el estiramiento —dice Adelaida—. Enséñale a Ella las subidas básicas. Kaspar, ven aquí.

Mientras las otras chicas hacen un estiramiento profundo hasta tocarse la punta de los pies, Ella camina hacia mí sin hacer ruido. Kaspar desvía la mirada desde su antigua dueña a su nueva a miga. Espero que el pánico no haga estallar su diminuto cerebro.

Ella se detiene a medio metro de mí. Retrocedo un paso. Los kostrovianos, por naturaleza, necesitamos una burbuja de espacio personal lo bastante grande como para balancear los brazos sin chocar. En un mundo perfecto, estaríamos tan lejos los unos de los otros que nunca veríamos a nadie.

Ella se acerca un poco más. Contiene la sonrisa que tironea de las comisuras de sus labios. En un espacio tan reducido, es tan bonita como en las sedas. Es más bajita que yo, musculosa, de pómulos prominentes, que solo ahora, estando tan cerca, reconozco.

—Te vi en el festival —digo. Recuerdo haberla visto un segundo (sus rizos oscuros, la piel olivácea, la mirada curiosa), pero desapareció demasiado deprisa.

—¿Ah, sí? —responde—. Hum. No me acuerdo.

Siento una punzada, molesta por su evasiva. Analizo su expresión —¿está mintiendo?—, pero no logro descifrarla.

—Adelaida y yo creemos que dependías mucho de los brazos en la audición. Quiero ver cómo subes otra vez.

Ella me sigue a la parte trasera del estudio. Me detengo junto a la extensión de tela que solía pertenecer a Pippa.

—Sé que esto es básico —digo—, pero si no haces bien lo básico, no harás nada bien y tenemos que darnos prisa. Así que escucha. A menos que tengas pensado caerte y romperte todos los huesos hoy.

—Ah —dice—. En verdad tenía programado romperme los huesos el jueves.

Entrecierro los ojos. Ella me mira impasible batiendo sus pestañas oscuras. Lleva el pelo recogido en una coleta enorme, pero todavía le cuelga uno de los rizos frente a la oreja.

—No lo entiendes… —Me detengo, tomo aire y empiezo de nuevo—. Esto es importante. Ahora mismo. Es importante que las Bailarinas del Aire… y eso te incluye a ti… seamos perfectas.

—Porque si somos perfectas, ¿convenceremos al océano de que no nos mate?

—¿Te crees muy graciosa? —espeto.

—Pues sí —dice Ella—. He sondeado el grupo y parece que Ness ya es la soñadora de ojos grandes y Sofie, la confidente encantadora, así que a mí me toca ser el alivio cómico. A menos que seas tú.

—No soy graciosa —digo.

—Entonces ¿qué eres? —Su forma de hablar es tranquila. Tiene el tipo de voz que te obliga a inclinarte hacia delante por miedo a perderte algo.

Y caigo. Me acerco más a ella mientras digo:

—¿Qué soy yo?

—¿La heredera mimada? ¿La chica que no se da cuenta de lo guapa que es hasta que un hombre se lo diga?

—Sé que soy guapa —respondo.

Ahí está. Al fin, tironea de sus labios en algo que casi parece una sonrisa. Curva la comisura de los labios de manera tan resbaladiza y lenta como el resto de sus movimientos.

—Entonces supongo que tendré que descubrirlo yo misma.

—Bueno —digo—, me gusta cultivar un aire de misterio.

Permanece en silencio y ladea la cabeza. El rizo se mece hacia delante proyectando una sombra con forma de sacacorchos sobre su mandíbula.

—Vaya, ¿no somos como dos gotas de agua?

Señalo la seda.

—Sube.

Ella se enrosca la seda alrededor de una pierna con la otra y empieza la subida. Doy un paso atrás para observarla.

—Parece que te duele —comento.

—No me duele.

—Pues tienes toda la cara apretujada.

Suelta el agarre y cae al suelo de tal forma que me castañetean los dientes.

—No hagas eso —digo—. Es malo para las rodillas.

—Ah, qué incordio —masculla. Suelta un suspiro con pesadez—. Necesito tener las rodillas intactas para el jueves.

—El jueves —digo—. Cuando tienes programado romperte todos los huesos.

Se inclina hacia delante con una sonrisa. Como un gato jugando con su presa.

—Exacto.

Agarro las sedas y se las pongo delante.

—Sigues dependiendo demasiado de tus brazos. Deberías tener la seda ceñida entre los pies.

Engancho la tela entre los míos y me elevo un paso. La muñeca me arde un poco —un recordatorio amistoso solo por si se me ha olvidado la caída—, pero la ignoro.

—Vale —dice.

—¿Vale? —Me deslizo poco a poco hasta el suelo—. ¿No tienes preguntas?

—No, la verdad.

Le tiendo las sedas.

—Está bien. Vamos.

La corrección es sutil, pero perfecta. Debería sentirme satisfecha. Solo estoy molesta. Lo único que le falla es el traje. Le queda demasiado grande en las muñecas y los tobillos y el exceso de tela no deja de engancharse.

—Ya puedes volver a bajar —le digo.

Vuelve a caer con fuerza y aterriza sobre los pies. Me mira.

—Ah —dice—. Lo siento. Olvidé lo de romperme las rodillas.

Su voz me tiene cautivada. Es ronca y cálida, palabras dulces como la miel relajadas las unas con las otras. No es como la manera áspera de hablar kostroviana.

—Te falla el agarre —digo—. Creo que es el traje, que te entorpece.

Le tomo la mano, donde tiene la tela de la manga apretujada en los nudillos. Da un respingo. No lo bastante rápido.

Me doy cuenta de mi error un segundo después de haberlo cometido.

No se ha dado cuenta de que ya le he visto el tatuaje de la muñeca. Pensó que lo tenía tapado.

De repente, por accidente, me siento invasiva. Mis dedos sobre la llanura suave de su muñeca al retirar la tela. Veo líneas negras, la tinta del rostro de la sirena. Mis manos son un ataque.

Retrocedo. Ella se lleva el brazo al pecho como si la hubiese quemado. Sus mirada cambia: pánico, traición y luego, un vacío helado.

—No… no importa aquí —digo. Las palabras se me quedan atascadas en la garganta. Me arrepiento nada más decirlo porque parece minimizar algo que seguramente sea importante para ella, aquí y en todas partes.

Vuelve a bajarse la manga hasta la base del pulgar y aprieta la tela en el puño. Pero incluso con la muñeca cubierta, mis ojos no dejan de desviarse hacia ella.

Había oído hablar de los tatuajes de sirena, pero nunca había visto uno tan cerca. Por supuesto, jamás he tocado uno.

No pretendo haber estudiado minuciosamente *El cuaderno de bitácora del capitán,* pero sé que hay un pasaje sobre las sirenas. Unas mujeres-pez extrañas que Kos afirma haber visto durante su travesía. Lo bastante hermosas como para resultar tentadoras, pero había algo en ellas que no estaba del todo *bien.* No eran humanas. No sé si en realidad Kos las vio —o pensó que las había visto— o si eran una metáfora.

Hoy en día, cuando alguien dice *sirena,* no se refiere a las mujeres-pez que viven en el mar. Se refiere a una mujer que prefiere acostarse con otra mujer en vez de con un hombre. La gente no tiende a utilizar la palabra en el buen sentido.

—Y ahora, ¿qué? —dice Ella.

Sacudo la cabeza, siento cómo empiezan a arderme las mejillas.

—Claro. Veamos tu arabesco. —Le tiendo las sedas.

Coloca las manos alrededor de las mías con cuidado sin llegar a rozarme la piel.

Me hormiguea el cuerpo, insegura. No puedo dejar de mirarle las mangas. Ella no me devuelve la mirada.

Tengo demasiadas preguntas. Me resultan muy groseras, muy personales, muy peliagudas.

¿Quién le hizo el tatuaje a Ella en la muñeca? ¿A qué hombre le ofendió tanto su existencia?

Cuando hace la subida, dirige las sedas, fluye por ellas con tanta facilidad como si fuesen agua.

—¿Está bien? —dice.

Demasiadas preguntas. Me las trago todas.

—Perfecto.

18

ELLA

En la cena hay pan caliente y nadie se enfada conmigo cuando me como siete panecillos. Estamos en la cocina de paredes de piedra y una nube sofocante de humo de turba.

No he sido capaz de mirar a Natasha a los ojos desde que vio mi sirena. Ella y Katla se pasan toda la comida susurrando. Sigo inventándome escenarios en la cabeza: ¿y si ella y Cassia eran amigas o algo más? ¿Y si Natasha descubre qué significaba Cassia para mí y por qué estoy aquí?

Por suerte, me cuesta pasar mucho tiempo dándole vueltas porque Ness habla tanto que no me oigo pensar.

—Le prometí a Twain que nos reuniríamos con él y algunos guardias más en las piscinas termales esta noche. —Le da un bocado al pico diminuto del pan—. Deberíamos ir todas.

Gretta repliega el labio inferior.

—Literalmente preferiría darme un chapuzón en el Gran Canal que veros a ti y a Twain comeros la boca.

Sofie ladea la cabeza hacia mí.

—Twain es el hermano mayor de Gretta. Él y Ness están saliendo. En realidad no se comen la boca.

—Una pena. La vida de palacio sería mucho más interesante con un toquecito de canibalismo.

—Apuesto a que a Andrei le gusta disfrutar de un poquito de canibalismo los fines de semana —dice Sofie. Y luego, para mí, añade—: Es nuestro guardia menos favorito.

—Preferiría que no sugirieras que mi padre contrata caníbales —dice Gretta.

Katla ahoga una exclamación.

—¿Tu padre es el capitán de la guardia? ¡No me creo que nunca lo hayas mencionado!

—¡Oye! —protesta Gretta—. Yo no…

—Bueno —dice Katla en voz alta—, vendréis a las piscinas termales, ¿verdad? Los guardias son un encanto. Y siempre cabe la posibilidad de que Nikolai se una.

Noto una opresión en los pulmones.

Natasha levanta la cabeza.

—¿Qué? ¿Las piscinas termales esta noche?

No puedo evitar sentir como si hubiese salido de un trance al oír el nombre de Nikolai. *¿Por qué tanto interés, Natasha?* Siento un hormigueo en las manos.

—Iremos todas.

—Salvo yo —añade Gretta—, que estaré evitando las comidas de cara.

Katla hace un ademán.

—Yo tengo una cita importante con mi cama.

Así que una hora después, sigo a Ness, Natasha y Sofie al corazón del palacio.

Cuando Natasha empuja la puerta que da a un patio interior, el viento sopla frío y húmedo sobre mi rostro. No he sentido el aire fresco desde que llegué a palacio esta mañana.

—Los Jardines de Piedras —dice Sofie y extiende el brazo hacia el camino adoquinado—. Solo por si tu idea de belleza empieza y acaba con rocas.

Serpenteamos entre un laberinto de fuentes y esculturas y, entonces, una estructura enorme de cristal se alza frente a nosotras.

Un guardia pelirrojo saca la cabeza por una puerta de cristal empañado y deja escapar una nube caliente de vapor.

—Buenas tardes, bailarinas.

Aprieto la tela de las mangas con los puños solo para estar a salvo.

—Gregor —dice Natasha—. ¿No tienes que cuidar a tu amada embarazada?

—Estoy de guardia —responde.

—Sí, se ve que estás trabajando durísimo.

Parece realmente herido.

—Sabes que estaría con ella si pudiera.

Frunzo el ceño al mirar del guardia —Gregor— a Natasha cuando desaparecen tras entrar en el edificio de cristal.

—¿Están emparentados? —pregunto. Tienen la misma nariz fina y cubierta de pecas; los mismos nudillos huesudos y extremidades muy largas.

Sofie se ríe.

—No, pero deberían empezar a decirle a todo el mundo que son primos. Daría el pego. Venga, vamos dentro.

Cuando parpadeo para aclararme la vista, veo plantas. Más de las que pueda contar. Están alineadas en todas las paredes.

Colgadas de cada celosía. Aunque solo van unos pasos por delante de nosotras, Ness, Natasha y Gregor han desaparecido en el tartán de ramas superpuestas.

Las flores sobrepasan los límites de mi vocabulario. Una flor violeta con demasiados pétalos para ser una violeta; una torre de mandarinas escamosas; flores con picos como pájaros.

—Te acostumbrarás a este tipo de cosas. —Sofie señala con la cabeza un árbol en una maceta junto a nosotras; las raíces sinuosas entran y salen de la tierra como una serpiente de mar entre las olas. El árbol es una madeja de ramas y una explosión de hojas. Una horda de hormigas marchan tronco arriba, libres de gravedad.

—La realeza tiene… gustos caros.

Media docena de hombres jóvenes con el uniforme de la guardia se arremolina en torno a una piscina de suelo en medio del invernadero. Unos cuantos tienen los pantalones remangados hasta las rodillas y les cuelgan los pies sobre el agua. Ness ya se está besando apasionadamente con uno de ellos.

—Bueno, eso es más de lo que quería ver —dice Sofie.

—Parecen, eh, muy felices juntos.

Sofie resopla y luego hace un gesto hacia la piscina.

—¿Vamos?

Por un momento me preocupa tener que quitarnos el traje, pero solo se remanga los pantalones y se sienta en el bordillo de la piscina como los guardias. Una mujer más elegante, como Maret, probablemente tendría problemas con dejar a la vista los tobillos, pero en cuanto a articulaciones que me gustaría esconder, los tobillos están muy abajo en la lista.

Me quito las zapatillas y subo la tela del traje hasta las rodillas. El suelo junto a Sofie está húmedo, pero cuando meto los pies en el agua, suspiro.

—Da gusto, ¿eh? —dice.

El agua quema. Me hormiguean los pies del frío y luego, del calor. Las piernas que se mecen en los bordes de la piscina provocan una corriente que envía olas en miniatura que rompen contra la orilla rocosa. Natasha y Gregor están sentados al otro lado del agua frente a nosotras.

Sofie mueve las manos en círculos en el agua.

—Si el océano se siente así de bien, puede que la Inundación no esté tan mal.

—¿Cómo la calientan?

—No lo hacen. Viene de una fuente termal subterránea o algo así.

Oigo el nombre de Nikolai antes de verlo. Los guardias susurran entre ellos *Nick*, y luego *rey*, y después, *mierda, levantaos*. Unas reverencias apresuradas. Y entonces, una figura en el vapor.

En nuestro viaje desde Terrazza hacia Kostrov, nuestro barco pasó junto a una manada de ballenas asesinas. Uno de los marineros me llevó a un lado y señaló al océano.

«¿Ves esa sombra?», dijo.

«No», respondí, pero entonces lo vi, una sombra oscura alargada con forma de globo justo bajo la superficie. Se deslizaba en dirección al viento, una aleta con forma de gancho, un lomo rectangular, una cabeza negra y lisa.

Así es como emerge Nikolai de la niebla. Borroso y luego nítido en un instante, acallando la charla alegre del invernadero con la aparición de su cabello negro lacio enmarcando un rostro pálido y fino.

Su boca se curva en una sonrisa sin enseñar los dientes. Sus ojos grises pasean de un rostro a otro y entonces, cuando se posan en mí, se quedan quietos, sin reconocerme.

No puedo respirar.

Me mira fijamente un momento demasiado largo.

Me observa y yo lo observo a él; me pregunto si lo siente igual que yo. Que hay algo gigantesco en la otra persona.

Será la primera persona que mate en la vida y mis ojos serán la última cosa que vea.

Entonces, el momento se rompe. Gregor se levanta y le ofrece una mano a Nikolai para ayudarlo. Natasha dice algo que no llego a escuchar (¿porque están muy lejos o porque tengo los oídos taponados?). Nikolai se une a ellos al borde del agua.

Apoya la mano en la muñeca de Natasha, la que tiene vendada. Ella le resta importancia con un gesto (*Estoy bien, estoy bien*). Una sonrisa perezosa tironea de su boca.

Lo odio. Odio su sonrisa perezosa. Odio la forma en que mira a Natasha.

—¿Son amigos? —pregunto.

—¿Natasha y Nikolai? —dice Sofie.

Parece tan cómodo. No como el líder de una pequeña nación. Solo un chico de diecisiete años con una chica demasiado guapa para él a su lado. Los guardias que lo rodean, a la señal de Gregor, se relajan y vuelven a sus conversaciones. Unos cuantos juguetean con las cartucheras, las pistolas, pero ninguno parece estar en alerta. Me doy cuenta de que esto es normal. Nikolai no tiene enemigos en el palacio y mucho menos entre su grupo joven de guardias.

Natasha sonríe. Puede resultar un gesto coqueto. Pero definitivamente nauseabundo.

—Sí —respondo—. ¿Se conocen bien?

Sofie se encoge de hombros.

—¿Dos personas atractivas que viven bajo el mismo techo? Sí. Gravitan el uno hacia el otro.

Debo mirarla con aspereza porque niega con la cabeza.

—No de esa forma —dice—. No hay nada romántico o por el estilo. Quiero decir, hasta ahora, él estaba comprometido. —Hace una pausa—. Estabas en el festival, ¿verdad?

Asiento.

—Entonces ¿oíste lo del matrimonio? Que se va a casar con una kostroviana.

—Es mentira —digo, definitivamente demasiado fuerte. Miro a mi alrededor. Ninguno de los guardias nos miran—. Entiendo que casarse con la princesa de Illaset no merezca su tiempo, pero ¿por qué tendría que casarse con una kostroviana cualquiera? Le convendría más esperar a que el Nuevo Mundo se asiente para casarse con la hija de quien quiera que tenga el territorio más grande.

—Puede que necesite tener un heredero en camino mucho antes que eso —dice Sofie.

Parpadeo. Tiene razón. ¿qué mejor manera de afianzar su gobierno que con un heredero?

—Aunque veo a Nikolai casándose con una chica sin título —añade—. No es tan pretencioso como parece. —Mira de reojo al par de guardias que tenemos más cerca y luego acerca la cabeza a la mía—. Vale, sí lo es. Pero me siento mal por él. Aunque mi padre sea un idiota, al menos es mi familia. Nikolai no tiene a nadie.

—¿Y eso?

—Sus padres murieron de cólera —dice y señala con la cabeza a Nikolai—, y su hermana está en el exilio.

—Su hermana —repito.

—Ahí tienes una historia emocionante —dice Sofie.

—Cuéntamela, por favor. —O voy a estallar.

—Bueno —dice Sofie con complicidad—, el trono kostroviano siempre pasa al hijo mayor, así que Cassia no habría podido gobernar mientras Nikolai siguiese vivo. Así se llama su hermana, por cierto. Cassia.

Noto el corazón presionar contra mis costillas. El sonido de su nombre lo despierta en mi pecho, como un árbol cautivo en la sombra que acaba de acordarse del sabor del sol.

—Claro —digo con suavidad—. La princesa Cassia. Lo sabe todo el mundo. —Me duele la garganta.

—En cualquier caso —continúa Sofie—, hace cuatro o cinco años, sus padres murieron y Nikolai no sabía gobernar un país. Gospodin había ayudado mucho al antiguo rey, así que tomó cartas en el asunto y lo ha estado ayudando desde entonces. Al parecer, Cassia era una pesadilla para Gospodin. Gritaba, le tiraba cosas, ya sabes. Obviamente, nunca vi nada de eso, pero Natasha me lo contó. No sé si lo vio o si se lo dijo Nikolai.

Por un momento, esa idea me deja aturdida. Sin embargo, luego pienso que esa información ha venido directa de Nikolai.

Hay una razón por la que no imagino a Cassia, mi Cassia, con una rabieta: porque nunca lo habría hecho.

—Vale —digo—. Y ¿qué pasó?

—Intentó convencer a Nikolai de que la ayudase a destituir a Gospodin, pero él no cedió. Sabía lo mucho que Gospodin significaba para Kostrov. Así que exilió a su propia hermana. Ahora vive en Cordova o algo así.

Me quedo sin respiración.

¿Que *vive* en Cordova?

No lo saben. Ni siquiera dentro del palacio la gente sabe que Cassia está muerta. Maret me advirtió de que esto podría pasar, que Nikolai haya mantenido en secreto el asesinato de Cassia. Aunque hay algo excepcionalmente trágico en oír decirlo a Sofie en voz alta. Mi mundo se desmoronó el día que Cassia murió, ¿no debería haber temblado el palacio como poco?

—Entonces... —Me da miedo preguntarlo; me da miedo no hacerlo—. Entonces ¿Natasha conocía a Cassia?

—Supongo que sí. —Sofie sonríe—. En realidad, me convertí en bailarina más o menos una semana antes de que la exiliaran. No la conocí, pero me encontré con ella y su brigada de consejeros en el pasillo. Los guardias se enfadaron conmigo por haberme perdido.

Pienso que si abro la boca, se me saldrá el corazón por ella.

—No se fijó en mí ni nada —añade—, pero por los mares, es preciosa.

Lo único que puedo hacer es asentir.

Al otro lado de la piscina, Nikolai alza la vista hacia nosotras. Ladea la cabeza curioso. Luego me sonríe.

Por eso estoy aquí.

Le devuelvo la sonrisa.

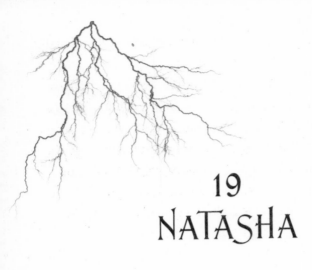

19
NATASHA

El rey de Kostrov está sentado a mi lado. Nuestras piernas se tocan. Se sentó a mi lado, metió los pies en el agua y separó tanto las piernas que una me rozó el muslo. Tenía elección: seguir ahí y dejar que me rozara o apartarme y arriesgarme a ofenderlo.

Seguí ahí. Claro que seguí. Es el rey de Kostrov.

—No estaba seguro de si te unirías a nosotros —dice Gregor.

—Ni yo —responde Nikolai. Alarga el brazo para tocar el agua con la mano y luego la retira. Se quita tres anillos de oro de los dedos esbeltos. Los deja sobre la toalla que tiene al lado.

—¿A qué debemos el placer? —le digo—. Seguro que tienes a alguien mejor con quien pasar el tiempo que con Gregor.

—Ah, nunca pasaría tiempo con Gregor voluntariamente —dice Nikolai—. Pero oí que estarías aquí, así que pensé en hacer una excepción.

—Si no fueras mi rey —interviene Gregor—, estaría muy ofendido.

Nikolai se ríe. Sus ojos vuelven a aterrizar sobre los míos. Tiran más a gris que a azul, como un lecho marino rocoso a tres metros bajo el océano. Lleva una corona y un collar de oro; las velas del Álito Sacro, más o menos del tamaño y a la altura del corazón. Tiene los párpados pesados, casi soñolientos, como si le hubiesen dado tantísima seguridad a lo largo de su vida que ha perdido la capacidad de vigilar su entorno.

Me sorprende lo relajado que está a mi lado. Cuando era joven y nueva en el palacio, a menudo soñaba con que fuésemos amigos: los hermanos reales y yo, la inteligente Cassia y el silencioso Nikolai. Pero a Cassia la exiliaron hace años y Nikolai siempre ha sido un rey huidizo.

—En realidad, solo he venido esta noche porque Gospodin está en Grunholt. Algo de una reunión con los marinos insignes. Así que el buey queda libre de su yugo —le dice Nikolai a Gregor.

Me río. Nikolai me mira con extrañeza y cierro la boca al darme cuenta demasiado tarde de que no era una broma. No sabía que un noble trabajase tanto como para considerarse un buey.

Busco algo que decir y lo primero que se me ocurre es:

—El discurso que diste en el festival fue precioso.

—¿Precioso? —repite.

Noto la boca seca.

—Muy elocuente.

Suelta una ligera risa, pero se le relajan los hombros y, solo entonces, me relajo yo también.

—El ridículo plan de Gospodin.

Oigo la voz de Adelaida. *Quiero que te cases con Nikolai.*

Presiono las manos contra los muslos.

—¿Se enfadó la princesa Colette?

Nikolai se encoge de hombros.

—Solo la he visto dos veces —dice—. Parece ser de la opinión que el vino illasetiense es mejor que la ginebra kostroviana.

Gregor se lleva una mano al pecho.

—¡Sacrilegio!

—Imagino que eso —dice Nikolai con sequedad.

—Bueno —digo—, estoy segura de que el anuncio entusiasmó a muchas otras chicas kostrovianas.

Arquea las cejas oscuras.

Noto calor en las mejillas. De repente, me siento avergonzada, infantil, como si hubiese flirteado con Nikolai sin pretenderlo. Como si hubiese implicado que soy una de las muchas chicas kostrovianas.

—Vi a una desmayarse en el sitio —dice Gregor—. Tienes muchas admiradoras, su alteza real.

Nikolai vuelve a reírse con esa carcajada ligera y de una sola sílaba.

—Sí, bueno, estoy seguro de que Gospodin tendrá para mí una cola de idiotas hermosas con miedo al mar.

Me sobresalto. Espero que Nikolai no lo haya notado. Es solo… su rabia. Ni siquiera conoce a esas chicas. Puede que solo esté lidiando con la presión. Eso llego a entenderlo. A mí tampoco me gustaría que mis consejeros orquestasen mi vida entera.

—Entonces, ¿crees que Gospodin elegirá a alguien por ti? —pregunto tratando de mantener un tono desenfadado, tratando de preguntarle como si no tuviera un interés personal en la respuesta.

—Hablemos de otra cosa —dice Nikolai y aparta la mirada de mí.

Y así sin más, Gregor le pregunta por el cargamento nuevo de licores roeneses que el guardián del tesoro —uno de los oficiales más ricos de Kostrov, está a cargo de las finanzas del gobierno— ha importado y si Nikolai ha tenido la oportunidad de probar alguno.

Nikolai solo se queda unos minutos más. Otro guardia llega para decirle que lo necesitan en una reunión. Qué tipo de reunión se celebra horas después de la puesta de sol, no tengo ni idea. Puede que uno de los consejeros aburridos haya oído que Nikolai está socializando y haya decidido ponerle freno.

En cualquier caso, se levanta, recoge los anillos y Gregor se levanta con él.

—Que pases buena tarde, señorita Koskinen —dice Nikolai.

—Ah —parpadeo. La corona refleja la luz de las velas—. Natasha, por favor.

—Entonces, tú deberías llamarme Nikolai.

Noto el calor extenderse por mi estómago.

—Vale. Mucho aliento, Nikolai.

Están a medio camino de la puerta cuando me fijo en que uno de los anillos de Nikolai sigue en la toalla a mi lado. Es pequeño, una banda de oro con unas piedras negras diminutas.

—Espera —digo—. Olvidabas esto.

Mira atrás. Esboza una sonrisa perezosa de medio lado.

Siento que los ojos de todos están puestos en mí. En nosotros.

—Quédatelo —dice Nikolai.

Entonces se van.

La piscina se ha quedado en silencio.

Uno de los guardias, Zakarias, silba.

—Tasha quiere ser reina —canturrea.

—Tú también querrías ser reina si tuvieras la oportunidad —replica Ness con el brazo rodeando la cintura de Twain.

—Venga, dejadlo —dice otro de los guardias, Sebastian—. Todos sabemos que se acabará casando con alguna chica de Heather Hill que le elija Gospodin.

Aunque le dije algo por el estilo a Adelaida, me duele oírlo de otra persona. Incluso si ese otro alguien es un guardia de diecinueve años con una mancha de vino en la parte frontal de la camisa.

—¿Estás de broma? —digo—. Gospodin y yo tenemos fama de ser amigos.

Hay unas risitas nerviosas. Cuando pasas en palacio tanto tiempo como yo, toda tu historia se vuelve conocida. Como el hecho de que tu madre, en su último año como bailarina, dijo que *El cuaderno de bitácora del capitán* era un pisapapeles ilustre. Como el hecho de que, digamos, no has ido a los suficientes servicios del Álito Sacro para compensarlo.

—Venga, seguid bebiéndoos el licor que habéis sisado —dice Sofie. Desde el otro lado del agua, me dedica una sonrisa compasiva.

A su lado, Ella tiene una expresión pétrea. Sus labios forman una línea.

Frunzo el ceño. Ni siquiera parece mirarme.

Poco a poco, la gente le hace caso a Sofie y empieza a hablar de nuevo.

Bajo la mirada hasta el anillo que tengo en la palma. El metal fino. El brillo de las piedras. No me importa lo que piensen los guardias. No me importa que Katla crea que es imposible.

Voy a hacerlo.

Voy a convertirme en reina.

20
ELLA

—Gregor, Zakarias, Mattias, Twain —me dice Sofie durante el desayuno mientras va señalando a los guardias de la cocina—. Esos son los buenos. Si necesitas algo, pregúntale a alguno de ellos.

Gretta se sienta frente a nosotras con un cuenco de gachas.

—¿De qué estamos hablando?

—Le estoy enseñando a Ella a quién acudir.

Gretta pone los ojos en blanco.

—No tienes que *acudir* a nadie. Los guardias kostrovianos son los mejores del mundo.

—¿Los mejores en qué? —inquiero—. ¿En lanzar saquitos? Se me da fatal acertar en el agujero.

Ness es la siguiente en sentarse.

—Oh, ¿vamos a jugar a juegos de exterior? Me encantan los juegos de exterior.

—Cómo no —dice Gretta, pero no de malas.

Miro de nuevo a los fogones. Katla y Natasha tienen las cabezas juntas al lado de la cazuela de avena. No le veo la cara a Natasha; Katla parece seria.

—¿Qué les pasa? —pregunto.

Sofie duda.

—Natasha comentó que quería hablar de algo con todas nosotras esta mañana.

No tenemos que esperar mucho más para descubrir de qué. Cuando Natasha y Katla se sientan, ninguna de ellas trae cuencos. Supongo que sea lo que sea lo que quieren decirnos, es demasiado importante como para acordarse de las gachas.

Natasha coloca las palmas sobre la mesa y se inclina hacia delante. Suelta el aire. En voz baja, dice:

—Tengo noticias. Adelaida no quiere que os lo diga, pero —mira de reojo a Sofie— me he enterado de que no iremos en la flota real.

Silencio.

Entonces, Ness dice:

—No lo entiendo.

Si hubiera estado planeando sobrevivir a la Inundación, imagino que esta noticia sería bastante angustiante. Intento parecer preocupada.

—Supongo que están prestando mucha atención a las listas para los barcos —dice Natasha—. Solo van a dejar que suban personas importantes e influyentes.

—Pero ¡somos las bailarinas del aire! —dice Ness—. ¡Somos importantes!

Natasha alza las manos.

—Mirad, Adelaida no quería que os lo contara porque no quería que os preocupaseis. Estamos trazando un plan.

—¿Qué plan? —dice Sofie frunciendo el ceño.

Una pausa.

Ahí es cuando noto la cadena fina alrededor del cuello de Natasha. En el extremo, medio escondido entre su pelo... un anillo de oro cuelga como un dije.

Ah. Así que así están las cosas.

Cruzo los brazos sobre el pecho y me reclino en el asiento.

—Adelaida cree que tengo posibilidades de ser reina —dice Natasha.

Ness deja escapar un suspiro de felicidad y une las palmas.

Gretta parece escéptica.

—Incluso si él te escogiera, ¿crees que podrías llevar a un puñado de invitadas?

—Sí —dice Natasha con brusquedad—. Además, ¿qué te importa? Tú irás en la flota de todas formas.

—Pues yo creo que es una idea maravillosa —interviene Ness—. Es como un cuento de hadas.

—Ya —digo sin ocultar la amargura lo bastante bien—. ¿No sueñan todas las niñas pequeñas con enamorarse de alguien de la realeza?

Natasha alza la mirada. Frunce el ceño, como si no terminase de entenderme.

Desearía que Cassia estuviera aquí conmigo. Si lo estuviera, pondría los ojos en blanco por la forma en que Ness se ríe, por la forma en que Natasha dice:

—Cuando sea reina, todas estaremos a salvo. Nikolai nos mantendrá a todas a salvo.

Es triste. Que Natasha piense que Nikolai puede hacer lo que sea por ella. Que piense que es capaz de preocuparse. Que piense que es su mejor baza para sobrevivir a la Inundación.

Casi me siento mal. Pero cuando veo la forma en la que tironea del collar —desliza el anillo de un lado a otro—, se me endurece el corazón. ¿Quiere confiar en Nikolai? Bien. Ya verá lo lejos que llega.

Cassia confió en Nikolai una vez. A estas alturas, todo el mundo debería haber aprendido la lección.

21
NATASHA

Adelaida está furiosa conmigo porque les he contado a las otras bailarinas que no iremos en la flota. Me arrastra al pasillo mientras las demás trabajan en sus elementos técnicos.

—Normalmente no eres tan tonta —dice.

—No soy tonta —replico—. Mira, no han salido huyendo, ¿no? No iba a mentirles hasta que llegase la Inundación.

Hace una pausa. Entrecierra los ojos.

—¿Por qué no lo han hecho?

—¿Perdón?

—Huir —dice—. Conozco a Katla. Estaba segura de que se pondría hecha una furia.

—La tranquilicé.

Adelaida se acaricia pensativa la barbilla redondeada con la mano.

—Todas parecían un poco demasiado animadas esta mañana dadas las circunstancias, ¿verdad?

—¿Por qué no deberían estarlo? —Me cruzo de brazos—. Les dije que me convertiré en reina y que les conseguiría un sitio en la flota. Nunca las he decepcionado hasta ahora.

Las cejas de Adelaida se unen sobre el tabique de la nariz.

—¿Eso les dijiste?

—Sí.

—Bien.

De repente, me noto intranquila. ¿Por qué ha sonado Adelaida tan conspiratoria?

—Si fuera reina —digo despacio—, me permitirían llevarlas a todas, ¿no es así?

Adelaida me dirige una mirada seria.

—Las listas están completas. No es como si fuera una hoja de registro en blanco. Y hay lista de espera, asumiendo que los barcos de Grunholt lleguen en algún momento, y esa ya está completa también.

Niego con la cabeza.

—¿Sabes qué? No quiero oírlo. Cuando sea reina, *haré* hueco para las bailarinas. Me da igual el coste.

—No es cuestión de hacer hueco para unas personas más —dice Adelaida—. Es hacer hueco para toda la comida que necesitan.

—¿Crees en mí o no? —respondo.

Adelaida alza las manos en un gesto burlón de derrota.

—No. Tienes razón. Consigue la corona y el resto vendrá rodado.

No sé si lo dice en serio. Necesito creer que es así.

Me doy la vuelta para regresar al estudio, pero me agarra de la muñeca.

—Las joyas durante el entrenamiento están prohibidas —dice—. Lo sabes. —Tiene los ojos clavados en el anillo que llevo al cuello—. ¿De dónde lo has sacado?

Lo levanto. Emite un destello de luz. Y le sonrío.

—Bueno —musita—. Es un paso.

La semana se me pasa volando. Poner a Ella al tanto ocupa la mayor parte de mi tiempo para entrenar y no me importa por lo mucho que me sigue doliendo la muñeca cuando le añado peso. No vuelvo a ver a Nikolai.

El viernes por la noche, le digo a Adelaida que me uniré a las otras bailarinas —excepto Katla, que nunca va— en el servicio del Álito Sacro de la mañana siguiente. Se me da fatal asistir, pero sé que tendré que mejorar si quiero que Gospodin y los otros consejeros me tomen en serio. Sin embargo, el sábado por la mañana estoy tan cansada que no escucho a las chicas salir por la puerta. Cuando por fin me despierto, con el pelo pegado en la cara por la saliva reseca, voy más que tarde.

Me pongo el vestido y las botas a toda prisa. Cargo contra la puerta sin peinarme. Hace un frío de narices. Hay una expresión antigua en Kostrov —*un sol traicionero*— y así es como está el tiempo hoy. Despejado y congelado a más no poder.

Se me ha olvidado la chaqueta.

Cuando llego a Nuestra Señora de las Desdichas en la Mar, la gente ya se marcha. Así que estoy helada y despeinada por ningún motivo.

Suspiro.

Estoy a punto de rendirme y volver directa a la cama cuando me fijo que la multitud está absorta junto al tablón de anuncios de la ventana.

Han colgado un letrero enorme. Desde aquí no distingo lo que dice, pero no me hace falta. Los que no saben leer se han apartado para dejar sitio a los que sí, y estos lo leen en voz alta.

—En tres semanas —dice una mujer con voz nasal—. El baile real será en tres semanas a partir de hoy y cualquier chica de Kostrov puede asistir.

Dos chicos con parches en los abrigos se pelean por ver mejor.

—No es justo —dice uno de ellos—. Yo quiero ir.

—Es como en la fábula del rey ballena —dice el otro.

—«Más allá de las siete montañas, los siete mares...».

La mujer con voz nasal los manda a callar.

—Ni una palabra de las tonterías de Tamm frente a Nuestra Señora. —Se da cuenta de que la estoy mirando fijamente y su rostro se transforma en una sonrisa torcida—. Pero si es mi bailarina favorita. ¿Actuaréis en el baile real?

Le digo que todavía no lo sé, esbozo una sonrisa educada y reemprendo la marcha antes de que alguien me haga más preguntas. Me envuelvo el torso con los brazos, ojalá tuviese un abrigo nuevo. Estoy encogida de frío por el viento. De camino al palacio, paso junto a un único arce delgado y de ramas finas, una explosión valiente de naturaleza en medio de la ciudad, cuyas hojas comienzan a tornarse rojizas.

Por dentro, mientras camino, veo cuánto me sé de memoria de la historia; resulta que me la sé entera.

Más allá de las siete montañas y los siete mares, había un rey ballena que necesitaba una reina...

22

ELLA

—Pero Ella no está preparada para actuar —dice Natasha.

—Le irá bien —dice Sofie.

—Será un desastre —añade madame Adelaida—, pero no tenemos otra opción.

—Puede que esto os sorprenda —intervengo yo—, pero tengo oídos y sentimientos.

Es mi segunda semana como Bailarina del Aire y toda confianza que gané después de que me seleccionaran está marchita y muerta. Cada mañana, nos despertamos y estiramos, y Adelaida me recuerda que no soy lo bastante flexible. El estudio está tan frío al amanecer que se me quedan los pies ateridos si no llevo zapatillas. Después desayunamos gachas de centeno con moras de los pantanos. Practicamos los elementos técnicos hasta la hora del almuerzo. Después de comer, entrenamos más. Practicamos los elementos básicos y complicados tanto de manera individual como sincronizada. Cuando por fin es hora de cenar, me ruge el estómago. Comemos pan —¡está rico!— y rata almizclera —muy mala—. A veces tenemos foca, que sabe bien pero me pone triste porque, obviamente, las focas son adorables. Después de cenar tenemos, en teoría, tiempo libre hasta el toque de queda a las nueve en punto. Cuando Sofie me explicó el horario por primera vez, pensé que era asequible. Sin embargo, eso fue hace más de una semana, cuando era joven e ingenua. Ahora, vieja y marchita, soy más sensata.

No tengo tiempo libre después de cenar. No tengo los sábados y los domingos libres. Mientras que las otras chicas se escabullen para leer, dormir o echar unas risas con los guardias, yo entreno. Adelaida me dice que soy tan grácil como una marsopa y, solo por si esa alabanza reluciente se me sube a la cabeza, añade:

«En la tierra».

Maret y yo planeamos muchas cosas. Me preguntó: ¿qué harás si los guardias te descubren husmeando? Le pregunté: ¿qué haré si los asesinos que envió Nikolai contra Cassia están en palacio? Me preguntó: ¿y si Adelaida te ve el tatuaje e intenta echarte?

Ninguna de las dos preguntó jamás qué pasaría si simplemente no tenía oportunidad de abandonar el estudio de las bailarinas. Aparte de la primera noche, cuando fuimos a los Jardines de Piedra, no he explorado ni un centímetro de palacio. Ni siquiera he salido. Ni he visto a Maret. Convenimos en reunirnos en el piso cada sábado, pero tuve que dejarla plantada el fin de semana pasado cuando Adelaida me obligó a hacer más ejercicios de los que deberían existir. Espero que no piense que me he escapado y jurado lealtad a Nikolai. No me atrevo a enviarle una carta, así que tendrá que esperar.

Tras el anuncio del baile de cuento de hadas de Nikolai —*una oportunidad de bailar con el rey, madre mía*—, Adelaida nos dijo que actuaríamos por los asistentes a la fiesta. Todas están estresadas, pero Adelaida y Natasha parecen estar especialmente frenéticas. Intento que no se note mi desdén cuando Natasha empieza a hablar sobre Nikolai y su estúpido plan, pero no estoy segura de que esté haciendo muy bien.

Y ahora aquí están, discutiendo lo mal que hago la plancha. Es un movimiento en el que la bailarina debe mantener el cuerpo totalmente perpendicular a las sedas solo con los brazos y con la fuerza de los abdominales. Pueden discutir todo lo que quieran porque es que jamás voy a ser capaz de hacerlo.

—Si ponemos a Ella en el medio —dice Natasha— y a Ness y a Gretta en los costados, todavía puede verse simétrico.

—Solo que Ness tampoco sabe hacer la mitad de estos elementos técnicos —responde Adelaida. Mira alrededor—. Hablando de ella, ¿por qué no está Ness aquí?

—¿Porque hoy ya ha practicado diez horas? —dice Natasha.

—Esa —musita Adelaida— no es la actitud de una bailarina principal

—Bueno, menos mal que estaremos muertas antes de que Ness pueda hacer la audición para el puesto —replica Natasha.

Un silencio desciende sobre la estancia. Natasha y Adelaida se miran mutuamente con resentimiento.

Sofie se aclara la garganta.

—Ven, Ella, te sujetaré los pies si lo intentas de nuevo.

Cuando Adelaida por fin nos manda a dormir con un aspaviento, Natasha desaparece en su habitación mientras que yo sigo a Sofie a la nuestra.

—Lo estás haciendo muy bien —me dice—. No le hagas caso a Adelaida. Ella es así.

Le dedico a Sofie lo que espero que sea una sonrisa agradecida. Creo que es más bien una mueca. Nunca he estado tan dolorida en la vida.

—¿Se pelean mucho ella y Natasha?

—No sabes cuánto.

Cada noche, cuando por fin colapso en la cama, el sueño me martillea la cabeza. Me quedo dormida rápido y con facilidad con los brazos pesados, los hombros doloridos. Pero cada mañana, mucho antes de que esté descansada, unos sueños retorcidos me acechan hasta que despierto. Sueños en los que me ahogo, sueños con inundaciones; *bang, bang*, sueños en los que disparan a Cassia en la cabeza.

Cuando me despierto a la mañana siguiente, me quedo tendida en mi pequeño catre y miro al techo sin tener forma de saber cuántas horas de insomnio tendré que soportar hasta que las otras chicas se levanten por fin. Siento el bulto del barómetro. Está bocabajo por el lado del cuchillo bajo mi almohada. Por si alguna vez olvido por qué estoy aquí.

La oscuridad alisa las formas y las sombras de la habitación.

A veces me planteo levantarme. Podría empezar a entrenar temprano, encender el fuego en el estudio, escabullirme al corazón de palacio. Pero hay algo en estas horas tras las pesadillas que me dejan anclada a la cama. Si me muevo un centímetro, mis brazos tocan las sábanas frías. Cuando respiro, suena áspero y seco. Siento como si me hubiera atravesado un árbol por la mitad y se hubiera llevado los pulmones con él, clavándolos en el techo y a mí, a la cama.

Levántate, me digo a mí misma. *Deja de quedarte aquí tumbada.*

No puedo irme, me respondo. *Hay un árbol en medio.*

O tal vez las noches son tan largas porque son el único momento en que me permito pensar en Cassia en serio, de verdad. Es el único momento en que no puedo evitarlo.

La primera vez que Cassia me besó, unos días después de habernos conocido, nos habíamos emborrachado de sidra en las colinas de Terrazza. Maret estaba dormida en la habitación que habíamos alquilado en una posada. Se suponía que también deberíamos haber estado dormidas, pero Cassia me convenció para salir. Apoyó la espalda en la pared de la posada. Los rizos —mullidos, rubios— le enmarcaban el rostro. Cuando sonrió, le vi los colmillos afilados.

—Si fueras la hija de un noble en el palacio —pronunció las palabras despacio entre largos sorbos del vaso dorado—, te habría odiado. Ten, pruébalo. —Y entonces me dio a beber un sorbo de su sidra fría, refrescante, vertiginosa, y mantuvo la vista fija en mí todo el rato.

Tragué. Me lamí los labios.

—¿Me habrías odiado?

—¡Sí! Eres preciosa, así que habría sido mordaz, pero seguramente tú lo habrías sido incluso más. Así que les habría pedido a los sirvientes que te derramasen el vino encima cada vez que tuviéramos una fiesta.

¿Alguna vez me habían llamado preciosa?

—A lo mejor habría empezado una moda nueva. Baño de vino.

—En ese caso yo habría hecho correr el rumor de que matas conejitos bebés por diversión —dijo.

—Les contaría a todos que los conejitos estaban conspirando contra el trono.

Cassia dio otro sorbo.

—Entonces tendría que decirle a todo el mundo que eres una sirena.

El corazón me dio un vuelco. ¿Parecía asustada? ¿Cuánto podía ver reflejado en mi rostro?

—Tienes razón —continuó. Me señaló. Me tocó la clavícula con el dedo. Entonces lo enganchó en la tela de mi camisa y me acercó un poco más. Tenía el estómago, el pecho, apoyados contra los míos. Sentía la forma del broche real que siempre llevaba puesto escondido bajo la tela del abrigo—. ¿Quién lo creería?

Cuando estoy tumbada en la cama, todavía saboreo la sidra ácida en su boca. Todavía siento la punta de sus colmillos tironeándome del labio.

He empezado a adorar al sol. El amanecer cubre las cortinas de la ventana con sus dedos rosados. El árbol se derrite. Yo me derrito. Las otras chicas sorben por la nariz y se despiertan. Yo finjo hacer lo mismo.

Creo que he hecho un buen trabajo fingiendo hasta finales de mi segunda semana, cuando Natasha me saca del círculo que hemos formado para estirar. Tiene una taza de té de ortiga en cada mano. Me ofrece una.

La acepto.

—No estás durmiendo —dice.

—¿Qué?

—Me doy cuenta —responde—. Bébetelo. Está bueno.

Le doy un sorbo. Está caliente, pero no está bueno.

—Sabe a hierba.

—¿Por qué no duermes? —me dice ignorándome.

Su expresión no es lo que se dice fría, sino intensa. Parece que siempre pone esa cara cuando se trata de algo relacionado con las bailarinas, ya sea algún elemento técnico que Ness no esté haciendo bien, la lesión antigua que se hizo Sofie en la rodilla o que Gretta aparte la comida alegando que no tiene hambre, incluso cuando apenas ha probado bocado en todo el día. En la granja de mi familia, teníamos un perro pastor que nos ayudaba con las ovejas. Cuando conocí a Natasha, pensé que se parecía a un zorro, pero cuanto más tiempo paso con ella, más me recuerda a ese perro pastor.

—Es... —balbuceo una respuesta— ¿estrés?

—¿Por la danza aérea? ¿Por las tormentas?

Por los mares, no descansa.

—Un poco de todo, supongo.

Me escruta con la mirada. Tiene la boca tensa.

—¿Puedo volver al estiramiento?

Espera un segundo. Luego asiente.

—Bébete el té.

Cuando el amanecer se despereza al día siguiente, el sábado, espero pasarlo entero practicando otra vez. Sin embargo, cuando entro en el estudio, Natasha me dice que me vaya con un gesto.

—Vete —dice—. Tómate el día libre. Tu cuerpo te lo agradecerá.

—¿Estás segura? —pregunto.

—Vuelve a dormir —responde y una sonrisa le tironea de los labios.

No regreso a la cama, pero sí vuelvo a la habitación de las bailarinas, donde las otras chicas se están levantando y cambiando.

—Hoy vamos a ver a Pippa —dice Sofie—. ¿Quieres venir con nosotras?

—Oh, deberías venir —añade Ness—. Pippa es tan encantadora.

Katla resopla.

—Claro, será divertido. Mira, Pippa, aquí está quien te ha reemplazado.

—No la escuches —dice Sofie—. Pippa te adorará.

—Ah —musito—. Hum. Natasha pensó que me vendría bien dormir un poco más. Así que me quedaré aquí.

El corazón me late a toda velocidad. Las otras bailarinas se van. No estaré atrapada en el entrenamiento. Sí, debería ir a ver a Maret, pero… esta es mi oportunidad para explorar. Para, por fin, empezar a recabar información sobre Nikolai, sobre Cassia.

Voy a ver el palacio.

Al fin voy a descubrir algo que contarle a Maret.

23
NATASHA

Espero a las otras bailarinas fuera de la puerta azul. Estaba esperando en el estudio, pero Adelaida empezó a pasearse por allí haciendo comentarios mordaces sobre Nikolai y qué tipo de traje de novia llevaría su futura esposa. Hizo que se me revolviera el estómago. Nerviosa. Así que aquí estoy, temblando por el viento. Cuando la puerta se abre y solo aparecen tres chicas, frunzo el ceño.

—¿Ella no viene? —pregunto.

—Ni Gretta —dice Sofie—. Venga, vamos.

—Gretta sigue enfadada porque no la invitamos la última vez —dice Ness.

—Entonces vámonos ya —respondo—. Nos convertiremos en témpanos de hielo si no nos movemos.

Cuando emprendemos la marcha hacia Nueva Sundstad, intento no fijarme en el espacio que ha dejado Ella. No es raro que Gretta se quede, pero casi esperaba que Ella renunciase a la siesta para venir a conocer a Pippa.

En realidad, no estoy segura de qué esperaba. Es demasiado escurridiza como para cumplir mis expectativas. Ahora que lleva volando con nosotras dos meses, siento como si nos conociéramos. Pero cuando pienso en lo que de verdad conozco de ella —preguntas para las que estoy segura de que tengo respuestas—, me doy cuenta de que estoy en blanco. ¿Tiene familia en Kostrov? Tiene un ligero acento, pero nunca ha mencionado su hogar, a sus padres. Cada vez que cualquiera de nosotras le hace una pregunta personal, nos da una repuesta estúpida y que nos distrae tanto que se nos olvida que nunca oímos la verdad.

«¿Qué hay de tu familia, Ella?», le preguntó Ness en una ocasión durante la cena.

«Es gracioso que lo preguntes», dijo Ella. «En realidad soy la hija ilegítima de Gabriel Gospodin. No se lo cuentes a nadie».

Me reí. Ness parecía ofendida.

¿Y qué pasa con el tatuaje? No estoy segura de que las otras chicas se hayan fijado.

Las nubes han ocultado el sol del fin de semana pasado. El aire tempestuoso tiene un tono salobre por el mar y la promesa de una nevada no muy lejana. Un gondolero le grita a un pescadero; un carnicero le grita a una paloma por picotear las tiras de carne de foca que ha colgado en la ventana.

Antes de la Quinta Tormenta, nunca me había fijado en que Nueva Sundstad estaba tan llena de pájaros. Bandadas de palomas en la esquina de cada calle. Un montón de patos en los canales. Algún halcón ocasional, austero, en los aleros de los edificios altos. Cuando el carnicero le grita a la paloma, pregunto a las chicas:

—¿Echarían a volar todos sus amigos?

—Es algo trágico —dice Sofie—. Te despiertas de la siesta y te das cuenta de que el noventa por ciento de tu especie te ha abandonado.

Tardamos una hora en llegar a Southtown. Con cada puente que atravesamos, la mugre de los edificios se vuelve un poco más gruesa; el agua de los canales, un poco más gris. Mi madre y yo hemos vivido en todas partes de Nueva Sundstad, pero parece que siempre acabábamos de vuelta en Southtown. Cuando todo empieza a oler a pescado muerto, Ness se cubre la nariz con la manga y dice:

—Ay, qué asco.

No puedo decir que sea nauseabundo. Aquí es donde nací. Soy de los peces muertos.

—¿Iskra dejó que Pippa pusiese un pie en esa casa sin rechistar? —pregunto.

—Como si Pippa nos fuese a decir lo contrario —dice Sofie.

—Iskra ha empezado a llamarlo *El Tajo* —interviene Katla—. Como el lugar a donde van las bailarinas cuando les cortan las alas.

Unos escalofríos me recorren los omóplatos en el lugar donde crecerían unas alas si las tuviera.

—Qué mono.

—Ahora solo hay tres allí —dice Sofie—. Iskra, Pippa y Rasa.

—¿Qué pasó con Josephine?

—Volvió a Roen —dice Katla—. A buscar a su familia.

—No me creo que nunca quisiera conocerme —mustia Ness—. Podría haber sido un rito de paso encantador.

Katla me mira y pone los ojos en blanco. Entre las dos, hemos visto un buen puñado de bailarinas ir y venir. En general, no tienden a estar deseando despedirse del palacio. Josefine se marchó justo después de que comenzasen las tormentas. Su familia estaba a un océano de distancia y estaba convencida de que morirían en las tormentas. No hay una forma correcta de enfrentarse al fin del mundo conocido, pero de seguro que hay algunas malas. Rechazar un puesto como Bailarina Real es de las malas.

Mis pasos empiezan a volverse rígidos a medida que nos acercamos a un puente de piedra familiar. Estoy tentada de llamar a Sofie, que va en cabeza, para preguntarle si no iríamos más rápido por un camino distinto. Pero ella sigue adelante, Ness está parloteando sobre exbailarinas y ni siquiera Katla se da cuenta de lo que esta calle significa para mí. Aprieto los dientes y sigo andando.

Un poco más abajo, hay un boticario en ruinas con la ventana frontal destrozada y un montón de tarros rotos en el suelo. A la izquierda, en la carnicería, la cabeza de una cabra disecada nos observa desde el escaparate con sus ojos grandes y rectangulares. Esa carnicería cerró hace años.

Sobre esta, hay una ventana. Las cortinas están cerradas. Una franja de luz recorta los bordes.

Es el último lugar en el que mi madre y yo vivimos antes de que muriera. Un piso polvoriento, demasiado caluroso durante la estación de la foca y demasiado frío durante la estación del oso, sobre la carnicería.

Me pregunto si todavía tienen el sofá en el que se arrellanaba mi madre como un gato absorbiendo los jirones de sol. Donde me leía las fábulas de Tamm mientras yo, sentada en el suelo, arrastraba los dedos por el polvo dibujando olas.

Cómo desearía que esas historias fueran reales. Ser una princesa valiente con once hermanas inteligentes y tener un amor verdadero. Encontrar un castillo hecho de hielo, hacerme amiga de un pájaro o remar por el río hacia un mundo distinto. Poder ir a alguna parte, ser otra persona. Eso fue antes de que descubriese que las historias de Tamm son como las de Kos. Están pensadas para tranquilizarnos. Están pensadas para darnos falsas esperanzas.

No hay ningún río que conduzca a otro mundo. Mi madre me lo enseñó.

Todavía estoy contemplando la ventana de la carnicería cuando Katla carraspea.

—¿Tasha? —dice—. Odio tener que decírtelo, pero si estás intentando hacerte amiga de la cabra, está muerta.

—Claro. Perdona.

Me apresuro a alcanzar a las otras bailarinas. Unos minutos más tarde, llegamos a nuestro destino.

Es una puerta azul (creo que podría ser un homenaje a la puerta del pasillo de las bailarinas en palacio). Los edificios de la calle se apiñan los unos sobre los otros, empujando a sus vecinos como dientes gigantescos en una boca muy pequeña.

El corazón me late cada vez más rápido. La sombra de los edificios arqueados quiere engullirme. Me reconocen y quieren que vuelva, y yo no quiero ir. Me tiro del cuello.

Sofie llama a la puerta con el puño.

—¡Pippa! ¡Iskra!

La puerta se abre una rendija. Unos ojos grandes nos miran a la altura de las rodillas. Lo reconozco, pero solo vagamente. Nunca recuerdo los rostros de los niños. El pequeño se da la vuelta y llama a alguien en la casa.

—¿Mamá? —dice.

Se me revuelve el cuerpo entero ante esa palabra. El sudor me recorre la nuca. Si alguna vez llego a tener instinto maternal, todavía tiene que desarrollarse, porque cuando este animalito indefenso me mira, lo único que puedo pensar es: *No puedo salvarnos a los dos.*

Quizá es lo que pensó también mi madre. No podía salvarnos a las dos. Decidió salvarme a mí.

Oigo un susurro tras el niño. La puerta se abre entera y deja al descubierto a una mujer unos años mayor que yo con aspecto de tiburón y de rostro plano y blanco con ojos separados.

—Iskra —digo.

—Bailarinas —dice. Luego esboza una sonrisa de dientes afilados y añade—: Pippa se alegrará de veros.

Dejo escapar un suspiro. Nunca estoy segura de qué versión de Iskra esperar. Hay tantas posibilidades de que te sonría como de que te mande a darte un baño en el canal. Una vez, cuando estaba de humor para sonreír, me dijo que no podía permitirse ser predecible porque nada en la vida fuera de palacio lo es.

Entramos en fila de uno en el hogar angosto. Está oscuro y tiene goteras, como los túneles bajo los Jardines de Piedra.

El pequeño de Iskra me mira con unos ojos que estoy segura de que son demasiado grandes para ser humanos. Se agarra del brazo de su madre.

—Se cayó.

Intento alejarme rápidamente de él, pero en el pasillo abarrotado no hay ningún lugar al que huir.

—Sí —dice Iskra—. Fue muy vergonzoso.

—¿Y cómo vas con la pierna mala? —pregunto.

Sofie me da un manotazo con el dorso de la mano.

—Tasha —musita—. No.

—Solo estoy siendo amable —digo—. Muestro preocupación entre compañeras.

Iskra abraza con fuerza a su hijo contra el pecho. Entorna la mirada.

—Pippa está arriba. Yo me apresuraría si fuera vosotras, antes de que cambie de opinión sobre si dejaros entrar.

Mientras subimos las estrechas escaleras, Sofie susurra:

—No provoques a Iskra.

—Es culpa del niño —digo, posiblemente más fuerte de lo que debería—. Al menos no me rompí los huesos cuando me caí.

Sofie me agarra del brazo y me arrastra los últimos pasos hasta la puerta de Pippa.

—¡Ah! —dice esta cuando Katla llama a la puerta. Su sonrisa es lo más luminoso que hay en esta casa.

Durante esas conversaciones alrededor de las mesas pegajosas de las tabernas sobre cuál de nosotras es la más guapa, la gente —en su mayoría, los hombres— parecen dar vueltas hasta que deciden que la respuesta seguramente sea Pippa. Yo soy muy alta; Katla, muy pequeña; Sofie, muy plana; Ness va muy maquillada; Gretta está muy amargada. Y luego está Pippa, bajita de estatura pero no demasiado, delgada pero no de constitución, tiene habilidad para que el maquillaje le quede natural y, debajo de este, tiene una belleza natural con su piel del color del bronce y sus dientes perfectos. A todos les resulta agradable Pippa.

Lo sé porque la gente —en su mayoría, los hombres— se sienten inclinados a contarme las conclusiones a las que llegan durante estas conversaciones cuando me ven por la calle. Y ¿cómo esperan que responda? *Gracias... Trataré de encogerme para que mi figura no resulte tan intimidante.*

Pippa nos hace pasar a una habitación demasiado pequeña para las cinco. En la estancia predomina un catre. Un atlas descansa sobre las almohadas.

—¿Lo robaste de palacio? —pregunto.

—No —responde Pippa.

Sofie le da un tironcito a una de las largas trenzas de Pippa.

—¿Pero?

Pippa sonríe.

—Pero puede que Gregor sí.

Sofie la avasalla a preguntas y Pippa las responde a todas con alegría, aunque mi mirada no deja de desviarse hacia el atlas. ¿Qué estaba haciendo Pippa antes de que llegáramos? ¿Pasando las páginas mientras se preguntaba si sobreviviría en Illaset, Cordova o Skarat? Me recuerda a mi madre con *Las fábulas completas de Tamm*. Soñando con un mundo tras las siete montañas y los siete mares.

Presiono las palmas contra los muslos para secarme el sudor.

Esta no es tu habitación. No es tu vida.

—¿Has conseguido encontrar trabajo ya? —pregunta Sofie.

Pippa le dedica una sonrisa muy deslumbrante.

—Tengo algunas opciones.

—¿No te contrataría uno de los estudios para bailarinas jóvenes? —dice Ness.

—Les está constando conseguir suficientes niñas que paguen las clases con todo lo que está pasando —responde Pippa—, así que no están contratando instructoras nuevas. —Hace una pausa—. Aunque me pondría nerviosa caerme con el bebé en cualquier caso, así que no pasa nada.

Apoya la mano sobre la suave curva de su estómago. Apenas resulta visible bajo la túnica gris.

¿De cuánto está? ¿Durante cuánto tiempo nos lo ha ocultado?

Se me hace un nudo en el estómago, eludiendo la idea de
que la vida pudiera crecer dentro de mí. Desde que mi cuerpo
decidió que ya era adulta —una mañana fría cuando tenía catorce años y me desperté con sangre en las sábanas—, he tenido
una pesadilla recurrente en la que miro abajo y descubro que
tengo el vientre hinchado como un globo. Todos a mi alrededor
rebosan con felicitaciones. Arrullan y me tocan el vientre. Y no
importa lo mucho que lo intente, no recuerdo cómo mi cuerpo
ha llegado a estar así.

Mientras que las otras bailarinas comparten hierbas anti-
conceptivas, se cuentan las palabras de alcoba que susurran los
amantes y se convierten en mujer de maneras todavía extrañas
a mí, yo sigo igual. Cuando me duele la barriga y noto la sangre en la ropa interior, me inunda el alivio. Aunque no tengo
qué temer. Nunca me he acostado con un hombre. Ni siquiera
he besado a uno.

Ness tiene a Twain; Pippa tiene a Gregor. Hasta Katla tuvo
un breve romance con un noble de Roen que llegó a Kostrov
por todo lo alto, le robó el corazón y se marchó de nuevo.
Gretta, o eso creo, es muy joven y conocida como la hija del
capitán de la guardia como para tener alguna conquista ro-
mántica. No estoy segura de Sofie, aunque nunca la he visto
mirar a un hombre con tanto cariño como mira a Pippa.

Ness le pone una mano a Pippa en el estómago. Me estremezco, pero a Pippa no parece importarle.

—Ay, vas a ser una madre tan buena —le dice Ness y añade
con entusiasmo—: Estoy impaciente.

—¡Yo no tengo prisas! —dice Katla—. Sin ofender, Pip.

Ella sonríe.

—Para nada.

—Es solo que pienso que hay algo muy bonito en esto —continúa Ness—. La idea de traer a un niño al Nuevo Mundo. Es como dice Kos… «una madre es el navío que acarrea el cargamento delicado de la humanidad». Creo que es hermoso.

—Gracias, Ness —dice Pippa.

—Creo que me gustaría tener hijos —comenta Sofie—. Sobre todo en el Nuevo Mundo. Formarían parte de ese empezar de cero, ¿sabéis? Es una oportunidad de hacer un mundo mejor del que encontraste.

—Exacto —dice Ness—. Pippa, ¿vendrás con nosotras, verdad? ¿En la flota? —Me mira—. Podrás traer a Pippa, ¿verdad?

Tengo náuseas.

—Espero que sí.

—¿Por qué va a llevarme Natasha en la flota? —pregunta Pippa.

—Va a convertirse en reina —dice Ness tan tranquila—. Y nos protegerá a todas.

—Qué detalle —dice Pippa con un tono ligero y estable. Cuando me mira, sé que no se lo ha tragado. Pippa sabe muy bien (puede que mejor que cualquiera de nosotras, protegidas en palacio) que cualquier cosa que suene demasiado buena para ser verdad, probablemente lo sea.

Sofie envuelve las manos de Pippa con las suyas.

—¿Cómo está Gregor? —le pregunta—. ¿Ha venido a verte?

—Casi todos los días —responde Pippa.

—Y ¿te ha pedido que te cases con él? —dice Ness.

Pippa se ríe.

—Casi todos los días.

Ness emite un gritito. Katla compone una mueca.

—Deberías decirle que sí —dice Sofie. Mira a Pippa con seriedad; tiene el ceño fruncido, la mandíbula tensa, como si intentara mantenerse firme—. Quiere poner un techo sobre tu cabeza y comida en tu estómago. Dile que sí.

—No es tan fácil —responde Pippa—. Gregor es uno de los guardias favoritos de Nikolai.

Hay una larga pausa. Soy la primera en darse cuenta de a qué se refiere.

—Ah —digo—. La flota.

Pippa asiente.

Ness frunce el ceño.

—¿Qué pasa con la flota?

—De entre los cientos de guardias a los que escoger para que vayan en la flota —comienza Pippa—, ¿por qué escogería Nikolai a uno que necesita llevar con él esposa e hijo? —Hace una pausa—. Solo en el caso de que Natasha no pueda incluirme en la lista —añade.

Fuera, el agua gotea, *plic, plic, plic*, de la esquina del tejado.

—¿Sabes? —dice Sofie—, es una actitud de mierda por tu parte que te sacrifiques tanto.

Pippa le dedica una sonrisa tensa.

—Lo quiero demasiado.

Plic, plic, plic.

Noto un zumbido en la cabeza. Me inunda los oídos. Apoyo la espalda contra la pared destartalada de Pippa.

Un niño del que cuidar. Un pretendiente del que preocuparse.

Pippa no tiene ni una oportunidad.

Me llevo la mano al estómago. Vacío, vacío, vacío. Unos puntitos negros bailan por mi campo de visión; no sé cuándo he empezado a contener el aliento.

¿Por qué elegir amar a alguien cuando esto es lo que te hace?

24

ELLA

Espero en el dormitorio de las bailarinas hasta que las demás se han ido a visitar a Pippa. Nunca había estado sola en esta habitación y ahora que lo estoy, cada mesita de noche está repleta de posibilidades.

Miro de reojo la puerta y me trago el nudo de culpa. Rebusco con cuidado y deprisa. No estoy segura de qué busco encontrar, así que no paso más que unos minutos entre las pertenencias de cada una de las chicas. Sofie: unos cuantos libros, un alijo secreto de avellanas. Gretta: una manta de seda para bebés doblada en un cuadrado pequeño y oculta a la vista. Ness: una copia bastante anotada de *El cuaderno de bitácora del capitán*. Katla: un fardo de incienso y un libro encuadernado en cuero con los bordes chamuscados, como si alguien hubiese pensado quemarlo. Cuando lo abro por el lomo quebradizo, frunzo el ceño ante el batiburrillo de letras de su interior. Sé leer kostroviano casi tan bien como el terrazzano, pero parece que esto es kostroviano mezclado sin ton ni son con algo más. Hay letras cuyos sonidos no conozco y palabras que no sé traducir.

—Kostrov fue de las que más resistencia puso al Álito Sacro —me contó Cassia en una ocasión—. Antes de que llegaran, nuestra tierra se llamaba Maapinn. Entonces los cruzados de Grunholt aparecieron y corrompieron nuestro idioma, nuestra cultura, nuestras creencias. Si sueno resentida, es porque lo estoy.

—Oh, no digas más —le dijo Maret—. Sin el Álito Sacro, no serías de la realeza.

—Salvo que nuestro trastatarabuelo o lo que sea era el líder de un clan poderoso —le respondió Cassia—. Así que básicamente habríamos sido de la realeza.

—¿Esperas que me crea —dijo Maret— que te habrías conformado con ser *básicamente* de la realeza?

Recorro las palabras del libro de Katla con los dedos. ¿Es maapinnés? ¿Un libro de oraciones, tal vez?

Paso la página. Un montón de cartas dobladas se cae y aterriza a mis pies. Las ojeo lo suficiente para ver que son de alguien llamado Henri y que todas tienen fecha de hace dos años.

Vuelvo a guardarlas en el libro. A Maret no le importará nada de esto.

Puede que haya algo útil en la habitación de Adelaida, pero cuando pego la oreja a la puerta, la escucho tararear con suavidad para sí misma.

Me encamino hacia el corazón del palacio.

La primera persona a la que veo es a una criada con un montón de manteles tan alto que lo lleva en equilibrio bajo la barbilla. Me aparto a un lado para dejarle paso, pero ella hace lo mismo. Intenta hacer una reverencia y como no se le cae ni un solo mantel, me planteo aplaudirla.

—Pase, señorita Neves. Mucho aliento.

No sé por qué parte de esta interacción sentirme más confundida. Para empezar, nunca en la vida me han hecho una reverencia. Y lo más horripilante es que una criada en la que nunca me he fijado sabe mi nombre. Y mientras que no me preocupa especialmente si las criadas cotillean de mí, ¿qué si los guardias hacen lo mismo? No he visto ninguna señal de los hombres que Nikolai envió a asesinar a Cassia, pero eso no significa que no estén en algún lugar de palacio.

Aprieto un poco el paso. Pronto, paso junto a una puerta de madera tallada y presiono la oreja contra ella. No se cuela ningún sonido.

La abro. La habitación es una especie de salón con una pared repleta de varios retratos a tamaño real. Paseo la mirada por uno, dos, tres, y el cuarto hace que me fallen las rodillas.

Princesa Cassia Aleksandra, dice la placa. Por los mares, ¿por qué no ha quitado Nikolai el retrato?

Me sonríe con suficiencia desde el cuadro. ¿En serio he dudado de que fuera tan hermosa como recordaba? Lo es incluso más.

—Ella, ¿verdad?

Siento la aspereza de unas manos sobre los hombros al darme la vuelta. Parpadeo al ver un rostro lleno de pecas, una nariz torcida, una barba incipiente finísima. Es estremecedor después de tanta Cassia, como la oscuridad repentina después de apagar una vela. Gregor. Lo reconozco de la piscina termal.

—Mira, no deberías estar aquí. —Mira alrededor—. ¿Qué haces?

No he oído sus pasos. El retrato de Cassia me ha metido cera en los oídos.

Me llega otra voz masculina desde la esquina del pasillo.

—Sí, un segundo —responde Gregor. Me saca al pasillo y cierra la puerta tras de mí.

»¿Te has perdido o algo? —dice con suavidad—. El pasillo de las bailarinas está en el ala este.

Me obligo a tragar.

—Yo… Sí. Lo siento.

—No pasa nada. Es solo que…

Otro guardia aparece al girar la esquina. Creo que también lo vi en la piscina termal. Nos dedica una mirada divertida y me alejo un paso de Gregor.

—Gracias por las indicaciones —digo—. Mucho aliento.

Me escabullo antes de que puedan preguntarme nada más.

Sigo medio aturdida cuando paso junto a unas puertas dobles con ventanas. A través de ellas, los Jardines de Piedra permanecen estoicos bajo un cielo gris.

Cuando Cassia me habló de la biblioteca, imaginé treinta, cuarenta libros. Era todo lo más que podía imaginar de golpe en la cabeza. Pero hay miles. En un estante hay una copia tras otra de *El cuaderno de bitácora del capitán*, cada uno de una edición distinta, una traducción nueva, con una encuadernación más lustrosa.

Después de hacer un barrido por todos los pasillos, concluyo que casi no hay nada de ficción entre estos libros. Menudo escándalo.

Me gustaría hablar con Maret. ¿Qué espera que encuentre? ¿El diario personal de Nikolai?

En el extremo más alejado de la biblioteca, hay una selección aleatoria de textos en los estantes frente a la chimenea. Esta estantería no tiene tanto polvo como las otras.

Miro el hogar. Las sillas. Puede que estos sean los libros relevantes. Los que han leído recientemente.

Mis manos sobrevuelan por los lomos, alentada por el miedo de decepcionar a Maret. *Dos semanas en palacio y ¿no has descubierto nada? ¿Ninguna información nueva sobre cómo están las cosas? ¿Nada que te ayude a matar a Nikolai?*

Pero lo que descubro es, muy a mi pesar, exactamente lo que una esperaría encontrar en los estantes de la biblioteca de la realeza. Libros que proclaman el poder naval de la nación. Una enciclopedia botánica con una cubierta verde de las plantas originarias de Kostrov. En un relato sobre la Compañía Real de las Bailarinas del Aire, leo:

Maapinn estaba gobernado por clanes guerreros antes de la intervención del Álito Sacro. Las exploradoras —normalmente, mujeres jóvenes y ágiles— trepaban a las ramas más altas de los robles de los pantanos para ver sobre la densa niebla que envolvía la isla. A menudo, al ver a las chicas balanceándose en las ramas, los visitantes exclamaban que parecía que estuvieran volando. Cuando los miembros del Álito Sacro de Grunholt convirtieron Maapinn y establecieron a un líder del clan como rey de Kostrov, tuvieron la generosidad de convenir que las jóvenes de tamaña belleza y gracia merecían un puesto en el nuevo régimen. En los primeros años de la Compañía Real de las Bailarinas del Aire, el grupo interpretó una danza en un anillo de robles en los jardines del palacio. A medida que el grupo fue evolucionando, los árboles fueron reemplazados por vigas de madera y sedas. Desde entonces, esos robles emblemáticos murieron, pero la tradición de las bailarinas del aire permanece.

—¿Qué estás haciendo?

Cierro el libro de golpe.

Gretta está en la puerta. Ladea la cabeza a un lado. Tiene la mirada entornada.

Vuelvo a colocar el libro en la estantería.

—Leyendo sobre las bailarinas.

—Se supone que no debemos estar aquí sin un permiso especial —dice.

—Pero tú también estás aquí.

Se señala los pies.

—Estoy en la puerta. No cuenta. Además, mi padre es el capitán de la guardia. —Sacude la mano como si atrajese aire hacia ella con el gesto universal de *ven aquí*.

—Pensaba que todas las bailarinas habían ido a ver a Pippa —digo.

—¿Por qué debería importar si todas han salido del palacio o no?

Cuando me detengo frente a Gretta, me doy cuenta por primera vez de que es mucho más alta que yo. Es extremadamente esbelta, salvo por la redondez juvenil de su rostro que las otras bailarinas ya han perdido.

—No me había dado cuenta de que no debíamos estar aquí —digo—. Eso es todo.

—No te creas que no me he fijado en la forma en la que esquivas las preguntas sobre ti misma —señala—. Está claro que ocultas algo.

Me arde la muñeca.

—¿Que oculto algo? ¿Qué iba a ocultar?

—Para empezar, no eres kostroviana —dice Gretta—. Tienes acento.

—Mis padres eran terrazzanos —digo—. Me mudé aquí cuando era pequeña. No veo cuál es la diferencia.

Gretta se cruza de brazos. Me sostiene la mirada, analizándome. Si hay juventud en la redondez de su rostro, su mirada penetrante lo compensa con creces.

—Me he criado entre guardias de palacio —dice—. Tengo muy buen instinto para saber cuándo me están mintiendo.

El corazón empieza a latirme cada vez más alto en el pecho hasta que creo que se me va a salir por la boca.

—Pues te felicito a ti y a tu agudo ojo avizor. Si me disculpas, acaban de informarme de que estoy invadiendo una propiedad privada. —Me deslizo junto a ella de lado.

Siento cómo me sigue con la mirada mientras atravieso el pasillo a toda priesa.

Bueno. Por fin tengo noticias para Maret:

Me están vigilando.

25
NATASHA

El grupo está más apagado que cuando vinimos de camino. De alguna forma, acabo al frente y las llevo por el camino largo, pasando los campos de centeno y el pantano lejano. Mantos de hierba ámbar y esmeralda forjados por estanques que reflejan el cielo bajo. Los árboles son larguiruchos, cada vez más escasos y distantes con cada año que pasa.

¿Dónde si no en este mundo puedes permanecer de pie al borde de una calle de piedra, la ciudad alborotada por las voces y la industria, mientras miras al otro lado del canal a una tierra que parece tan salvaje y agresiva? Nueva Sundstad debe de ser uno de los lugares más bonitos que la raza humana y el océano hayan cooperado para crear. Ojalá el mar no volviese a llevárselo.

Cuando me detengo, las bailarinas también lo hacen.

—¿Alguna vez habéis visto a un recolector de turba alejarse del camino de esa forma? —pregunto. Alguien atraviesa el pantano a zancadas y se aleja de los caminos de madera elevados. La silueta resulta ser de un hombre encapuchado seguido por sus amigos. Cuento seis en total.

Todas miran a Katla para el veredicto final.

—Nunca —dice.

—Mirad a los dos últimos —señala Sofie—. Llevan algo.

Entorno la mirada y me percato de que tiene razón. Las dos figuras encapuchadas rezagadas de la pequeña partida llevan un rectángulo largo en sombras —una caja, creo— entre los dos.

Katla frunce el ceño.

—¿Ladrones, tal vez? ¿Estarán almacenando comida y provisiones antes de que la flota real se las lleve?

Ness parece horrorizada.

—Eso es ilegal.

—¿Ilegal? —dice Katla—. En ese caso, debe de ser otra cosa. A lo mejor van a una fiesta de cumpleaños.

—Parece que ellos también se dirigen al norte —señalo—. Los veremos cuando lleguemos al Distrito del Muelle.

Pero para cuando llegamos al final del Canal Divisorio y el océano se extiende frente a nosotras, los hombres han desaparecido. La niebla empieza a condensarse y el sol se desvanece en el recuerdo, así que nos apresuramos a recorrer el resto del camino al Palacio Gris. Los hombres y la caja quedan en el olvido.

Cuando el palacio se alza a la vista, parece apropiado que el cielo que lo rodea se haya vuelto negruzco. Las ventanas refulgen doradas, rechazando la noche. El palacio es un faro en la oscuridad.

Desde que tenía nueve años, es lo que siempre ha sido. Kostrov: oscuridad, agreste, peligroso. El Palacio Gris: vida.

Dentro, las otras chicas regresan a su habitación. Llamo a la puerta de Adelaida.

—Pasa —dice.

Está revisando unas cartas en el escritorio. Una lámpara arde junto a ella y la baña en un brillo irregular. Cierro la puerta tras de mí.

—Sé que dijiste que no había espacio para las otras bailarinas y las provisiones en la flota —digo.

Alza la mirada.

—Pero si fuera reina —digo—, tiene que haber una oportunidad de hacer que los consejeros cambien de opinión. Incluso si es muy pequeña. Al menos debe haberla, ¿no?

Adelaida me escruta.

—En realidad no quieres saber la respuesta.

Suelto el aire, despacio. No. No quiero. Quiero seguir creyendo que puedo arreglarlo, por ellas. Por todas nosotras.

Y una parte horrible de mí se pregunta... incluso si solo una de nosotras sobrevive, ¿no es eso mejor que nada?

—Pero si de verdad le importo a Nikolai —digo— y le digo lo importante que es esto para mí...

—Tienes razón —me interrumpe para calmarme—. No puedo asegurar que Nikolai te elija. No puedo asegurar que puedas nombrarme tu consejera personal y me consigas un sitio en la flota. No puedo asegurar lo de las chicas. Pero Natasha..., eres mi mejor baza.

Tengo la garganta seca.

—El baile es dentro de dos semanas —continúa Adelaida—. Todas las chicas que crean tener una oportunidad estarán allí. Actuarás y Nikolai querrá hablar contigo, flirtearás y te asegurarás de hacerle saber que eres mejor partido para él que la heredera más deslumbrante de todo Heather Hill. Le pregunté a Gospodin sobre ti, por cierto. Si cree que si Nikolai se casa con una bailarina, creará el tipo de historia convincente que están buscando.

—¿Y? —digo.

—Esperaba que estuviese hablando de Ness —responde.

—Ness quiere a Twain.

—Lo sé. Pero Ness también quiere al Álito Sacro. Y a Gospodin. Así que capta la indirecta. —Abre el cajón superior del escritorio y saca un libro encuadernado en cuero.

—¿Qué es?

—No se puede negar que seas hija de tu madre, ¿eh? Toma.

Pesa más de lo que aparenta. Tiene muchas páginas finas. Cuando abro la cubierta, lo veo: *El día que la Inundación arrasó la última tierra, me subí a mi barco con una tripulación de quince hombres.*

—¿Me has dado *El cuaderno de bitácora del capitán*?

—Échale un vistazo —responde Adelaida—. Al menos finge que eres una buena hija del Álito Sacro. Si quieres ser reina, tendrás que mantener conversaciones inteligentes sobre estas cosas con Gospodin.

Sujeto el libro bajo el brazo.

—Vale.

—Ah —dice—, y devuélveme la capa. Ladronzuelas con derechos.

En mi habitación, dejo *El cuaderno de bitácora del capitán* abierto sobre la manta. Hasta ahora, me he esforzado por mantener una actitud sin compromisos con el Álito Sacro. Cuando nos obligan a asistir a los servicios durante los festivos en Nuestra Señora de las Desdichas en la Mar, finjo escuchar mientras planeo coreografías.

Aliso las páginas y empiezo a leer. Me sorprende descubrir que las cuestiones sobre la fe no tardan en desaparecer de mi mente. La voz de Kos es atrevida y audaz. Ni una sola vez parece considerarse menos que el elegido por la divina providencia para sobrevivir a la Inundación y empiezo a comprender el magnetismo de su certeza. Habla de ballenas con aletas más largas que la altura de un hombre. Hay maravillas: brillo blanquecino y del azul más claro del mar, como si alguien hubiese derramado leche sobre las olas. Hay horrores: la silueta de un barco en el horizonte que se aclara en la niebla para revelar al único miembro de la tripulación, un hombre colgado del mástil.

Las historias son maravillosas y grotescas en la misma medida y hacen que tenga un sentido curioso de lo fantástico que solo había sentido cuando leía *Las fábulas completas de Tamm*. ¿Es un crimen comparar los dos? ¿Compararlos hace que *El cuaderno de bitácora del capitán* sea más ficticio y *Las fábulas completas de Tamm*, más reales?

Me quedo leyendo hasta que la habitación se enfría y tengo que enterrarme bajo las mantas, solo con las manos y los ojos asomando bajo ellas, para conservar el calor. Estoy a punto de dejar el libro por esta noche cuando atisbo una palabra en la mitad inferior de la página siguiente.

Sirenas.

Inflo las mejillas, contengo el aliento y sigo leyendo.

Tras haber puesto a punto las velas y el diario, echo un vistazo por el telescopio. ¡Mirad! Un banco de algas marinas y, sobre este, una mujer desnuda. ¿Un alma abandonada? A medida que me acercaba, vi que aquella no era una mujer corriente. Su rostro era de extraordinaria belleza, pero tenía cola de pescado. Mis hombres no tardaron en unirse a mí. Todos exclamaron ante sus encantos. Embelesados por la curiosidad y el deseo, preparé las velas para llegar hasta ella.

Me vio cuando estaba a unas escasas cien yardas de distancia. De sus labios brotó una canción tan sensual como jamás la había oído. Sonaba como el agua fresca en un mar salado. Tras su llamada, aparecieron otras dos mujeres. Sus cabezas asomaron por la superficie del agua. Me miraron con aire inquisitivo y luego, se unieron a la canción magnética de su hermana.

Me descubrí tan inclinado sobre la barandilla del barco que pensé que iba a caer al mar. Cuando mis hombres se unieron, amenazamos con volcar el barco. Las mujeres pez se rieron con falsa modestia y pensé que estaban tan cautivadas conmigo como yo con ellas.

No obstante, cuando me acerqué, noté un vacío en sus ojos. Donde debería haber blanco, se extendía un abismo de negrura. Sus iris no eran redondos, sino alargados y rasgados como las semillas. Escuché una voz, de timbre masculino y como si saliera de fuera de mí, tronar: «¡Antinous! No dejes que las sirenas te tienten. Tu esposa te aguarda el primer año seco».

Esta voz rompió el hechizo de su canción. Me aparté violentamente de estas sirenas. Ante mi repulsión, dejaron al descubierto unos dientes feos con forma de aguja.

Viré las velas de inmediato. Mis hombres protestaron, pero mis órdenes se superpusieron a las canciones de enfado de las sirenas. Para cuando dejamos a las mujeres en su

banco de algas, dejé de ver la belleza con la que me habían
engañado. No eran más hermosas que el mar picado por
una tormenta.

No es la primera vez durante el viaje que la voz —he lle-
gado a pensar que engloba la voz de la humanidad al comple-
to, una experiencia humana colectiva con más sabiduría que
pueda reunir cualquier hombre durante toda su vida— me
había salvado. Ahora veía a las sirenas por lo que eran: seduc-
toras. ¿Qué habrían hecho si no hubiera recuperado el juicio?
¿Me habrían arrancado la piel a tiras con sus dientes afilados
y confeccionado coronas con mis huesos? Las doncellas del
mar encontraban regocijo al engatusar. Juro no confiar jamás
en una mujer así.

Zarpamos.

Despacio, cierro el libro y lo dejo sobre la mesita de noche.
Sabía que el pasaje de las sirenas tenía algo por el estilo. Aunque no esperaba que se me instalara en el estómago de esta
manera, con un frío que las mantas no pueden repeler.

Hoy en día, cuando el Álito Sacro acusa a alguien de ser
una sirena, no pretenden llamarla mujer pez con ojos ávidos
y dientes con forma de aguja, pero igualmente se refieren a
un monstruo. *Seductoras*, escribió Kos, por cantar, ser hermosas y no tener interés en los hombres. Les han impuesto la
carga por seducir; Kos no se echa la culpa por haberse dejado
seducir.

Pienso en Ella, con su mente ágil, lengua afilada y sonrisa
reticente. Con sus ojos tan oscuros y de pestañas tan bonitas
como las de un ciervo. Con la línea de sus hombros y sus brazos fuerte y firme cuando se iza en las sedas.

Si las sirenas de Kos fuesen reales, y no solo alguna alucinación provocada por el mar, podría pensar que ni siquiera se fijaron en que pasó junto a ellas con el barco. Puede que solo estuviesen cantándose entre ellas. Puede que solo estuviesen viviendo sus vidas.

Han pasado mil doscientos años desde que Kos escribió estas líneas y, aun así, poco ha cambiado. Quizá los hombres poderosos quieran poseer a las mujeres siempre. Quizá los hombres poderosos quieran que las mujeres sean hermosas siempre, hechas para su uso propio.

Mientras estoy tumbada en la cama, esperando a quedarme dormida, me llevo una mano a los labios. Con la yema del dedo, me acaricio la superficie de los dientes y me imagino que son agujas.

26

ELLA

A medida que se acerca la fecha del baile real, empiezo a entrar en pánico. Mi querida madame Adelaida me recuerda cada día que mi vuelo es, de hecho, muy malo y, por muy nerviosa que esté, seguramente no baste. Ha pasado una semana desde que Gretta me arrinconara en la biblioteca. Espero que Natasha vuelva a sentirse generosa y me dé el día libre, pero se me agotó la suerte. Maret estará furiosa. Casi hace un mes desde que estalló la Quinta Tormenta; algunos de los sirvientes predicen entre susurros el inicio de la Cuarta. Esta es el «pánico del ganado» y aunque no sepa exactamente qué implicará, tengo la sensación de que mis padres, si todavía se ocuparan de nuestra granja, no tendrían muchas ganas de que llegase.

Tres noches antes del baile, Natasha se levanta de su sitio en la mesa larga de la cocina y dice:

—¿Ella? Tenemos más trabajo que hacer.

—Pero René todavía no ha traído el postre —digo. La cocina ya huele a sopa de pan con cardamomo dulce.

—Y aun así, el mundo sigue girando —señala—. Vamos.

Cuando nos marchamos, Sofie grita a nuestras espaldas:

—Te guardaré un poco si es que queda.

El estudio está en silencio. La cocina está demasiado lejos como para oír las voces amortiguadas. Lo más alto que escucho es la respiración suave de Natasha.

Me detengo junto a las sedas que ahora son mías. Ella toma las que están junto a las mías.

Cuando hacemos la subida, la observo, copio sus movimientos, imaginando que nuestras extremidades están conectadas por los largos hilos de un titiritero. Ella se mueve; yo me muevo. Engancha la pierna en las sedas y yo hago lo mismo. Cuando echa la cabeza hacia atrás, le cuelga la coleta, una llama que ha brotado de la punta de una cerilla. La forma en la que se mueve es impresionante. Para admitirlo, tendría que llamarlo envidia. Si lo llamo de cualquier otra forma, me hace sentir que estoy traicionando a Cassia.

Hay un movimiento que odio con especial ardor, y no porque sea más difícil que los otros. Natasha mantiene las piernas presionadas con fuerza mientras gira sobre sí misma en la tela. Pronto, tiene los tobillos, rodillas y caderas envueltas con las sedas, como una cola brillante.

Elevación de sirena, lo llaman.

Natasha me observa mientras uno las piernas para hacer una cola.

Hay una elevación de sirena en nuestra próxima actuación, así que no creo que Natasha lo esté haciendo para atormentarme. Aun así, cuando mantenemos la posición, su mirada se encuentra con la mía y el rubor se extiende por su cuello hasta sus mejillas.

—Bien —dice—. Suficiente por esta noche.

Natasha se desenreda y se desliza al suelo con rapidez. Yo me quedo en el aire. Los largos hilos que nos unen se rompen uno a uno.

—Practicaré un poco más.

Se cruza de brazos. Otra vez parece ese perro pastor tan decidido.

—Deberías dormir.

—Estoy bien. —No quiero que las otras chicas estén despiertas cuando regrese a la habitación.

Espero a que se marche, pero no lo hace. Se queda en la base de la seda con el cuello estirado, observando cómo me enrollo y desenrollo las telas.

—Lo estás haciendo muy bien —dice—. Sé que Adelaida puede ser dura.

—No está tan mal —respondo.

—Eres muy obstinada —señala—. Es impresionante.

Si soy obstinada es solo porque no tengo más opciones. Si pierdo mi terquedad, puede que no sea capaz de matar a Nikolai y, sin venganza, ¿qué me queda?

—Bueno, en realidad, no —digo.

—Entonces ¿qué eres?

Agacho la mirada hacia ella.

—¿Cómo?

Natasha presiona las manos contra los muslos. Sus ojos están salpicados de naranja por la luz titilante de las lámparas.

—No hablas con ninguna de nosotras. Cuando intentamos conocerte mejor, tú… bromeas. Lo evitas. No sé nada sobre ti.

—¿Importa? —digo.

—A mí, sí —responde. Hay una pausa—. Solo cuéntame algo. Lo que sea.

Pienso en el rubor de sus mejillas cubiertas de pecas en la elevación de sirena. ¿Quiere saber la historia de mi tatuaje? ¿O lo que vino antes? ¿Cómo se sentía entrelazar las manos en el cabello de Cassia bajo un haya tan antigua como estas mismas tierras? ¿Sus labios suaves, ligeros como un colibrí, atrapando los míos por la primera, segunda, tercera vez?

Llevamos demasiado en silencio, me sorprende que Natasha no se marche.

Mantengo un tono de voz suave, así es menos probable que se me rompa.

—La última vez que vi a mis hermanos, se habían olvidado de mi cumpleaños. —No sé por qué digo esto. No sé por qué le cuento nada.

Natasha alza la barbilla. A tres metros de distancia, nuestras miradas se encuentran.

—Eran gemelos —digo y me agarro a las sedas con más fuerza—, así que hacíamos una celebración doble por su cumpleaños y era más fácil de recordar. Pero eran cuatro años más pequeños que yo, estábamos jugando y… y se olvidaron.

He revivido el juego tantas veces que no recuerdo si nos lo inventamos ese día o si llevábamos toda la vida jugándolo. El juego fue así: yo era un tejón gigante que desayunaba niños pequeños idénticos. Filip decía: *No, se supone que tienes que ser un tejón simpático.* Y Milo me golpeaba el brazo con un palo y añadía: *Toma esa, tejón.* Luego, mi madre salió afuera riéndose y me llamó: *¡Ella! Me he quedado sin manzanas, ¿cómo te voy a preparar el pastel de cumpleaños? Ve a la ciudad tan rápido como puedas. Chicos, id con ella.* Pero ellos no podían ir conmigo porque estaban horrorizados por haberse olvidado. Filip dijo: *Pero quería inventarme una canción para ti.* Y Milo dijo: *Y yo quería matar* *un ratón para ti, como hacen los gatos.* Así que mientras que yo me marché a la ciudad a buscar las manzanas, ellos se dispusieron a prepararme el tesoro de cumpleaños.

—¿Eran? —musita Natasha—. *¿Eran* gemelos?

La Décima Tormenta comenzó mientras yo estaba fuera.

—Están muertos.

—Lo siento —dice Natasha.

—No te preocupes —respondo—. En estos tiempos todos tienen la misma historia. Hay crecidas de aguas, todos se ahogan.

—Lo siento —repite incluso más suave.

La única persona a la que le he hablado de mis hermanos, del cumpleaños, fue Cassia. ¿Por qué he empezado a contárselo a Natasha? No es mi amiga. Y está claro que no es Cassia.

—Me gustaría practicar —digo—. Si no te importa. Sola.

—Claro —responde. Se marcha.

Para cuando la puerta se está cerrando en silencio, con suavidad, entre los dedos largos de Natasha, una lágrima se ha abierto camino hasta la punta de mi nariz. Suelto una mano de las sedas para apartármela, furiosa, pero es demasiado tarde.

Cae cuatro metros y medio más abajo. No veo dónde aterriza.

27

NATASHA

Cierro la puerta del estudio y presiono la espalda contra ella. ¿Por qué estoy tan desesperada por preguntarle más cosas? *Tus hermanos, ¿cómo se llamaban? ¿Cómo murieron? ¿Tenían tus ojos, dorados en el centro y marrones por los bordes?*

Ella no quiere que me preocupe por ella. No quiere que sepa quién es.

Me quedo junto a la puerta un buen rato esperando a que salga. No lo hace.

Al día siguiente, espero a que Ella diga algo sobre ese momento —ese *lo que fuera*— en el estudio. Nada. Cuando pasa otro día sin una mirada prolongada siquiera, me enfado conmigo misma por esperar algo. Debería centrarme en el vuelo en ciernes. No en Ella.

Al final, consigo ir a un servicio del Álito Sacro. Hojeo las páginas de *El cuaderno de bitácora del capitán* todas las noches antes de dormir. Me uno a los guardias cada vez que se reúnen para jugar a un juego de cartas aburrido. Nada de eso cambia las cosas; parece que no logro volver a cruzarme con Nikolai.

El día del baile llega con la primera helada. Los bordes de mi ventana están cubiertos por un levísimo manto blanco. La nieve de verdad no tardará en llegar.

Intento vestirme sin abandonar la seguridad de mi manta. Encima del traje de cuerpo entero para el ensayo, añado mi jersey marrón lleno de pelotitas, dos pares de calcetines de lana y unos guantes por si acaso. Sé que tendré que quitármelos antes de subirme a las sedas, pero se van a quedar puestos hasta el último momento posible.

Cuando entro dando pisotones en el estudio, Adelaida y Gretta ya están aquí. Gretta deja de trabajar en sus caídas para reírse de mí.

—Tenía frío —digo.

Adelaida me recorre con la mirada de arriba abajo.

—Pareces que te vas de expedición a Skarat.

—O que eres una huerfanita del Álito Sacro que lleva ropa donada —añade Gretta.

Adelaida sonríe.

—O una granjera que ha ido a recoger los nabos antes de que se congelen.

Me presiono los guantes contra el rostro frío.

—Gretta, haz quince dominadas.

Gretta redondea los labios en una *O* enfadada.

—Ha empezado Adelaida.

—Pero no puedo castigar a Adelaida por abusona —digo.

—Correcto —dice Adelaida—. Gretta, haz las dominadas.

Con un gruñido sonoro, Gretta baja hasta el suelo y empieza con su castigo. Me deslizo por el suelo de madera con los pies enfundados a conciencia en los calcetines para unirme a Adelaida junto a los espejos.

—¿Estás lista para esta noche? —me pregunta.

—Me ofende que lo preguntes.

Adelaida me sopesa.

—Bien. ¿Están todas tus chicas listas para esta noche?

—¿Sabes? —digo—, no me parece justo que cada vez que hagan algo mal sean mías y cuando lo hacen bien, son tuyas.

—Ah, hoy estamos insolentes. Estoy segura de que irá como la seda con nuestros estimados miembros de la corte.

La ignoro y le quito las notas de la coreografía de las manos. A uno de los escultores de la corte le han encargado construir una piscina larga que atraviese la primera planta del Salón de Hierro para esta noche. Actuaremos sobre el agua. Los invitados pueden vernos desde abajo o desde los balcones que bordean el perímetro de la segunda planta del salón. Fue idea de Gospodin. Según Adelaida, dijo que quería recordarles a todos la belleza del agua, que el océano no está aquí para destruir, sino para purificar y volver a crear. Imagino que es más fácil apreciar la belleza del agua cuando no estás contando los días que quedan hasta que te mate.

Los días hasta el cumpleaños de Nikolai pasan volando. Todos los asistentes al baile estarán pensando que pronto tendrá que escoger a la futura reina.

Nos pasamos la mañana revisando la coreografía final. Nunca hemos actuado sobre el agua, pero no hay dudas de que será impresionante si todo sale según lo planeado. Adelaida ha creado esta rutina solo para el baile. La primera vez que les eché un vistazo a los movimientos, le pregunté:

«¿Así que tu plan para ayudarme a conquistar a Nikolai es darme mil solos?».

«Si mi directora me hubiese dado tantos solos cuando era principal», me contestó Adelaida, «ahora yo sería reina».

Unas horas antes de que comience el baile, tres costureras de palacio entran a toda prisa en el estudio con un montón de telas dobladas en los brazos. Normalmente, practicamos con el traje de la actuación durante días, pero como Gospodin reveló el plan de esta oda al océano como actuación hace unas semanas, cortamos por lo sano.

—Por fin —dice Adelaida—. Probáoslos, rápido. Así tendremos tiempo para ajustarlos.

Me pongo el mío en el refugio de mi habitación. Está frío y se ciñe sobre mi piel. La tela es de un azul ultramarino deslumbrante con una falda vaporosa que se mece sobre la parte trasera de las piernas y cuelga abierta por delante. Tengo las piernas aprisionadas por la tela, pero tengo los brazos libres. Es de cuello alto y con un corte atrevido desde la base de la garganta hasta el esternón.

Contemplo mi reflejo un largo rato. Es el traje más atrevido —la cosa más atrevida— que he llevado jamás. Lo inspecciono un momento más; sigo la curva de la tela por encima de mis caderas, los hombros, por las líneas sin costuras de mis brazos…

Mis ojos se agrandan en el reflejo al darme cuenta.

Trajes sin mangas.

Corro de vuelta al estudio.

Todas las bailarinas se han marchado para probarse sus trajes. Solo se ha quedado Adelaida con las costureras.

—Ah, señorita Koskinen—dice una de las chicas; se le redondean las mejillas sonrosadas—. Estás…

—¿Tenéis tela de sobra? —digo. Sostengo en alto la cola de la falda—. ¿Más como esta?

Ella mete la cabeza en la bolsa de retales.

—¿Así?

Reúno toda la tela vaporosa entre los brazos, me dirijo a la puerta y me doy media vuelta a buscar un par de tijeras.

—Estamos un poco agitadas, ¿no? —dice Adelaida.

—Gracias —les digo a las costureras y vuelvo a salir a toda prisa.

Abro la puerta de la habitación de las bailarinas de golpe. Gretta, semidesnuda, salta y se lleva el traje al pecho.

—Por todos los mares, Natasha.

Ness viene dando saltitos para saludarme.

—Ay, Natasha, qué guapa. Tu pelo y ese azul…

No me lleva mucho tiempo contar; aquí hay cuatro chicas. Falta Ella.

Katla y Sofie, las alas, se están poniendo los trajes de un azul vivo. Gretta y Ness llevan un tono pastel polvoriento. Todas, en fila, formamos un degradado, retazos del océano a medida que el sol traza un arco sobre nuestras cabezas.

Katla se saca la trenza del cuello del traje.

—¿Qué llevas ahí?

Empiezo a cortar tiras largas de la tela vaporosa.

—Pañuelos para las muñecas. Como la moda entre las nobles de Roen.

—¿No será más difícil actuar así? —dice Gretta.

—No. Dame la mano.

Gretta mira a las otras chicas, como si alguien fuera a dar un paso al frente para salvarla de mi interés repentino y agresivo por la moda. Envuelvo una franja de tela en el antebrazo de cada una y las aseguro con unos nudos ordenados.

—Vaya —dice Katla—, has mejorado mucho después de vendarte la muñeca doce millones de veces.

—Gracias —digo—. Te toca.

Cuando les he puesto a todas los pañuelos satisfactoriamente, recojo la tela y llamo a la puerta del baño.

—Eh —dice Ella—. Un segundo.

—Soy yo —respondo—. Natasha. —No responde—. ¿Puedo pasar?

Cada vez pasa menos tiempo entre un latido y otro de mi corazón. ¿Y si he sobrepasado algún tipo de límite? ¿Y si esto es como cuando le subí la manga a Ella y expuse su sirena? Invasiva, agresiva…

La puerta se abre.

El traje de Ella es de un azul muy claro. La tira que le rodea el cuello tiembla cuando toma aire. Lleva el pelo recogido en un moño alto suelto. Tiene los brazos cruzados sobre el estómago.

Adelaida dijo que quería que Nikolai se pasase la mitad de la noche mirándome. ¿Por qué perdería alguien el tiempo de esa forma después de ver a Ella?

Trago. Le enseño la tela.

—Yo… Hemos decidido llevar pañuelos. En las muñecas.

Ella ladea la cabeza de manera apenas perceptible.

—No tienes por qué —digo. Noto las palabras salir con torpeza de mi boca—. Solo pensé que si no quieres que todos… ya sabes, lo sepan. Las demás ya los llevan.

Ella me observa un largo instante. Luego extiende la muñeca.

—Gracias —dice.

Me hormiguean los dedos al rozar la piel suave de su antebrazo. Me muerdo la lengua entre los labios para concentrarme mientras envuelvo, giro, anudo. Siento su pulso contra el mío.

—¿Te toca?

Toma una tira larga de tela y me rodea la muñeca. Sus pestañas proyectan sombras largas sobre sus mejillas. Tiene los dedos cálidos y los mueve con cuidado. Cuando termina, su pulgar permanece un instante sobre la base de mi palma. No me mira, solo su mano, mi mano, nuestras manos. No respiro.

Da un paso atrás. Dejo caer la mano; me arde.

—¿Cómo estoy? —dice—. ¿Me parezco lo suficiente a una gota de lluvia?

Noto las mejillas calientes.

—Pareces un personaje de *Las fábulas completas de Tamm*.

Enrosca la comisura de sus labios. Por los mares. *Yo* he provocado eso. La he hecho sonreír.

—¿Terminamos el ensayo? —dice.

Asiento.

Encamina la marcha de vuelta al estudio. Tengo la garganta seca. Las costureras exclaman al ver nuestros relucientes pañuelos nuevos y Adelaida me busca con la mirada con una expresión que dice: *Sé lo que has hecho.*

Seguimos practicando algunos elementos técnicos finales cuando empezamos a escuchar el sonido de unas voces por la ventana.

—Serán los invitados, que están llegando —dice Adelaida entrando de nuevo en el estudio a zancadas—. Natasha, ven a dar un paseo conmigo. Las demás, adelantaos.

Adelaida se ha puesto el vestido de fiesta: un tono azul más oscuro que el mío con un escote provocativo. Encima, lleva una capa corta con plumas teñidas de cobalto y oro para que vaya a juego con el resto del conjunto.

—Las costureras se inclinan mucho por tus modelitos con plumas —digo—. Sabremos que se han tomado lo de bailarinas del aire demasiado literal cuando te pongan un pico.

—Natasha —me advierte.

—Estás encantadora.

Suelta un suspiro.

—Gracias.

Echo un vistazo por encima de su hombro mientras la última de las chicas —Ella, con los rizos recogidos meticulosamente con horquillas— desaparece por la puerta. Noto un pinchazo.

Miro de nuevo a Adelaida.

—¿Va todo bien?

Señala la puerta con la cabeza. Caminamos despacio, fuera del alcance de los oídos de las bailarinas mientras se ríen, bromean.

—Oí a unos consejeros hablando cuando fui a comprobar que las sedas estaban bien colocadas. Parece que ya han decidido que quieren que Sylvia Kanerva sea la futura reina.

Frunzo el ceño.

—¿Kanerva? ¿Como el guardián del tesoro?

—Es su hija —dice Adelaida—. Estate atenta.

Durante casi toda mi vida he formado parte de una compañía de chicas, todas compitiendo para ser la mejor, pero nos apoyábamos por el bien común. La advertencia de Adelaida me deja intranquila. No quiero entrar en guerra con una chica a la que no conozco.

—No estoy segura —digo.

Adelaida se detiene, me mira con severidad.

—El cumpleaños de Nikolai es dentro de dos meses —contesta—. Asegúrate.

28
ELLA

Cuando entro en el Salón de Hierro, me inunda la vergüenza. Es una revuelta de opulencia —de despilfarro—, un recordatorio de por qué Nikolai no debería estar en el trono. Es cuestión de meses que llegue la Inundación y ¿el palacio despilfarra comida en aperitivos en la fiesta?

He dejado que me distraigan. Volar. Natasha.

Corrijo el pensamiento. Todas las bailarinas. No solo Natasha. Necesito centrarme.

Nunca he visto a tantas personas apretujadas en una sala. Un candelabro reluce en el techo. Un cuarteto toca en la esquina y su música invade el salón.

Las mujeres más elegantes se pasean por la estancia como pequeñas burbujas; sus faldas son tan voluminosas que nadie puede acercarse a ellas a menos de un brazo de distancia. Sin embargo, también hay bastantes mujeres vestidas un poco más desaliñadas, con vestidos gastados pero limpios.

Los hombres van en traje de chaqueta. No sabría decir cuáles son elegantes y cuáles desaliñados porque todos me parecen iguales.

Las miradas empiezan a investigar mi cuerpo. Miro a mi alrededor buscando a las otras bailarinas. Gretta se ha esfumado entre un círculo de guardias más mayores que comparten todos su misma nariz puntiaguda y piel broncínea. Katla está delante. Miro atrás, esperando ver a Sofie o Natasha, pero las he perdido. Me planteo quedarme rezagada junto a la puerta hasta que aparezcan, pero el recuerdo de aquella noche mientras practicaba —cuando miré el rostro vuelto hacia arriba de Natasha, cuando me permití llorar— resurge. Me apresuro a entrar en el salón de baile detrás de las otras bailarinas.

Cuando llego junto a Katla, me mira.

—Pareces completamente aterrorizada.

—Ah, lo estoy —admito.

Katla tuerce el gesto.

—Me decepcionaría que no lo estuvieras.

—¿Has ido a muchas fiestas de estas?

—El palacio celebra unas cuantas cada año —dice Katla—. Aunque normalmente más…

La miro mientras recorre la habitación con la mirada, como si esperase a que se le ocurriera la palabra adecuada. Frunce los labios a un grupo de mujeres jóvenes con vestidos sencillos de tela malva idéntica, como si todas se hubiesen cosido los trajes del mismo rollo para la ocasión.

—¿Aristócratas?

Katla resopla.

Aunque llevo un mes en la Compañía Real de las Bailarinas del Aire, sigo sintiendo que no conozco bien a Katla. No la culpo por mantener las distancias con lo poco que falta para la Inundación. De cuantas más personas te preocupes, tendrás más a quienes perder. Es la conversación más larga que hemos tenido.

—¿Entiendo que no tienes sangre de aristócrata? —digo.

—No a menos que consideres la recolección de turba una profesión aristocrática —contesta—. La mayoría no lo hace. —Me dedica una mirada escéptica. Se ha delineado los ojos en negro y trazado un rabillo felino en las comisuras externas—. Tú no lo eres, ¿verdad?

—Granjeros —digo.

—Gracias a los mares. Creo que no lo soportaría con otra... —Señala con la cabeza a Ness, que está entusiasmada saludando con la mano a una chica en el otro extremo de la sala.

A la chica se le ilumina el rostro, se disculpa de la conversación con un hombre que le dobla la edad y se acerca a nosotras. De todas las faldas gigantescas que han asistido, puede que la suya sea la más grande.

—Entonces, ¿Ness viene de una familia adinerada? —digo.

Katla asiente. Un camarero pasa con una bandeja de copas de vino. Agarra dos y me da una.

—Puede que lo necesites.

Ness se lanza a los brazos de la chica.

—Ay, ¡cuánto te he echado de menos! ¡Y qué vestido!

Cuando se separan, Ness nos señala.

—Estas son Katla y Ella. Y esta es Sylvia. Es una querida amiga de Heather Hill.

—Un placer —dice Sylvia. Su sonrisa es comedida, como si reservase las más amplias para presentaciones más importantes.

Sylvia y Ness tienen el mismo porte: una especie de confianza firme que indica que ambas saben que deben estar aquí. Sylvia lleva el pelo largo —negro azabache— envuelto alrededor de la cabeza. Un mechón sedoso cuelga suelto en la sien. Tiene la piel beige, sin poros. Me pregunto si alguna vez Cassia les dijo a los sirvientes que le tiraran el vino encima.

Ness envuelve las manos de Sylvia entre las suyas.

—Tengo tanto que contarte, cariño. Quiero que conozcas a Twain. Ah, ¡y tu padre! ¿Está aquí? —Para nosotras, añade—: El padre de Sylvia es el guardián del tesoro. Es un completo encanto. Un seguidor verdadero del Álito Sacro.

—A diferencia de un seguidor falso del Álito Sacro —dice Katla.

Sylvia desvía la mirada hacia ella y el espacio entre sus cejas se arruga por un instante. Pero Ness sigue hablando y Sylvia se apresura a suavizar su expresión.

—¿Cómo estás? —dice Ness—. Háblame de tu vestido. ¡Ah! Y cuéntame qué me he perdido de Heather Hill. Oí que la fiesta de cumpleaños de Meri fue de lo más encantadora. ¿De verdad su padre importó un tigre?

No puedo resistirme.

—Qué metedura de pata —digo—. Es como si Meri me hubiese copiado la fiesta de cumpleaños entera.

Katla se atraganta con el vino.

Sylvia se vuelve hacia Ness.

—Debería decirte que Meri y algunas de las otras chicas no asistirán esta noche.

La sonrisa de Ness se deshace.

—Pero tenía muchas ganas de que todas vierais la actuación.

—Lo siento —dice Sylvia—. Pensaron que las festividades de esta noche están muy por debajo de ellas. —Desvía la mirada hacia las chicas con los vestidos malva. Dos de ellas le han requisado a un camarero una bandeja de aperitivos. La tercera mira el suelo con el rostro más rojo que un arándano rojo recubierto de azúcar.

—Bueno —dice Ness levantando la barbilla—, Nikolai ha invitado a las jóvenes de todas las clases a asistir esta noche, y si Meri y las otras chicas creen que son demasiado buenas, ellas se lo pierden.

—Por supuesto —dice Sylvia mirando de nuevo a las chicas de malva—. Como siempre digo, no hay motivos para juzgar a una chica por la tela de su vestido.

—Exacto —añado—. Por esto todos mis vestidos están cosidos con piel de patatas. Para el caso, mejor quitarnos pronto de en medio a las esnobs, ¿verdad?

Sylvia parece ofendida.

Ness mira entre una y otra.

—Sylvia, querías conocer a Twain, ¿recuerdas? Acabo de verlo. —Ness apoya las manos en los hombros de su amiga y empieza a alejarla.

—Mucho aliento —le dice Katla a la espalda de Sylvia. Se cruza de brazos y se vuelve hacia a mí—. Bueno, hasta ahora, el baile es justo lo que esperaba.

Estoy a punto de darle la razón cuando veo algo —a alguien— por el rabillo del ojo.

Hay un grupo de guardias apostado cerca del muro. Conozco algunos rostros de las comidas en la cocina. El hermano de Gretta, Twain. Gregor, el guardia que tanto se parece a Natasha. Pero hay otro rostro entre ellos que reconozco y no del mes que he pasado en palacio. Su pelo, peinado hacia atrás, rubio como la mantequilla. Sus ojos, claros. Su piel, aún más clara. Sigue con la mirada a Ness y Sylvia al otro lado del salón; despacio se acaricia el labio inferior con la lengua.

Lo conozco.

Estaba ahí cuando Cassia murió.

Distante, como si estuviera bajo el agua, escucho a Katla decir:

—¿Ella?

No puedo hablar. Ni siquiera soy capaz de abrir la boca.

Estaba allí. Lo conozco. *Lo conozco.*

Entonces, otra voz. Natasha, salida de la nada.

—Oye. ¿Qué está pasando?

—Ella —dice Katla—. ¿Estás bien?

—¿Quién es? —me obligo a articular al fin.

—¿Cuál de ellos? —pregunta Natasha siguiendo mi mirada.

—El rubio —respondo—. El que mira a las mujeres que pasan por su lado como si quisiera asarlas y comérselas.

Observo a Natasha y Katla intercambiar una mirada por mi visión periférica.

—Es Andrei —dice Natasha.

—Lo odiamos —añade Katla—. ¿Recuerdas lo idiota que fue con Josephine?

—Creía que estaba en Mau La —musita Natasha—. Esperaba que se quedase allí.

—¿Mau La? —Al fin, aparto la mirada de Andrei para posarla en Natasha con el ceño fruncido—. ¿Por qué? ¿Cuándo?

Ella cambia el peso de un pie a otro, parece incómoda.

—No lo sé. Creo que estaba escoltando a un enviado o algo. Siempre mandan en el último minuto a diplomáticos para formar acuerdos comerciales y alianzas para el Nuevo Mundo.

—¿Cuánto tiempo pasó fuera? —pregunto.

Natasha mira de reojo a Katla.

—¿Seis meses?

—No lo suficiente —espeta Katla.

—¿Por qué? —dice Natasha—. ¿Lo conoces?

—No. —Sueno tan amarga como una raíz—. Claro que no.

Cuando cierro los ojos, recuerdo la oscuridad. Un manto de árboles que bloqueaba la lluvia incesante. El crepitar de un campamento y un ascua que aterrizó en mi pierna con un siseo.

Recuerdo cuatro hombres. El tintineo de sus botellas. Sus risas cargadas. La forma en la que se arremolinaba su conversación: *Nikolai nos incluirá en la flota por esto.* Y: *Estoy deseando salir de este país de mierda.* Y: *¿Qué hay de la chica?*

Recuerdo un rostro. Unos pómulos esqueléticos y una frente ancha. Unos ojos incoloros. Andrei agazapado frente a mí.

«Siempre supe que Cassia era una maldita sirena. Pero ¿y tú? Puede que todavía no hayas conocido al hombre adecuado».

Cuando le escupí, le dio en el puente de la nariz. Parpadeó y se inclinó hacia atrás mientras los otros hombres se reían.

«Puta sirena», masculló.

Uno de ellos fue a la ciudad dando tumbos para buscar tinta, agujas y más licor. Ellos me hicieron la sirena; se fueron turnando cuando alguno se quedaba tan adormilado que no podía sostener las agujas. Bebieron hasta perder el sentido.

Cuando le escupí a Andrei a la cara, esperaba que me matase por ello. Para cuando estaba tendido bocabajo en la tierra abrazado a una botella de whisky, me alegré de que no lo hubiera hecho.

Porque lo mataría yo.

Tenía las manos atadas, así que utilicé el tronco del árbol para ayudarme a levantarme. Pasé por encima de sus cuerpos. Me dirigí a la ciudad, encontré a Maret y le conté lo que había ocurrido mientras estaba fuera. Lloró conmigo, luego gritó conmigo, luego ideó un plan conmigo. Siempre he pensado que Maret solo quería una cosa: la corona. Cuando Cassia murió, me di cuenta de que Maret había querido dos cosas.

Hablamos sobre volver al claro. Matar a esos hombres. Pero ya llegaríamos a eso más tarde. De momento, los dejaríamos vivir, porque estaban a las órdenes de un monstruo peor. Arrancaría a Nikolai de raíz. Luego, sus amigos podrían marchitarse con él y morir.

Cuando Adelaida nos reúne para la actuación, estoy demasiado ocupada ahogada en recuerdos como para darme cuenta de lo que está ocurriendo. Para recordar que tengo que subirme a esas sedas con cada par de ojos del palacio puestos en mí.

Si he reconocido a Andrei, él me reconocerá a mí. ¿Bebió tanto como para haberse olvidado por completo de aquella noche?

Presiono las muñecas contra el estómago, arrugando la tela elegante anudada. Si a Natasha no se le hubiese ocurrido ponernos pañuelos, estoy segura de que Andrei habría sabido quién era al ver su obra.

Nos ponemos en posición al borde de la piscina alargada. Cuando la música empiece, nos meceremos sobre el agua y subiremos a lo alto de las sedas.

No hay forma de esconderse de Andrei. De nadie.

Afianzo mi agarre en la seda.

Con suavidad, Sofie me posa una mano en el hombro.

—¿Estás bien? Parece que vas a vomitar.

Un sudor frío me recorre la columna vertebral.

—Solo son nervios.

—Lo harás genial —me anima—. Imita a Ness y a Gretta si se te olvida algo.

El Salón de Hierro está empezando a sumirse en el silencio. Hay tantas miradas. Siento que escrutan cada milímetro de mi cuerpo.

Una oleada de susurros, el bullicio cuando Nikolai entra por fin en el salón. Lo veo asomarse al balcón sobre nosotras. Intento utilizar mi odio —que nunca falla— para concentrarme, pero no puedo quitarme de encima la sensación de que Andrei me está mirando.

El chirrido de los violines al prepararse.

Sofie tiene razón. Voy a vomitar.

Entonces, de repente, Natasha está al otro lado de la seda. Su rostro es lo único que veo, partido en dos por la tela azul brillante. Sus pómulos emiten destellos plateados. Me envuelve las manos aferrada a la tela entre las suyas, nuestros puños unidos. Cuando acerca la frente a la mía, su voz silencia todo lo demás.

—Observa el agua —dice—. No mires a la multitud. Ni siquiera pienses en ella. Solo sigue mirando el agua.

—El agua —repito. Me siento lenta, como si estuviese atrapada en un banco de niebla.

—Eso es lo que hago cuando estoy nerviosa —dice—. En los festivales. Miro el agua del canal.

No sabía que Natasha podía ponerse nerviosa.

Antes de que pueda agradecerle el consejo, se ha marchado de vuelta a sus telas y los violines empiezan a su llanto.

Mientras subo, fijo la vista abajo, en el agua, como Natasha me ha dicho que haga. Cuando giro, me envuelvo y me anudo en las sedas, mi mirada regresa al agua. Intento concentrarme en un punto entre la superficie y el fondo.

Cuando por fin alzo la mirada, no a Andrei ni a la multitud, sino a los destellos de las telas y las bailarinas a mi alrededor, siento que estoy hecha de agua. Somos la lluvia que cae, como una cortina, como el mar al salpicar, arriba y abajo sobre la piscina.

¿Es esto lo que querían Nikolai y Gospodin? ¿Esto hace que los invitados tengan menos miedo de morir ahogados?

Creo que somos más listos que el agua, con los barcos, tejados y barómetros. La recolectamos en cuencas y la filtramos con lana y carbón para poder beberla. Se la damos al ganado y a los cereales. Nikolai ha instalado una piscina en medio del Salón de Hierro solo por esta noche, solo para esta actuación, para que todos puedan reunirse a su alrededor y maravillarse de cómo hemos dominado el agua cuando, en realidad, es esta la que nos ha dominado a nosotros.

Ahora que estamos en medio del vuelo, me alegro de haber estado ensayando sin descanso. Mi mente puede estar en otro lugar, pero mi cuerpo hace el resto. Cuando he terminado de ejecutar la secuencia más complicada, sigo colgada de las sedas. Natasha es la única que continúa moviéndose.

Es agua. Agua que fluye, constante, líquida; tiene el rostro sereno, las manos firmes. La sala al completo está embelesada. Solo consigo apartar la vista de ella un momento. Miro al balcón, casi al mismo nivel que nosotras, y veo a Nikolai, con los dedos enroscados en la barandilla, la mandíbula apretada, los ojos clavados en Natasha con tanta intensidad que creo que si me prendiese fuego, no le quitaría los ojos de encima.

La secuencia final: caída en molino, todo lo rápido posible, todas juntas. Nos precipitamos hacia el agua. Alguien contiene una exclamación.

Me detengo en la seda a unos centímetros de la superficie. Nos quedamos colgando un instante, los violines susurran las notas finales.

Luego, nos sumergimos en el agua.

Cuando subo a la superficie, la ovación hace temblar el candelabro que pende del techo. Alguien me toca el hombro; alguien grita una felicitación. Me envuelven con una toalla.

Alzo la barbilla, el agua me recorre la nariz, y miro a Nikolai.

Todavía no ha apartado la vista de Natasha.

Noto una frialdad asentándose en mi estómago. No sé nombrarlo, pero me hace sentir a la deriva. Se me erizan los vellos de los brazos.

Recorro la trayectoria de su mirada, que atraviesa el Salón de Hierro hasta Natasha, con su cabello en cascada, el traje goteando, un leve temblor en las piernas por el esfuerzo de la actuación.

Le devuelve la mirada a Nikolai y sus labios comienzan a curvarse en una sonrisa.

29
NATASHA

Nikolai tiene los ojos fijos en mí cuando se encuentra con los míos. Tiene el aspecto de un rey, apremiante, adulto.

Adelaida me envuelve los hombros con una toalla; cuando vuelvo a mirar a Nikolai, se está alejando del balcón.

—Pareces una rata mojada. —Adelaida me frota la parte inferior del ojo con el dedo. Al retirarlo, lo tiene manchado de maquillaje.

—Y tú pareces un arrendajo azul gigante —digo.

Estoy demasiado activa después de la actuación como para que me importen las pullas de Adelaida. Cada instante que he pasado en las sedas he sentido la fuerza volviendo a colmar mis venas, una seguridad que echaba de menos desde el festival de la estación de la grulla. Me siento radiante, temeraria y viva.

—Deberías ir a cambiarte —dice Adelaida.

—Me secaré bailando. —Le tiendo la toalla. Apenas soy consciente de las otras bailarinas reunidas detrás de mí y sé que tendría que hablar con ellas, pero ahí está Nikolai, bajando las escaleras con los guardias desplegados tras él.

Así que me alejo de las bailarinas.

La multitud se mueve a contracorriente. Todos quieren abrirle paso a Nikolai, por educación, a la vez que permanecen lo bastante cerca para verlo, por cotillear. Y mientras camino entre los invitados, la gente se aparta de un salto por miedo a que moje sus galas. La muchedumbre se ha dispersado entre los dos. Nikolai y yo nos detenemos, me dedica una inclinación de cabeza y yo me agacho en una reverencia baja, despacio, mientras los músicos empiezan a tocar un vals.

—Señorita Koskinen —dice. Su voz hace que mi nombre suene formal, de la realeza—, ¿me concederías este baile?

Doy un paso delante de forma que nuestros dedos de los pies casi se rozan. Me sorprende descubrir que tenemos la misma altura.

—Me temo que estoy un poco empapada —respondo.

—Ya veo. —Nikolai está sonriendo. A mí—. Tampoco llevas zapatos. —Alarga la mano.

La tomo.

Me he pasado la mayor parte de mi vida pensando en Nikolai menos como una persona y más como un título. Con su rostro tan cerca del mío, nuestras palmas unidas, cuesta más olvidarse del joven que hay bajo la corona.

—No te he visto desde la piscina termal —comenta.

—Adelaida nos ha tenido ensayando —digo.

Si le molesta que tenga la mano mojada sobre su hombro, no lo demuestra. A nuestro alrededor, los hombres y las mujeres se emparejan. Empezamos a bailar.

—Me gusta tu collar —dice.

Agacho la mirada. El anillo cuelga sobre mi corazón.

—Se supone que no debemos llevar joyas durante la actuación, pero convencí a Adelaida para hacer una excepción.

—Vaya, me siento halagado.

—Deberías —digo—. Nunca me dejó ponerme las joyas que me regaló el príncipe de Cordova.

Arquea las cejas.

—Estoy de broma —añado.

—Menos mal. Odiaría tener que enfrentarme al príncipe de Cordova. Me han dicho que muerde.

Se me escapa una risotada de la sorpresa. Sé que también está bromeando…, pero ¿significa algo que bromee sobre luchar por mí?

—¿Estás disfrutando de tu fiesta?

Suelta el aliento en forma de risa.

—Apenas puedo llamarla mía.

Es buen bailarín, seguro de sí mismo y con ritmo. Me sujeta la mano con un pelín más de fuerza.

—Pero eres el rey —señalo—. Todo es tuyo.

Me alegra ver la forma en que sonríe. Siento como si hubiese comenzado a desentrañar un secreto.

—Tu actuación —dice— ha sido extraordinaria.

—¿Lo bastante extraordinaria para que consideres llevar a las bailarinas en la flota real? —pregunto.

En cuanto lo digo, sé que he cometido un error. Entrecierra los ojos. Sus hombros se tensan. He dejado que la sensación embriagadora de la actuación me intoxique. He sido demasiado atrevida. Un telón cae entre los dos.

—Entonces lo has oído, ¿verdad? —dice.

Agradezco que no intente tranquilizarme con una mentira.

—Lo he oído —confirmo.

—Y ahora aquí estás —dice. Señala con la cabeza nuestras manos unidas mientras giramos por la pista—, porque estás intentando entrar en la flota real por otra vía. Se te da bien el juego de Gospodin.

—¿El juego de Gospodin?

—Fue idea suya —continúa Nikolai—. Que me case con una chica kostroviana.

—Sea cual sea su juego —digo—, tú sigues siendo el hombre más poderoso de Kostrov. Por eso no estoy bailando con Gospodin. Estoy bailando contigo.

La sonrisa de Nikolai es astuta, taimada y pronunciada. La curva de su labio revela unos dientes tan blancos como perlas jóvenes.

—Alimentas mi ego.

—Y tú el mío. Imagino que soy la envidia de todas las chicas que han venido al ser tu primer baile.

—Eres la más bonita —dice de manera casi informal, y no sabría decir si lo dice como cumplido o si de verdad lo cree—. Y ninguna de las hijas de los mercaderes sabe volar.

Eso no es del todo cierto —la mitad de las chicas de Kostrov han tomado clases de vuelo en algún momento—, pero soy lo bastante lista como para no decir lo que pienso esta vez.

En lugar de eso, respondo:

—¿Alguna vez te ha preguntado Gospodin con quién quieres casarte?

Nikolai frunce el ceño.

—No.

Acerco el rostro un poco más al de Nikolai; es mejor mantener en privado mis peligrosas palabras.

—¿Te lo ha preguntado alguien alguna vez?

—No —repite.

—Pues quizá deberían. —Sé que camino por el filo de una navaja. Nikolai confía en sus consejeros. Gospodin en el que más. Pero también percibo el deje de amargura en su voz cuando pronuncia su nombre—. Como decía, eres el hombre más poderoso de Kostrov. No veo por qué no deberías escoger por ti mismo.

Marcamos un, dos, tres, cuatro al ritmo de la música. Me suelta una mano, así que me alejo con un giro y luego vuelve a atraerme hacia sí.

—Eres atrevida.

—¿Demasiado?

La melodía termina y se lleva mi mano a los labios.

—Lo suficiente. —Deposita un beso en mis nudillos. Con suavidad, añade—: Natasha.

Es la primera vez que creo que de verdad podría ser reina.

La canción apenas se ha desvanecido del ambiente cuando un hombre que reconozco de vista, con las mejillas arreboladas por el alcohol, se acerca con una joven del brazo.

—Su alteza real —dice con una reverencia—. Mi hija, Sylvia.

Sylvia y su padre me ignoran al reemplazarme. Empieza otra canción. Busco la mirada de Nikolai una última vez por encima del hombro de Sylvia. Entonces la multitud me empuja y él se desvanece.

Antes de que pueda emprender el camino a donde están reunidas las bailarinas, Gospodin, vestido con un traje blanco, aparece frente a mí. Sostiene una copa de vino burbujeante por el tallo y me saluda con una sonrisa.

—Marino Gospodin —digo.

—Señorita Koskinen. Una actuación espléndida.

—Llevo queriendo hablar contigo desde el festival. Estaba horrorizada. Por lo del barro.

—¿Por qué? —inquiere.

No esperaba eso.

—Porque… porque esa gente le faltó el respeto a la corona y al Álito Sacro.

—¿Y eso te horrorizó? El pueblo expresó su frustración porque temen que no los dejemos subir a la flota real. ¿No sientes empatía por ellos?

—Yo… Claro que sí. Todos queremos un sitio en la flota.

Me mira con la cabeza ligeramente ladeada. Calculador.

—Nos oíste a Adelaida y a mí aquel día en los Jardines de Piedra, ¿no es así? Debí haberlo supuesto.

Me enderezo un poco más.

—Con todo el respeto, marino Gospodin, creo que estás cometiendo un error. La Compañía Real de las Bailarinas del Aire es una parte importante de la historia de Kostrov. Creo que ninguna flota estaría completa sin…

Levanta una mano.

—Toda vida kostroviana es una parte importante de la historia de Kostrov.

Cierro la boca.

—Eres una joven decidida, señorita Koskinen. Te lo concedo. Lo veo en tu actuación. Solo aceptas lo mejor. Tenemos eso en común. Haré lo que haga falta para salvar tantas vidas como pueda. Haré lo que haga falta para llevar a Kostrov y al Álito Sacro al Nuevo Mundo. Así que si piensas que he cometido un error de cálculos, deberías considerar la posibilidad de que simplemente actúo conforme a más información de la que tú tienes acceso.

Atisbo a las bailarinas al otro lado de la sala. Quiero ir con ellas. Quiero dejar esta conversación, donde siento que pierdo terreno con cada palabra.

—Hum —musito. Empiezo a alejarme.

—Me encanta la historia —dice Gospodin—, así que si me permites, me gustaría contarte una. Recuerdo la primera celebración real a la que asistí. No era mayor que tú y tan solo era un buen amigo del padre de Nikolai. ¿Sabes?, recuerdo haber conocido a tu madre en una de esas fiestas

—¿Ah, sí? —Apenas consigo que el sonido abandone mis labios.

—Sí. Era una belleza, eso seguro, y era consciente de ello mientras se paseaba por el salón con su disfraz. Pensé que intentaría engatusar al rey delante de la reina, la verdad sea dicha, hasta que la vi darle un beso en la boca a ese guardia, tu padre, en frente de todos.

El corazón me late con fuerza.

—Ya sabes —continúa—, considero que *El cuaderno de bitácora del capitán* es una fuente de sabiduría excelente sobre las uniones provechosas.

Uniones provechosas. Me lleva un momento comprender a lo que se refiere, e incluso entonces, no estoy segura de haberlo entendido del todo. ¿Matrimonios felices? ¿Encuentros sexuales aprobados por el Álito Sacro?

—Espero que la compartas —digo.

Acepta mi sarcasmo con desinterés.

—Cada Inundación acerca al mundo a la era de oro a la que está destinada. Cada uno de nosotros, en cambio, podemos considerarnos como escalones de esta larga escalera. Nuestros hijos deben ser mejores que nosotros, mejores que ellos. Una mujer debe de estar en su sitio junto a un hombre enamorado si espera criar hijos mejores que ella.

—¿Es eso cierto? —mascullo. Oigo la tensión en mi propia voz.

—Tu madre no acató esa sabiduría —dice—. Y mírate. Eres igual que ella.

Me esfuerzo en mantener la respiración estable.

—Marino Gospodin —digo—, ¿debo asumir que tu consejo es una forma de decirme que no quieres que vuelva a bailar con Nikolai?

—A lo mejor eres más lista que tu madre después de todo. —Desvía la mirada hacia Nikolai y Sylvia; todavía están bailando a pesar de que ya han tocado dos canciones—. Sylvia Kanerva sería una reina elegante, ¿no te parece?

—Es un encanto —digo—. Pero como bien has dicho, soy decidida. Necesitas una reina decidida en el Nuevo Mundo, ¿no? Alguien que hiciera lo que fuera por Kostrov.

—¿Sugieres que seamos aliados?

Analizo su expresión en busca de aprobación y no la encuentro.

—No confías en mí —señalo.

—No, señorita Koskinen. Para nada.

—Pues bien —digo—. Tendré que demostrar que te equivocas.

Recorre las aristas de mi rostro con la mirada, escrutando cada parte como si estuviese haciendo sumas en un problema matemático.

—Lo estoy deseando.

30
ELLA

No puedo apartar la mirada de Natasha. Se encuentra con Nikolai en medio del salón de baile. Sonríe. Flirtea. Él le devuelve la sonrisa y, por un minuto, hay algo en su gesto —la curva redondeada de sus labios o el brillo de los dientes bajo estos— que me recuerda a Cassia.

El salón empieza a darme vueltas.

Katla, Sofie, Ness, Gretta y yo estamos junto a las sedas olvidadas mientras contemplamos a Natasha bailar. Con Nikolai. A mitad de la canción, la amiga de Ness, Sylvia, pasa junto a nosotras y su glamuroso traje susurra con el movimiento.

—¿Habéis visto a mi padre? —le pregunta a Ness. No nos mira al resto. Ella también tiene los ojos clavados en Natasha y Nikolai. Sin esperar una respuesta, añade—: Hacen una bonita pareja. Muy... —Frunce los labios mientras piensa en algún cumplido adecuado—. Altos.

—Vaya —dice Gretta mirando la multitud con una sonrisa enorme—. Nunca había visto a tantas personas furiosas al mismo tiempo.

Es cierto. El público, en general, no parece entusiasmado al ver a Nikolai y Natasha bailar. Supongo que todas quieren bailar esta noche con Nikolai. Espero que todas se mimen con una ducha larga y agradable para quitarse de encima su olor. No entiendo cómo es que Natasha no lo nota. Lo frío que debe ser. Lo calculador.

—Bueno —dice Sylvia con voz forzada—, puede que Natasha tenga la amabilidad de dejarnos turnarnos en algún momento.

Ness se vuelve hacia Sylvia. Frunce el ceño.

—¿Intentas ser reina? ¿Qué pasa con Johan?

—Algunos amigos de mi padre del Álito Sacro pensaron que debería considerar la posibilidad. Lo he dejado con Johan —dice Sylvia.

Ness tiene los ojos como platos.

—Ah, pero esperaba que Natasha y Nikolai acabasen juntos. Pero… puedo apoyaros a las dos, claro. Quiero decir… —Pasea la mirada entre las demás. Pobre Ness. Es demasiado buena para su propio bien.

—Espera —dice Katla dirigiéndose a Sylvia—. Tu padre es un oficial de alto rango del gobierno. Está claro que irás en la flota independientemente de que Nikolai sepa cómo te llamas o no.

La sonrisa de Sylvia se vuelve más pétrea.

—Creo que no te sigo.

—¿Estás segura? —intervengo—. Porque parece que sí.

—Lo siento —dice Ness y toma a Sylvia de la mano—. No pretendemos ser groseras. Solo…, no se lo digas a nadie, pero tenemos noticias de que las bailarinas no iremos en la flota y esperábamos que si Natasha se convierte en reina, pueda llevarnos a todas a bordo.

—No seas tonta, Ness —dice Sylvia—. Seguro que tu familia tiene ya un sitio asignado.

Pero ¿tan rica es Ness?

—Esa no es la cuestión —responde ella.

Sylvia nos mira al resto.

—Y en cuanto a vosotras, también podéis bailar con Nikolai esta noche. La lista está completa. Mi padre me la enseñó. No pueden incluir a media docena de personas solo porque sí. No dejéis que Natasha os engañe pensando que os llevará al Nuevo Mundo. Lo sabe. Ah…, ahí está mi padre. Una bonita charla.

Y entonces, se va.

—Vaya —dice Katla—. Mierda.

Permanecemos en silencio mientras observamos a Natasha separarse de Nikolai cuando termina la canción. Se detiene a hablar con Gospodin. Apoya una mano en su hombro con aire paternal. Sonríen.

Lo sabe.

No es que sienta que, personalmente, haya perdido mi sitio en la flota. Pero no puedo evitar sentirme un poco traicionada de todas formas. He malinterpretado a Natasha. No está luchando por las bailarinas; está luchando por sí misma.

Le he hablado de mis hermanos. Me permití ser… No sé el qué. Más blanda. Como la persona que solía ser. Pero Natasha no es mi amiga. No es nada. Es parte del palacio. Parte de la corte que voy a destruir.

Me siento enferma.

Cuando se reúne con nosotras junto a las sedas, tiene las mejillas sonrosadas de bailar.

Katla se cruza de brazos.

—Acabamos de tener una conversación esclarecedora con Sylvia Kanerva.

Natasha parpadea.

—¿Qué?

—Sylvia dice que no tienes forma de llevarnos a todas en la flota te conviertas en reina o no. ¿Sabías algo al respecto?

Espero que lo niegue.

No lo hace.

—Dime que estás de broma —dice Katla.

Ness se balancea sobre los dedos de los pies observando ruborizada el salón. Algunos invitados se vuelven para mirarnos al escuchar la voz de Katla.

—Quizá deberíamos ir a otro sitio.

—Mirad —dice Natasha—, sí, está bien, Adelaida mencionó que no está del todo segura de lo flexible que es la lista para la flota real, pero sé que puedo hacer que funcione si soy reina. No pensé que mereciese la pena preocuparos por nada.

—¡Por nada! —espeta Katla—. ¿Y lo de planear nuestras muertes? Ese es un buen motivo.

—Oye —dice Natasha—. No veo que tú estés haciendo algo para salvarnos a todas.

—No estamos diciendo que no lo estés intentando lo suficiente —interviene Sofie—. Solo decimos que tienes que ser sincera con nosotras.

—Me lo prometiste —dice Katla en voz baja y fría—. Lo prometiste.

Mientras Natasha se esfuerza en pensar alguna excusa, desearía más que nada abandonar el salón, con el olor del alcohol derramado y el perfume pasado, con Andrei, Nikolai y Natasha.

Entonces me doy cuenta de que puedo hacerlo.

Doy media vuelta y me voy.

Un par de guardias más mayores me abren las puertas sin preguntar.

En la quietud repentina del pasillo, me pitan los oídos. Pronto, escucho el eco de unos pasos tras de mí. Me vuelvo y veo a Sofie y Katla.

—¿Sabes lo que de verdad me molesta? —dice Katla—. No es la primera vez que ha mentido sobre el tema. Nos ocultó la verdad para que actuásemos mejor durante el festival de la estación de la grulla y juró que no lo volvería a hacer.

En la distancia, empieza a sonar la música de otra canción. Me pregunto si las otras chicas están bailando. Me pregunto si Nikolai sujeta a Natasha de la cadera. Miro por encima del hombro sin pretenderlo. Katla se da cuenta.

—Si esperas que las otras nos sigan —dice—, no lo harán.

—No es eso —digo.

Poco convencida, Katla continúa:

—A Gretta le da igual, por supuesto. Su padre es el capitán de la guardia, por si te has olvidado desde la última vez que lo mencionó, así que ella irá en la flota sin importar lo que ocurra con las bailarinas. Y Ness, sabes que tiene un optimismo ciego en que las cosas saldrán bien. Su familia tiene dinero y, además, es devota. Nadie que ame tanto al Álito Sacro como ella creería que morirá durante la Inundación. Y luego está Natasha, ahí fuera flirteando con Nikolai, tratando de convertirse en reina, con lo cual quedamos nosotras tres. —Frunce el ceño—. A menos que estés comprometida en secreto con algún noble.

Fuerzo una sonrisa.

—No hay compromisos.

Katla asiente con una satisfacción sombría.

—Mirad —dice Sofie—, yo también estoy enfadada con ella. Pero lo está intentando.

—Estoy cansada de que me mientan —dice Katla.

—Es tu amiga —señala Sofie—. Deja que se explique.

Katla la ignora. En lugar de responderle a Sofie, se dirige a mí.

—Nunca —dice cargada de amargura— traicionamos a otra bailarina.

Estoy a punto de darle la razón, de dejar que la furia de su voz se filtre en la mía. Pero entonces recuerdo que no soy una bailarina de verdad. Soy una asesina y mi traición sacudirá el Palacio Gris más de lo que Natasha conseguirá jamás. Así que, en vez de eso, digo:

—La gente hace cosas raras para sobrevivir.

No es como si hubiera perdido mi sitio en la flota real. Siempre supe que, para entonces, estaría muerta.

Cuando volvemos al ala de las bailarinas del palacio, Katla y Sofie se dirigen a nuestra habitación. Pongo la excusa de que no estoy cansada, aunque estoy para el arrastre. Voy al estudio y contemplo las sedas. No me quedan energías para subirme.

Me tumbo debajo de ellas como hice en el apartamento de Maret al final de un día de entrenamiento que me dejó hecha polvo. Cuando respiro, las sedas se mecen; si son la superficie del mar, yo soy la corriente submarina.

Me imagino a Cassia a mi lado. Imagino su pulgar recorriéndome la mandíbula. Sus manos nunca temblaron al contacto con mi piel; como todo lo demás que hacía, me tocaba con seguridad.

«Tú no lo habrías hecho», pregunto en terrazzano, «¿verdad? ¿Mentir sobre quién iría en la flota?». El sonido de mi voz en mi propio idioma es flexible, las manos maternales que me envuelven en una manta.

Su pulgar se detiene en mi barbilla.

«Yo habría gobernado este país como Nikolai jamás podrá», dice. Habla terrazzano vacilante y con acento. «Yo habría erradicado la corrupción de raíz».

Cierro los ojos con fuerza, tratando de contener las lágrimas en las comisuras.

Incluso en mi imaginación, no termino de creerle. Nunca me habría respondido en terrazzano. Jamás habría escogido trabarse con las palabras cuando, en otro idioma, hablaba como la nobleza.

Una lluvia ligera cae sobre el techo. La música lejana del salón se escucha incluso desde aquí. Fuera, distingo las voces de los invitados que llegan tarde, a la moda. Y entonces, unos pasos, rápidos e irregulares, demasiado ligeros para ser de una persona.

Una pata me golpea la cara.

Abro un ojo.

Kaspar, el gato monstruosamente peludo de Adelaida, está inclinado sobre mí. Me da otro golpecito en la cara como para asegurarse de que no estoy muerta. No soy tan tonta como para calificar de empático al animal. Seguramente solo quiere saber si puede comerme o no.

—Vete, gato —digo de nuevo en terrazzano; para él, lo mismo da.

Parpadea con sus grandes ojos dorados.

—¿Por qué has decidido que sería una buena amiga? Soy muy mala. En serio.

No me importa tanto el favoritismo de Kaspar cuando las otras bailarinas andan cerca. Creo que eso hace que parezca de más confianza. Pero aquí no hay nadie, nadie que vea a Kaspar incordiándome.

Me siento.

No hay nadie mirando. No hay ningún lugar en el que deba estar ahora mismo.

Diez minutos después, estoy envuelta en una capa larga caminando a paso rápido por las calles bañadas por la noche hacia la Costa de la Anguila. Cuando llego al apartamento de Maret, estoy temblando. El traje no se me ha llegado a secar después de la actuación y se me ha calado la capa por la llovizna.

Maret abre la puerta. Tiene el pelo recogido sobre la cabeza en un moño desordenado. Tiene los ojos entornados del sueño, pero solo por un instante. Cuando ve que soy yo, toma aire con brusquedad.

—¡Vaya si has tardado! —dice y tira de mí para que entre.

Siento el escozor de las lágrimas por segunda vez en muy pocas horas.

Creo que he empezado a creer que las bailarinas son como mi familia y he sido una estúpida. Me he dejado llevar por los ensayos, las cenas en la mesa larga de la cocina y las charlas sobre el futuro como si este existiera.

—Ven aquí, cariño. —Maret me sostiene las manos y me sienta en el sofá junto a ella—. Ya creía que estarías muerta en una mazmorra.

—Lo siento. —Noto la garganta en carne viva—. Me han tenido ocupada.

—Cuéntamelo todo.

Su sonrisa es demasiado radiante. Se parece muchísimo a la de Cassia.

Le cuento a Maret todo lo del último mes. El encuentro con Nikolai y los guardias en la piscina termal. La forma altanera en que Nikolai miraba fijamente desde el balcón; que he visto a Andrei. La revelación sobre las bailarinas y la flota. Si se me quiebra la voz con el nombre de Natasha, Maret no parece percatarse.

—Interesante —dice—. ¿Crees que las bailarinas se separarán y las echarán de palacio?

—No estoy segura —digo.

Maret me acaricia el pelo. Tengo un mechón suelto pegado en las pestañas pegajosas.

—Estás disgustada, ¿verdad?

—No.

—Ella.

—Estoy bien —digo—. Es solo que ver el palacio así… Derrochando comida y tiempo. Todos esos hombres viejos tramando y fingiendo educación. —Me miro el regazo—. Me imaginé matándolo esta noche. Cuando estaba bailando con la bailarina principal. Tenía una vista despejada de su espalda y me imaginé dónde clavaría el cuchillo.

Sin embargo, eso no es todo. También imaginé lo que ocurriría después. Nunca he pensado mucho en esa parte. Mato a Nikolai; unos guardias sin nombre me matan. Pero ya no son anónimos. Ahora es más bien: mato a Nikolai. Ness grita. Gregor da un salto adelante. Katla grita. Twain me apunta con la pistola. Natasha me mira horrorizada con los labios entreabiertos…

Querías conocerme, le diría. *Pues ahora ya lo has hecho.*

Maret se ríe.

—Bien, eso suena más a la Ella que conozco. —Una pausa—. Así que la bailarina principal quiere ser reina… Interesante. Por un lado, podría atraer sobre ti una atención que no queremos. Por otro, podría darte una buena oportunidad de acercarte a Nikolai. —Maret tamborilea los dedos en el reposabrazos del sofá—. ¿Qué opinas de ella? ¿De la tal Natasha?

Intento deshacer el nudo de la garganta al tragar.

—Apenas la conozco.

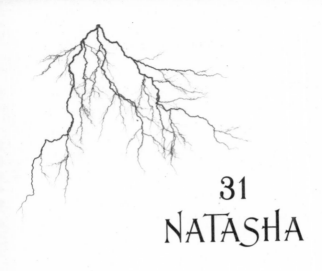

31
NATASHA

Una directora amable nos dejaría descansar el día después del baile. Pero, en cambio, tenemos a Adelaida, así que esta mañana nos reunimos en el estudio al amanecer.

Paseo la mirada entre las bailarinas. Todas parecen tan adormiladas como me siento yo. Katla todavía no me mira a la cara. Cualquier triunfo de mi conversación de anoche con Nikolai queda opacado por su enfado.

—Podéis dejar de parecer tan amargadas —dice Adelaida—. El vuelo fue bien. No hace falta dejar que estas pequeñas rencillas lo arruinen.

—No veo por qué tendríamos que seguir ensayando —dice Katla—. Al parecer no hay esperanzas de que entremos en la flota. Cero. En lo que a mí respecta, al palacio no le preocupa lo que nos pase.

Me sorprendo cuando Ella habla.

—Deberíamos seguir practicando —dice con un tono suave y firme—, porque siempre hay una oportunidad. ¿Verdad? ¿Quién sabe cómo estarán las listas finales de la flota? Puede que para cuando llegue la Inundación, no dependa solo de Nikolai.

No estoy segura de a qué se refiere con esto —si de verdad cree que una reina tendría esa influencia—, pero ha hecho que Sofie asienta, al menos.

—Bien visto —dice—. No tenemos un sitio garantizado en la flota si nos quedamos, pero está claro que no iremos en ella si nos marchamos.

Ness se lleva los dedos a los labios.

—¿Por qué parece que todas os habéis resignado a morir?

—Porque *vamos* a morir —dice Katla—. ¿Cómo sabes que tú no? Hay muchísimas chicas de Heather Hill ahí fuera con padres ricos y solo unos cuantos sitios. Y comida solo para unos cuantos.

Siento un fogonazo de rabia. Normalmente estoy del lado del estado de ánimo de Katla. Pero al ver la expresión de Ness —como un perro apaleado—, noto cómo se disuelve lo que me queda de paciencia.

—Déjalo. —Me coloco entre las dos. Katla me mira con fiereza—. Estás enfadada conmigo y con Adelaida. ¿Puedes dejar a Ness fuera de esto por una vez?

Después de un buen rato, Katla me rodea.

—Lo siento, Ness. Todas nos alegraremos mucho por ti cuando zarpes hacia el atardecer. —A mí, en voz baja, me dice—: Pero tú tendrías que haber sido más lista.

Se me cierra la garganta. Katla nunca me ha mirado así de mordaz.

—Debería volver hoy con mi familia —añade—. Y quedarme con ellos.

—Podrías —dice Ella con los ojos fijos en Katla—. Pero eso solo nos fastidiaría. Y no ayudaría a tu familia en nada.

Katla mantiene la mandíbula apretada, orgullosa.

—Entonces ve y pasa el día con tu familia —dice Adelaida—. Regresa mañana cuando estés lista para volar.

Katla recoge la capa y desaparece por la puerta.

Después del baile, no vuelvo a ver a Nikolai en una semana.

Los días que siguieron a la fiesta han sido los que más sola me he sentido desde que llegué al palacio. Cuando entro en la cocina para cenar y veo que las otras bailarinas ya están aquí, no se cambian de sitio para hacerme hueco. He llegado a mitad de una conversación y nadie se molesta en ponerme al día de lo que han dicho. Cuando a alguien le cuesta ejecutar un elemento técnico complicado, parece que siempre le piden ayuda a otra en vez de a mí.

Esto es lo que me he buscado, ¿no? Pensé que podía envolverme en mi egoísmo y… ¿qué? ¿Que todas lo entenderían?

Así que después de cenar, cada noche, en lugar de quedarme un rato en la cocina o el estudio, me dirijo a la biblioteca. Si los guardias me encuentran aquí, me metería en problemas, pero estoy dispuesta a correr el riesgo. En mi habitación me distraigo cada vez que escucho pasos frente a mi puerta. En el silencio de la biblioteca, no puedo engañarme pensando que alguien ha venido a perdonarme.

Enciendo un fuego en la chimenea. Baña la habitación austera con un brillo cálido y trémulo.

Me acurruco en el sillón frente al fuego y busco por dónde me quedé en *El cuaderno de bitácora del capitán*. Cuanto más leo, más me arrepiento de no haberlo leído nunca; siento como si me estuviera enseñando un idioma que he llevado toda la vida escuchando pero nunca he entendido.

La puerta se abre a mis espaldas. Alzo la mirada.

—Ah —dice Nikolai—. No, no, no te levantes. Está bien.

Va vestido completamente de negro salvo por la corona dorada. Cuando atraviesa la biblioteca hasta llegar a mi lado, un par de guardias se quedan junto a las puertas.

—Siento interrumpirte —dice—. No podía dormir.

—No —respondo—. No, por favor. Siéntate. Si quieres.

Se detiene junto al sillón.

—¿Qué estás leyendo?

Sostengo en alto *El cuaderno de bitácora del capitán*, avergonzada.

—En realidad nunca lo había leído hasta ahora.

Frunce el ceño al ver la página.

—Ah, los navíos fértiles. Bien.

Kos llama a las mujeres *navíos*. Es lo que son en el Nuevo mundo. Siempre adorna la palabra: *navío refulgente* o *navío fértil* o *navío valioso*, pero no hay un adjetivo lo bastante halagador como para hacerme desear que un hombre me compare con un bote.

—¿Crees que llamaba a las mujeres navíos fértiles a la cara?

Nikolai se ríe con ligereza.

—¿Así que vas por donde Kos encuentra Grunholt?

Asiento. El primer tercio de *El cuaderno de bitácora del capitán* trata de las tormentas durante el año Harbinger. El siguiente tercio es sobre el año de la Inundación, cuando zarpó con sus hombres y atrajo barcos a su flota mientras se topaban con otros supervivientes en el océano abierto. La última sección sigue a Kos cuando arriba a tierra en la isla que se convertiría en Grunholt.

—Ahora están construyendo Sundstad —digo.

—Me gusta esa parte —señala Nikolai. Se hunde en el sillón frente al mío—. Parece gratificante. Construir una ciudad desde cero. Habla de estar agotado todo el tiempo, pero... ¿meterse en la cama cansado después de un día de duro trabajo? Suena bien.

Nikolai parece cansado. Tiene unas sombras púrpura en la parte inferior de los ojos.

—Parece que las mujeres no aportan mucho en la construcción de la ciudad —digo—. La mayoría hacen niños.

Los labios de Nikolai se curvan en una sonrisa.

—Ah. Claro. Los *navíos fértiles* deben quedarse en casa para proteger su capacidad reproductora.

—«Aquella que protege su cuerpo, protege la humanidad» —digo recorriendo la frase con el dedo. Me enrosco aún más en el sillón con el estómago pegado a los muslos. Soy demasiado consciente de cómo me observan las caderas, cómo el abdomen me mira fijamente, este cuerpo que habito. Si consigo llegar al Nuevo Mundo, ¿es eso lo que esperarán de mí? Se me acelera el pulso. Me remuevo bajo el peso de los ojos de Nikolai.

—¿Sabes qué me pregunto? —dice.

—¿El qué?

—¿Cómo sabía Kos cuántas Inundaciones hubo antes de la suya?

Frunzo el ceño. En *El cuaderno de bitácora del capitán* Kos dice que su Inundación era la quinta a la que se había enfrentado el mundo. Pero nunca cuenta cómo lo sabe. Como casi todo lo demás en el libro, lo tenemos tan arraigado en la cultura que lo aceptamos.

Desearía ver la historia del mundo escrita en un pergamino largo. Desearía oír cuentos de cada gran líder y bestias que hace mucho que murieron. Pero es una de las mayores crueldades de las Inundaciones. No solo perdemos la tierra y la vida. Perdemos crónicas, sabiduría, cuentos, la historia de nuestra especie.

Y cómo nos aferramos a *El cuaderno de bitácora del capitán*. Es nuestro salvavidas en la niebla de un pasado desconocido.

—No lo sé —digo—. A lo mejor podrías preguntárselo a Gospodin.

Nikolai frunce los labios.

—A lo mejor podrías preguntárselo tú.

—Yo… ¿qué?

—Claro —dice Nikolai—. Bueno, será mejor que te deje leer.

—¡No, espera!

Se detiene a medio levantarse de la silla y me mira con las cejas arqueadas.

Me aclaro la garganta.

—Yo… Eh… ¿Vienes a la biblioteca a menudo?

Nikolai se termina de incorporar.

—En realidad, no. Este siempre ha sido el domino de Cassia. —Recorre las estanterías con la mirada.

—¿Has tenido noticias de ella? —No estoy segura de cuál es el protocolo para escribir cartas desde el exilio.

Nikolai no me mira.

—No.

Se vuelve deprisa hacia la puerta.

Le doy vueltas a algo útil que decir. Lo único que se me ocurre es:

—Entones ¿te veré por el palacio?

Él se vuelve ligeramente y me mira. Me arden las mejillas.

—Mandaré a alguien a buscarte. A lo mejor podemos hablar cuando no sea tan tarde.

Entonces se marcha.

El corazón me sigue martilleando un buen rato. No es un latido agradable. Es pánico. Desesperación.

Vuelvo a acariciar las páginas del libro. Quizá, si me quedo unos minutos más, Nikolai regrese y puedo quedar menos como una tonta.

No viene. Termino el libro. Lo sujeto bajo el brazo y cruzo el palacio. Mis pies, a pesar del buen juicio, se detienen frente a la puerta de las bailarinas. La miro un largo rato.

Luego sigo andando.

Permanezco tumbada en la cama bastante tiempo, tratando de distinguir sonidos al otro lado de la pared. Los ronquidos de Sofie. Ness cantando. La risa de Ella, fuerte, como si le hubiese sorprendido haber hecho ese ruido. No oigo nada. Lo único que me hace compañía es el sonido de mi propia respiración.

Me siento muy muy sola.

32

ELLA

Después del baile, las bailarinas se separan en bandos. En el primero, Natasha, Ness y Gretta, las que tienen ventajas para sobrevivir a la Inundación. En el segundo, Katla y Sofie, las que lo tienen mucho más crudo.

No me percato de que me han invitado a unirme al segundo bando hasta que, una mañana especialmente fría después del baile, Katla y Sofie llegan al estudio y se acercan a mí de inmediato. Sofie le da sorbitos a una taza de té. Katla tiene otras dos. Al principio, estoy confusa cuando se sientan en el suelo a mi lado. Katla me tiende una de las tazas.

Dejo de estirar para mirarla.

—Hace un frío horrible —dice—. Esto ayuda.

Sabe a canela y me quema la garganta. Cuando Natasha entra con su jersey ancho y un gorro de punto, mira las tres tazas. Les echa un vistazo rápido. Se encamina hacia sus sedas sin decir una palabra.

Empiezo a pasar casi todo el tiempo con Sofie y Katla. Cuando como, se sientan a mi lado. Cuando practico un elemento técnico nuevo, se ofrecen a ayudarme.

Disfrutaba mostrándome como una forastera distante e indomable. Me decepciona lo mucho que aprecio su compañía. Resulta que puedes considerarte una asesina y, aun así, querer tener amigas.

No recuerdo la última vez que las tuve. Cassia siempre fue más que eso. Antes que ella, tenía a mis hermanos y a unas cuantas conocidas más o menos de mi edad, pero incluso nuestros vecinos más cercanos estaban a una buena caminata de nuestra casa. Estaba loca por la chica de las flores en la ciudad, pero sabía poco más que su nombre.

Sin embargo, cuanto más tiempo paso con Sofie y Katla, menos veo a Natasha. Se salta las comidas. Practica mucho y se marcha pronto. Siento un pellizco en el estómago caza vez que me acuerdo de la forma en que bailó con Nikolai, pero aun así, es difícil no preocuparse.

Con el paso de las semanas, nadie parece haber cambiado de opinión. El sol adormilado cada vez es más reticente a salir por las mañanas mientras nos adentramos en la estación del oso. Todas hemos estado contando los días desde la Quinta Tormenta. ¿Ya han pasado dos meses? La suerte no puede durar para siempre. La sensación de que se avecina la Cuarta Tormenta pende de cada nube cargada. Su llegada me pone de los nervios. A diferencia de los demás, no espero la Primera Tormenta... Espero la Segunda Tormenta, cuando consiga asesinar a Nikolai y, al fin, liberarme del peso sofocante de la venganza. Además, estaré muerta. Últimamente me siento inquieta por el asunto de «muerta».

La mañana más fría que he pasado en la vida, un viernes, estoy estirando en el suelo del estudio. Intento recordar si tengo algo planeado para el fin de semana. No tengo ninguna excusa para no visitar a Maret, salvo por el hecho de que no quiero. Querrá hablar del asesinato, Cassia y Nikolai y... yo solo quiero pensar en algo más. Por una vez. Solo durante unos días.

Katla se sienta a mi lado.

—Es el cumpleaños de mi hermana —dice—. Sofie y yo vamos a ir a verla. Deberías venir. —Cuando hago una pausa, añade—: Te prometo que el pastel será mucho mejor que el de René.

Sin embargo, diez horas más tarde, después de haber terminado de practicar, no encuentro solo a Sofie y Katla junto a la puerta.

—Mi hermana me dijo que tenía que invitar a Natasha —dice Katla poniendo los ojos en blanco—. *Por favor, Katla, Natasha es tan simpática. Se le da tan bien hacerle la pelota a la realeza, bla, bla, bla.*

—Vaya —dice Natasha. Se endereza el gorro de punto—. Qué bien sienta eso. Es como un abrazo enorme que te llega al alma.

—Vámonos, ¿vale?

Las cuatro cruzamos Nueva Sundstad con la luz moribunda del sol; llevamos unas linternas apagadas para la vuelta. Katla lleva una mochila con regalos: una baraja de cartas y una brújula de latón bruñido. Tenemos que avanzar por un camino embarrado, atravesar los campos de centeno cosechados antes de que el camino desemboque en una plataforma de madera elevada bajo nuestros pies. Cruzamos una franja de barro revuelto y Katla me dice que es donde han sacado bloques de turba directamente de la tierra. Después de todo ese barro, cuando estamos tan lejos que apenas se distingue el parpadeo de las luces de Nueva Sundstad a nuestra espalda, el entorno se vuelve agreste. La niebla es un manto; los árboles son escasos, ralos y firmes. El hogar de Katla, de un rojo intenso, se alza junto a la orilla de un estanque de agua oscura rodeado por una hierba dorada.

—El estanque no estaba ahí cuando mis padres construyeron la casa —dice con el ceño fruncido—. Creo que cada vez que vengo, está más cerca de la puerta.

He visto suficientes mapas de Kostrov como para saber que estamos en la estrecha península. Nueva Sundstad es casi un país en sí mismo, rodeado por todos lados por el océano y el pantano. El resto de las ciudades pequeñas kostrovianas están asentadas dentro y fuera del pantano. En una ocasión le pregunté a Maret si alguna vez había visitado zonas rurales y lo desestimó con un ademán.

«Cultivar centeno y quejarse», dijo. «Es lo único que se les da bien».

Katla abre la puerta sin llamar. De pronto, nos vemos rodeadas por un torbellino de cuerpecitos. Dos de ellos saltan encima de Natasha con tanto entusiasmo que me extraña que no la tiren al suelo. Katla tiene tres hermanas y cuatro hermanos, todos más pequeños que ella, y todos se las apañan para gritar sus nombres al mismo tiempo.

—No te preocupes. —Sofie me apoya una mano en el hombro—. Ya he venido dos veces y todavía no me sé el nombre de ninguno.

La madre de Katla le saca una cabeza de altura y su padre tiene barba. La mitad de los hermanos tienen el cabello oscuro de Katla y la otra mitad, han heredado unas ondas color rubio como las patatas. Todos tienen la nariz idéntica.

Es imposible no fijarse en que Katla es la única hermana que no parece extremadamente malnutrida.

Paseo la mirada por la habitación abarrotada. Localizo a Katla escondiendo como quien no quiere la cosa un osito de madera tallado tras un marco sobre la repisa de la chimenea. Maret me contó que muchas de las personas que viven en el pantano —cenagosos, los llamó—, se niegan a vivir bajo las enseñanzas del Álito Sacro sin importarles los problemas que les acarree. Maret dijo que los cenagosos creen en los espíritus de la naturaleza, aquello en lo que creía el pueblo cuando este país se llamaba Maapinn.

—No tienes por qué hacer eso por mí —dice Sofie en voz baja.

—Mis padres deberían tenerlo sabido —señala Katla.

—No —dice Sofie con firmeza—. Me importa un comino.

Creo que se supone que no debería oír nada de aquello, pero estamos tan apretujadas que no puedo evitarlo.

Descubro que la chica del cumpleaños es la hermana mayor después de Katla. En mi cabeza, me da por llamarla Hermana Uno. Es una de las rubias como la patata y lleva un vestido gris con una cinta azul atada a la cintura. Es más comedida que el resto y nos observa con una intensidad inquietante.

Los hermanos pequeños, deduzco que de entre nueve y siete años, adoran a Natasha. Al parecer, la recuerdan de la última vez que los visitó y están decididos a enseñarle el lagarto que tienen de mascota. El Hermano Tres le promete a Natasha que volverá enseguida y se va corriendo a su habitación.

—Lo hemos llamado Fredrik —dice el Hermano Cuatro—, pero puede que no fuera un buen nombre porque ha tenido bebés lagarto.

El Hermano Tres regresa sosteniendo en alto un bicharraco escamoso. Parece que no se decidió entre ser una serpiente o un lagarto, así que se resignó a ser los dos de forma bastante pésima. Golpea y enrosca la larga cola en torno a la muñeca del Hermano Tres.

Natasha se agacha para mirarlo a los ojos.

—Hola, Fredrik.

—A lo mejor no deberías acercarte tanto —dice el Hermano Tres—. Le gusta morder.

Miro fijamente a la criatura. Las patas son como las garras de un pájaro, los dedos se estrechan en punta y tiene las escamas pequeñas y redondeadas. Cada una reluce de un tono dorado, ámbar y ónice distinto, tanto como para poner celoso a un joyero; se ondulan cuando se mueve, como el agua por el lecho marino de guijarros.

—¿Qué habéis hecho con los huevos? —pregunta Natasha.

—¿Huevos? —dice el Hermano Cuatro.

—Me habéis dicho que ha tenido bebés lagarto.

—No ha puesto huevos —dice el Hermano Cuatro—. Los bebés lagarto salieron directamente de él, vivitos y viscosos.

—Los lagartos no hacen eso —señala Natasha con paciencia.

—Fredrik sí —dice el Hermano Tres.

El Hermano Cuatro asiente enérgicamente.

—Fue asqueroso.

Fredrik se retuerce intentando liberarse de las manos del Hermano Tres.

—No deja de intentar escaparse —le explica—. Desde la Quinta Tormenta.

—Pero la Quinta Tormenta es de los pájaros —intervengo—. No de cosas raras de lagarto. Sin ofender, Fredrik.

—¡Lo sé! —dice el Hermano Tres—. Guay, ¿verdad?

Me reclino contra la pared y tomo aire. Me arden los ojos. No quiero que nadie me vea disgustada pero, por los mares, los niños me recuerdan demasiado a mis hermanos. Cuando los gemelos tenían siete u ocho, Milo atrapó una rata topera. Parecía una rata, pero más gorda y amable. Filip la llamó Paulina y le hizo una cama de plumón que sacó de una de las almohadas buenas de nuestra madre.

Cierro los ojos, solo por un segundo. Pero cuando vuelvo a abrirlos, Natasha me está observando. Me aparto de la pared. Desvío la mirada.

La madre de Katla coloca una mano en la espalda de cada hermano.

—Chicos, dejad el lagarto. Tenemos que cantarle a vuestra hermana.

—Fredrik puede ayudar.

La madre de Katla mira a sus hijos de forma que no deja lugar a dudas de que Fredrik no está invitado a cantar.

El pastel es un rollo de masa suave decorado con miel y arándanos deshidratados. Está tan rico que pediría más si no fuera un pastel demasiado pequeño para trece personas. Nos lo comemos con las manos directamente del plato de madera. Hay tanta gente que al final acabo sentada fuera, en los escalones de la entrada, desafiando a la noche para escapar del calor agobiante de todos esos cuerpos apelotonados.

Lamo la última gota de miel del dedo y contemplo el pantano. El agua salpica la orilla. La naturaleza aquí tiene un regusto distinto que los bosques de Terrazza, pero descubro que me gusta igualmente a pesar del olor a azufre del pantano y el aire frío y cortante.

El Hermano Tres me encuentra fuera.

—Ah —dice—. Esperaba que no te gustase el pastel.

Miro el plato vacío.

—Lo siento.

Se encoge de hombros.

—Oye, ¿quieres ver algo chulo?

Me muestro escéptica.

—¿Es otro lagarto?

El Hermano Tres se pone de rodillas y empieza a escarbar en la tierra frente a la casa. Su rostro tiene un brillo blanquecino como una segunda luna. Un rato después, vuelve a sentarse con un escarabajo reluciente atrapado entre el pulgar y el índice.

—Sin ofender —digo—, pero me gustaba más el lagarto.

—Mira —responde el Hermano Tres. Con la mano en la que no tiene el bicho, me hace un gesto para agazaparme con él en la esquina de la casa. Se acuclilla frente a una planta de tallos verdes y unos ligeros filamentos rosados en los extremos. No es una flor, no se parece a ninguna que haya visto—. No es la más grande, pero las demás florecieron durante la Octava Tormenta y nunca volvieron a abrirse. —Como no me uno enseguida a él y a su bicho junto a la planta, vuelve a hacerme gestos rápidos con la mano—. Venga, ven. No puedo sujetar esto para siempre.

Me acuclillo a su lado. El Hermano Tres acerca el escarabajo a los filamentos rosas de la planta; de cada uno de ellos pende una delicada gota de rocío. La planta se mueve tan rápido que al principio creo que ha sido el viento. Pero no..., el escarabajo forcejea con valentía contra los filamentos mientras la planta lo arrastra hacia una boca que no veo. Acaba tan pronto como ha empezado. La flor sigue quieta y, de nuevo, parece una planta.

—¿Qué es eso?

—¿A que es divertido? —dice el Hermano Tres.

Él y yo tenemos conceptos diferentes de diversión.

—¿Se ha comido el escarabajo? —pregunto.

Él asiente.

—Algunas de las más grandes también se comen otras cosas, pero como he dicho, ahora todas están durmiendo o muertas o algo así.

—¿Podría comerse a una persona?

El Hermano Tres se echa a reír.

—Qué tonta. Las personas son demasiado grandes para caber en una planta.

Vuelvo a levantarme y me sacudo la tierra de las rodillas.

—Sabes un montón de plantas y animales, ¿no?

Vuelve a encogerse de hombros, aunque me doy cuenta de que está orgulloso.

—No veo por qué no cuando estás rodeado de ellos todo el tiempo. Solo tienes que prestar atención.

Su padre lo llama y vuelve dentro, pero yo me quedo junto a la planta, extraña y hambrienta, un minuto más. Siento que el niño ha rozado la frontera de algo importante, pero todavía no sé describirlo con palabras. ¿Qué tipo de cosas aprende un niño al vivir entre plantas de filamentos rosas, lagartos que no ponen huevos y hojas que susurran como las primeras notas de una canción? Lecciones diferentes de las que encuentras encerradas entre edificios de piedra.

Cuando vuelvo a la casa, la Hermana Tres ya lleva el camisón puesto y tira a Natasha del brazo.

—¿Cuándo vas a volver y terminar de leerme el cuento de las doce princesas?

—Yo puedo contártelo —dice Katla.

La Hermana Tres deja escapar un quejido suave.

—Tú no pones voces.

—Muy pronto —dice Natasha—. Lo prometo.

Por encima de la cabeza de la Hermana Tres, Katla entorna la mirada.

Su padre toma a la niña en brazos con la promesa de muchas voces para mañana. Pronto, han mandado a todos los hermanos pequeños a la cama. Al final, solo quedamos las bailarinas, los padres de Katla y la cumpleañera: la Hermana Uno, que ha cumplido dieciséis hoy. Nos reunimos en torno a la mesa de madera y la madre de Katla dispone una tetera sobre un paño en el centro.

Sin los niños, enseguida la tarde se vuelve sombría. Katla apoya la mochila en su regazo y empieza a sacar tarros: harina, sal, manteca. Me doy cuenta de que ha debido de robarlo de la cocina del palacio. Los empuja al otro lado de la mesa con los labios presionados en una línea terca.

—Aseguraos de que Sander come —es lo único que dice—. Parece un fantasma.

Luego saca un libro. Lo reconozco. Era el que encontré cuando rebusqué entre sus cosas. El que no sabía leer.

—¿Podéis quedaros con esto? Me pone nerviosa tenerlo en palacio.

El padre de Katla toma el libro con el ceño fruncido.

—La última vez que lo comprobé, el maapinnés no era un crimen.

—Ya —responde Katla—, pero a veces me da la impresión de que está a punto de convertirse en uno.

La Hermana Uno permanece sentada en silencio, aunque es imposible ignorar la forma en que nos mira. Me pregunto con qué frecuencia ve a personas que no sean de su familia... Si se parece en algo a mí cuando vivía en la granja, la soledad debe de afectarle.

Mientras el padre de Katla guarda los tarros en los armarios, su madre empieza a servir el té.

—Ha habido un arresto cerca de aquí —comenta y le tiende a Katla la primera taza—. Justo hoy.

—¿Un arresto? —dice Katla—. Por los mares, ¿alguien ha intentado robar las provisiones de la Inundación otra vez? —Me mira y añade—: Nuestros vecinos siguen intentando evitar el diezmo. Nunca funciona. Siempre los descubren y arrestan a alguien.

—Ni siquiera eran kostrovianos. —La madre de Katla me ofrece una taza de té—. Skaratanos.

Katla frunce el ceño.

—¿Por qué vendría alguien de Skarat teniendo la Primera Tormenta tan cerca?

—Investigadores —dice su madre como si eso lo explicase todo.

—Antes veía a los investigadores skaratanos merodeando por la Costa de la Anguila —interviene Sofie. Ladea la cabeza hacia mí—. Ahí es donde vive mi padre, cerca de la universidad.

Estoy a punto de decir que eso ya lo sé —el apartamento de Maret no queda lejos del a universidad—, pero me contengo justo a tiempo. En vez de eso, digo:

—¿Qué ley han roto los skaratanos?

El padre de Katla vuelve a la mesa. Toma la tetera y le sirve a su mujer la última taza. Me gusta la forma en que los padres de Katla se sientan juntos. No comparten ninguna sonrisa coqueta ni miradas significativas y, aun así, sus hombros están unidos con firmeza como un dulce recordatorio de la presencia del otro. Son una pareja estable, mundana; verlos hace que el corazón me duela por lo que nunca volveré a tener.

—Estaban excavando fósiles —dice el padre de Katla.

Parpadeo.

—¿Fósiles?

—¿Qué tienen de ilegal? —dice Natasha.

—¿Y por qué los querría alguien? —pregunto.

Sofie sonríe tras el borde de la taza.

—Creo que es la orden skaratana de seguir la ciencia hasta el fin de los días.

Katla arruga la nariz.

—Skarat debe de ser un lugar aburrido.

—Pero ¿por qué fósiles?

El padre de Katla me escruta, como si se preguntase lo libre que puede hablar en presencia de una extraña. Al final, debe de confiar en el buen juicio de su hija.

—Conocí a uno de ellos en el pantano mientras buscaba una zona de cultivo nueva. Al principio se mostró nervioso conmigo, pero le di información de las tierras hablando despacio y tranquilo para que pudiese traducirlo. Le caí bien, así que lo invité a un trago. Diez minutos después, me contó que estaba buscando fósiles de osos polares.

Miro a las demás

—Será una broma, ¿no? No hay osos polares en Kostrov.

—Está claro que no —dice Natasha—. En Skarat, puede. Pero no en Kostrov.

El padre de Katla nos dedica una sonrisa.

—Yo también me reí, pero eso es lo que dijo que buscaba.

Tenemos una broma acerca de que los skaratanos creen que son lo bastante listos como para resolver cualquier cosa: dadles un corazón y creerán que son capaces de volver a hacerlo latir. En Terrazza, de vez en cuando oía murmullos de que en Skarat hallarían algún milagro científico para librarnos de la Inundación. Nunca tuve unas esperanzas especialmente altas, pero aun así, me decepciona saber que lo que sus mentes brillantes han estado trabajando no es una burbuja de cristal para recubrir el mundo, sino que están buscando huesos de osos polares en un país donde no los hay.

—No es que sepa gran cosa del método científico —digo—, pero parece una forma bastante estúpida de pasar el rato.

—Ah. —El padre de Katla asiente—. Yo dije lo mismo. Y él me respondió: «Ahora no hay osos polares en Kostrov, cierto. Pero ¿qué hay de la tierra que había aquí antes?». Entonces supuse que pensó que había dicho demasiado porque se marchó con prisas sin terminarse la bebida. No me sorprende que los hayan descubierto con esa lengua tan suelta, imagino.

Sigo confusa y noto la misma sensación que me atenazó cuando miraba la planta de filamentos rosas, como si estuviese al borde de algo.

—¿La tierra que estaba aquí antes? —pregunto—. ¿Como antes de la última Inundación?

—Hubo una tierra anterior —dice la Hermana Uno. Su voz suena tranquila y, a pesar de que se supone que hoy es su fiesta, es la primera vez que la escucho hablar. Retira la servilleta de debajo de la tetera—. Estuvo bajo el agua durante un tiempo. —Tira de los bordes de la servilleta para que la tela quede plana sobre la mesa; luego, acerca los bordes.

La tela de en medio se eleva con una curva. Me imagino el terreno hundiéndose en la tierra. Volviendo a alzarse en colinas, valles y crestas.

—Así que el hombre… —digo cuando por fin siento la calidez del primer rayo de comprensión—. ¿El investigador skaratano cree que los osos polares vivieron en Kostrov (o como quiera que se llamase esta tierra) antes de la última Inundación?

—Parece que sí —dice el padre de Katla.

Y, al fin, lo entiendo.

Según *El cuaderno de bitácora del capitán,* las Inundaciones exterminan toda vida salvo por los humanos, los barcos y lo que sea que vaya a bordo. Los animales nuevos nacen de las profundidades del océano y aparecen cuando las aguas retroceden.

El investigador quiere demostrar que los osos polares no son una creación posinundación de Kos. Quiere demostrar que los osos polares —y quién sabe cuántos animales más— vivieron, nadaron, migraron, *sobrevivieron* sin que nosotros lo supiéramos.

—¿Y lo arrestaron? —interviene Natasha.

—Por tratar de desmentir *El cuaderno de bitácora del capitán* —responde el padre de Katla.

Decir que hay fósiles de osos polares en los pantanos es buscar la mentira en el libro. De ahí el sacrilegio. De ahí los arrestos.

Nos ponemos las capas y encendemos las linternas. Solo hemos dado tres pasos desde el umbral cuando la Hermana Uno se acerca corriendo.

—Pa no quería decir nada, pero vuelve a estar mal de la espalda.

—¿Habéis probado con corteza de sauce? —dice Katla.

—No funciona —responde la Hermana Uno.

Katla asiente.

—Intentaré conseguir medicinas.

Una pausa.

—Gracias por las cartas —le dice su hermana—. Y por la brújula.

—Feliz cumpleaños —dice Katla.

—Y gracias por el vestido, Natasha.

Katla se vuelve hacia Natasha con brusquedad. Ella no le devuelve la mirada.

—No hay de qué.

—Me ha encantado volver a verte —dice Sofie.

La Hermana Uno se muerde el labio. Se inclina sobre las puntas de los pies como si tuviera algo más que añadir después de no haber dicho nada durante tanto rato. Al final, se limita a vernos marchar.

Cuando ya no puede oírnos, envueltas por el haz de luz de las linternas, Katla inquiere:

—¿Le has regalado a Sini un vestido?

—Me quedaba grande —dice Natasha.

—Ajá.

—¿Ha vuelto a las clases de danza aérea? —pregunta Sofie.

—No —dice Katla. Fulmina a Natasha con una mirada sombría—. Le dije que no volviera en cuanto nos enteramos de que estábamos fuera de la flota. —A mí, me dice—: Era muy buena. Había hecho la audición para tu puesto, pero tuvo una mala caída unas semanas antes. Falló un enganche de pierna y se resbaló entre las sedas. Tampoco es que ahora suponga una diferencia.

—Lo siento, Katla —musita Natasha con suavidad—. ¿Cuántas veces tengo que decírtelo?

—Unas cuantas más.

Caminamos en silencio durante un rato.

Intento decidir si soy lo bastante valiente como para hacer la pregunta que tengo en la punta de la lengua. Al final, me arriesgo.

—¿Qué plan tiene tu familia?

—¿Para la Inundación? —dice Katla.

Asiento.

—Bueno —responde—, está el plan A, donde descubrimos un barco abandonado y nos amontonamos abordo a lo justo, pero viendo que apenas tienen comida para una semana, y mucho menos un año, y que una persona no puede sobrevivir a base de pescado durante tanto tiempo, no tengo muchas esperanzas. El plan B: el gobierno se espabila y expande la flota para salvar a todos los kostrovianos. —Hace una pausa—. Vale, era broma, pero sigo. Plan C: la Primera Tormenta no llega nunca, el océano no lo engulle todo. Es tan probable como el resto.

Pienso en Sini poniéndose de puntillas para vernos marchar mejor. Pienso en cómo debe de haberse sentido al verme, la chica que consiguió el puesto que podría haber sido suyo, sentada a la mesa de su cocina.

—A veces —dice Katla con un tono tan lúgubre como el cielo cubierto de niebla—, me pregunto por qué no nos tiramos todas al océano y ahorrarle el problema de matarnos más tarde.

Sofie enrosca un brazo en torno al de Katla.

—Por los planes del A al C. —Enlaza el otro brazo alrededor del mío—. Ahora, a riesgo de sonar como Ness, dejad de ser tan deprimentes.

Mi mirada se encuentra con la de Natasha.

Trago saliva. Luego extiendo el brazo hacia ella.

Engancha el codo con el mío. Su aliento forma una nube de vaho frente a sus labios. Nuestras caderas se chocan.

Las cuatro caminamos en una línea firme por la plataforma de madera sobre el terreno pantanoso. Nuestros pasos resuenan por las tablas. Todavía espero ver una planta carnívora, un lagarto serpenteando o el esqueleto de un oso polar. Pero no: solo las sombras escuálidas de las ramas de los árboles y el brillo débil de la luz de la linterna reflejada entre los bancos de algas.

Las plantas se cierran con la Octava Tormenta. Los pájaros y los lagartos desaparecen tras la Quinta. A los pantanos les pasa algo. Se están preparando para la Inundación. No sé cómo. Pero algo está ocurriendo.

Cuando siento una gota de agua aterrizar en mi nariz, fría como el hielo, el corazón me da un vuelco. Me he pasado demasiado tiempo contando los días para la Segunda Tormenta. Esperándola. No veo nada al final de ella. Pero esa gota de lluvia solitaria basta para asustarme.

¿Desde cuándo he tenido miedo de las tormentas?

¿Significa que puede que tema morir?

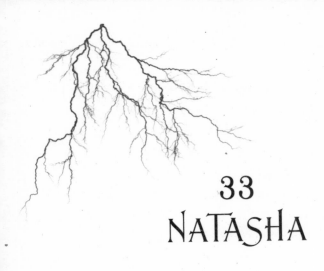

33
NATASHA

La mañana después de visitar a la familia de Katla, el sol entra con demasiada fuerza por la ventana. Cuando abro la cortina de par en par, veo por qué. La primera nieve del año ha cubierto Nueva Sundstad.

Me reúno con Ness, Gretta y Sofie en la cocina. Aunque no creo que Gospodin se haya fijado todavía en mí, sigo manteniendo la promesa de asistir a los servicios en Nuestra Señora. Me prometo a mí misma que hoy lo hará. Iré a hablar con él después, aunque sigo alterada por lo mal que fue nuestra conversación en el baile.

Cuando nos acercamos al fogón, René nos sirve a todas una ración extragrande de gachas.

Sacude la cuchara de madera en mi dirección.

—Las tormentas por fin te han metido algo de sentido común a base de miedo, ¿eh? Gachas extra cada vez que vayas a Nuestra Señora, perezosa.

Me inquieta este soborno moralista, pero al menos la inquietud trae gachas de más.

Ella entra en la cocina y, entonces, pasea la mirada por la estancia como si no estuviera segura de estar en el lugar adecuado, o puede que esté buscando a alguien.

Es difícil creer que es la misma chica que hizo la audición hace todos estos meses. Cualquier atisbo de grasa infantil se ha convertido en músculo. Le brilla la piel con una salud renovada y bien alimentada. Incluso sus sonrisas son un poco más creíbles de lo que solían ser. Hoy los rizos le caen sueltos por la cara.

—Te has levantado temprano —digo.

Ella se encoge de hombros. Tiene los ojos clavados en los míos. Me pregunto si está pensando en el camino de vuelta de la casa de Katla anoche con su brazo unido al mío.

—No podía dormir. No dejo de soñar con plantas que intentan comerme.

—Qué miedo —digo.

Sonrío cuando Ella se sienta a mi lado. Anoche, en casa de Katla, no fui lo bastante estúpida como para creer que Sofie y Katla me querían allí. Sin embargo, Ella no se muestra más distante de lo habitual y pensar que puede que no me odien para siempre... Por los mares, me he sentido sola.

—¡Ella! —la llama Ness—. Por fin. Todavía no has venido a ningún servicio con nosotras.

—Yo, eh... —Mira alrededor—. ¿Normalmente voy los domingos por la noche?

—Ah, tiene sentido —responde Ness.

Gretta entorna la mirada con suspicacia.

—Aunque hoy vendrás con nosotras, ¿verdad? —dice Sofie.

—Sí —añado—. Ven con nosotras.

Mira hacia atrás, como si Katla pudiese entrar en cualquier momento para hacerla recobrar el juicio. Y entonces:

—Vale. Claro.

—¡Qué bien! —exclama Ness—. Nos ponemos los guantes y nos vamos para conseguir sitio.

Fuera, el aire es ligero y está helado. El cielo tiene un tono lavanda grisáceo y, cuando inhalo, me cosquillean las fosas nasales de la helada. Medio metro de nieve se ha asentado en las grietas de la ciudad y le confiere a todo un contraste fuerte. Todos los detallitos que normalmente se pierden en un borrón de piedra y hollín, se ven nítidos congelados en blanco. Ness abre la marcha y su cabello se mece con alegría al caminar.

He cambiado las zapatillas por un par de botas forradas de piel. Cuando rompen la capa de escarcha que cubre las calles, cruje como una fogata de la estación del oso.

No me percato de que Ella me está observando por encima del hombro hasta que dice:

—Parece que nunca has visto la nieve.

Sonrío de oreja a oreja y me muerdo el labio. Apunto a un trozo de hielo y le doy una patada hacia Ella.

Lo detiene con el lado de la bota —creo que se las ha pedido prestadas a Katla— y me la devuelve.

—A Natasha le encanta la nieve —dice Gretta— porque hace que su pelo resalte aún más.

Sonrío. Me encanta la nieve y no es por el pelo.

Nevada, Nueva Sundstad empieza a parecerse a las ciudades de *Las fábulas completas de Tamm*. Se siente menos como una roca que se hunde y más como uno de los reinos encantados con los que soñaba mi madre. No es fácil creer en cuentos de hadas en una ciudad de cenizas e inundaciones. Sin embargo, con nieve es distinta.

Ella alza el mentón al cielo. Un copo de nieve solitario gira hacia ella. Saca la lengua y la mueve en círculos bajo el copo trazando la espiral de su trayectoria hasta que aterriza en su boca. Frunce el ceño.

—Pensaba que sería más satisfactorio.

—Ahora eres tú la que parece que no ha visto nunca la nieve —digo.

—Cuando era pequeña, fui de viaje a las montañas con mi familia —responde.

—¿A cuáles?

—En Terrazza. —Lo dice con rapidez y luego incluso parece sorprendida con su respuesta. Y luego, añade deprisa—: Pero me mudé a Kostrov hace años. Así que ya he visto aquí la nieve.

Terrazza. Siento como si hubiera hecho muchas preguntas muchas veces y ella las ha eludido todas ellas con destreza. Le he hecho esta misma pregunta con anterioridad. La última vez, me dijo que era un cadáver reanimado de los pantanos. Sin embargo, ahora tengo esta mota diminuta de verdad.

Rebusco entre mis recuerdos tratando de encontrar algo útil sobre Terrazza. Sé que la Décima y Novena Tormentas fueron especialmente fuertes allí. Sé que es famosa por la fertilidad de sus tierras de labranza y que tiene unas pocas montañas de picos irregulares. Está más al sur que Kostrov o Grunholt e incluso Roen, lo bastante lejos para que el palacio no esté tan lleno de visitantes de Terrazza como de las naciones más cercanas.

Entonces, lo recuerdo todo de golpe. La carnicería bajo el apartamento de mi madre. Los dueños eran una pareja de terrazzanos.

Recuerdo la risa de la mujer del carnicero cuando me enseñó a decir *hola, gracias* y *querría una manzana, por favor*. Separo los labios y me esfuerzo por recordar la sensación de la palabra en la lengua.

Al final, la encuentro y digo en terrazzano:

—*Hola*.

A Ella se le ilumina el rostro con una sonrisa, demasiado asombrada para llevar la máscara habitual.

—Tienes un acento horrible —dice.

—*Hola* —digo de nuevo en terrazzano porque se me ha olvidado cómo se dice «gracias».

Noto una sensación de calor en el estómago lo que nos queda de trayecto y mantiene el frío a raya mejor que mi capa nueva. Adelaida me la regaló después de que bailase con Nikolai en la fiesta. Como si necesitase un soborno. Cuando llegamos a Nuestra Señora de las Desdichas en la Mar, casi he olvidado por qué hemos venido. Cuando veo el imponente edificio de caracolas y vidrio marino, la calidez se evapora.

No he venido aquí para hablar con Ella y retozar en la nieve. Estoy aquí para demostrarle a Gospodin que puedo ser una buena reina que teme al mar.

La plaza frente a Nuestra Señora está abarrotada de personas. Cuanto más nos acercamos a la Primera Tormenta, más numerosas parecen ser estas multitudes.

—¿De verdad cabe tanta gente ahí dentro? —pregunta Ella.

—Los servicios se están llenando últimamente —dice Ness—. Por eso el marino Gospodin ha mandado a instalar esas trompetas. —Señala un cuerno de cobre fijado en el lateral del edificio. Debajo hay un podio y, mientras lo miro, un hombre sube los escalones y levanta el cuerno del muro.

Parece estar conectado a una especie de tubo largo que se enrosca dentro del edificio hasta perderse de vista.

Ella señala al hombre.

—¿Quién es?

—Es el mensajero —dice Ness—. Escucha lo que le dice Gospodin por el tubo y luego lo repite a la gente que no consigue asiento y tiene que quedarse aquí fuera. ¿A que parece un trabajo divertido?

—No —mascullo—. Estoy congelada. Seamos de las que encuentran sitio.

Ness se pone de puntillas para ver por encima de la multitud.

—Jolín. Por eso quería llegar tempano. Vamos, sigamos empujando.

Por fin atravesamos el umbral. Miro a mi alrededor.

El techo es abovedado y las vigas de madera se unen para formar un triángulo. Siento como si estuviera dentro de un barco. Unas cortinas largas y azules cubren todas las paredes desde el techo hasta el suelo. Los cuerpos que se empujan entre sí aumentan la temperatura en treinta grados. Me tiro del cuello de mi capa de lana nueva.

—¿Venís aquí a menudo? —pregunta Ella.

—¿Últimamente? Sí. ¿Antes...?

Podría pasarme meses sin venir. El día del aniversario de cuando Kos arribó a tierra —la fiesta más grande de Kostrov— es de obligado cumplimiento celebrarla. Me senté en la última fila y jugué al apalabrado con Katla en la parte de atrás de la hoja de una canción.

Es una de las cosas que recuerdo que más me sorprendieron de Nuestra Señora: el papel. Las hojas de las canciones.

Panfletos. Copias y copias de *El cuaderno de bitácora del capitán*. He oído hablar de periódicos que han cerrado y editores obligados a dejar que los libros queden descatalogados para reservar árboles para construir barcos para la flota, pero Nuestra Señora existe en un mundo que está por encima de tales escaseces.

Ness se abre paso entre la multitud. Le dedica una sonrisa bonita a un banco que ya está completo hasta que las personas sentadas suspiran y se apretujan. Gretta le echa un vistazo al banco abarrotado y se separa del grupo para reunirse con su familia. Acabo apretujada entre Ness y Ella en el banco de madera, con Sofie al otro lado de Ella. Nuestros cuerpos se tocan desde los hombros a las caderas y las rodillas.

—Qué cómodo —dice Ella—. Ya siento un calorcillo a nivel espiritual.

Me río y la miro, pero me vuelvo con la misma rapidez. Estamos tan cerca que si no miro hacia delante, nuestras narices podrían rozarse.

Cuando Gospodin entra por una puerta junto al estrado, las voces se acallan.

Ella señala la puerta.

—¿Qué es eso?

—El apartamento de Gospodin.

—¿Su apartamento está conectado a Nuestra Señora? —dice Ella—. Qué raro. No me gustaría pensar que Kos me está mirando por encima de mi hombro cada vez que me baño.

—¡Shh! —dice Ness—. ¡Va a empezar!

Intento acomodarme en el asiento y comportarme, pero estoy tensa y no paro de moverme. Gospodin lleva una capa blanca inmaculada. De alguna forma, lleva el cabello revuelto pero, a la vez, parece intencionado. Me pregunto si tendría la mitad de los seguidores si no fuera tan atractivo y seguro de sí mismo. No recuerdo quién era el marino insigne antes que él. Puede que, por norma, siempre sean así de apuestos.

Se detiene junto al estrado. Me doy cuenta de que el edificio está abierto por esa parte, aunque la brisa no nos llega hasta aquí atrás. El estrado está en un balcón con vistas al océano. Alrededor de los hombros de Gospodin, el mar de peltre se pliega sobre sí mismo.

El marino sostiene en alto un embudo de cobre y lo coloca cerca de su boca. Ese debe de ser el otro extremo de la trompeta para transmitir su palabra de la que nos habló Ness.

—Hoy —comienza—, Nueva Sundstad ha sido purificada.

Los susurros amortiguados se desvanecen. Ness se inclina adelante con los codos apoyados en las rodillas.

—Al igual que la nieve pinta la ciudad de nuevo, viva con posibilidades inéditas, la próxima Inundación purificará el mundo. Purificará nuestras propias almas.

Ella se acerca a mí y su aliento mece el mechón suelto junto a mi oreja.

—¿Qué se supone que significa eso?

Inclino mi cabeza hacia ella. Todo lo bajo que puedo, susurro:

—Significa que el océano hará un bonito sacrificio de aquellos que no donen lo suficiente.

—No sabía que el océano fuese un idiota tan miserable —dice Ella.

Bufo sin poder evitarlo. Ness me manda a callar.

Mis ojos se clavan en la rodilla de Ella, que no para de sacudirla contra la mía. Tiene el cuerpo entero tirante. Siento la tensión recorriéndole toda la pierna. Ha apoyado la muñeca sobre la rodilla. Se acaricia el canto de la palma con el pulgar de la mano contraria. Atisbo parte de la sirena bajo el puño de la manga.

Sé que se supone que debo prestar atención a Gospodin, pero siento que vuelvo a caer en los viejos hábitos. Sus palabras empiezan a difuminarse con el sonido lejano de las olas. Me distrae la gota de sudor que me recorre la nuca. Cada vez que Ella se mueve y me roza la pierna, es lo único que noto. Siento calor en el estómago.

Entonces, de manera bastante improvista, todos a mi alrededor aplauden al tiempo que Gospodin dice:

—¡Que nadie os robe la esperanza! —Luego, saluda y se baja del estrado.

Parpadeo y sacudo la cabeza para salir del ensimismamiento.

—Me duele el trasero —dice Sofie—. ¿Podemos ir a por té a la vuelta?

—¿Te va a ayudar con el trasero? —responde Ella.

—No, no tiene nada que ver.

—Estupendo —digo—. Iremos todas a por té después de decirle hola al marino Gospodin.

—No vas a *decirle hola* al marino insigne sin más —dice Ness.

—Claro que sí. —Me pongo de pie. Tengo las mangas pegadas a los brazos del sudor.

—Tasha —me llama Ness.

—Yo también quiero conocerlo —dice Ella.

Parpadeo. Ya se ha mezclado con la multitud y se abre paso hacia la parte frontal de Nuestra Señora. Me apresuro a seguirla. Ness deja escapar un suspiro audible tras de mí, pero cuando miro atrás, veo que nos sigue.

Delante hace frío al estar más cerca del balcón abierto. Cuando llegamos, Gospodin está de espaldas a nosotras. Escucho un fragmento de su voz seria y retumbante y, cuando me acerco, veo con quién está hablando: una mujer joven delgada con un vestido color salvia y con la postura perfecta, típica de alguien acostumbrada a que la observen. Sylvia, la hija del guardián del tesoro. No la he visto desde el baile. La estudio mientras asiente a algo que le ha dicho Gospodin. Sylvia es guapa y va maquillada con destreza de forma que camufla su edad: podría tener tanto quince como treinta. Cuando me ve, sonríe.

—Si me disculpa, marino Gospodin —dice—. He visto a una vieja amiga.

Gospodin se vuelve. Al verme, su sonrisa se esfuma.

Me alivia no tener a Ness y a Sylvia echando un vistazo tras de mí —se han abrazado y han comenzado a charlar animadamente; también han incluido a Sofie—, pero Ella no es tan indulgente. Se queda justo detrás de mí cruzada de brazos. Tiene la boca sellada con fuerza. Tanto mejor para verme jugar a los juegos de Gospodin.

Dijo que quería conocerlo, pero lo único que hace es mirarlo fijamente.

—Marino Gospodin —lo saludo, esperando imprimir el mismo tono elegante y educado que Sylvia.

—Señorita Koskinen —dice. Ya parece que lo aburro.

—Quería decirte que he leído *El cuaderno de bitácora del capitán* de principio a fin. Me ha parecido esclarecedor.

Alza las cejas.

—¿Y ahora buscas una recompensa?

—Yo… La lectura fue una recompensa en sí misma —digo.

Oigo a Ella exhalar con fuerza, casi una risa, tras de mí. Aprieto los puños.

—¿Es el primer servicio al que vienes? —dice Gospodin. Sigue paseando la mirada entre la multitud, como si estuviera deseando encontrar a alguien mejor con quien hablar.

—Claro que no —respondo—. Todas las bailarinas asistimos cada sábado.

Recorre la estancia con la mirada.

—Tu amiga. La morena. No recuerdo haberla visto antes.

Me tenso.

—Ella… Yo…

Me pone los ojos en blanco. Tiene una sonrisa condescendiente.

—Me alegro de que Kos te haya parecido esclarecedor, pero una seguidora devota debe haber leído *El cuaderno de bitácora del capitán* al menos diez veces para tu edad —dice tras apoyarme una mano en el hombro. Las mejillas comienzan a arderme cuando añade—: Es bueno que lo intentes. Pero no le estás poniendo el empeño suficiente.

Luego se aleja hacia la multitud, entre saludos de las masas y sonrisas de adoración, y me deja de pie junto al estrado con la cara ardiendo.

—Eso me ha dolido verlo —comenta Ella.

—Gracias.

—En plan, de verdad, me ha dolido físicamente.

Me clavo las uñas en las palmas.

—¿Alguna otra cosa útil que añadir?

—En verdad, no —dice Ella—. Solo intento descubrir por qué te importa si le gustas o no.

Casi me echo a reír.

—¿Qué? —dice Ella—. Le ha comido la oreja a Nikolai, pero no es de la realeza, ¿cierto?

Sacudo la cabeza.

—No entiendes nada.

—Eso está claro —responde—. Por eso he venido hoy.

Me siento mordaz y amargada.

—Bueno, pues espero que te haya sido de utilidad. Al menos para ti.

No le estás poniendo el empeño suficiente, ha dicho Gospodin.

Está bien. Entonces me esforzaré más.

34

ELLA

El servicio en Nuestra Señora de las Desdichas en la Mar me deja inquieta. Al parecer, Kos disfrutaba del imaginario de la muerte en el mar. Debo suponer que la única razón por la que a la gente le gusta es porque están convencidos de que no estarán entre los ahogados. Siempre los supervivientes, nunca los purificados.

Cuando regresamos, Katla me dedica una de sus mejores miradas burlonas. No sé por qué está enfadada: que haya pasado la mañana con Natasha o que haya asistido a un servicio del Álito Sacro. Me limito a encogerme de hombros y digo:

—Tenía curiosidad.

Resopla.

Por lo que sé, no ha visto la sirena en mi muñeca. Me pregunto si eso cambiaría lo que piensa sobre que haya ido.

Más tarde, me abro paso entre la nieve para ir al apartamento de Maret. Después de los abrazos y que me ofrezca té, le cuento que he pasado la mañana en el banco de Nuestra Señora.

Se ríe alto y con fuerza.

—¿Por qué?

—Quería saber más sobre Gospodin —digo.

Frunce el ceño.

—Obviamente, Cassia estaba preocupada por cuánto control tenía Gospodin sobre Nikolai —continúo. Por eso la exiliaron—. Parece que ahora está más implicado que nunca con la corona.

—Sí, *implicado* con la corona —dice—. Pero no la lleva. Sin Nikolai, Gospodin no tendrá más opción que trabajar conmigo. El Álito Sacro no es nada sin el respaldo de la corona.

—Si estás tan segura…

—Ella. —Maret toma mis manos entre las suyas. En comparación, las mías son pequeñas y poco elegantes—. Sé que vienes de un… entorno humilde, así que intenta no tomarte esto a malas.

Una advertencia útil. Ahora seguro que no me la tomo a malas.

—Esa gente —prosigue Maret— escucha a Gospodin. No te equivoques, los valoro enormemente, pero la mayoría se ahogará en la Primera Tormenta. No importa si adoran a Gospodin porque pronto no estarán aquí para decirlo.

—¿Qué hay de cuando recuperes el trono? —pregunto.

La comisura de su labio se curva tan rápido que creo que debe de ser automático.

—¿Qué pasa?

—¿Qué harás con Gospodin?

Maret se encoge de hombros.

—Será como un grano en el trasero, por supuesto, pero no me preocupa demasiado. El Álito Sacro es una herramienta a manos de la corona para mantener el buen comportamiento en el resto del país. Si los nobles ceden ante él ahora, es solo porque Nikolai es demasiado débil o estúpido como para que lo tomen en serio. —Me da unas palmaditas en las manos—. No te preocupes. Gospodin no se interpondrá en nuestro camino.

En el servicio, sin embargo…, toda esa gente se inclinó hacia él como plantas al sol. Maret lo está subestimando.

—Bueno —dice—, a lo que nos interesa. ¿Has visto más a Nikolai?

—No. Creo que se está escondiendo en sus aposentos personales.

No es del todo cierto. No lo he visto, pero tampoco lo he estado buscando con mucho empeño. Lo odio, lo quiero muerto… Eso no ha cambiado. Sin embargo, también estoy más nerviosa que antes.

—¿Y de la búsqueda de una reina?

Niego con la cabeza.

—Sin novedades.

—No me sorprende. Necesita alargar la farsa hasta la Primera Tormenta si quiere utilizar la esperanza de la elección de la reina para mantener al pueblo distraído. ¿Te has planteado utilizar esto para acercarte a él?

—¿Qué?

—Ya sabes. —Maret hace un ademán—. Baila con él en el próximo baile. Flirtea con él cuando pases por su lado por los pasillos. Puede que descubras algo.

—No pienso bailar con Nikolai —espeto.

Maret parpadea sorprendida. Puede que esta sea la primera vez que rechazo una de sus sugerencias. Pero debe saber que no puedo traicionar a Cassia de esa forma. Dejar que Nikolai me ponga las manos encima... Ni siquiera soy capaz de pensarlo.

Además.

No quiero que me excluyan como a Natasha. Me gusta estar con las otras bailarinas. Me gusta su risa, su lealtad ciega, su dedicación silenciosa. Sé que no es permanente. Sé que moriré pronto.

Pero hasta entonces...

—Está bien —dice Maret.

No me engaña. Empieza a dudar de si su pequeña y querida asesina esté a la altura de la tarea.

No es la única.

La nieve no se derrite. En vez de eso, se convierte en un aguanieve granulado impregnado de hollín. Echo de menos los pantanos de Katla, con sus plantas extrañas y aguas enrarecidas por las algas.

Creo que volveré a tener la oportunidad de estar entre los árboles envueltos en niebla cuando llegue el fin de semana que viene. Sin embargo, Adelaida anuncia que celebraremos un taller para un grupo de bailarinas junior de siete y ocho años.

—¿Qué sentido tiene? —dice Katla con incredulidad—. No es como si fueran a convertirse en Bailarinas del Aire en el futuro.

—Puede que les guste volar por amor al arte. —Gretta sorbe por la nariz—. A diferencia de *otras* personas.

—Cómete las sedas —espeta Katla.

No estoy segura de qué parte estoy. ¿Fue la supervivencia, la seguridad, lo que siempre llevó a las chicas a aprender a volar? Katla es bailarina desde mucho antes de la Décima Tormenta; incluso sin la promesa de la flota real, el palacio significa alimento, ropa, amistad, calor. Pero cuando ser una Bailarina del Aire no basta para mantenerte a salvo, ¿qué le queda hacer a una chica? En Nueva Sundstad no abundan las oportunidades para las jóvenes emprendedoras. Nuestras probabilidades no son altas, pero son mejores que las de la mayoría.

Sacudo la cabeza. *Nuestras probabilidades.* No soy parte de ese *nuestras*. Mis probabilidades no tienen nada que ver en esto. Yo no las tengo.

—En lo que a Nueva Sundstad respecta, todavía formáis parte de la flota real —dice Adelaida—. Que siga así.

—¿Para qué? —replica Katla.

Adelaida suelta un suspiro pesado.

—¿Te matará dejar que un puñado de niñas pequeñas tengan un poco de esperanza?

A esto, Katla no dice nada. Ninguna de nosotras lo hace.

Al final, los guardias acompañan a quince bailarinas junior al estudio. Es una mañana de sábado cubierta de nieve, la segunda del final de la estación de la grulla. Adelaida nos cuenta que las niñas vienen de distintos estudios; dos de los que todavía siguen abiertos. Sofie susurra que los demás han cerrado por una docena de motivos: daños por la tormenta, falta de fondos, directoras que han muerto al caérseles el techo encima. De los dos estudios que nos han enviado a las bailarinas junior, uno se encarga de la clientela de élite; el otro, no. No es difícil adivinar cuál es cuál. Solo la mitad de los uniformes tienen agujeros.

Veo reflejada la personalidad de cada una de nosotras en las niñas: la que lleva el pelo recogido en un moño tenso y el rostro contraído constantemente en una mueca de concentración es igualita que Gretta. La chica que se ríe tan alto que se ha caído de las sedas me recuerda a Sofie. Y la que es mejor que las otras con diferencia, por supuesto, es Natasha.

Gravito hacia una chica obstinada en la seda de la esquina. Intenta hacer el mismo enganche de cadera una y otra vez sin pedir nunca ayuda, ni siquiera abre la boca para hablar.

—Hola —digo.

Parpadea mirándome.

—Soy Ella —añado.

Un momento después, responde:

—Kirsi.

—¿Quieres practicar el enganche de cadera con un nudo? Puedo hacerte uno si quieres para sentarte en él como apoyo.

Me mira muy seria.

—No quiero un nudo.

Me inclino hacia ella y bajo la voz.

—A mí tampoco me gusta usar nudos. Siempre me han gustado los desafíos. —Retrocedo un paso y le tiendo la mano—. Intenta golpear mi mano cuando lo hagas. Creo que solo necesitas levantar las piernas un poco más.

Vuelve a hacerlo y me golpea la mano. Cuando afianza la tela entre las piernas, sonríe de oreja a oreja.

—Eso ha estado mejor —le digo.

Se desliza hacia el suelo.

—Voy a repetirlo.

Y eso hace. No difiere mucho de cómo empecé a aprender los enganches de cadera... con poca elegancia, pero mucha determinación. A lo mejor Kirsi es la que más se parece a mí.

Natasha tiene unos pies tan ligeros que no me doy cuenta de que está detrás de mí hasta que dice:

—Se te da bien esto.

Doy un respingo. Me doy la vuelta para mirarla y me sobrecoge lo cerca que está, lo mucho que su rostro llena mi campo visual: sus mejillas sonrosadas, su nariz cubierta de pecas, el mechón de pelo que se le ha soltado de la coleta, rizado por el sudor. Cuando llegué aquí, nunca se habría acercado tanto a mí.

Trago saliva, pero no me aparto.

—¿Bien el qué? —pregunto.

Asiente hacia Kirsi.

—Las niñas. Enseñar.

—Ah. —Intento encontrar algo inteligente, una autocrítica que decir. Es lo que haría normalmente. Sus ojos son de un tono avellana complejo—. Gracias.

Entonces, una de las niñas más ruidosas la llama y le insiste en que vaya a ver el arabesco que ha hecho; Natasha trota hacia ella exclamando lo bonito que es. Cuando se va, el aire no es tan liviano; respiro como si acabase de descender de una gran altura.

Natasha no es tan dura y crítica con las niñas como suele serlo con nosotras. Saca a relucir lo que se le da mejor a cada una y les presta una atención especial por turnos.

Cuando Kirsi me hace una pregunta, tiene que repetirla. Me arden los ojos.

Es como estar rodeada de los hermanos de Katla de nuevo. Desearía que mis hermanos estuviesen aquí. Les encantarían las sedas.

Contamos los minutos que quedan del taller cuando alguien llama a la puerta del estudio. Soy la que está más cerca, así que respondo.

Da al pasillo entre el estudio y la puerta azul de la calle. Está abierta. Tras ella, la lluvia cae a raudales.

Gregor tiene el pelo pegado al cráneo. Le gotea el agua de la punta de la nariz.

—La lluvia —dice.

Doy un paso al frente.

El palacio está en la frontera de Nueva Sundstad. Todo lo que separa esta puerta del océano es una calle de piedra de tres metros de ancho.

Tres metros jamás me habían resultado tan insignificantes.

El océano está furioso.

La lluvia aporrea y agujerea la nieve. Montículos enteros caen por el bordillo de la calle y caen al océano. Las olas se retuercen y hacen espuma. No las oigo. La lluvia es demasiado fuerte.

La lluvia, ha dicho Gregor, como si llamarla por otro nombre conllevara algo peor que solo un aguacero que viene y va. Sin embargo, él sabe la verdad, y yo también.

No es solo una llovizna que cae sobre Nueva Sundstad. Lo siento en el estómago. Una punzada.

Me doy la vuelta. Salto.

Natasha, con sus pies silenciosos, está a mi lado.

Digo lo que Gregor no ha sido capaz de pronunciar:

—La Cuarta Tormenta.

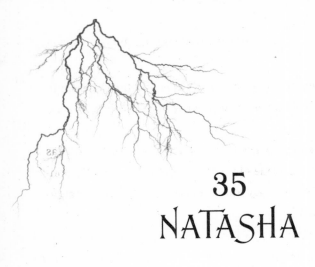

35
NATASHA

Adelaida, Katla, Gretta y yo estamos reunidas en la esquina de la sala. Las otras bailarinas entretienen a las niñas.

—No pueden volver a casa así —digo.

—Por supuesto que no —responde Adelaida.

—Entonces ¿qué? —añade Gretta—. ¿Las dejamos aquí?

—Pues claro que sí —interviene Katla—. Sofie puede ir a pedirle a René que les prepare algo de comer. Es su favorita.

Cuando vuelvo a unirme a las chicas, Ness las está guiando en una canción nueva. Sofie les pregunta algunos acertijos más.

—¿Cuál es la diferencia entre una orca y una galleta de centeno?

Ella está sentada con la niña más pequeña, la seria a la que ayudó con las sedas. Aunque los ojos de la pequeña no se apartan en ningún momento de la ventana salpicada de lluvia, Ella consigue arrancarle una sonrisa.

La lluvia cae constante y durante mucho rato.

Pierdo la noción del tiempo. Las nubes son tan densas que podría ser tanto mediodía como medianoche. Probablemente sea la hora de cenar.

Las criadas traen mantas y almohadas al estudio para las niñas y Adelaida enciende el fuego en la chimenea. Sofie convence a René para que nos traiga una olla de estofado y algunas hogazas de pan.

Frente a la tormenta, la furia de Katla mengua. En cierto momento me agarra del brazo y me dice en voz lo bastante baja para que nadie más pueda oírla:

—Me preocupa la rubia pequeña. Sofie no consigue que deje de llorar.

Asiento. Sin embargo, cuando me paseo por la habitación y encuentro a la bailarina junior llorosa en cuestión, Ella ya se ha agachado a su lado. Y abrazado con fuerza entre los brazos de Ella... Kaspar. Que siempre se esconde en el sitio más oscuro de la cama de Adelaida en cuanto un poco de viento fuerte sopla fuera. Ella lo ha derretido por completo y el gato, perdidamente enamorado, en vez de eso ha hecho que la niña deje de llorar. Acerca la mano a Kaspar para que la huela. Él la mira totalmente confuso.

Ella alza la mirada. Sus ojos se topan con los míos, como si supiera que estaba ahí, que la estaría observando. Siento un escalofrío por la parte de atrás de los brazos cuando me sonríe y no sé qué hacer con eso.

Veo a Ella como una persona cínica y sarcástica, pero hoy no lo es. Esa versión suya ha quedado eclipsada por una encarnación nueva, una que sostiene un gato atontado tan asustado que las niñas pueden acariciarlo.

Es de Terrazza. Se le dan bien los niños y los gatos por igual. Tiene una sirena grabada con tinta en la muñeca.

¿De verdad eso es todo lo que sé? Quiero conocer mucho más.

Me siento a su lado.

—¿Cómo estás? —le pregunto a la niña.

Se encoge de hombros y mantiene los ojos fijos en Kaspar para no tener que mirarme a mí.

—Le estaba contando —dice Ella— que conoces muchas fábulas. ¿Quieres contarnos una?

Parpadeo. ¿Había hablado de Tamm con ella antes? ¿Le he mencionado las historias de mi madre? ¿Cómo sabe tanto sobre mí cuando yo no sé nada de ella?

—Tendría que ir a por mi libro —digo. No quiero irme. Se está calentito y la expresión de Ella es amable. Hago espirales en el suelo con los dedos, igual que cuando mi madre me contaba historias—. O podría contárosla de memoria, aunque a lo mejor me equivoco con algunos detalles.

—Vamos a oírla —dice Ella. A la luz del fuego, sus ojos parecen ámbar.

La niña se queda quieta durante un minuto. Luego asiente.

Tomo aire. ¿Qué historia me contaría mi madre en estos momentos?

—Tras las siete montañas y los siete mares —comienzo— había una isla llamada Turelo. Se alzaba en medio de un mar turquesa y el pueblo que vivía allí construyó sus casas muy alto en las copas de los árboles. Turelo estaba llena de pensadores brillantes y se rumoreaba que si querías tocar los mejores instrumentos, pintar con los óleos de mayor calidad o aprender de los académicos más sabios, debías zarpar rumbo a Turelo.

La niña se acurruca contra la pared y se tapa hasta la barbilla con la manta. Ella me observa. Me acerco más bajo el peso de su mirada que hace que me hormiguee la piel.

—Cuando los barcos arribaron de tierras lejanas, Nadia, la princesa, los contempló desde su palacio en el árbol. Como todos los turelienses, Nadia quería aprender. Nadia quería zarpar lejos, con los extraños, y aprender todo lo que el mundo pudiera enseñarle…, más de lo que podría aprender jamás de todos los libros que albergaban las muchas bibliotecas de Turelo. Un cálido día de verano, cuando un barco de esos llegó, Nadia decidió que iría a recibir a los marineros. Sus padres le dijeron que no debía hacerlo.

»*Estos extraños no son como los otros*, le dijo el rey. *No confío en ellos. Nos han hablado de una profecía peligrosa y no creo que sea cierta.*

»Pero Nadia, como todos los turelienses, era curiosa. Así que se escabulló entre los árboles y bajó a la orilla, donde encontró a los desconocidos montando el campamento en la playa. Intentó escuchar a hurtadillas, pero uno de ellos la descubrió: una chica no muy diferente a ella. Se presentó como Atalanta. Nadia intentó seguir el consejo de su padre y sospechar de ella, pero no fue capaz de hacerlo.

»*¿Qué os ha traído a nuestra isla, Atalanta?*, le preguntó Nadia.

»*Nuestro profeta más sabio nos advirtió de una tormenta que acabaría con todas las tormentas*, respondió Atalanta. *El mar cubrirá el mundo y nadie sobrevivirá.*

»Al principio, Nadia no le creyó. Pero cuando fueron a la biblioteca (pues Nadia pasaba muchas horas allí), se dio cuenta de que hacía mucho tiempo, los sabios académicos turelienses también habían predicho una tormenta que acabaría con todas las tormentas.

»*No hay esperanza*, dijo Atalanta.

»Nadia lo pensó un buen rato antes de hablar. Al fin, caminó hacia una ventana y señaló al exterior.

»*Pero mira vuestro barco. No se hundirá si el océano crece.*

»*Pero nos moriremos de hambre*, respondió Atalanta.

»*No si Turelo entero es nuestro barco*, dijo Nadia.

»Las chicas se encaminaron hacia el océano. Ambas eran buenas nadadoras, pero aun así les llevó todo el día y toda la noche poner en marcha el plan de Nadia. Contuvieron el aliento y se sumergieron bajo el agua para cortar las raíces de Turelo con los bordes de las caracolas afiladas.

»Al principio, el rey y la reina estaban enfadados con Nadia. Le dijeron que había sido una incauta al violar la isla a la que tanto amaban. Le dijeron al barco de Atalanta que debían marcharse de Turelo para siempre a primera hora de la mañana. Sin embargo, durante la noche, la tormenta que acabaría con todas las tormentas se desató sobre Turelo.

»Como ya no estaba conectada al lecho oceánico, la isla se meció sobre la superficie del mar, libre de flotar hasta que las aguas crecieran todo lo que pudieran.

»Después de tantos años, los marineros todavía dicen que pueden atisbar Turelo en el horizonte de vez en cuando. Sigue flotando en algún lugar, siempre escapándose de la pluma del cartógrafo. Sin embargo, se rumorea que si consigues arribar a su orilla, serás bienvenida por las reinas de Turelo y te preguntarán qué conocimiento les has llevado para incluirlo en su biblioteca.

A la niña se le han cerrado los ojos. Respira con suavidad. Ella ladea la cabeza. Casi temo encontrarme con su mirada. Era solo una historia. Sin embargo, siento que ha abierto mi pecho en canal frente a ella.

—Gracias —susurra.

—Debería… Debería ir a ayudar a Adelaida —digo—. Con el fuego.

—Claro —dice Ella.

Me levanto y me alejo como si saliese de una ensoñación.

Pasan las horas.

Cada vez que creo que a la tormenta le queda poco para acabar, un viento feroz repiquetea contra las puertas y ventanas. Nos sumimos en una oscuridad profunda. Es tan densa que no me creo que antes pensara que era medianoche. Esta oscuridad nos engulle como si jamás fuésemos a ver el sol de nuevo.

Adelaida añade más turba a la chimenea y luego se marcha para dormir un poco en su propia cama. Gretta se va a buscar a sus padres. Katla atiza el fuego. Ness y Sofie se quedan dormidas entre las niñas.

Creo que Ella también está dormida hasta que la veo levantarse. Kaspar salta al suelo y se escabulle por ahí. Ella pasa de puntillas entre los cuerpos dormidos. Llega hasta la puerta. Se abre con el más leve chirrido.

Paseo la mirada por la sala. Solo Kaspar me observa.

Sigo a Ella. Cierro la puerta despacio tras de mí. Se da la vuelta. Unos mechones de pelo suelto en las sienes se mecen adelante y atrás atrapados en la corriente como si la linterna que sostiene estuviese exhalando bajo ella.

—Hola —dice.

—Yo… —No sé por qué la he seguido. No sé qué pretendía preguntarle. Nada. Todo.

—Bonita historia —dice Ella—. Las reinas, ¿eh? ¿En plural?

—Tamm no explica exactamente la naturaleza de su amistad en las notas al pie —respondo con suavidad.

No me pregunta a qué me refiero. No me pregunta por qué elegí esa historia. Intento no preguntármelo a mí misma.

En cambio, inquiero:

—¿Qué crees que ocurrirá con el pánico del ganado?

—No lo sé —dice Ella—. Tú eres la que ha leído *El cuaderno de bitácora del capitán*.

Trago saliva.

—Kos nunca especifica nada útil.

Ella suelta una risa leve.

—Claro.

La lluvia martillea por encima de nosotras. Busco algo que decir entre un montón de palabras inútiles antes de que se marche.

—¿De verdad quieres casarte con Nikolai? —pregunta Ella.

Parpadeo. Abro la boca, pero antes de que pueda responder, añade:

—Es solo que estaba pensando en las tormentas. Y la Inundación, y la flota, y me preguntaba si… —Titubea—. ¿Lo amas o es algo más?

Si no pareciese tan sincera, me reiría. Nikolai es listo, guapo e interesante. Me imagino besándolo, puede que en la proa de un barco. Sería bastante emocionante. Una vez le di un beso a Gregor en la mejilla después de atravesar a la carrera la mitad del camino hacia Southtown para atrapar a Kaspar, que se había escapado, y hasta ahí llega mi experiencia con los besos.

Pero ¿amar?

—Apenas lo conozco. —Y entonces, como me doy cuenta de que aún no he respondido la pregunta, añado—: Claro que no.

Los hombros de Ella se relajan como si tuvieran un muelle. La luz de la linterna se mece.

—Solo quiero sobrevivir. —Hablo en voz baja; no puedo esconder la súplica en ella. *No me odies.*

Nos separa medio metro de distancia. Si lo salvara, la dejaría.

—¿Qué harás? En la Primera Tormenta —pregunto.

Me sostiene la mirada durante tanto tiempo que creo que debe de haberse olvidado de la pregunta, pero al fin responde:

—No lo sé.

Contengo el aliento. Se inclina hacia mí.

—Tengo miedo —susurra.

Está tan cerca que siento las palabras contra mi piel.

—¿De qué? —digo—. ¿De la tormenta?

—Yo...

La puerta del pasillo se abre de golpe.

Ella retrocede de un paso tan rápido que la linterna se apaga. Presiono una mano contra mi mejilla, que me arde por el rubor, al tiempo que tres guardias entran en desbandada. Gregor va en cabeza con Twain —el hermano de Gretta— y Sebastian, otro de los guardias preferidos de Nikolai. Sus cuerpos son demasiado grandes, sus voces demasiado fuertes, para este espacio pequeño e íntimo. De alguna forma, el trío al completo consigue interponerse entre Ella y yo. Intento mirarla tras el hombro de Gregor, pero fracaso.

—Solo queríamos venir a ver cómo estabais —dice Gregor.

—Estamos bien. —Me doy cuenta de que sigo con la mano en la mejilla. La dejo caer.

—¿Está Ness ahí? —pregunta Twain.

—Por el amor de los mares —dice Sebastian—. Estamos de guardia. —Es casi tan alto como Gregor, pero su voz suena el doble de alta. La barba descuidada en su barbilla rosada lo hace parecer mayor, pero sé que tiene mi edad—. ¿Todo bien, Tasha?

Me remuevo por el peso del apodo. No sabía que Sebastian y yo fuésemos tan buenos amigos.

—Sí, estamos bien.

Solo quiero que se marchen todos. Quiero que Ella termine de decir lo que estaba diciendo. O haciendo.

Sin embargo, retrocede hasta la puerta de la habitación de las bailarinas. Chirría tras ella.

—¿Te vas? —digo.

—Yo…, eh… —Mira de reojo a los guardias—. Sí.

—¿Necesitas algo? —le pregunta Gregor.

Ella desaparece sin responder.

—Vale, sé sincera —dice Gregor—. Nos odia.

—No, solo… Estábamos en medio de una conversación.

—Nah —musita Sebastian—. Nos odia. La he visto salir de la cocina en mitad de la comida cuando un grupo grande de guardias llega.

Discutiría con él, pero yo también me he fijado.

—Además —añade Sebastian—, siempre pone esa cara extraña e inexpresiva.

El frío se me arremolina en el estómago.

Sebastian le sonríe a Twain. ¿Es una broma para ellos?

—No sabría decirte si le falta un tornillo…

—Sebastian —le advierte Gregor.

Sebastian hace un aspaviento.

—... o si es solo una zorra.

Le doy un puñetazo en la boca.

Retrocede dando tumbos. Se lleva las manos a la cara.

—¡Mierda, Natasha!

Me duelen los nudillos. Noto una punzada en la cabeza. Gregor me sujeta de los hombros y me aleja de Sebastian y Twain.

Miro hacia atrás.

—No hables de mis chicas.

Sebastian gruñe. Twain le mira el mentón con los ojos entornados.

Gregor me lleva hasta la puerta, de vuelta al estudio en penumbras. Katla aparta la mirada del fuego con el ceño fruncido.

Gregor acerca la frente a la mía.

—¿Qué ha sido eso? —susurra.

—Nada. —Me quedo mirando el dorso de mi mano. La sangre se me acumula en los nudillos donde han golpeado los dientes de Sebastian.

—¿Nada? —dice Gregor.

—Sabes que soy protectora con las bailarinas.

—¿Protectora?

—¿Vas a repetir todo lo que digo?

Gregor me mira unos instantes.

—Ya sabes —dice—, darle un puñetazo a un guardia para defender el honor de una bailarina no es lo que haría una reina.

—Ya —replico—. ¿Y?

—¿Es Ella...?

Cuadro la mandíbula.

—¿Sabes qué? No importa. —Señala mi mano con la cabeza—. Ponte hielo.

Pero en cuanto Gregor se va, se me olvida la sugerencia. Me dirijo a la habitación de las bailarinas y, cuando abro la puerta, veo que Ella está tendida en la cama fingiendo dormir.

¿Está fingiendo?

—Ella —susurro.

No responde.

¿Qué iba a decirme?

Fuera, la Cuarta Tormenta aúlla.

36
ELLA

No pego ojo la noche de la Cuarta Tormenta.

Me paso las horas con la cara enterrada en la almohada, aferrada al barómetro de Maret, furiosa conmigo misma. ¿En qué estaba pensando? ¿Hablarle así a Natasha? Acercarme tanto a ella, como si quisiera…

Me alegro de que los guardias irrumpieran en ese momento.

Se me forma un nudo tan fuerte en el estómago que me entran ganas de vomitar. Por la mañana, las náuseas son incluso más intensas. Apenas puedo mantenerme en pie.

Me tambaleo hasta el estudio. Fuera la lluvia ha amainado y ahora es una llovizna copiosa. La mayoría de las niñas siguen dormidas, pero todas las Bailarinas del Aire, además de Adelaida, están reunidas junto a la chimenea. Sofie abraza a Kaspar, que no para de retorcerse, contra el pecho.

Utilizo la pared para mantenerme derecha y me dirijo hacia ellas.

Katla está tumbada en el suelo con una mano sobre la frente. Cuando me ve, dice:

—Ah, gracias a los mares. Al menos parece que alguien se encuentra tan mal como yo.

Natasha se pone de pie al instante. Me pone una mano en el hombro. Quiero sacudírmela —el casi error de anoche todavía es muy reciente—, pero no tengo la energía para ello.

Adelaida me mira con los ojos entornados.

—¿Cómo te encuentras?

—Como si un tiburón me hubiera medio digerido para luego escupirme —digo.

—Mmm —musita Adelaida—. ¿Tú...? Ay, otra vez no.

Kaspar, que ha conseguido liberarse de Sofie, baja al suelo de un salto. Se lanza de cabeza contra la puerta más lejana, la que lleva al vestíbulo que da a la calle. Como no se desploma ante su feroz ataque, le da golpecitos a la madera con la pata con aire afligido.

—Lleva haciendo eso toda la mañana —dice Sofie.

Cuando los padres llegan para recoger a las bailarinas junior, Adelaida tiene que encerrar a Kaspar en el trastero para que no intente escaparse. Estoy sentada con Katla junto a la chimenea apagada cuando una brisa húmeda se cuela en el estudio. Se me eriza la piel.

—Quizá debamos salir —dice Katla—. Que nos dé el aire.

—Justo lo estaba pensando.

En cuanto pongo un pie en los adoquines mojados, parte de la tensión acumulada en el estómago se disipa. Por primera vez en horas, cuando respiro, lleno los pulmones por completo.

Katla y yo caminamos por todo lo ancho de la calle. En el extremo más alejado, una barandilla de metal impide que nos caigamos al océano. Me aprieto contra la barandilla y cierro los ojos mientras escucho el sonido de las olas. Lo único que queda ahora de la lluvia es una neblina suave. Estamos al borde de la congelación, pero apenas siento el frío.

—Mira eso —dice Katla.

Abro los ojos. Está señalando a un lugar entre las crestas de las olas donde una silueta delgada y oscura sube y baja con la corriente. Tiene las orejas acabadas en mechones puntiagudos. Está nadando.

—¿Es una foca? —pregunto.

—A riesgo de parecer que me he dado un golpe en la cabeza —dice Katla—, creo que es un lince.

—Un lince. En el océano.

—Lo sé —dice Katla—, pero tú también lo estás viendo, ¿no?

Sí. Me quedo mirando al animal a nado hasta que desaparece de la vista.

—Kos llamó a la Cuarta Tormenta como el pánico del ganado, ¿verdad? ¿No el pánico de los felinos?

Katla permanece en silencio durante un momento. Ambas nos quedamos pensando. Las náuseas se han reducido prácticamente a nada para cuando Natasha se une a nosotras aquí fuera. Está arrebujada en una capa, sombrero y guantes y, cuando nos ve, se estremece.

—Antes que nada, *brr*.

—No se está tan mal —dice Katla.

—Además —añado—, soy medio muñeco de nieve por parte de padre, así que da lo mismo.

Natasha resopla.

—Gretta acaba de volver de hablar con su padre sobre la tormenta. Los guardias están supervisando los daños por toda la ciudad. Se han caído muchos puentes y los canales se han desbordado, lo típico. Y falta un montón de ganado. ¿Todas esas granjas de cabras cerca de los pantanos? Vacías. O las cabras han saltado al río, escapado al bosque o se han golpeado tan fuerte contra las paredes de los recintos que han muerto.

—Ella —dice Katla despacio, como si estuviera pensando en algo—. Dijiste que te criaste en una granja, ¿verdad?

—¿A dónde quieres llegar?

Mira al océano con el ceño fruncido.

—Solo… Mira, está claro que no se trata solo del ganado. Kaspar también empezó a comportarse de forma extraña durante la tormenta. Y las dos nos hemos empezado a encontrar mal.

—Ah, claro —digo—. Olvidé mencionar que soy medio muñeco de nieve por parte de padre, pero medio cabra por parte de madre.

—Solo me preguntaba —continúa Katla— si crecer rodeada de animales y, yo qué sé, naturaleza o lo que sea, puede que haga que la Cuarta Tormenta afecte más a unas personas que a otras.

—Vaya, me siento excluida —dice Natasha.

—Ya, porque te criaste en el centro de la ciudad.

—No sé qué decirte —responde Natasha.

Pienso en Fredrik, el lagarto que me enseñó el hermano de Katla. *No deja de intentar escaparse. Desde la Quinta Tormenta.* Si se equivocaron al nombrar la Quinta Tormenta —éxodo de los pájaros en lugar de éxodo de los pájaros, lagartos, etcétera—, entonces ¿y si también se equivocaron al ponerle el nombre a la Cuarta Tormenta? ¿El pánico de los mamíferos? ¿El pánico de los animales domesticados y la gente que se crio al aire libre?

—Aunque tengas razón —digo—, ¿qué se supone que debemos hacer?

—Solo tengo esta sensación en el estómago —dice Katla—. Como si debiera hacer algo.

—Lo sé —musito.

—¿Podéis ser más específicas? —pregunta Natasha.

—No —responde Katla.

—Yo tampoco —digo.

La sensación… es como cuando sabes que se te ha olvidado algo. Sé que está ahí, pero no deja de escapárseme de entre los dedos. Cuanto más lucho por atraparla, menos convencida estoy de que estuviera ahí para empezar.

—Hay un dicho en mi familia. —Katla tiene los ojos fijos en el agua—. *Canta como el mar.*

—Canta como el mar —repito.

—Ya —dice Katla—. ¿Lo entiendes?

Y lo cierto es que sí. Es algo relacionado con escuchar el agua. Algo sobre ser más como el océano o, más bien, estar más en contacto con él. Es como la sensación en el estómago. Cuanto más me esfuerzo por describirla con palabras, más se aleja.

Cuando vuelvo dentro, vuelvo a sentir el nudo en el estómago.

En el estudio, unos cuantos guardias desconocidos repiten parte de lo que ya nos ha contado Natasha: puentes derrumbados, calles bloqueadas, canales desbordados. Dicen que lo mejor será que nos quedemos en palacio. Les prometemos enérgicamente que haremos justo eso. En cuanto salen por la puerta, todas nos preparamos para irnos.

Katla y Ness tienen pensado visitar a su familia; Sofie, a Pippa. Gretta me pregunta a dónde voy, pero eludo la respuesta diciendo: «¡Por ahí!», y salgo corriendo.

Me envuelvo el torso con los brazos y me encamino al apartamento de Maret. Pasear por las calles entre los edificios altos, sin ver el océano, es casi tan malo como estar dentro del estudio. El trayecto me lleva el doble de lo habitual. Tengo que dar varios rodeos por las calles cortadas.

Los edificios se han derrumbado y vomitado su contenido en los canales. La gente se arremolina en las calles. La ciudad está en silencio por el pánico.

Hace seis meses jamás me habría imaginado que yo estaría sintiendo pánico con ellos. Pero esta sensación en el estómago…, como si necesitase recordar algo, hacer algo.

Matar a Nikolai.

Eso es lo que tengo que hacer. Todo lo que tengo que hacer. Pronto, podré asesinarlo. Puedo devolverle el trono a Maret. Después de que Cassia muriera, este es exactamente el sitio donde quería estar: en el palacio, congraciada, lista para vengar su asesinato.

Sin embargo, hace seis meses jamás me habría imaginado lo que implicaría ser una bailarina. Tener amigas. Conocer a Sofie, Katla y… y a Natasha.

Sé que es algo por la forma en que se me dispara el pulso cuando Natasha entra en la habitación. Lo sé porque lo he sentido antes. Lo sentí cuando conocí a Cassia.

No pensé que pudiera llegar a amar a alguien de nuevo. No pensé que quisiera hacerlo.

Anoche, casi a punto de quedarme dormida, me descubrí imaginando las manos de Natasha en mi pelo. Sus labios pronunciando mi nombre. Mi estómago presionado contra el suyo, nuestros cuerpos unidos, mi barbilla alzándose…

Pero Natasha no es parte del plan. Y Cassia nunca me lo perdonaría. No era de las que perdonan.

Sigo reviviendo el momento en el pasillo con Natasha. La forma en que la luz de la linterna brillaba sobre su piel. La manera en la que se inclinó hacia mí como si tuviera algo más que decir de lo que se permitía. Sobre todo, la forma en que me hizo darme cuenta de algo que no sabía que era verdad:

No quiero morir.

37
NATASHA

Cuando la puerta se cierra de un portazo tras Ella, las otras chicas están ocupadas abrochándose los abrigos para ir a visitar a sus familiares y amigos. Me quedo clavada mirando la puerta.

—¿Qué ha querido decir con *por ahí?* —pregunto.

—Llevo diciendo desde el principio que oculta algo —dice Gretta.

—¿Qué? No es verdad.

Gretta suelta el aire con un bufido.

—Todas pensáis que soy mala, así que nunca me escucháis cuando tengo razón.

—No pensamos que seas mala, Gretta —dice Ness.

—Sí lo hacemos —añade Katla.

Tomo a Gretta del brazo para que vuelva a prestarme atención.

—¿Por qué piensas que Ella oculta algo?

—Bueno, para empezar, a veces cuando entra en la cocina, se da media vuelta y se va de inmediato.

Me recuerda a lo que dijo Sebastian anoche.

—Segundo —continúa—, la descubrí husmeando en la biblioteca.

Frunzo el ceño.

—¿Cuándo?

—Todas os habíais ido a ver a Pippa.

—A lo mejor le gusta leer —nos interrumpe Katla—. De verdad, es el mayor de los crímenes. Sofie, venga, vámonos.

Katla se marcha. Sofie se detiene un segundo. Me mira.

—Yo lo dejaría estar, Tasha. Las tormentas hacen que todos nos comportemos de forma extraña de vez en cuando. —Y luego, sigue a Katla.

Tasha. Me ha llamado Tasha, como si volviésemos a ser amigas.

Después de que la puerta se cierre tras ellas, Gretta dice:

—Bueno, aun así pienso que Ella es sospechosa.

—Hum —musito. A lo mejor debería dejar de hacerle preguntas y buscar respuestas yo misma.

—¿A dónde vas? —pregunta Gretta.

Abro la puerta.

—Por ahí.

38
ELLA

Cuando Maret abre la puerta, tiene los ojos soñolientos. Su aliento tiene un ligero aroma dulzón a vino añejo.

—Entra —dice. Nada de *cariño*, ni *¡hola, querida!* Estoy nerviosa y todavía no hemos empezado.

Me siento rígida a su lado en el sofá rosa. Una mancha ha aparecido en el techo que gotea, *plic, plic*, en el cubo que hay debajo. Al otro lado de la ventana, la calle es un río.

—¿Cómo te encuentras? —pregunto.

—Cansada —dice—. Pero feliz de que la Cuarta Tormenta haya pasado.

—¿No te sientes rara?

—¿Rara? —repite Maret.

—Como si le hubieras prometido a alguien que os reuniríais en algún sitio, pero te hubieses olvidado de cuándo y dónde.

Se presiona las sienes con los dedos.

—¿Prometí reunirme con alguien en algún lugar?

Niego con la cabeza.

—Da igual.

—Hoy estás rara.

Apoyo las manos en el regazo y tomo aire.

—¿Y si no quiero morir?

El rostro de Maret permanece impasible.

—¿Cómo?

—Sé por qué soy valiosa como asesina. Porque es mucho más fácil enviar a alguien a palacio a matar a Nikolai si no le importa si consigue salir de esa o no.

Se arrellana en el sofá. Tiene los labios presionados en una línea mientras deja que el silencio se asiente en la habitación.

—Bueno, como siempre decías, *moriré por Cassia, haré lo que sea para matar a Nikolai.*

—Cierto —digo—. Pero ¿y si quiero sobrevivir?

Unos rasguños en la ventana. Alzo la mirada hacia ella y frunzo el ceño. Luego vuelvo la vista a Maret y descubro que me está mirando con una expresión pétrea.

—Explícamelo —dice—. Todo.

39
NATASHA

Consigo atisbar a Ella antes de que desaparezca en el laberinto de Nueva Sundstad. La sigo a cierta distancia, siempre una calle por detrás mientras serpentea por la ciudad. Durante todo el camino, lucho conmigo misma. Es una invasión de la privacidad. Pero también, ¿a dónde irá? Afirma ser huérfana sin contactos ni amigos fuera del palacio.

Entonces ¿a quién ha ido a ver?

Se detiene frente a un edificio destartalado en la Costa de la Anguila, a unas cuantas calles al sur de la universidad, y desaparece en su interior.

No hay ventanas en la primera planta, pero veo un resquicio de luz en la segunda. Y algo rojo que ondea. ¿Sedas?

No me atrevo a seguir a Ella dentro del edificio, pero el que está al lado tiene un tabla clavada en el marco de la puerta. Está abandonado.

Miro la ventana con las sedas y luego camino resuelta hacia la puerta tapiada. La madera solo está clavada al marco, así que cuando giro el pomo, la puerta se abre. Miro a mis espaldas y me cuelo en su interior.

Está oscuro y las escaleras crujen y se comban bajo mis pies. Las tablas del segundo piso parecen estar a punto de ceder, pero no me interesa la habitación. Me interesa la ventana. Recorro el perímetro despacio y la abro; pongo una mueca cuando el marco chirría.

Como nadie sube corriendo las escaleras tras de mí, me apoyo en el marco podrido.

La ventana de Ella está justo debajo y la veo sentada en un sofá rosa raído de brazos cruzados y con un mohín. Al otro lado hay una mujer lo bastante mayor como para ser la madre de Ella, o la mía. Su rostro queda de perfil. Me resulta... ¿familiar? Analizo su rostro escuálido. Lleva una banda fina alrededor de la cabeza, del tipo que suelen ponerse las mujeres nobles que van a la moda.

El alféizar de la ventana se me clava en las costillas cuando me inclino un poco más.

La boca de Ella se mueve. No escucho lo que dice. Saco aún más el cuerpo por el alféizar.

Si alguna de las dos levanta la mirada, me verán.

40
ELLA

—A lo mejor me estoy replanteando esta misión suicida —digo.

Maret se queda inmóvil.

—¿No quieres matar a Nikolai por lo que hizo?

—¡No! Sí. Todavía quiero… Merece estar muerto. Es así. Yo solo… No quiero morir.

Maret aprieta la mano en un puño e inclina la cabeza para apoyarla en él. Su boca se curva.

—¿Tan malo es querer vivir? —digo al fin.

—No —responde—. Solo tengo curiosidad por saber qué te ha hecho cambiar de parecer. Quiero decir, es maravilloso. Me alegro por ti. Cuando hicimos el plan, eras un abismo sin fondo.

—Aún sigo preparada para asesinar a Nikolai. Eso no ha cambiado.

Maret me observa. Su sonrisa débil nunca flaquea.

—No es como si quisiera que corrieras un riesgo innecesario. Yo también preferiría que no murieras.

—Entonces, ¿cambiamos de plan?

—¿Qué tienes en mente?

Las palabras me salen atropelladas.

—Pues solo tengo que averiguar la manera de atraparlo cuando no haya nadie cerca. Así que en vez de esperar a una de las fiestas de los guardias (en lugar de intentar hacerlo delante de tantas personas), solo tendré que colarme en su habitación cuando esté durmiendo o algo así.

—Sabes que hay un motivo por el que ese no ha sido el plan desde el principio, ¿verdad? —pregunta Maret—. Porque cuando Nikolai duerme, está rodeado de guardias. No se pasea sin más por el palacio sin vigilancia.

—Pero… —No consigo ocultar el tono dolido de mi voz—. Deberías quererlo. Deberías querer que sobreviva.

—¡Y lo hago! —Me agarra de los hombros—. Quiero que sobrevivas. Y mucho. Pero si intentas asesinar a Nikolai y fracasas, todo esto habrá sido en vano. El asesino de Cassia zarpará al Nuevo Mundo. Cientos de miles de kostrovianos (a quienes un mejor gobernante podría haber ayudado, salvado) se ahogarán. Te aprecio muchísimo, Ella. Pero la corona es más importante que cualquiera de las dos.

—¿Y si se me ocurre un plan? Algo que te parezca bien. Una manera de asesinar a Nikolai y salirme con la mía.

Maret permanece en silencio un buen rato.

—Si vas en serio —dice finalmente—, necesitamos tiempo para planear cada detalle. ¿Podrás pensar en algo para el festival de la estación del oso?

Cuento los días mentalmente.

—Solo faltan dos semanas.

—Entonces más te vale darte prisa.

302 • DOS CHICAS EN LOS CONFINES DEL MUNDO

Asiento.

—Vuelve después del festival —dice Maret—. Todos estarán distraídos, así que te dará la oportunidad de escabullirte. Entonces podrás contarme el plan.

—Lo haré.

—La corona lo es todo —añade—. Que no se te olvide. —Señala la puerta con el mentón.

Dejo escapar una bocanada de aire. Me dirijo a la puerta antes de que cambie de opinión.

—Ah, y ¿Ella?

Me vuelvo hacia ella. Está recortada por la luz difusa, su cabello es como una corona dorada. En la ventana que está a su espalda, veo un destello de algo, un movimiento.

—No le contarás a nadie quién eres —dice.

—Claro que no —respondo.

—A nadie —repite—. No me importa si crees que has hecho amigas o aliadas en el palacio. Yo soy tu amiga. Yo soy tu aliada.

Asiento de nuevo.

Me despide con un gesto.

41
NATASHA

Por mucho que me esfuerce, no oigo lo que dicen. Casi creo que Ella me ve en cierto punto, pero me escondo antes de que pueda centrar la vista en mí.

Cuando me asomo de nuevo por la ventana, Ella se ha marchado. La mujer mayor levanta una hoja de papel de la mesita y frunce el ceño. Entorno la vista en el papel, tratando de descifrar las letras apelotonadas.

—¿Natasha?

Se me seca el aliento en la garganta.

Me vuelvo despacio. Ella está cubierta en sombras.

El corazón me late con fuerza.

—¿Qué hacías ahí? —Señalo la ventana—. ¿Quién es?

—No tienes derecho a preguntármelo —dice Ella.

Su voz suena cortante. Nada queda de la chica dulce y sin aliento del pasillo iluminado por la linterna de anoche. Frunce el ceño cuando mira la ventana, como si la mujer que hay al otro lado pudiera oírnos. Si sintiera que puedo ser de ayuda, le diría que la habitación está insonorizada, pero no me veo predispuesta a ello.

—Vamos —añade y me agarra de la muñeca.

Me sobresalto ante su contacto, ante la dureza de su agarre. Me arrastra escaleras abajo y por la puerta bajo la tapia. Ambas lanzamos una mirada al edificio rosa. Luego, Ella me aleja de allí, lejos y rápido, al corazón de la ciudad.

Cuando llegamos a una calle vacía, silenciosa salvo por el movimiento del agua que ha quedado de la tormenta, digo:

—¿Por qué pareces tan asustada?

—No estoy asustada —replica Ella. Salpica al pisar un charco.

—Pero ¿quién es esa mujer?

Ella me mira sin darse la vuelta. Tiene los ojos entrecerrados y mordaces.

—¿Por qué me has seguido?

—Porque actuabas de forma sospechosa —digo—. Quería saber dónde ibas. —Con terquedad, añado—: Soy la bailarina principal. Tengo derecho a hacerlo.

—¿Que tienes derecho a seguirme? —espeto—. Pues bien por ti. ¿Te ha resultado esclarecedor?

—Solo dime quién es esa mujer.

—Una amiga de la familia —dice—. Es una amiga de la familia, mis padres la conocían de Terrazza y la habría mencionado antes, pero no sabía que fuera tan importante mencionarte todas las facetas de mi vida. ¿Vale?

Siento que el calor empieza a teñirme las mejillas.

—¿Por qué eres tan evasiva todo el tiempo?

Deja de andar. Me mira.

Durante un momento, no dice nada. Abre la boca. Ninguna palabra. Y entonces, al fin, en voz baja, fría:

—No soy un puzle que debas resolver.

Se da media vuelta y se marcha.

No la sigo.

42
ELLA

Camina.

No mires atrás.

Sigue andando.

¿Admirar la inteligencia de Natasha sin sospechar jamás que se volvería en mi contra? Qué ingenua.

Por los mares. Qué idiota he sido.

Es amiga de Nikolai. Quiere casarse con él. Si puede hablar con él y no sentir la repulsión más profunda y oscura, entonces está claro que ella también es idiota.

Esto no tiene que ver con Natasha. Ni siquiera conmigo. Esto tiene que ver con Cassia, siempre ha sido así.

No hay un Natasha y yo. No somos amigas, ni aliadas ni nada más. Estamos en bandos opuestos a Nikolai. Ella quiere ser su reina. Yo quiero matarlo. Solo una de nosotras conseguirá lo que quiere.

Y pienso ser yo.

43
NATASHA

Me obligo a pensar en cualquier cosa salvo en ella en el camino de vuelta al palacio. Nikolai. La corona de la reina. La Inundación. Ella, no. Ella, no.

No funciona.

Cuando llego al palacio, me dirijo directamente a la habitación de Adelaida. Dentro, cierro la puerta tras de mí y me cruzo de brazos.

—No confío en Ella —digo.

—Y yo no confío en Gretta —responde Adelaida—. Parece que siempre nos está observando a todas para hacerle un informa a su padre, ¿a que sí?

—No estoy de broma —digo—. Hoy he seguido a Ella. Fue a visitar a una mujer y dice que es amiga de la familia, pero se comportaba de forma sospechosa.

Adelaida, sentada en la silla del escritorio, se reclina. El dobladillo de la capa barre el suelo.

—Ahora suenas como Gretta.

—Hablo en serio —digo—. La seguí hasta la Costa de la Anguila y…

Adelaida levanta una mano.

—Tiene diecisiete años. Perdóname si no estoy extremadamente nerviosa por sus actos sospechosos.

—Yo también tengo diecisiete —digo.

—Sí —responde con voz melosa—, y eres muy capaz de llevar a cabo todo tipo de actos perversos. Ahora. —Se vuelve hacia un montón de papeles que tiene sobre la mesa. Estoy lista para seguir protestando, pero me contengo cuando pesca una hoja de papel doblada y me la tiende—. Pensé que esto te parecería más importante que cualquier cosa que las otras bailarinas se trajeran entre manos esta mañana.

La tomo. Es una carta. El papel es cremoso y el sello dorado ya está roto.

—¿Qué es?

—De Nikolai —dice Adelaida—. Va dirigida a ti, pero como tu futura consejera, me tomé la libertad de leerla primero.

Natasha...

No dejo de desear volver a encontrarme contigo en la biblioteca, pero Adelaida debe de mantenerte bastante ocupada. ¿Te reúnes conmigo allí a las cuatro? Tengo algo para ti.

Nikolai

Cuando bajo la nota, Adelaida sonríe ampliamente.

—Se te olvidó mencionar que tú y Nikolai os «encontrasteis» en la biblioteca —dice.

—¿Ah, sí?

Me fulmina con la mirada.

—Vete. Son casi las cuatro. Y por todos los mares, péinate antes.

Aunque llego a la biblioteca a las cuatro en punto, Nikolai todavía no ha llegado. Está vacía. Enciendo el fuego en la chimenea y miro el reloj de pie de la esquina.

Me dejo caer en un sillón de terciopelo. Un tablero con linces y grullas cubre la mesa que tengo en frente. Tomo la figura de una grulla blanca y le doy vueltas entre el pulgar y el índice. Cuando era pequeña, espiaba a Nikolai y a Cassia cuando se sentaban aquí a jugar a este juego. Cassia siempre ganaba.

La puerta se abre.

Nikolai entra con largas zancadas flanqueado por sus guardias. Tiene le pelo revuelto por el viento. Unas manchas rosadas le iluminan las mejillas, normalmente pálidas.

Me pongo en pie de un salto.

—Su alteza real.

—Siento llegar tarde. Todo está patas arriba después de la tormenta.

Espero a que se siente para volver a acomodarme en el sillón. Mira el tablero.

—¿Juegas? —dice.

—Sé jugar —respondo. Sé jugar, sí, pero ¿quiero jugar? No, quiero que me des lo que sea que tengas para mí y que luego me pidas matrimonio y, entonces, con mi poder de reina recién adquirido, enviaré un pelotón de guardias para descubrir quién es Ella Neves en realidad.

—Ah, bien —dice Nikolai—. Tú eres las grullas.

Me muerdo el interior de la mejilla y empiezo a poner en posición las figuras de grulla en el tablero.

Él se quita el anillo y lo deposita sobre la mesa, igual que hizo en las piscinas termales. Qué costumbre tan extraña, que te molesten tanto tus anillos como para tener que quitártelos cada vez que quieres hacer uso de las manos.

—Entonces —comienza y coloca un lince en el tablero—, quieres ser reina.

Es tan repentino, como quien dice: *Entonces, ¿te apetece gachas para desayunar?*

Muevo la primera grulla despacio tratando de ganar tiempo para que se me ocurra una buena respuesta.

—¿No lo quiere todo el mundo?

Mueve su ficha rápido y luego hace un ademán para borrar mi pregunta del aire.

—Esa no es una respuesta. —Me mira fijamente durante un minuto—. Es tu turno, por cierto.

Muevo otra grulla. Trago saliva.

—Quiero decir, si me concedieses la corona...

—Mi consejo me ha hecho una lista. —Lleva su lince a una casilla más cerca de mi grulla—. De las personas con las que quieren que me case.

—Deja que lo adivine. No estoy en ella.

—No —admite—. Pero le pedí a Gospodin que te incluyera.

Siento una chispa de esperanza.

—¿De verdad? —Sueno demasiado impaciente. Como una niña.

Busca mi mirada sobre la superficie del tablero.

—No puedo hacer nada de forma unilateral —dice Nikolai—. Lo entiendes, ¿verdad?

—Entonces, ¿qué debo hacer? ¿Cómo puedo convencer a los consejeros?

—Hazte amiga de Gospodin —dice—. Convéncelo de que serás la mejor reina. No solo para mí, sino para el Álito Sacro. Para todo el país.

Me tiembla la mandíbula. Con cada turno, muevo mis grullas hacia adelante una a una, traspasando los linces de Nikolai en una fila ordenada.

Mira el tablero con el ceño fruncido.

—Eres buena.

Un recuerdo me hormiguea en el fondo de mi mente. Nikolai y Cassia jugando a este juego mientras yo los espiaba desde los túneles. Cassia se metía con él cada vez que ganaba, una y otra vez. *¿Y si haces los tres primeros movimientos? ¿Y si jugase con los ojos cerrados?* A veces, después de que ella se marchase contoneándose victoriosa, contemplaba al joven Nikolai darle una patada al tablero aburrido.

«Tramposa», decía, como si no terminara de creérselo.

Hacemos los siguiente movimientos en silencio. Nikolai se libera de mi nudo de grullas y consigue comerse a la mitad antes de que cualquiera de los dos pronunciemos otra palabra. Observo su rostro mientras muevo las grullas. Cuando toma una de ellas, sonríe.

Cree que sabe jugar mejor que yo, pero jugamos a juegos distintos.

Mueve el lince al otro lado de otra de mis grullas.

—Gané.

—Ah —digo—. Eso parece.

Introduce la mano en el bolsillo.

—Gospodin me pidió que te diera esto. —Me tiende una carta. Hay un barco grabado en el sello de cera azul.

La abro y estudio la letra mala inclinada y garabateada. Es la caligrafía de alguien a quien no le importa el tiempo que le lleve a los demás descifrarla.

—Su caligrafía es digna de ver.

Nikolai se ríe.

—Ponte bizca y apáñatelas como puedas.

Querida señorita Koskinen:

Espero que estés bien tras la Cuarta Tormenta. La energía se palpa en el ambiente mientras esperamos la llegada del Nuevo Mundo.

Quizá fui muy escueto contigo cuando te vi en Nuestra Señora de las Desdichas en la Mar. Durante los últimos días, el rey ha hecho especial hincapié en incluirte en nuestra búsqueda de su nueva reina. Disculpa que sea tan sincero, pero admito que esto va en contra de mi parecer. No obstante, el mar le ha otorgado los poderes al rey y respeto su autoridad.

Puede que ambos debamos conocernos mejor. Estoy planeando una gira por la ciudad. Me gustaría que vinieras. Si aceptas, el primer día será el próximo domingo a las ocho en punto de la mañana. Reúnete conmigo frente a Nuestra Señora. Considera hacer otra lectura cuidadosa de El cuaderno de bitácora del capitán. *Te recomiendo el* Libro Tres, *líneas 121-144.*

Con mis mejores deseos,
Gabriel Gospodin, marino insigne

Vuelvo a doblar la carta por los pliegues.

—¿Una gira por la ciudad? —digo—. ¿Alguna idea de a qué se refiere?

Nikolai tose.

—Ya sabes. Solo promover las enseñanzas de los buenos hermanos del Álito Sacro. Le dirán a la gente que estén tranquilos. Que sonrían.

Entonces, ¿qué es? ¿Una gira propagandística?

—Por aquí tiene que haber una copia de *El cuaderno de bitácora del capitán*, ¿cierto? —pregunto.

—Muchas ediciones en montones de idiomas.

Echo un vistazo por las estanterías hasta que encuentro una copia en kostroviano. Nikolai se queda de pie junto a mi hombro mientras yo me encorvo sobre el libro. Paso las páginas hasta que encuentro el Libro Tres y recorro las líneas numeradas con el dedo.

Cuando llegó la época de la segunda cosecha en el Nuevo Mundo, descubrimos que las cosechas se habían echado a perder. Fue obra de un pequeño insecto de cuerpo rojo y patas negras al que llamé el pulgón de la cosecha. Se han reproducido prodigiosamente y han arrasado con nuestros campos. Un granjero acudió a mí y admitió que había visto a uno de esos insectos hacía muchas lunas, pero que no lo aplastó de lo cautivado que quedó por los colores vivos del caparazón de la criatura. Le dije que un insecto venenoso puede arruinar la cosecha entera. No tardé en percatarme de que mis palabras eran mucho más sabias de lo que pensé en un principio.

Uno de nuestros compatriotas supervivientes había comenzado a decir sinsentidos, que solo habíamos sobrevivido a la Inundación por cuestión de suerte y no por la intervención predestinada del mar. Su disidencia causó reyertas por todo el pueblo. No tuve más opción que actuar en consecuencia.

Al igual que un solo insecto puede arruinar la cosecha entera, un disidente puede destruir la paz. Debemos arrancar de raíz a los individuos peligrosos, ya sean hombres o insectos, y darles muerte antes de que puedan contaminar a los demás.

—¿Gospodin te ha pedido que leas esto? —pregunta Nikolai. Vuelvo a hojear el pasaje.

—¿Está sugiriendo que soy una disidente? ¿Una no creyente? ¿O un pulgón de los cultivos?

Nikolai frunce el ceño.

—Ya te habrás enterado de lo que está pasando en los pantanos, ¿no? —dice—. Ha habido muchas, bueno, revueltas. Levantamientos. Entre los cenagosos. Así que puede que Gospodin solo se esté asegurando de que sepas lo importante que es que estemos todos en el mismo bando de cara a la Inundación. —Nikolai me sonríe—. Pero eso no es ningún problema, ¿verdad?

Me obligo a devolverle la sonrisa.

Así que Gospodin quiere que le demuestre mi valía. Que demuestre que estoy plenamente comprometida con el Álito Sacro.

Que arranque de raíz a los individuos peligrosos —*darles muerte*— antes de que puedan contaminar a los demás.

¿Individuos peligrosos como Katla y su familia?

—Claro —respondo—. Ningún problema.

44
ELLA

La semana siguiente a la Cuarta Tormenta, salgo a toda prisa del estudio cada tarde en cuanto acaba el ensayo. Siento las miradas sospechosas de Gretta y las enfadadas de Natasha. En una ocasión, cuando me voy, Sofie me agarra del codo y dice:

—¿No quieres venir a cenar con nosotras? Tengo la impresión de que apenas hemos hablado últimamente.

—No he tenido mucho apetito —respondo.

Y me escabullo. Sé que está dolida porque la he rechazado y me digo a mí misma que no me importa.

Maret quiere que piense un plan, y eso haré. Se me ocurrirá la manera de asesinar a Nikolai y salir indemne. Y luego, cuando Maret sea reina, podré decirle que Sofie se merece ir en la flota real y todo quedará perdonado.

Regreso a la biblioteca, esta vez con cuidado de que no me sigan. Estudio los mapas del palacio, luego recorro con los dedos las paredes que no parecen estar unidas como deberían y las escaleras que conducen a ninguna parte. ¿Pasadizos secretos?

Todavía tengo el cuchillo del barómetro, pero no sé cómo quedarme a solas con Nikolai para utilizarlo.

La mejor arma en la que he pensado hasta ahora es el veneno, pero me he pasado el tiempo suficiente en la cocina para saber que René se ocupa personalmente de todas las comidas de Nikolai. Según un texto desmoralizador que encontré sobre intentos de asesinatos fallidos, todos los reyes de la historia de Kostrov han tenido un catador.

No hay ninguna solución obvia. Y me pone furiosa.

La estantería junto a la chimenea está abarrotada de los mismos libros que parecen que los han leído hace poco. Me pregunto quién se sienta aquí pasando estas páginas.

Abro el libro verde de botánica en el que me fijé la última vez que estuve aquí; tengo en mente la planta carnívora que me enseñó el hermano de Katla. No la encuentro, pero hay un montón de plantas raras. En una página con la esquina doblada, inspecciono una seta con láminas lavanda. *Huele a miel,* dice la nota y luego, sin venir a cuento, *¿Otto von Kleb?*

Dejo el libro donde lo encontré. Alguien aparte de Nikolai debe de sentarse aquí mientras lee estos libros y garabatea notas en los márgenes. No me lo imagino maravillándose con las plantas. Y está claro que tampoco me lo imagino saliendo de palacio para explorar los pantanos.

El pomo repiquetea.

Me quedo paralizada. Justo cuando la puerta empieza a abrirse, recupero el juicio y me escondo detrás de la estantería más cercana. Unos pasos resuenan por el largo pasillo central de la biblioteca. Contengo el aliento. Otro par de pisadas.

—¿Y los demás?

—Están todos en Skarat.

Voces quedas. Me asomo por el borde de la estantería. Dos hombres. Les veo la nuca. Uno rubio; el otro, de cabello oscuro.

Nikolai y Andrei.

Se me corta la respiración. Estoy segura de que se escucha. No te muevas. No respires.

—Está bien —dice Nikolai—. Bueno, ¿dónde está ese estúpido anillo?

Sigue andando. Los pasos se escuchan peligrosamente cerca. Me aprieto contra la biblioteca e intento desaparecer.

Se detiene junto a los sillones frente a la chimenea. Empieza a rebuscar hasta que encuentra... algo. Entorno la mirada sobre los lomos de los libros. Sostiene un anillo contra la luz.

—¿Cómo pudiste perderlo? —dice Andrei.

—Estaba aquí con Natasha Koskinen.

Al instante, pienso en el peor escenario. Estaban escondidos juntos, como dos tortolitos a punto de casarse. Tan desnudos que Nikolai se tuvo que quitar la estúpida joya. Qué asco, qué asco, qué asco.

Al parecer, Andrei piensa lo mismo que yo porque empieza a reírse.

—Estábamos jugando al lince y la grulla —añade Nikolai; suena molesto—. Muchas gracias.

—Claro —dice Andrei—. Oye, te conté que el capitán Waska quería reunirse contigo por lo de la seguridad para el festival de la estación del oso, ¿verdad? Para el cordón de recepción.

—Genial —masculla Nikolai—. Siéntete libre de matarme antes.

Echan a andar de nuevo. Vuelven a la puerta. Me agazapo, pero cuando lo hago...

Solo lo veo durante un segundo. Aunque es más que suficiente.

Sujeto en la pechera de Nikolai, justo sobre el corazón, veo el destello de unas perlas. Un broche extraño con forma de escarabajo.

La mariquita de Cassia. La que llevaba en el interior de la chaqueta cada día.

Me enferma.

En cuanto se van, me quedo en la biblioteca un rato más. La cabeza me martillea y la apoyo entre las manos.

Solo después de que se hayan marchado, me doy cuenta de que debería haber traído un arma conmigo. Nikolai y Andrei estaban aquí, justo aquí, y...

El festival de la estación del oso —la fecha límite que me dio Maret— es dentro de una semana. A la semana siguiente, Nikolai anunciará con quién va a casarse.

Necesito matarlo. Incluso si elige a Natasha. Incluso si al matar a Nikolai, acabo matándola a ella también.

No tengo otra opción.

45
NATASHA

Cuando llega el día de reunirme con Gospodin, me duelen los brazos de todas las prácticas extra de vuelo que he estado haciendo. Con el festival a tan solo una semana, apenas he pasado una hora despierta lejos de las sedas. Además, necesitaba algo para distraerme de Ella.

Llego antes que Gospodin a la plaza frente a Nuestra Señora. Ya han drenado toda la lluvia que se ha podido de la Cuarta Tormenta. Anoche nevó más, lo que cubrió las partes de la ciudad que no estaban rebosando ya de agua con la frescura del blanco. Una fina capa de hielo corona los canales menos transitados. Entierro el rostro entre los pliegues de la bufanda y golpeo los pies contra la piedra helada para mantenerme en calor. La manecilla larga de la torre del reloj marca cinco, diez, quince minutos pasadas las ocho y todavía no hay señal de Gospodin.

Cuando llega por fin, sale del edificio adyacente a Nuestra Señora con los hombros echados hacia atrás y las manos dentro de los bolsillos de un abrigo largo. Llega media hora tarde y yo estoy de mal humor.

Compongo una sonrisa.

—Mucho aliento.

—Casi me lo creo —dice—. Demos un paseo.

Gospodin y yo caminamos hacia Southtown en lo que espero sea un silencio amistoso. Nos detenemos en una plaza en la parte más al sur de la ciudad.

A diferencia del Puerto Mayor, que rebosa de ajetreo internacional, un lugar tan alegre como otro cualquiera en Nueva Sundstad, este muelle es industrial y descarnado. Los barcos amarrados aquí vienen de los ríos de los pantanos o los campos al otro lado de Kostrov.

Sigo a Gospodin a una hilera de tablas dispuestas junto al agua. De pie tras ella hay dos hombres vestidos con los mantos blancos del Álito Sacro y unas cuantas mujeres con unos vestidos modestos. Una de las mesas está a rebosar de panfletos. En el resto hay cestas cubiertas con un paño. Un olor sabroso emana de ellas. Me gruñe el estómago.

Todos nos deseamos *mucho aliento*. Tomo uno de los panfletos. El papel es grueso y grumoso, la textura de haber pasado por muchos reciclajes. Impreso en la parte frontal: *¡Aún hay tiempo de encontrar esperanza!*

—Ayuda que no les frunzas el ceño a tus propios folletos —dice Gospodin.

Me planto una sonrisa en la cara.

La multitud nos rodea. En total, hay seis mesas con dos voluntarios encargándose de cada una. Cada vez que una cesta queda vacía, otra ocupa su lugar.

—¿Cómo habéis conseguido tanta comida? —le pregunto a Gospodin. Estamos en la misma mesa y sonríe cada vez que alguien me señala y murmura emocionado algo sobre las Bailarinas del Aire.

—Lo hemos hecho Nikolai y yo —dice—. Convencimos a los nobles de que donasen parte de sus raciones habituales por el bien mayor. Él también habría venido, pero pensamos que todo sería muy caótico.

—Ah. —Descubro que me gusta imaginármelo: Nikolai dirigiendo a la gente y los recursos con decisión. Hasta me siento un poco culpable. Sé que proyecto el resentimiento de mi madre en el Álito Sacro. Quizá no debería.

Retiro un paño blanco de una cesta nueva. Esta está a rebosar de hogazas de pan de centeno y romero y tartitas relucientes. Sostengo una de ellas a la luz. La masa es de un dorado perfecto. El relleno, de arándanos rojos brillantes y trocitos de setas marrones. Creo que el brillo viene de la miel. Me gotea una pizca en el dedo, teñido de rojo por los arándanos.

—Reserva la comida para los menos afortunados, señorita Koskinen —dice Gospodin.

—Lo sé, lo sé. —Le ofrezco pastel al siguiente de la fila con una sonrisa. Es un hombre de piel clara y bigote poblado y me desea mucho aliento antes de marcharse.

Estoy a punto de lamerme la miel del dedo, pero la siguiente mujer da un paso adelante. Me mira con escepticismo. Me limpio el dedo en la mesa.

—¿Prefiere el pan o el pastel?

La primera mujer que parece más intrigada por el folleto que por la comida lleva suelto el pelo largo y gris. Toma un panfleto y lo sostiene frente a ella con el brazo extendido por si resulta que tiene dientes.

Gospodin deja en la mesa la hogaza de pan de romero y va a saludarla. Titubeo y luego lo sigo.

—¿Sabe leer, señorita? —dice Gospodin mostrándole los dientes relucientes.

La mujer alza la barbilla.

—Mi nieto sabe. —Luego se fija en mí, de pie tras Gospodin, y dice—: Eres una bailarina.

—¿Sí?

—¿Ahora las bailarinas también están metidas en el Álito Sacro? ¿En vez de Inna y el oso vais a representar la historia de Kos en el siguiente festival?

Gospodin se ríe.

—Qué graciosa.

La mujer parpadea como si el marino hablase un dialecto que no termina de comprender.

—No pretendía serlo. —Vuelve a mirarlo, todavía esperando una respuesta.

—Las bailarinas apreciamos la guía del Álito Sacro. —Miro de reojo a Gospodin—. La realeza y el Álito Sacro están muy conectados, y como Bailarinas del Aire, estamos dispuestas a apoyar al marino insigne de la manera en que podamos.

—Bueno —dice la mujer dejando el panfleto en la mesa—. Debí haberlo imaginado.

Se va a toda prisa. Frunzo el ceño. Uno de los hermanos del Álito Sacro sale de detrás de la mesa. Se pierde entre la multitud, como para seguir a la mujer de pelo gris.

—¿A dónde va? —pregunto.

Gospodin no responde. Ya ha vuelto a nuestra mesa con el pan y los pasteles.

Observo el callejón donde la mujer de pelo gris y el hermano del Álito Sacro han desaparecido un buen rato, pero no hay señal de ninguno de ellos. Regreso a la mesa.

Estar en Southtown me hace sentir como si tuviese ocho años de nuevo, a la merced de la tristeza desesperada de mi madre y que decida de improvisto mudarnos a otro lugar: a un piso nuevo, al armario reconvertido del taller de una costurera, al camarote de un barco capitaneado por un hombre con una sonrisa torcida como un anzuelo.

Tengo la inquietante sensación de que Gospodin puede leerme la mente cuando dice:

—Naciste en Southtown, ¿verdad?

—Sí —respondo. Mantengo los ojos fijos en el extremo de la casa mientras observo a la gente ataviada con abrigos largos realizar sus quehaceres del domingo por la mañana.

—Yo también.

—¿De verdad?

Una sonrisa torcida.

—¿Cómo llegaste a palacio? —pregunto.

—Igual que tú. Trabajando duro. Ser el mejor en lo que hacía. De niño trabajaba en el despacho de un abogado; limpiaba el suelo y le cosía los botones del abrigo. Se quedó fascinado conmigo y me ayudó a aprender a leer. En realidad, creo que solo quería a alguien que archivase los papeles por él, pero aprendí las letras de todas formas. Para cuando tenía tu edad, estaba estudiando Derecho en la universidad. El padre de Nikolai, Orest (esto fue antes de convertirse en rey), a veces se dignaba a asistir también a clase. Me propuse ser su amigo y él decidió que yo le caía bien.

—¿Eras abogado? —No me gustaría estar contra Gospodin en un juzgado.

—No por mucho tiempo —dijo—. Era tedioso y burocrático. Lo que me gustaba era persuadir a la gente. —Asiente a los panfletos—. Es lo que suelo hacer estos días. Persuadir. Pero ahora lo hago por una causa mejor.

—¿Así que no creciste siguiendo el Álito Sacro?

—Llegué a eso más tarde —dice—, y por eso sé lo importante que es estar aquí hoy.

Pienso en el hermano que ha dejado la mesa para cruzar la calle. Pienso en el Libro Tres de *El cuaderno de bitácora del capitán*: «Un disidente puede destruir la paz».

—No esperarás que estos panfletos convenzan a muchos no creyentes de que se lancen de cabeza al Álito Sacro, ¿verdad? —digo.

Él ladea la cabeza sopesándolo y sonríe ligeramente como si le gustase que lo haya pensado. No responde hasta un rato después, cuando no hay nadie en la cola.

—No, señorita Koskinen. No.

—No te interesa saber quién quiere hablar con nosotros —digo—. Quieres ver quiénes están enfadados.

—Como dije antes, crecí en Southtown entre no creyentes. Sé lo que habría hecho mi padre si nos hubiese visto en la cola. Nos habría escupido a los pies y se habría ido directamente a casa, al altar del espíritu del oso que creía que vivía en los pantanos. Si hubieses acampado fuera solo una noche, habrías visto dos docenas de hombres llamando a su puerta, reunidos en torno al hogar, mientras contaban historias blasfemas para minar todo lo que Kos escribió.

Estoy casi demasiado aturdida para responder.

—¿El Álito Sacro lo sabe?

Se encoge de un hombro. La curva de su sonrisa se vuelve más pronunciada. Está satisfecho al ver que estoy conmocionada.

—¿Cómo crees que encontré mi sitio entre ellos tan pronto?

—¿Entregaste a tu padre?

—Por el bien de Nueva Sundstad —dice—. Siempre por el bien de Nueva Sundstad.

Tengo la boca seca. ¿Está su padre encarcelado? ¿Muerto?

El hermano con el manto que siguió a la mujer de pelo gris vuelve a reunirse con nosotros. Le dedica a Gospodin un gesto seco con la cabeza.

Por suerte, la mayoría de las personas no se detiene cuando nos ven. Unos cuantos muestran una franca curiosidad. Justo cuando me convenzo de que Gospodin estaba exagerando cuando dijo que su padre nos habría escupido a los pies, un hombre hace eso mismo. Es grande a lo largo y ancho y tiene las mejillas tan redondas y rojizas como las manzanas.

—Los maapinneses se las apañaron bien para sobrevivir sin Kos y sus fanáticos —espeta. Luego escupe. La saliva traza un arco en el aire, aterriza y resuena al salpicar el pecho de Gospodin.

Él se ríe. Se saca un pañuelo del bolsillo y se limpia el regalito del hombre.

Este, que parece descolocado por la risa, se marcha a toda prisa por la plaza mirando hacia atrás cada poco. Gospodin, todavía sonriendo, asiente a uno de los hermanos con manto. Solo ahora me doy cuenta de lo desconcertante que resulta que ambos estén tan musculados.

Los viandantes de la plaza hacen un trabajo excelente fingiendo que no se han dado cuenta del escupitajo, o a quién ha escupido, ni al hermano que lo sigue. Y aun así, de repente, la plaza se queda vacía. Parece que todos recuerdan que deben hacer algo urgente en dirección contraria.

Cambio el peso de pie.

—¿Cómo crees que el pueblo de Maapinnen sobrevivió después de la Inundación? —dice Gospodin en la calma que sigue. Tiene la voz estable. Incluso animada.

—¿Qué? —digo, más para retrasarlo que porque no lo haya entendido.

Cuando el Álito Sacro llegó para conquistar Maapinnen, el país estaba lleno de personas que nunca habían oído hablar de Antinous Kos. Tenían sus propias leyendas de la Inundación, pero nadie las escribió jamás. No como *El cuaderno de bitácora del capitán*, escrito, revisado y traducido tantas veces que el mundo entero lo conoce. Así que cuando buscas una plantilla sobre cómo sobrevivir a una Inundación, es mucho más fácil seguir a Kos que a los maapinneses.

—Los maapinneses. —Gospodin vuelve la mirada hacia mí. Nunca me había fijado en lo bonitos que tiene los ojos: iris de un azul vivo y largas pestañas negras—. ¿Cómo crees que sobrevivieron a la última Inundación?

—¿No es un misterio? —digo.

—Inténtalo.

Trato de inventarme la respuesta que Gospodin más quiere oír.

—Supongo que ¿eran buenas personas? ¿Se aferraron a los mismos valores que Kos, aunque nunca hubiesen leído *El cuaderno de bitácora del capitán*?

—Mmm. No es una mala teoría. Kos fue quien nos enseñó que la paciencia, la esperanza y la resiliencia son los principales valores; aunque no significa que otros pueblos no los tengan.

—«En épocas de conflicto y tormenta —cito—, esperamos con fortaleza».

Gospodin eleva las cejas.

—Te has leído *El cuaderno de bitácora del capitán* de verdad, ¿eh?

—Te dije que lo había hecho.

—Bueno —continúa—, ¿ahora entiendes por qué es importante extender el mensaje de Kos?

El libro era bastante claro sobre el tema.

—Cuantas más personas conozcan los valores de Kos, que saben por qué el mar lo salvó, más tendrán la oportunidad de sobrevivir.

—Correcto —dice Gospodin—. Enseñarle a un hombre sobre la vida de Kos es salvarle la vida.

Asiento, pero se me eriza la piel bajo los pliegues pesados de la capa de lana. Desearía creer a Gospodin. Todo sería infinitamente más fácil si tan solo me convenciese de que su lógica es sensata: el mar salva a quienes tienen paciencia, esperanza, resiliencia, que son buenos, y mata al resto. Si lo creyese, podría relajarme. Decidir ser buena. Pero desde la mesa cubierta de panfletos, tengo una vista amplia del mar. A mí me parece vasto, retorcido, picado, algo más antiguo que las palabras, más hermoso que las canciones y más formidables que cualquier bestia que haya visto jamás.

Pero ¿nos observa a nosotros? ¿Nos juzga?

Ya es demasiado. Ya es demasiado glorioso y terrible sin todo lo demás. Lo adoraría por lo que es antes que por los poderes que me han contado que tiene.

Noto un nudo en el estómago así que, por un instante, cierro los ojos y escucho el sonido de las olas.

—¿Tú también la sientes? —dice Gospodin.

Abro los ojos.

—¿Qué?

Asiente a las olas.

—La llamada. Me dio durante la Cuarta Tormenta.

¿Es eso lo que estaba sintiendo? ¿Lo mismo de lo que me hablaron Katla y Ella?

—Es la forma que tiene el mar de hablarte —dice Gospodin—. Es otra cosa que apuesto que hacían los maapinneses. Escuchar el océano. Adorar al mar. Lo adoraban de manera muy distinta a Kos, pero lo hacían igualmente.

Me aprieto una mano contra el estómago.

—¿De verdad?

—Canta como el mar —dice Gospodin—. Un grito de guerra interesante, ¿no?

—No estoy segura de saber a qué te refieres.

—Es parte de una antigua canción maapinnesa. Los cenagosos lo dicen porque intentan afirmar que ellos comprenden al océano mejor que nosotros. Como si el mar cantase en un idioma que solo ellos comprenden. Pero es un grito de guerra interesante porque si hubiesen leído *El cuaderno de bitácora del capitán*, sabrían que Kos dijo algo similar.

Intento recordar todo lo que leí.

—¿Ah, sí?

—«Le cantaré al mar, y el mar me cantará a mí, pues siempre y cuando lo trate bien, él me enseñará su esplendor». Libro Dos. —Gospodin frunce el ceño—. Una pena que estos días los cenagosos estén más interesados en vandalizar Nuestra Señora y la flota real que adorando al mar en silencio, como habrían hecho los maapinneses.

—Ah —digo—. Claro.

Una chica, quizá de siete años, se acerca a nuestra mesa. Lleva un sombrero con solapas sobre las orejas. Si tiene padres, no están aquí. Ignora la comida y viene derecha hacia mí; me señala el pecho con una mano enfundada en un guante.

—Eres Natasha —dice—. Eres mi favorita.

Siento que Gospodin me mira. Salgo de detrás de la mesa y me agacho frente a la niña. Tiene las cejas tan pálidas que no estoy convencida de que las tenga.

—Esa soy yo. ¿Cómo te llamas?

—Livli —dice.

Apoyo los antebrazos en las rodillas para que mis ojos queden a la misma altura que los de Livli.

—¿Te gusta volar?

—Nunca he probado —dice—. Me gusta verlo.

—A lo mejor puedes aprender a volar en el Nuevo Mundo —interviene Gospodin.

Livli me lanza una mirada escéptica mientras espera que lo confirme. Es joven, no tonta.

Me quedo helada desde dentro. Hay un largo silencio y sé lo que debo decir: *Sí, Livli, el océano te salvará. Sí, Livli, si crees en el Álito Sacro, llegarás al Nuevo Mundo. Sí, Livli, si tienes paciencia, resiliencia y esperanza, el océano te protegerá.*

Las palabras me saben a alquitrán.

—¿Señorita Koskinen? —dice Gospodin.

—De verdad, espero que el mar te salve —respondo.

Nunca me he odiado con tanta fuerza.

—¿El mar te salvará a ti? —pregunta Livli.

Vuelvo la mirada hacia Gospodin y, con ella, mi aversión.

—Solo si soy muy buena —digo—. Y hago todo lo que el Álito Sacro nos pide que hagamos.

Gospodin sonríe.

Cuando el sol comienza a ocultarse en el horizonte, Gospodin dice:

—Ya nos ocupamos nosotros, señorita Koskinen. Lo has hecho bien.

¿Ah, sí? Me siento asqueada.

—Gracias —respondo.

—Te veré en el festival de la estación del oso —dice Gospodin—. Nikolai no tardará mucho más en hacer el anuncio.

Intento no estremecerme.

—Y te deseo toda la suerte del mundo en tu actuación —añade con una sonrisa—. Sé que a la ciudad le vendría bien algo de alegría.

Repito sus palabras en mi cabeza mientras me alejo de las mesas. Cada vez que pienso que tengo fichado a Gospodin, consigue mostrarme una nueva faceta. El hombre dispuesto a delatar a su propio padre ante el Álito Sacro también se preocupa por que Nueva Sundstad esté más alegre.

En cuanto me encamino de vuelta a casa, veo dos cabezas familiares agachadas en la calle frente a mí.

—¡Ness! —Corro para alcanzarlas—. ¡Sofie!

Se vuelven al unísono y el movimiento de las capas forma un remolino de nieve. Tienen los labios teñidos de rojo y unas sonrisas idénticas.

Me cruzo de brazos.

—¿Habéis ido a la colecta de alimentos?

—No te enfades —dice Ness.

—Fuimos a ver a Pippa —añade Sofie—. No nos dimos cuenta de que la comida era para los necesitados.

—Yo necesitaba comer —dice Ness.

—¿Recuerdas que hablamos de que hay ocasiones en las que pensar antes de hablar? —señala Sofie.

Sacudo la cabeza y contengo la risa. Están tan satisfechas consigo mismas que me cuesta seguir enfadada.

—Venga, ladronzuelas —digo—. ¿Venís conmigo a casa?

Acompasamos el ritmo.

—¿Qué hacías aquí? —pregunta Sofie.

—Gospodin me invitó como voluntaria —digo.

—¿En serio? —responde Ness—. ¿El marino Gospodin en persona?

Sofie silva.

—Parece que vas haciendo progresos, pretendienta. —No parece que lo diga en tono acusador.

—Bueno —musito—. Ya veremos.

—Oye —comenta Ness—, ¿crees que René nos preparará vino especiado si se lo pido bien?

Sofie se ríe.

—Seguro que no.

—¿Y si se lo preguntas tú?

Sofie lo piensa.

—Puede.

—¿Por qué le gustas tanto? —pregunta Ness.

—Porque me como todo lo que cocina —dice Sofie—. Hasta el estofado de pescado.

Por primera vez en meses, noto la sensación de unidad que antaño fue mi parte favorita de ser una bailarina. Ness pasa uno de los brazos en torno al mío y el otro por el de Sofie.

Había olvidado cuánto las echaba de menos.

46
ELLA

Una semana antes de la estación del festival del oso, me despierto y descubro que la mitad de las bailarinas se han ido.

—A mí nunca me invitan a ningún sitio —gruñe Gretta.

No vuelven hasta la noche: Sofie y Ness con manchas de jugo de arándanos, Natasha con aire distraído. Sus ojos se encuentran con los míos una vez, pero aparta la mirada con rapidez. Desaparece sin decir una palabra.

Una semana más. Una semana más para planear el asesinato de Nikolai.

En dos semanas, puede que ella esté comprometida con él.

Estamos a punto de ir a cenar cuando uno de los guardias —creo que se llama Zakarias— aparece con una carta. Nos apelotonamos en torno a ella. Sofie la sostiene contra la luz de la lámpara para intentar leer lo que hay dentro del sobre, pero el papel es demasiado grueso. Lo único que sabemos es lo que dice en el sobre: *A la señorita Natasha Koskinen*. En la parte de atrás, el sello de Nikolai está estampado en cera dorada.

—¿Alguna ve algo? —dice Sofie entornando la mirada.

—¿Estás segura de que es el sello de Nikolai? —pregunta Ness.

—Dice *Sello del rey* —responde Sofie—. Estoy bastante segura de que es suyo.

—Creo que deberíamos abrirla —propone Katla.

—Sí —añado—, eso suena más divertido.

Ness se la quita a Sofie y la sostiene en alto sobre nosotras.

—Nadie va a abrirla hasta que vuelva Natasha.

—Hablando de eso, ¿dónde está? —dice Gretta—. Se está volviendo tan esquiva como Ella.

—No es justo —digo—. Esquiva es mi apodo.

—¿Lo ves? —continúa Gretta. Hace un gesto hacia las otras bailarinas—. ¿A nadie más le importa que hable como una noble y ni siquiera sea de Kostrov? ¿Ninguna más piensa que es raro?

—En verdad, no —dice Sofie—. Venga, devuélveme la carta.

Se arma una peleíta y al final, Sofie recupera el sobre. Y lo que es más importante, recupera la atención de la sala. Me gustaría enfadarme con Gretta por ser tan molesta, pero mi indignación queda más o menos reprimida por el hecho de que tiene razón.

Sofie acerca el sobre tanto a la llama de la lámpara de aceite de la pared que creo que está a punto de prenderse. Antes de que ocurra, la puerta se abre.

—¿Qué estáis haciendo? —dice Natasha. Tiene las mejillas sonrosadas; se le resaltan las pecas—. ¿A qué viene tanto disimulo?

—¿Dónde estabas? —pregunta Gretta.

—Dando un paseo. Para despejarme la mente. —Natasha mira a Sofie con el ceño fruncido—. ¿Qué tienes ahí?

Sofie esconde la carta tras la espalda.

—Te estamos preparando una fiesta de cumpleaños sorpresa.

—Mi cumpleaños es en la estación del ciervo —dice Natasha.

—Nikolai te ha mandado una carta —interviene Ness—. Sofie la está escondiendo.

La aludida suspira y saca el sobre.

Natasha lo toma. Le echa un vistazo al sello y se lo guarda en el bolsillo.

—¿No vas a abrirlo aquí? —pregunta Ness.

—Seguro que ya lo habéis leído todas, así que ¿qué más da?

Las chicas empiezan a protestar que en realidad no hemos podido leerla a pesar de haber hecho nuestros mejores intentos, pero Natasha se escabulle a su habitación para tener más privacidad y cierra la puerta tras ella. Las otras bailarinas se separan mascullando. Yo me quedo de pie en el pasillo un rato más. Tengo que leer esa carta. Necesito saber qué se trae Nikolai entre manos.

Me siento dentro de la habitación de las bailarinas atenta por si escucho la puerta de Natasha. Espero que salga para ir a cenar al menos, pero todo está en silencio. Sofie intenta convencerme de que vaya a la cocina, pero niego con la cabeza y le digo que me encuentro mal.

Cuando todas las chicas llevan cerca de media hora cenando, oigo un chirrido. Unos pasos silenciosos. Otra puerta se abre y se cierra en el otro extremo del pasillo.

Me obligo a quedarme quieta un poco más solo por si vuelve. Luego recorro el pasillo a toda prisa. Cuando abro la puerta de Natasha, siento una punzada de culpa. Pero si ella puede seguirme, yo puedo husmear entre sus cosas. Ahora estaríamos igualadas.

Es la primera vez que entro en su cuarto. Es una versión más pequeña de la que comparto con las demás bailarinas. A un lado hay una cama estrecha. Sobre ella, una ventana de vidrio combado se abre al cielo apagado de la noche. La cama casi no cabe en la habitación, pero hay un escritorio apretujado en la pared opuesta, lo que deja tan solo un pasillito tan estrecho que tengo que ponerme de lado para pasar.

En el escritorio, resuena el *tictac* incesante de un reloj pequeño de madera. Junto a él, hay un ejemplar de *El cuaderno de bitácora del capitán* sobre uno de *Las fábulas completas de Tamm*. Me siento tentada de hojear los dos, pero sigo buscando. Abro el cajón superior del escritorio. Dentro encuentro un montón de coreografías de danza con distintas caligrafías. Reconozco tanto las de Adelaida como las de Natasha de los vuelos para el baile y el inminente festival de la estación del oso.

Al fin, en el siguiente cajón, encuentro la carta del sello dorado.

Natasha...

> *¿Qué tal con nuestro amigo en común? Me encantaría saber cómo ha ido.*
> *¿Nos vemos en el invernadero? A las siete.*

Saludos,
N.

Es tan familiar. La forma en que lo firma, N., como si ya fuesen más que conocidos. Natasha me dijo que no amaba a Nikolai. Me dijo que apenas se conocían. A lo mejor estaba mintiendo.

Me arde el rostro. No importa lo que Natasha me haya contado. No hay motivos por los que deba ser sincera conmigo. No hay motivos para que me vea como algo más que la bailarina más nueva.

Cuando vuelvo a dejar la carta de Nikolai en el cajón, frunzo el ceño cuando me fijo en otra que no había visto escondida debajo. Esta tiene un sello azul en lugar de dorado y la letra es tan enrevesada que tardo cinco minutos en leerla.

Es de Gospodin.

Así que a eso se refería Nikolai con «nuestro amigo en común». Natasha se pasó el día ayudando a Gospodin.

Pienso de nuevo en la forma en que Maret se rio de mis preocupaciones por Gospodin. Se me pone la piel de los brazos de gallina.

Cierro el cajón del escritorio. El reloj de madera señala las siete y diez.

Si me marcho ahora, tendré el tiempo justo para descubrir qué se cuece entre Nikolai y Natasha.

47
NATASHA

Cuando llego a los Jardines de Piedra, el cielo ha esparcido nieve fresca por la tierra. Emite unos destellos pálidos fantasmagóricos con la luz que se refleja de las ventanas de palacio. No hay luna.

Mis zapatillas crujen sobre la escarcha. El invernadero se alza frente a mí, una pared de paneles de cristal cubiertos de vapor desde dentro.

Gregor aguarda junto a la puerta. Lleva el abrigo bien ceñido para protegerse del frío. Cuando me ve, presiona los labios. Tengo la sensación de que está aguantándose la risa con todas sus fuerzas.

—Buenas tardes —dice.

—No lo digas así.

—¿Así cómo?

Me cuesta encontrar la palabra.

—Sugerentemente.

—Lo siento, Tasha. —Se aparta a un lado—. ¿Qué va a pensar uno cuando le ordenan montar guardia *fuera del invernadero*?

El camino hasta la puerta está despejado, pero me quedo congelada en el sitio. Nikolai, solo. No sabía que esta noche sería así. Me había imaginado que sería como la última vez que nos vimos aquí, rodeado de guardias y de las otras bailarinas.

Pero por supuesto que aquí no habrá más bailarinas esta noche. Me he asegurado de que ninguna de ellas sepa dónde iba.

Gregor abre la puerta. No tengo más que atravesarla.

Me mareo un poco entre el calor y el vapor denso de la sala. Las hojas verdes cerosas penden unas sobre otras. Unas llamitas parpadean en los apliques de las paredes de cristal y salpican el suelo de sombras macabras. Aparto una rama muy crecida de mi camino.

Nikolai está sentado medio sumergido en la piscina de piedra al final del invernadero. A su izquierda, el cristal de la jarra de agua, hasta arriba de hojas de menta y moras de los pantanos, suda con furia. A su derecha, una bandeja con pan blanco. A su alrededor, nubes de vapor.

No lleva camisa.

Me planteo dar media vuelta. Pero solo es Nikolai. Nunca me ha parecido peligroso ni me ha dado miedo, y eso no tiene por qué cambiar solo porque estamos a solas. O porque no lleva camisa.

Voy a ser reina.

Atravieso el invernadero.

—Vas vestida para el frío —dice a modo de saludo al tiempo que apoya los codos en el saliente tras de sí.

—Bueno, fuera casi parece la estación del oso.

Me quito la capa y la dejo doblada con cuidado en el camino de piedra. Luego, las zapatillas. Titubeo con el bajo del jersey, pero también me lo quito. Debajo, llevo un sencillo traje de cuerpo entero negro. Me lo puse antes de reunirme con Gospodin esta mañana con la intención de ponerme tantas capas abrigadas como fuera posible. No imaginaba que me daría un chapuzón.

—¿No te metes? —dice—. Está caliente.

Su corona descansa en el bordillo de piedra junto a su hombro. Tiene el pelo oscuro de punta de la humedad y, en la frente, sale disparado como si tuviera cuernos.

Sumerjo un pie en el agua y luego introduzco el resto del cuerpo en la piscina.

Sienta bien. El calor me arranca el aliento con urgencia.

Nikolai me dedica una sonrisa perezosa y lenta. Se puede apreciar dónde no ha llegado todavía el agua: una franja reluciente por sus clavículas donde la piel está apagada.

Noto los latidos del corazón en la garganta. No soy capaz de ponerle nombre a lo que siento. ¿Miedo? ¿Excitación? ¿Atracción?

Por un momento, regreso a la Cuarta Tormenta, cuando los labios y los ojos de Ella centelleaban a la luz de la linterna y deseé que se acercase más. Si esto son nervios, excitación y atracción, ¿qué fue aquello?

Apago el pensamiento tan pronto aparece. No tiene sentido pensar en Ella a menos que sea por todos los motivos por los que no puedo confiar en ella. Estoy aquí con Nikolai. Necesito convencerlo de que seré una buena reina.

—Entonces —dice— te has pasado el día con Gospodin.

Me alivia que haya distancia entre los dos: Nikolai en su extremo de la piscina; yo, en el mío. No intenta acercarse.

—Pues sí.

—¿Y hablasteis de mí?

—Quizá un poquito. Creo que empieza a confiar en mí.

—¿Debería ponerme nervioso? —dice Nikolai—. ¿Prometiste ser su espía?

—Estoy de tu lado —señalo—. No del suyo.

Suelta una risa breve, ligera.

—Estás de tu propio lado, Natasha.

Parpadeo.

—No soy idiota —dice—. Quieres sobrevivir. Lo entiendo. Yo también quiero. Por eso quiero una reina en quien pueda confiar.

Cuando lo miro, veo una versión de él que no había visto antes. Sin ese aire melancólico, sin compensaciones, sin nervios. Lo que veo ahora es un hombre joven, solo unos meses mayor que yo, que se ha pasado la vida rodeado de aquellos que quieren utilizarlo por su poder. Es egocéntrico, pero yo también. Nunca va a ser tan encantador como Gospodin, nunca va a tener tanto poder como su padre. Incluso cuando era pequeña, cuando la gente hablaba del listillo real, sabía que se referían a su hermana, Cassia.

Él es tan normal que resulta trágico. Si hubiese sido cualquier otra cosa en lugar de un heredero, puede que se hubiese labrado una vida feliz.

—¿Sabes a quién vas a escoger? —pregunto.

Niega con la cabeza.

—Los días no pasan lo bastante rápido hasta mi cumpleaños. Estoy deseando que acabe este juego.

—¿Y luego elegirás…? —digo.

Se encoge de hombros.

—¿Cómo te demuestro que puedes confiar en mí? —pregunto.

—¿Acaso puedo confiar en alguien? —responde—. Todos me dicen siempre lo que quiero oír. —Frunce los labios—. Quizá te sea más rentable descubrir cómo ganarte la confianza de Gospodin.

—Estoy intentando convencerlo —digo—. Pero he vivido en este palacio la mitad de mi vida. Mi madre vivía aquí. Siempre he creído en la corona más que en *El cuaderno de bitácora del capitán*.

Nikolai me estudia con la mirada. Sé lo que está pensando. Siento que estoy tan cerca que resulta imposible.

Me pongo de pie. El agua me resbala por los hombros. Salpica contra mi estómago cuando doy uno, dos, tres pasos por la piscina. Me detengo junto a Nikolai.

No está tan mal. No da tanto miedo, no es tan excitante. Es solo un muchacho con una corona.

Y me está teniendo en cuenta.

Alargo la mano, pero no hacia él, sino que lo rodeo. Enrosco los dedos en torno a la corona de oro que descansa en el borde de la piscina. Los cantos puntiagudos se me clavan en la piel.

Nos miramos mutuamente.

Me muevo despacio para ver si me detiene. No lo hace, así que me pongo la corona en la cabeza.

El metal está húmedo. Unas gotas de agua me recorren el cráneo hasta donde las puntas mojadas de mi cabello se me pegan a los brazos, al pecho y a la espalda. Y, por los mares, jamás me había sentido tan poderosa.

Nikolai se pasa la lengua por el labio.

—Vamos a subirnos a la flota real —digo—. Juntos.

Él traga saliva y yo lo contemplo mientras lo hace. Me fijo en cómo se le mueve la nuez arriba y abajo. Sé que lo ve:

yo, con una corona propia. La reina. Sobreviviendo. Gobernando.

—Yo… —empieza a decir.

La puerta del invernadero se abre y el cristal resuena.

—Su alteza real —dice Gregor—. Lo siento mucho…

Nikolai suelta una maldición y me quita la corona de la cabeza. Tiene las mejillas rojas y siento cómo me arde el rostro. Me sumerjo bajo la superficie ondulante del agua hasta los hombros.

En la puerta, Sebastian está junto a Gregor. Ellos también se han sonrojado.

—Es urgente —dice Sebastian—. El marino insigne acaba de mandar una nota. Quiere reunirse contigo por… por algo del festival.

Nikolai vuelve a maldecir y sale de la piscina. El agua cae a raudales por sus pantalones negros.

—Hasta luego, entonces. —Parezco una niña y lo odio. Todo ese poder que acabo de sentir que brotaba en mi interior se ha esfumado.

Nikolai, bien demasiado avergonzado o distraído como para prestarme más atención, no me responde. Se cuelga una toalla de los hombros y se dirige a los guardias.

—¿Hace cuánto? ¿Dijo qué pasa?

Y entonces, se va. La puerta se cierra de golpe tras ellos.

El festival. ¿Qué, Gospodin tenía que hablar urgentemente con Nikolai sobre la recepción?

Quiero gritar. Y lo hago, porque no queda nadie que me escuche.

Por un instante, me siento bien. En cuanto el sonido se aburre de resonar entre las paredes de cristal, el invernadero parece incluso más apacible que antes.

Oigo la puerta abrirse de nuevo. Alzo la cabeza y me pregunto si Nikolai ha decidido volver a por algo.

—¿No te estarás ahogando, verdad?

Ella está apoyada contra un revoltijo de enredaderas. Tiene los brazos cruzados sobre el pecho.

Si no tuviera ya la cara como un tomate, la tendría ahora.

Por todas partes, las plantas medio salvajes la rodean. Los pétalos de una flor de un rojo pasión se estiran para tocarla.

—¿Qué haces, Natasha? —dice. No hay ironía ni cautela en su voz. Cualquier opción que tuviera de hacerme la segura de mí misma se va al traste.

Me hundo en el agua hasta que me roza la barbilla.

—Dándome un baño agradable. ¿Por qué has venido? —pregunto.

Ladea la cabeza. La flor roja se dobla contra su sien.

—Resulta que de vez en cuando me gusta disfrutar de un baño agradable. —Se aparta de la pared de enredaderas. Sus pasos suenan con suavidad contra la piedra mojada.

Tengo la boca demasiado seca para la humedad que hace en esta sala.

—¿Ah, sí? —digo.

Se arremanga y me enseña la muñeca.

—Claro. Sirena. Medio pez y esas cosas. —Me mira con la cabeza ladeada—. ¿Y tú?

Mi respiración… es superficial.

—No confío en ti.

Se quita una zapatilla y luego, la otra. Las deja caer sobre la piedra. Sumerge las piernas en la piscina.

—Eso no es una respuesta.

—Me has estado mintiendo sobre… sobre algo.

Ella se sumerge por completo en el agua.

—Todos mentimos.

Las puntas rizadas de su cabello se alisan sobre la superficie del agua.

—No confío en ti —repito, olvidando que ya lo dije antes.

Cuando se mueve, el agua caliente me acaricia el estómago y tironea de la tela de mis mangas.

—Tenemos eso en común —dice Ella—. Entre otras cosas.

Estoy al límite. Todo lo que rodea este momento se siente como un antes, en las yemas de los dedos arrugados por el agua y el temblor de cada respiración. Esta demora dulce, reticente, se estira elástica mientras Ella me mira y yo a ella.

Sus labios se curvan en una sonrisa.

—No amas a Nikolai.

Estamos tan cerca que si ambas alargásemos las manos por el agua, se tocarían. Mantengo las mías apretadas contra los muslos.

—Ya te dije que no —respondo con más suavidad de lo que pretendía.

Da un paso más. Ahora solo una de nosotras necesita alargar la mano para tocar a la otra.

—No es una buena persona —dice—. No merece la pena casarte con él por sobrevivir. Tienes que verlo.

—No sabía que hubieras hablado con él.

—No lo necesito —dice Ella. Medio paso más cerca. Veo el brillo húmedo del sudor sobre sus pómulos pronunciados—. Es imposible que te guste.

Me imagino diciéndole que no. Daría ese último medio paso. Le acariciaría la parte inferior del mentón con dos dedos para elevar su rostro hacia el mío.

Pero estoy en el agua, y el agua no me deja olvidar la importancia que tiene en sí misma con tanta facilidad.

Los mares crecen. Todos se ahogan.

—Quiero ser reina —susurro.

La expresión de Ella se endurece.

—Eres idiota —dice. Sale del agua y se coloca el pelo mojado sobre un hombro.

—Y tú, una mentirosa —replico.

—No soy una mentirosa solo porque no te cuento todo lo que hay que saber sobre mí —dice—. Eres tú la que no está siendo honesta.

—¿Sobre qué? —pregunto.

Ella emite un sonido breve al soltar el aire por la nariz. Cuando abre la puerta de un tirón para marcharse, una ráfaga de aire helado me aguijonea las mejillas. La puerta vuelve a cerrarse de un portazo.

Cuento los minutos que pasan esperando a que vuelva.

No lo hace.

48
ELLA

Después del incidente en las piscinas termales, empiezo a hacer un experimento conmigo misma. Intento comprobar lo poco que puedo dormir sin morir. Dormir es malo. Dormir significa soñar y soñar significa imaginarme con Natasha, y no se me permite hacer eso. Los sueños no siempre son lascivos. Sí, hay algunos donde me aparta de un empujón en la piscina, pero en otros también nos sentamos bajo un árbol mientras comemos gachas juntas y me cuenta chistes en un terrazzano fluido. Ambos tipos de sueños son igual de malos.

La fecha límite de Maret se acerca como una manada en estampida. Sé que solo tengo hasta el primer día de la estación del oso para que se me ocurra un plan nuevo —un plan que me permita asesinar a Nikolai sin morir en el intento— y en lugar de urdir algo brillante, me paso el tiempo en ensayos interminables de danza aérea tratando de no pensar en Natasha.

Así que cuando llega el día del festival de la estación del oso, no he pensado nada.

Natasha entra en la cocina mientras el resto de nosotras desayuna, su pelo recogido en un moño suelto. Las mira a todas menos a mí.

—Adelaida quiere que vayamos al estudio para maquillarnos para el festival.

Todas se levantan. Miro a Sofie con los ojos entornados.

—Vamos —dice—. Levántate.

—Estoy cansada —digo—. Necesito unos minutos más para prepararme.

Me agarra del brazo y me levanta de la silla.

—Ay —digo—. Abusona.

—Por los mares, Ella, pareces medio muerta.

—Qué grosera —replico.

Niega con la cabeza.

—Quédate aquí.

Las otras bailarinas siguen a Natasha por la puerta. Sofie se dirige al fogón donde el chef, René, trabaja. Me quedo en la mesa y me balanceo. Un instante después, Sofie me pone una taza de algo caliente y negro entre las manos. Le doy un sorbo.

—Puaj. Sabe a… —Le doy otro sorbo—. Tostadas quemadas.

—Es café —dice Sofie—. René lo prepara para él y solo se lo da a la gente que le cae bien. Tienen que enviarlo en barco desde la otra punta del mundo.

—¿Está al tanto de que sabe a tostadas quemadas?

—Bebe —dice. Creo que intenta no reírse—. O te caerás de las sedas.

El sabor no termina de hacerse menos horrible, pero me acabo la taza de todas formas y, cuando lo hago, siento una pizca de vida hormigueando por mis extremidades. Consigo mantener los ojos abiertos mientras Ness me maquilla y Adelaida nos explica en detalle las notas finales de la actuación.

Las bases —Ness, Gretta y yo— vamos vestidas de copos de nieve; no es tan estúpido como suena. Nuestros trajes de cuerpo entero son blancos con faldas con purpurina. Esperaba que el maquillaje nos diese un aspecto demacrado, pero Ness tiene buena mano y, al final, nuestras caras brillan con una escarcha plateada.

Inna y el oso, el vuelo que representaremos en el festival, está basado en una antigua leyenda maapinnesa que, a su vez, se convirtió en una de las fábulas de Tamm; es tan antiguo como la Compañía de las Bailarinas del Aire en sí.

Cuando Katla me contó por primera vez la historia de Inna, estaba segura de que estaba de broma.

—¿Una leyenda maapinnesa? Pensaba que el Álito Sacro estaba en contra de todo lo relacionado con Maapinn —dije.

—Y así es —respondió Katla.

Natasha negó con la cabeza.

—Tengo una copia de Tamm. No es como si las quemasen.

—A Gospodin no le gusta —precisó Katla—. Aunque supongo que le da igual mientras que todos sepan que su historia son hechos reales y que todas las demás son ficticias.

Y así, me dieron a conocer *Inna y el oso*. Cuenta la leyenda que Inna era una chica maapinnesa cuyo clan fue atacado por los invasores de otra isla. Estos, debemos señalar, no eran los amables grunholteños que le habían renombrado el país como Kostrov y convertido a todos al Álito Sacro. Aquellos, obviamente, eran invasores buenos. Estos intrusos insistieron en que Inna se casase con su rey. Inna, decidida a no casarse, huyó a los pantanos en medio de una tormenta de nieve. Todos pensaron que moriría en la nevada, pero, en cambio, se topó con un oso cuya hibernación había sido interrumpida por la llegada de los invasores. Inna se hizo amiga del oso y, juntos, regresaron con su clan. El oso abrió de un tajo la garganta del rey intruso e Inna se bebió su sangre.

Por una vez, creo que es una historia fantástica.

Sofie hace del rey conquistador y cuando aparece con el disfraz —un traje de cuerpo entero verde y el pelo trenzado en una corona—, alza la barbilla y entorna los párpados en una imitación perfecta de Nikolai, altivo y aburrido. Katla y yo somos las únicas que nos reímos.

Katla hace del oso. Lleva el pelo recogido en dos moños oscuros a modo de las orejas del oso. Ness se regocija cuando embadurna la punta de la nariz de Katla con una pizca de negro.

Natasha es Inna, cómo no iba a serlo. Cuando oí la historia por primera vez, esperaba que parte de los deseos regicidas de Inna calaran en Natasha.

De momento, no ha habido suerte.

Qué mal. La fecha límite de Maret es esta noche. Y no tengo nada.

49
NATASHA

—¿Te parece que Ella está un poco decaída? —pregunta Sofie. Me agarra del codo junto al borde del escenario del festival unos minutos antes de empezar la actuación.

Estoy molesta. Me he pasado el calentamiento entero intentando apartar a Ella de mis pensamientos.

—¿Cómo quieres que lo sepa?

—No sé —dice Sofie—. Pensaba que a lo mejor estabas preocupada.

—Pues no lo estoy —respondo. Paseo la mirada por la multitud frente al escenario. Distingo a Nikolai y a Gospodin bajo el toldo, pero tienen la mirada gacha junto a otros hombres con aspecto de tener un cargo oficial.

—Quizá debería preguntarte si te pasa algo a ti —insiste Sofie.

—Estoy bien —digo—. Y Ella también está bien. Solo es…
—¿Exasperante?—. Enigmática.

—A lo mejor es un fantasma —me dice una voz justo al oído.

Me doy la vuelta. Me llevo los brazos al pecho por acto reflejo.

Ella ladea la cabeza con una expresión imperturbable, como siempre.

—Me envía Adelaida. Ha dicho, y cito: «Diles que ya pueden estar moviendo el trasero para subirse a las sedas».

No ha estado tan cerca de mí desde la piscina termal. Creo que se da cuenta al mismo tiempo que yo porque se apresura a retroceder un paso.

—Claro —digo. Tomo aire. Aire fresco. Humo de turba. El océano en la lejanía—. Vamos.

Introduzco las manos bajo las axilas para mantener el calor hasta que los violinistas empiecen a tocar.

Luego, empiezo a subir.

Mis músculos recuerdan los movimientos aunque mi cerebro no. Con cada señal, mis piernas se balancean al lugar correcto. Cada enrosque, vuelta y giro me despejan el lío que tengo en la cabeza hasta que lo único que queda soy yo, el aire y mis sedas.

Soy vagamente consciente de que la audiencia es buena. Aunque es probable que hayan visto el vuelo más de una vez, están inclinados hacia delante, cautivados. Jadean cuando el oso Katla se coloca cabeza abajo gruñendo y enseñando los dientes. Cuando Sofie cae al fin colgando de un tobillo, yo echo atrás los hombros, triunfante, y la multitud ruge como si de verdad hubiesen visto cómo vencen al rey enemigo.

Para finalizar, hago una reverencia. Nikolai aplaude. Sus ojos no se apartan de mí en ningún momento.

—Bueno —dice Adelaida después de reunirnos entre bambalinas—, no dejéis que se os suba a la cabeza, pero no ha estado mal.

Se da la vuelta para marcharse.

—¿Eso es todo? —grito a sus espaldas.

—Disfrutad del festival —dice.

Las otras chicas empiezan a charlar, pero yo me distraigo por un fragmento de algo que escucho entre la multitud.

—Habrá una recepción —dice una voz—. No hemos visto una desde que coronaron rey a Nikolai.

Hay dos mujeres de pie frente al escenario. Seguramente son tan mayores como lo sería mi madre ahora. Una lleva una bufanda naranja y la otra, roja.

—Tu Ester irá, ¿verdad? —pregunta Bufanda Naranja.

—Ya está esperando —dice Bufanda Roja—. Bailaron en el baile. ¿Lo sabías? Fue una de las únicas chicas de Southtown que consiguió un baile, pero ya sabes lo bonita que es.

—Hum —musita Bufanda Naranja.

Siento una quietud junto a mí. Levanto la mirada y ahí está Ella, en silencio, escuchando. Me aparto.

—Sofie —dice Ness—, me prometiste una manzana asada si hoy conseguía hacer una caída doble hacia atrás perfecta.

—Ah —responde Sofie—. No recuerdo habértelo prometido.

Ness se cruza de brazos.

—Mentirosa. Vamos a ir a por manzanas asadas. Ella, ven con nosotras. Es lo mejor que hayas probado en la vida.

—No me gustan las manzanas —dice Ella.

—Qué tontería —replica Ness—. A todo el mundo le gustan las manzanas.

Ness lidera una carga entusiasta por el festival. Los primeros aleteos de una nueva nevada me cubren la piel. Tiemblo y entierro las manos en los bolsillos.

En los carromatos y casetas venden cosas necesarias: pescado, fardos de ropa, briquetas de turba y comida especial de la estación del oso (galletas de centeno y miel, anguila al carbón, vino de arándanos rojos humeante). Los niños corretean y patinan por una parte de la calle especialmente helada. El aire está entretejido de humo y una hoguera crepita en cada esquina.

Ness agarra a Sofie del brazo y tira de ella a la fuerza hacia el carro de las manzanas. Las otras chicas siguen hacia delante entre la multitud. Atisbo un grupo de guardias al otro lado de la calle. Me pongo de puntillas. Un destello de pelo negro. ¿Nikolai?

Me apretujo entre la marabunta de los asistentes al festival.

Hay una fila de mujeres jóvenes desde la fachada de Nuestra Señora que atraviesa la plaza y le da la vuelta a la esquina. Parece que la mitad de Nueva Sundstad ha venido a su recepción.

Veo a Adelaida al margen. Le dedica una amplia sonrisa a un hombre mayor; creo que lo reconozco, es uno de los consejeros de Nikolai. Él no sonríe. Cuando me acerco a ellos, se disculpa con rapidez y la sonrisa de Adelaida se desvanece.

—Recuérdame que no me haga la amable con los consejeros —dice—. Son todos unos anticuados y aburridos.

—Lo haré. ¿Para qué es la fila? ¿Es para que Nikolai pueda dar la mano, enamorarse y encontrar a su reina?

—Eso parece —dice Adelaida—. Y es su última oportunidad para conocerlo antes de que tome una decisión.

El cumpleaños de Nikolai es dentro de una semana. Una semana hasta que escoja a la reina.

Miro la fila. ¿Cuánto me llevará? ¿Una hora? ¿Dos?

—¿Esperarás conmigo?

Adelaida bufa.

—No vas a hacer la cola.

—¿Qué?

—¿Ves a las chicas que están ahí? —dice—. ¿Ve a las Sylvia Kanerva de la ciudad ahí de pie?

Vuelvo a mirar. La fila es un borrón de vestidos pasados de moda que zumba con el acento de Southtown que tanto me esforcé por perder en cuanto entré en palacio y me di cuenta de que sonaba distinta a las otras bailarinas.

—No veo muchos vestidos de Heather Hill si es eso lo que preguntas.

—Un rey no encuentra a su reina en una recepción —dice Adelaida—. Ve. Explora el festival. Cómete una galleta de centeno y miel.

Siento una oleada de culpa.

—Si la fila no tiene sentido, ¿no debería alguien decirles a esas chicas que no se molesten?

—Yo no dije que no tuviera sentido —señala Adelaida—. La esperanza es una de las cosas más útiles que han inventado los humanos. Pero ¿que no tenga sentido para ti? Sí. Nikolai ya te conoce.

Así que la dejo. Y la fila. Sin embargo, no dejo de sentirme inquieta.

Rodeo la periferia del festival buscando a las Bailarinas del Aire. Sigo el olor de las manzanas asadas, empujando las filas que serpentean de cada caseta. Tengo que esquivar las barreras de extremidades y cestas de compra tejidas.

Una mano me roza el hombro. Me vuelvo con rapidez.

Sylvia Kanerva me devuelve la mirada.

Lleva un abrigo lila exquisito y un pintalabios rosa pálido. Un hombre más mayor —uno de los consejeros, creo— permanece tras ella.

—¿Puedo persuadirte para que des un paseo conmigo, señorita Koskinen?

Esto no me da buena espina.

—Claro. Qué, hum, abrigo más bonito.

—Gracias —dice—. Fue un regalo del marino Gospodin.

—Ah —musito.

—Ah —coincide.

El consejero se aclara la garganta.

—Señorita Kanerva, ¿asumo que continuaremos con la conversación más tarde?

—Oh —dice Sylvia y lo mira a través de las pestañas—. ¿No te importa? Me encantaría aprovechar la oportunidad de hablar con mi buena amiga Natasha. —Suaviza su voz cortante hasta que suena dócil y dulce para él. Le ofrece una sonrisa agradable.

Me asalta el recuerdo de otra chica haciendo un truco similar. La hermana de Nikolai, Cassia, tenía a los consejeros reales comiendo de su mano como si fuesen cachorritos; lo vi más de una vez. No puedo decir que me sorprendí cuando la exiliaron por intentar arrebatarle el trono a Nikolai. Como Sylvia, tenía esa risa airosa congelada sobre unos colmillos afilados como dagas. Quizá sea algo innato a las hijas de hombres ricos y poderosos. Puede que nunca gobiernes, pero puedes aprender a manejar a los hombres que sí lo hagan.

—Yo…, claro —dice el consejero—. Un placer, como siempre. —Me dedica un rápido asentimiento y luego da media vuelta para marcharse.

Cuando se va, no hay nadie que me proteja de la sonrisa helada de Sylvia. Me avasalla con ella con toda su fuerza.

—Señorita Koskinen —dice—. Llevo queriendo hablar contigo desde el baile.

—¿Ah, sí?

—Sin que haya consejeros ni reyes de por medio —corrige—. Creo que será más fácil charlar si no estamos ocupadas fingiendo que nuestros corazones afligidos se han enamorado. —Esboza una sonrisa fría y desinteresada. Tengo la impresión de que ya ha mantenido esta conversación en su cabeza y que yo he llegado sin preparar.

—No estoy segura de a qué te refieres —digo.

—Por favor, para —responde—. Esta conversación será infinitamente más eficiente si no finges que de verdad te has enamorado de Nikolai. Sé que no es así. Es algo que tenemos en común.

Soy lenta al devolverle la mirada.

—¿Crees que se le ha pasado por la cabeza alguna vez? —continúa Sylvia—. ¿Que ninguna de nosotras (tú, yo, la fila de chicas de Southtown) de verdad lo ama?

Pienso en lo que me dijo en la piscina termal sobre que confiaba en mí.

—Creo que me conoce lo bastante bien.

—Hum. —Es un sonido remilgado, más bonito de lo que tiene derecho a ser—. No estoy de acuerdo. Creo que Nikolai piensa que ambas lo adoramos. Me he pasado mucho tiempo rodeada de hombres como él. Es terriblemente principesco, según he comprobado, asumir que las mujeres deben enamorarse de ti. —Alisa una arruga en su abrigo elegante—. Así que déjame que adivine. Piensas que soy egoísta porque quiero ser su reina a pesar de que mi padre ya es rico y poderoso. ¿Me equivoco?

Parpadeo.

—Bueno. Puede. Siempre has sabido que irías en la flota real porque tu padre es el guardián del tesoro. Es mi vida la que depende de la decisión de Nikolai. Tú sobrevivirás de todas formas.

Ella alza el mentón.

—Puede que lleve vestidos más elegantes que tú, pero somos iguales. Mi vida depende de la propuesta de Nikolai, tan seguro como la tuya. Tienes razón en que iré en esa flota, pero si no me caso con él, ¿con quién crees que me casaré? La mayoría de los consejeros y nobles que han conseguido inmiscuirse para subirse a la flota son mayores que mi padre. ¿Qué crees que estaba discutiendo con ese consejero viejo? ¿Los ajustes de los aranceles? —Sorbe por la nariz—. No hay ningún escenario en el que no me case y deba tener hijos. Lo sabes, ahora que estás estudiando *El cuaderno de bitácora del capitán*. Casarme con Nikolai es lo mejor que puedo hacer por mi familia y por mí misma. Podemos seguir con este jueguecito y fingir que tenemos cierto poder sobre Nikolai, pero ambas sabemos la verdad. El mundo no les concede el poder a las mujeres. Puede que él nos quiera, pero nosotras lo necesitamos. No hay poder en vivir a costa de migajas a los pies de un hombre.

—Qué pena que no nacieras hace cinco siglos —digo—. Habrías sido una Inna excepcional.

—Igual que tú. Eres una princesa de los pantanos extremadamente convincente. —Se endereza los guantes—. Si sonrío afectada la próxima vez que me veas, ten por seguro que es una farsa. Aléjate de mi rey, señorita Koskinen.

Sus tacones resuenan por el camino con firmeza sobre el hielo y la nieve. No se resbala ni una vez.

Cuando Adelaida me señaló a Sylvia por primera vez en el baile, pensé en lo poco que quería enzarzarme en una guerra con una chica a la que no conocía. A lo mejor no tendría que haberme preocupado. No hay guerra. No tengo ni una oportunidad.

50
ELLA

En cuanto termina la actuación, espero a que las otras bailarinas se distraigan en el puesto de manzanas asadas y con los fuegos artificiales. Luego me escabullo. Desde un extremo del festival, veo que Natasha encuentra a Adelaida. Juntas, observan la fila para la recepción. Todas esas chicas buscan la corona. Seguridad. Cosas que nunca tendrán con Nikolai.

Me quedo mirando fijamente la nuca de Natasha un instante. Su cabello salvaje de Inna. Los destellos de su traje.

Tengo que contarle a Maret que no hay plan. No tengo ni idea de cómo matar a Nikolai sin morir yo en el proceso. Cassia ya lo habría resuelto a estas alturas. Ella siempre fue la lista. Y yo la decepcioné. Tengo que contarle a Maret lo que se me ha ocurrido: nada.

Las calles están ajetreadas incluso cuando dejo atrás el festival. Hay mucha gente que viene y va. Mantengo la cabeza gacha, pero distingo algunos susurros, miradas de reojo. Con el traje de cuerpo entero y el maquillaje para el festival llamo la atención. No me gusta. Tiro de la capa más hacia arriba y me dirijo a toda prisa a la Costa de la Anguila. De lejos, oigo cómo explotan los fuegos artificiales del festival.

Cuando estoy a unas calles de distancia, empiezo a sentir un retortijón en el estómago. Me siento nerviosa. Desconfiada. Intento decirme a mí misma que solo es porque me preocupa decepcionar a Maret, pero sé que hay algo más.

Doblo la esquina de la calle de Maret.

Un enjambre de guardias.

Retrocedo. Me escondo tras el muro del callejón y me pego al ladrillo. Conteniendo el aliento, echo un vistazo por la esquina.

Puede que sean seis hombres. Llevan los uniformes azul oscuro de los guardias de palacio. Pistolas en la cadera.

Entonces es cuando me doy cuenta. La sensación en el estómago. Algo no va bien. Fue el eco que resonaba por el aire. No eran fuegos artificiales… eran disparos.

—Parece que lleva meses aquí —dice uno de los guardias. Con la piel tostada y extremidades largas, es clavadito a Gretta. Es su padre. El capitán de la guardia.

—¿Cómo supiste que era ella? —dice un guardia más joven.

—La vi regresando de la universidad. Un rostro como ese no se olvida.

El otro guardia gruñe de acuerdo.

¿Dónde está Maret? ¿La han arrestado? ¿Le han disparado? ¿Vendrán luego a por mí? Pienso en todo lo que me dejé en el apartamento. ¿Uno de los antiguos vestidos de Cassia? Eso no puede incriminarme. ¿Las sedas? ¿Edvin?

Un momento después, dos de los guardias salen por la puerta principal. Y desmadejada entre ellos… Maret. Sus rizos rubios están cubiertos por una pátina de sangre.

Vuelvo a ocultarme tras la esquina. Me aprieto la boca con las manos.

—Por todos los mares —dice el capitán Waska—. Zakarias, vuelve dentro y busca una sábana. No podéis llevarla así por la ciudad.

Maret está muerta. Está muerta.

Me pongo de pie y vuelvo por el callejón todo lo rápido que me atrevo a ir. Han encontrado a Maret. Han matado a Maret.

Respiro demasiado fuerte. Demasiado aire, pero no me llega el suficiente a los pulmones. No sé en qué dirección voy. Ahora, cuando la gente me ve y señala el vestido de Bailarina del Aire, estoy demasiado turbada como para agachar la cabeza.

Tengo que salir de aquí.

¿Dónde se supone que debo ir? Si saben lo de Maret, también podrían saber de mí. Puede que me estén esperando. Por otro lado, si todavía no lo saben, seguro que lo descubren si desaparezco hoy. ¿Y dónde podría desaparecer? ¿Con la familia de Katla? No puedo ponerlos en peligro. Apenas me conocen. Podría intentar subirme a un barco que me saque de Kostrov, pero no tengo dinero.

Y ahora no puedo marcharme. Maret está muerta. Ahora no solo voy a vengar a Cassia. Ahora, también es por Maret.

Debo volver al palacio.

El capitán Waska dijo que habían visto a Maret fuera. No dijo que Edvin nos haya traicionado. O que Andrei nos haya descubierto. No mencionó nada sobre una bailarina rebelde.

Nadie sospecha de mí. No pueden.

En el instante en que pongo un pie en el estudio de las bailarinas, sé que he cometido un error. En lugar de nuestro guardia habitual, hay tres con la cabeza agachada hacia Adelaida junto a las sedas.

Empiezo a retroceder.

Adelaida me da un golpecito en el hombro.

—Ella —dice—. Me alegra encontrarte.

Tengo el corazón a punto de salírseme del pecho. Las uñas de Adelaida se me clavan a través de la capa. Los guardias se vuelven hacia mí y me examinan de arriba abajo.

—Yo la llevaré de vuelta —añade Adelaida.

Me guía por el estudio. No dice nada. Su agarre se afianza.

Estoy demasiado aterrada para hablar. Si lo hago, estoy segura de que oirá la culpa y el temor en mi voz.

—Tienes que quedarte en la habitación con las otras bailarinas, ¿entendido?

En el espejo del estudio, veo la expresión dura de su boca carmesí. Tiene la espalda extremadamente recta. Parezco diminuta y amedrentada en comparación.

—Si llama alguien a la puerta —continúa—, no abráis. Si alguien que no soy yo aparece con comida, cartas o pide veros a alguna de vosotras, decidle que venga a buscarme.

Como sigo sin responder, me sacude.

—¿Lo entiendes?

Me obligo a abrir la boca.

—Sí.

Suelta el aire.

—Camina.

Sofie y Gretta son las únicas que están en la habitación cuando Adelaida me empuja dentro. Sofie está tendida en la cama. Gretta se pasea de un lado a otro. La puerta se cierta tras de mí.

—¡Déjame ver a mi familia! —le grita Gretta.

Al otro lado de la puerta, la única respuesta de Adelaida es el repiqueteo de sus zapatos.

Solo hay una ventana en la habitación de las bailarinas. Es estrecha y no se abre más de dos centímetros, y si intentase salir por ella, seguro que Gretta me derriba por actuar sospechoso.

Miro de nuevo la puerta. No se cierra desde fuera, así que Adelaida no puede encerrarnos aquí a menos que coloque algo frente a ella. Así que le daré un rato para que se vaya y luego saldré corriendo. Puede que consiga llegar a la puerta exterior si tomo a los guardias por sorpresa.

—¿Te ha dicho qué está pasando? —pregunta Gretta.

Me lleva un momento darme cuenta de que me habla a mí. Me doy la vuelta despacio para encontrarme con su mirada sospechosa.

—No, solo me ha dicho que no deje que nadie que no sea ella entre en la habitación.

Gretta asiente.

—*Mmpf* —masculla Sofie contra la almohada.

—¿Sofie? —digo—. ¿Estás bien?

Se enrosca al resguardo de las mantas y emite otro sonido ininteligible.

364 · DOS CHICAS EN LOS CONFINES DEL MUNDO

La puerta vuelve a abrirse. Adelaida y Natasha están al otro lado. Adelaida la empuja por la puerta ignorando la amabilidad como tiene por costumbre.

—¡Oye! —masculla Natasha.

—¿Y ahora? —dice Gretta—. ¿Puedo ver a mi familia ya?

Adelaida la señala con un dedo.

—Quédate aquí.

La puerta se cierra de nuevo de golpe.

—¿Alguien quiere explicarme qué está pasando? —dice Natasha.

—Adelaida está siendo ridícula —dice Gretta—. Está claro.

—No tengo ni idea —respondo yo y miro la puerta otra vez.

—Uff —musita Sofie.

Natasha atraviesa la habitación para sentarse en el borde de la cama de Sofie. Le aparta la manta de la cara.

—¿Qué haces, cariño?

Sofie parpadea con ojos soñolientos.

—Tengo un ataque.

—¿Y por qué tienes un ataque?

Sofie vuelve a echarse la manta sobre la cabeza. A través de ella, su voz me llega amortiguada.

—Estoy enferma.

—Bueno, cuando Adelaida deje de ser un horror, a lo mejor puedo traerte un té.

Una nueva inquietud se asienta en mi interior. Ninguna de las chicas sospecha nada de mí —al menos, no más de lo normal—, y por primera vez, se me ocurre que esto podría tener que ver con otra cosa que no sea Maret. Y si es algo más, ¿debería arriesgarme a correr peligro por algo de lo que no sé nada?

Diez minutos después, Adelaida abre de nuevo la puerta.

—¿Dónde están Ness y Katla?

—Ness está con mi hermano —dice Gretta haciendo un sonido exagerado como si vomitase.

—¿Dónde? —pregunta Adelaida.

Gretta se encoge de hombros.

—No es el tipo de información que quiera saber.

—¿Y Katla?

Nadie dice nada.

—¿Sofie? —dice Adelaida—. ¿Dónde está Katla?

—Sofie está dormida —responde Natasha.

Adelaida gruñe. Su capa aletea a su alrededor cuando se marcha.

Nadie duerme salvo Sofie. Gretta sigue paseándose de un lado a otro. Natasha ojea uno de los libros de poesía de Ness. Yo miro por la ventana.

Fuera, el cielo púrpura se vuelve negro. Una nueva capa de nieve limpia la calle. Las lámparas escupen círculos dorados sobre el blanco como una hilera de huevos recién cascados. Adelaida no regresa para empujar a Katla o Ness por la puerta.

Sofie se incorpora de repente. Se lleva una mano a la boca.

Natasha suelta el libro de poesía sobre la cama de Ness. Llega junto a Sofie en un segundo. Ella apenas parece darse cuenta. Aparta el enredo de mantas con los pies y trastabilla hacia la puerta.

Las tres corremos tras ella. Cae de rodillas en el aseo y se inclina sobre una de las jofainas.

Compongo una mueca. Un instante después, escucho cómo el vómito salpica la porcelana.

Natasha se agacha junto a Sofie.

—¿Estás sacando esos ataques?

Sofie empieza a reírse, pero una nueva oleada de vómito la interrumpe.

Gretta retrocede.

—Espero que te mejores, Sofie, pero esto es asqueroso y me voy.

Sofie hace un gesto con la mano para que nos vayamos.

—Iros, iros. Tú también, Natasha. No quiero… Ay, por los mares. —Se inclina de nuevo sobre la jofaina.

—¿Es por la tormenta? —digo.

Natasha mira al techo como si fuera a ponerse a llover de repente.

—Creo que la siguiente es la de las ranas.

Me llevo una mano al estómago. No me siento peor que como me he estado sintiendo desde la Cuarta Tormenta. Y sea lo que sea lo que nos entró a Katla y a mí entonces, no pareció afectar a Sofie.

Natasha apoya una mano sobre la espalda de Sofie, pero ella niega con la cabeza.

—De verdad, solo tengo un poco de fatiga. No tendríais que ver esto.

Desde el pasillo, Gretta dice:

—¿No estarás embarazada tú también, no?

—Sí —espeta Sofie—. Le he pedido a Pippa que me preste a Gregor y vamos a criar juntas a nuestros hijos.

—No has perdido el sentido del humor —digo—. Tan enferma no estarás.

—Me llevaré el sentido del humor a la tumba —responde Sofie.

De vuelta en la habitación de las bailarinas, Gretta le contagia la energía ansiosa a Natasha. Ahora las dos se pasean. Vuelvo a mi puesto junto a la ventana y apoyo el hombro contra el cristal helado para mirar fuera.

—¿Sabéis? —dice Gretta—. Casi esperaba que un hombre con una pistola pasara corriendo por nuestra puerta si llegábamos hasta el aseo.

—¿De verdad no tenéis ni idea de por qué Adelaida insiste tanto en que nos quedemos aquí? —pregunta Natasha.

—Qué va —dice Gretta.

Natasha me mira expectante. Trago saliva y niego con la cabeza.

—Esto es absurdo —masculla Gretta—. Voy a preguntarles a mis padres.

Se dirige a la puerta a zancadas, pero antes de que le dé tiempo a agarrar el pomo, se abre de par en par.

Katla entra como una exhalación. Tiene unos mechones de pelo pegados al rostro. Deja caer una mochila vacía en el suelo y recorre la habitación con la mirada.

—¿Dónde están Sofie y Ness?

—Ness está con Twain —dice Natasha—. Y Sofie, en el aseo.

Katla se desploma en los pies de la cama y suelta un largo suspiro.

—Bien.

La inquietud que siento se tensa más.

—¿Dónde estabas? —pregunto.

—Después del festival, fui a visitar a mi familia —dice—. Acabo de enterarme mientras volvía por la ciudad.

—¿Enterarte de qué? —inquiere Gretta.

Katla nos mira de una en una. Frunce el ceño.

—¿No lo sabéis? Por los mares. Está por todas partes. Hay una enfermedad. La gente dice que es una plaga. He oído a personas gritarlo por toda la ciudad, por no mencionar a todos los enfermos que he visto trastabillando. Pensé... ¿Por qué me miráis así?

51
NATASHA

Lo llaman la plaga de los pantanos.

Los guardias apostados en el pasillo lo murmuran y se hacen a un lado cuando Katla y yo arrastramos a Sofie a la enfermería. Pasamos sus brazos pálidos alrededor de nuestros hombros. Sofie sigue intentando hacernos reír, insiste en que está bien y que por qué parece que nos dé tanto miedo que esté mala del estómago. Gretta y Ella nos siguen de cerca.

La enfermería es larga y austera, una habitación sin colores que no está hecha para ser habitada. Cada lado está flanqueado por camastros. En un puñado de ellos, hay unos cuerpos durmiendo acurrucados. Una enfermera se acerca a toda prisa e intenta quitarnos a Sofie de los brazos. Siento el impulso de acercarla más a mí y alejarla de las garras de la mujer.

Una máscara blanca le cubre el rostro y se arquea desde la nariz hasta formar un pico largo y puntiagudo. La lleva atada alrededor de la cabeza con cordeles. Se le ven los ojos a través de dos aberturas finas. El cabello, una nube rubia encrespada, se le escapa por los bordes de la máscara. Parece que se ha puesto la calavera de un pájaro gigante.

—Solo pueden entrar los enfermos. —Su voz reverbera dentro de la máscara—. Dádmela, rápido.

Sofie se aleja un paso de la enfermera. Katla y yo la sostenemos.

—No estoy enferma —dice Sofie—. De verdad que no.

La enfermera le tiende la mano abriendo y cerrando los dedos punzantes.

—Estás pálida.

—Siempre lo estoy —replica Sofie.

La agarro del brazo con fuerza.

—No pasa nada. Solo queremos asegurarnos de que estés bien. —Intento que mi voz suene firme, por ella, pero no quiero dejarla con la mujer con la máscara de pájaro.

Sofie se dobla por la cintura. La enfermera le coloca un cubo debajo en cuestión de segundos. El tiempo suficiente para la segunda oleada de vómito.

—Por todos los mares —dice la enfermera—, túmbate.

Cuando Sofie por fin cede y se dirige al camastro, examino las profundas ojeras que se le empiezan a desplegar bajo los ojos. La enfermera tiene razón: Sofie está incluso más pálida de lo normal.

—Estoy bien —repite. Pero pasea la mirada por la enfermería a las otras camas, a las siluetas durmientes, y se muerde el labio.

Cuando la enfermera se vuelve hacia nosotras, el pico de la máscara forma una sombra que le atraviesa todo el torso hasta el vientre.

—Las que no estéis enfermas, marchaos.

Empiezo a negar con la cabeza antes de que termine la frase.

—Me quedo.

—¿Estás loca? No puedes estar aquí.

—Hemos estado con ella toda la noche —digo—. Todavía estamos en pie, ¿o no?

Me fulmina con la mirada tras las ranuras de los ojos.

—Esto está cargado de miasma. Aire dañino. Si lo respiras, puede que tú seas la siguiente que eche el higadillo por la boca.

—Tú estás aquí, ¿verdad? —replico.

—Es mi trabajo —dice.

—Pues ellas son el mío —respondo. Ellas. Estas chicas. Sus vidas.

La enfermera lo piensa un momento.

—Eres la bailarina principal, ¿no?

—No voy a irme —digo.

—Está bien —cede—. Pero el resto de tus chicas tiene que marcharse.

Me vuelvo hacia Katla antes de que pueda empezar a soltar insultos.

—Tienes que encontrar a Ness. Asegúrate de que está bien.

—Pero Sofie...

—Por favor —digo—. Por favor.

No me doy cuenta de que le estaba agarrando las manos hasta que me devuelve el apretón. No encuentro las palabras para describir el miedo que empieza a nacer en mi interior.

¿De verdad pensaba que podía quedarme junto a Nikolai en la flota real mientras las otras bailarinas se hunden con Kostrov? No las veré sufrir. No puedo.

—Está bien —dice Katla—. Pero volveré en cuanto encuentre a Ness.

Asiento.

Gretta es la primera que sale por la puerta. Entierra el rostro en el cuello de su jersey, una máscara débil.

Ella permanece junto a la cama de Sofie.

—Ayuda a encontrar a Ness —le pido.

Tiene el rostro contraído como si estuviera apretando los dientes.

—Vete —le digo.

Cuando mis chicas se han ido, la enfermera me tiende una máscara.

Me trago la incomodidad y la acepto. El rostro es de una tela recia y el pico, de metal frío. Cuando la levanto, el metal tintinea. Huele a la colección de hierbas de René: una mezcla limpia y terrosa de tomillo y romero.

—Plantas aromáticas —dice la enfermera asintiendo con su pico—. Combate la miasma.

La visión se me reduce a lo que puedo ver a través de las ranuras para los ojos de la máscara.

—Pareces aterradora —dice Sofie.

La máscara es un alivio. Sofie no puede ver a través de ella el miedo escrito claramente en mi rostro.

—A lo mejor las podemos llevar en un vuelo. Pega mucho para la estación de la grulla.

—Más bien como una grulla muerta…

No termina la frase. Le tiendo el cubo.

Pierdo la noción del tiempo en la luz ámbar de la enfermería. Cada vez que se abre la puerta, levanto la cabeza y se me resbala un poco la máscara. Contemplo a los guardias y sirvientes entrar trastabillando solos o arrastrados por sus amigos. Las otras bailarinas no regresan.

Sofie y yo hablamos de naderías. El embarazo de Pippa y si debería o no llamar al niño pequeño Gregor. Los hermanos de Katla. Si el vuelo de la estación del ciervo es mejor que el de la estación de la foca. No hablamos de las tormentas, las Inundaciones o las plagas.

Se queda dormida cuando las camas de la enfermería están medio llenas.

La puerta se abre de nuevo.

—Por los mares —dice la enfermera—. Otra no.

Al principio no veo a Ness, solo distingo a Twain con su barriga redonda, su rostro moreno aniñado, su uniforme de guardia azul marino. Ness resulta tan pequeña a su lado. Se agarra a su costado. Las lágrimas le salpican el rostro; tiene manchas marrones por el torso.

—Aquí tienes, sube. —La enfermera desembaraza a Ness de los brazos de Twain para tumbarla en la cama al lado de Sofie. Ness emite una serie de toses flemáticas.

Cuando me levanto, se aleja de mí. Me llevo una mano al borde de la máscara.

—Ness, soy yo.

—¿Tasha? —musita.

Me siento en su cama.

—Estoy aquí.

—Tengo miedo —dice—. No me encuentro bien.

Intento tragar saliva. Intento hablar. Al final, lo único que puedo hacer es apretarle la mano.

Adelaida llega cuando el amanecer aleja las sombras espeluznantes de la noche. Abre la puerta y me hace un gesto para que vaya, pero no traspasa el umbral.

Necesito unos instantes para levantarme de la silla que coloqué entre las camas de Sofie y Ness. Me duele el cuello por el peso de la máscara.

En el pasillo, me la quito. El aire de la mañana me refresca el rostro pegajoso de sudor. Me acaricio la mejilla con la mano y encuentro una marca en la piel por la presión de la estructura de la máscara.

—¿Qué crees que estás haciendo?

Parpadeo ante su tono cortante.

—Estoy con Ness y Sofie.

—¿Te has pasado aquí toda la noche? —pregunta.

—Estaban durmiendo —digo.

—No te he preguntado por ellas —espeta—. He preguntado por ti.

—Pero no estoy enferma.

—Sigue respirando el aire de ahí dentro y pronto lo estarás.

He estado sentada en silencio con mi miedo durante tantas horas eternas que agradezco esta oleada de enfado.

—Están enfermas. ¿No te importa?

—Claro que me importa. ¿Por qué crees que me he pasado toda la noche buscándoos a las seis? ¿Por qué crees que les prohibí a las demás que regresasen en cuanto me contaron lo de Sofie? Sofie y Ness ya están enfermas. Lo mejor que puedo hacer es evitar que el resto de vosotras caigáis.

Aprieto las manos en puños.

—Sofie y Ness también son tus chicas. No solo mías.

—He visto a docenas de chicas entrar y salir del palacio. No me sorprendería ver más espaldas antes de la Inundación.

—¿Eso es todo lo que somos para ti? —pregunto—. ¿Nombres en una lista infinita?

—No —dice con rabia—. Hay nombres en una lista infinita, y luego estás tú.

Por un momento, casi me dejo engañar y me creo que se preocupa por mí como haría una madre.

Entonces, añade:

—Si mueres, ¿quién crees que me incluirá en la flota real? ¿Gretta?

Permanecemos en silencio un buen rato. Me doy cuenta de que la estoy imitando. Tenemos las manos cerradas en puños. El mentón alzado. Ambas nos inclinamos hacia delante, listas para pelear.

Pero no seré como ella en este sentido.

—Deja que las otras chicas vuelvan si es lo que quieren —digo—. Si tan decidida estás a procurar que yo esté a salvo, tendrás que entrar ahí tú misma para sacarme a rastras.

Me ato la máscara en torno a la cabeza mientras vuelvo a entrar en la enfermería.

—Natasha —dice Adelaida. Pero no me sigue.

Solo pasan unas horas antes de que Katla y Ella aparezcan para pedirle unas máscaras a la enfermera. Esta intenta echarlas, pero se mantienen firmes.

—Ya hemos respirado buena parte del miasma de Sofie —dice Katla—. Además, ¿qué te importa? De todas formas estoy destinada a ser otra víctima de la Primera Tormenta. Deja que me quede con mis amigas.

La enfermera les tiende las máscaras, pero no le hace gracia.

Cuando Sofie y Ness se despiertan, están de buen humor. Sonríen, bromean y nos aseguran que se sienten mucho mejor.

—De verdad —dice Ness—. Creo que lo peor ha pasado. —Mira a su alrededor—. ¿Está Twain aquí?

—Quería quedarse —le digo—. Tenía guardia.

Se mira las manos.

—En cuanto a Gretta —añade Katla—, está siendo egoísta, pero eso ya lo sabíamos.

—Estaba llorando —dice Ella con suavidad—. Solo tiene miedo.

Permanecemos calladas un momento.

—Bueno —dice Sofie animadamente—, no hay nada que temer. Me encuentro bien.

Al día siguiente, no le creo.

El tercer día, Ness y Sofie caen en un sueño intermitente y el cuarto las aleja aún más de nosotras. Katla, Ella y yo solo nos marchamos cuando no somos capaces de tener los ojos más tiempo abiertos. Les traemos gachas y tostadas. Lo vomitan. Sofie tiembla, Ness llora. El capitán de guardia ordena que ningún guardia entre en la enfermería, pero Twain lo desafía. Se sienta con Ness cada vez que tiene libre y, cuando ella se despierta, le dedica una sonrisa radiante.

Los padres de Ness llegan al palacio con una escolta real. Solicitan llevarla de vuelta a su hogar. La enfermera no permite que la trasladen. Pippa, a través de Gregor, suplica que le dejen ver a Sofie. En un arranque de coherencia fiera, Sofie me hace jurar que no dejaré que Pippa entre. Tanto por ella como por el bebé.

Para el cuarto día, todas las camas están llenas. Al quinto, algunas han vuelto a vaciarse. Y no porque alguien haya mejorado.

Esa mañana, me despierto después de cuatro horas de pesadillas. Estoy dolorida, pero no enferma. No he sido capaz de comer más que unos pocos bocados cada día. Tengo demasiado miedo de vomitarlos.

No recuerdo la última vez que pasé una semana sin volar. No desde que tenía siete u ocho años.

Ella ya está junto a los lechos cuando llego. Tiene la máscara torcida sobre el rostro.

—Creo que no están despiertas —dice—. ¿Qué es eso? —Señala con la cabeza el libro que llevo en las manos.

—*Las fábulas completas de Tamm* —respondo—. ¿Me ayudas? No he podido atarme la máscara con el libro.

Ella me coloca el pelo sobre el hombro. Sus manos se mueven con cuidado, firmeza y suavidad en torno a mi cabeza. Cuando las baja, tomo aire temblorosa.

Hasta el tercer día no se me ocurrió sorprenderme de que Ella se hubiese unido a mi vigilia. Aunque no es algo trivial, no solo arriesgarse por la miasma, sino soportar el miedo de forma tan íntima. No la culparía si mantuviera las distancias; no culpo a Gretta. Sin embargo, nunca he sido capaz de predecir lo que hará Ella. Solo conoce a Sofie y Ness de unos meses y, aun así, aquí está.

—Puedes sentarte si quieres —dice.

—O podríamos compartirla.

Asiente. Su máscara se mueve arriba y abajo.

La silla es lo bastante ancha para las dos, pero estamos cerca. Cuando abro el libro —grande, salpicado de agua y con las esquinas de las páginas dobladas—, el lomo se asienta entre nuestras piernas.

Miro a Sofie, con unos mechones pegados a la frente por el sudor y los labios finos fruncidos. Miro a Ness, con sus rizos caídos, la cabeza hundida entre las almohadas como si fuesen a engullirla.

El nudo de mi garganta no se va tan fácilmente.

He considerado tirar este libro al canal cada día desde que mi madre murió. Es mi recuerdo más preciado y doloroso de ella. Y es lo único que se me ocurre que puedo ofrecerles a Sofie y Ness. Al fin y al cabo, es lo que me ofrecía mi madre cada vez que me sentía pequeña, impotente y sola.

Les regalo un cuento. Una historia. Esperanza.

Más allá de las siete montañas y los siete mares, vivía un rey con sus doce hijas. Todas eran listas y hermosas, pero Talia —la séptima hija—, era la más aventurera. Mientras que la quinta princesa leía, la novena cantaba, la tercera bordaba y la undécima bailaba, Talia se llevó el velero más pequeño de su padre al mar. El mar en el reino de su padre era frío, así que Talia llevó las pieles más abrigadas y los guantes más suaves mientras sorteaba con el velero las grandes banquisas de hielo. Este albergaba muchos secretos.

Un pajarito negro se posó en la proa.

—Hola, amigo —digo Talia extendiendo la mano.

El pájaro saltó a los dedos de Talia. Era un mérgulo, decidió. Reconoció el penacho blanco y las patitas palmeadas de las ilustraciones de los libros de la biblioteca de su padre.

Con un aleteo, el mérgulo se posó en la caña del timón.

—No, amigo —dijo Talia—. Es mi caña y la necesito para virar.

El mérgulo dejó escapar un trino largo y desesperado.

A Talia le sobrevino algo en su interior a lo que no supo poner nombre. Alcanzó la caña del timón y le dio un fuerte tirón. El velero respondió del mismo modo. No había transcurrido un momento antes de que la cabeza de una orca emergiese junto al bote de Talia. Los ojos grandes y marrones del animal se toparon con los de Talia y luego la bestia volvió a sumergirse despacio bajo el mar.

Talia soltó el aliento maravillada. Si el mérgulo no la hubiese advertido, el velero habría volcado.

—Gracias —le dijo Talia y el mérgulo hinchó las plumas y alzó el vuelo.

A partir de entonces, cada día que Talia pasaba en el agua estaba acompañada de su amigo el mérgulo. Este la guiaba y cuando ella seguía sus instrucciones, se descubría navegando entre los paisajes marinos más hermosos que había visto jamás. Empezó a confiar en el mérgulo y era a él a quien acudía a pedir consejo cuando las tormentas empezaron a llegar.

No eran tormentas normales, les dijo el rey a sus hijas. Eran tormentas destinadas a cambiar la forma del mundo. Habría diez, como dictaba la antigua leyenda y, tras la décima, el mundo entero quedaría inundado durante doce largas lunas. El rey le pidió a cada una de sus hijas que pensasen todo lo que pudieran en una forma de salvarse tanto a ellos como a su reino pues, si no lo hacían, todos morirían ahogados.

Talia pasó muchas lunas reflexionando con sus hermanas, pero para cuando la mitad de las tormentas habían estallado y pasado, comenzó a temer por su amigo el mérgulo. Los pájaros de todo el reino se habían desvanecido y estaba segura de que no volvería a verlo. Otra tormenta vino y se fue, y Talia ya no soportaba estar entre los muros del castillo. Solo el aire del mar podría calmar los nervios de su corazón.

Mientras que todas las hijas estaban preocupadas al pensar que perderían a su familia, cada una llevaba un peso añadido sobre los hombros.

—¿Qué será del mundo sin libros? —se preguntaba la quinta princesa.

—¿Y el mundo sin música? —inquirió la novena princesa.

Mientras Talia navegaba por el agua picada, dijo en voz alta:

—¿Qué pasará con los pinos boreales, las liebres de largas orejas, las flores silvestres de color índigo que brotan de la nieve derretida cada estación del ciervo?

El mérgulo se posó en la proa. Por un instante, a Talia la inundó la alegría. Luego pensó en las tormentas y el destino aciago que les aguardaba.

—Ay, amigo —dijo—. ¿Qué será de ti?

Cuando el mérgulo guio el barco de Talia aquel día, la llevó a un lugar al que nunca habían ido. Navegó y navegó hasta llegar a una montaña de piedra negra que se alzaba del mar. El humo ascendía en espiral desde su cima.

—¿Un volcán? —preguntó Talia.

El mérgulo voló hasta la orilla y miró a Talia expectante. Ella, jamás amedrentada por el peligro y con la confianza depositada en el pájaro, atracó el bote y bajó a la orilla.

Había un largo trecho hasta la cima de la montaña. Mientras Talia ascendía, unas nubes enormes comenzaron a acumularse en el horizonte. Empezó a reconocerlas. Se aproximaba otra tormenta. Talia ascendió más deprisa. El mérgulo volaba incansable junto a ella.

Para cuando llegó a la cumbre, había comenzado a llover. Talia se asomó al borde del volcán. Era un hoyo de fuego líquido y le ardía el cuerpo entero al estar tan cerca.

El mérgulo ladeó la cabeza hacia ella. Talia sintió un tirón en el estómago, justo como cuando el pajarillo guio su mano para esquivar la orca. Sentía como si pudiera oír una voz en su cabeza, como la del mérgulo, el volcán o aquellos que murieron en la última Inundación.

Talia saltó al volcán.

Con su sacrificio, el volcán gruñó. El fuego crepitó. A medida que la tormenta comenzó a desatar su ira en los cielos, el volcán contraatacó con su furia. El mérgulo soltó un grito angustiado y alzó el vuelo. El volcán entró en erupción tras él escupiendo roca, humo y fuego al aire.

Aquella noche, cuando la tormenta hubo pasado, la mayor de las princesas frunció el ceño.

—Talia aún no ha regresado —dijo.

Se dirigió al balcón del castillo y miró al exterior. No vio la silueta del velero de Talia regresando a través de la lluvia. Sin embargo, vio una columna plateada de humo en el cielo nocturno.

Unas rocas volcánicas flotaban a la deriva en el horizonte, tan grandes que podrían haber sido islas en sí mismas. Un mérgulo voló hasta la balsa de piedras flotantes con una rama de pino boreal entre las garras. Aterrizó en las rocas y dejó caer la rama con cuidado. De esta colgaba una piña con sus escamas todavía cerradas con fuerza para proteger sus semillas —estoica, paciente— del mundo.

El mérgulo volvió a alzar el vuelo en busca de una flor silvestre de color índigo.

52
ELLA

No pensaba que en mi corazón quedase algo que pudiera romperse.

Se rompe cuando veo a Natasha leerles a Sofie y Ness. Se rompe cuando estira la manta para taparle los hombros a Ness y seca el sudor de la ceja de Sofie. Se rompe cuando veo una lágrima deslizarse bajo la máscara y salpicar las páginas amarillentas de *Tamm*.

Después de la princesa Talia, Natasha no deja de leer. Lee sobre una princesa que se casa con un rey ballena y da a luz a personas que pueden salvarse nadando de una Inundación. Lee sobre otra princesa más tentadora que la luna y que convence a las olas para que la dejen en paz. Cuando narra, cierro los ojos y casi olvido dónde estoy.

No ha venido nadie a buscarme desde que los guardias mataron a Maret. Si no lo han hecho hasta ahora, es porque no lo saben. Y ahora, más que nunca, no puedo marcharme. No solo porque no hay nadie más que vaya a matar a Nikolai. Sino porque no me imagino abandonando a las bailarinas.

Dentro de la enfermería, no hay lugar para sentir algo que no sea tristeza y miedo. Pero cuando salgo, algo más empieza a tirar de mí. Es esquivo, como zigzags de luz tras los párpados cerrados, y cuando intento mirarlo de frente, se desvanece.

Llámalo instinto. Algo no va bien.

La sexta mañana después de que Sofie y Ness enfermasen, mientras atravieso el pasillo hasta la enfermería, hago un recuento de las peculiaridades.

Uno: la plaga de los pantanos ha empezado de repente. He oído hablar de enfermedades que se extienden con rapidez, pero parece que casi todos los que enfermaron lo hicieron en cuestión de días. Después del brote inicial han entrado muy pocos pacientes nuevos en la enfermería.

Dos: ¿por qué Natasha, Katla y yo no nos hemos sentido ni una pizca enfermas? ¿Algunas personas son inmunes?

Tres: Twain. Twain es el escollo. Si alguien ha inhalado la miasma junto a Ness, es él. Admitió que se habían besado ni diez minutos antes de que empezara a vomitar. Sin embargo, lo que me resulta más curioso es que a Twain le dejen ver a Ness. Cuando oí que el capitán de la guardia le había concedido el poder visitar la enfermería, pensé que era solo un padre preocupado por su hijo enamorado. Pero cuanto más lo pienso, más confusa estoy. El capitán es una de las personas más poderosas de palacio; como su hijo, Twain prácticamente tiene garantizado un sitio en la flota real. ¿Por qué arriesgaría el capitán la vida de su hijo ahora? A menos que, por supuesto, el capitán sepa algo que yo no. Si Natasha, Katla y yo somos inmunes, puede que Twain también lo sea.

Casi he llegado a la enfermería cuando me doy la vuelta de nuevo. Camino por los pasillos sinuosos de vuelta a nuestra habitación. Ha estado casi vacía desde que brotó la plaga de los pantanos. Gretta se ha estado quedando con sus padres. Incluso Adelaida ha estado casi todo el rato ausente, como si el resto de nosotras nos trajésemos la miasma cuando venimos dando tumbos para dormir.

No hay nadie cuando llego. Recorro la habitación con la mirada. Parece que está igual que aquella primera noche que Sofie estuvo en cama.

Levanto la manta. Huele a sudor. Su mesita de noche está abarrotada de cosas bonitas: sus reservas de avellanas, una baraja de tarot, algunas cuentas de los trajes del festival de la estación del oso. Me agacho para rebuscar en la mochila escondida bajo la cama. Dentro encuentro un par de guantes y un fardo de tela. La abro: un pedazo de pan y medio pastel de arándanos, rancio pero todavía sin moho. Envuelvo de nuevo la porción y la dejo donde la encontré.

Antes de que pueda seguir buscando, la puerta se abre. Me sobresalto, pero solo es Natasha y parece demasiado cansada como para que le importe que estuviese rebuscando entre las cosas de Sofie.

—Iba a dormir aquí —dice—. En la cama de Gretta.

Asiento. No la culpo por evitar su habitación solitaria.

Tiene los ojos cubiertos de venas rosas. Lleva el pelo suelto sobre los hombros, más enredado que nunca. Pensaba que hice un buen trabajo evitando dormir antes del festival, pero Natasha me gana con creces.

—¿Cómo están? —pregunto.

—Igual —dice—. Les he leído unas cuantas historias más.

—¿Son todas como las que he oído?

—¿A qué te refieres? —dice.

Me cuesta encontrar las palabras.

—Mis padres me contaban historias cuando era pequeña. No sé si eran de Terrazza o si se las habían inventado. Pero siempre tenían un final feliz. Al final, todo se arreglaba.

Natasha se sienta en el borde de la cama de Gretta.

—A Tamm le gustaban los finales agridulces. Creo que eso hace que las historias parezcan más reales. Y, claro, algunas de las fábulas empiezan con una parte de verdad, como la de Inna, y las historias reales normalmente no tienen un final feliz.

Parpadeo.

—¿Intentas decirme que de verdad existió una chica llamada Inna que se hizo amiga de un oso?

Suelta el aire por la nariz. Una risa de lo más cansada.

—No, pero contiene algunos retazos de la historia de Maapinnen (no sé todos los detalles), sobre los invasores que llegaron y que una joven asesinó a su rey. Hans von Kleb, o algo así. No me acuerdo. Es el tipo de cosas que mi madre sabría. Siempre me contaba esas historias de…

—¿Hans? —Hay pocas cosas que me hagan interrumpir a Natasha cuando me está contando algo de su pasado. Sin embargo, tengo que preguntar—. ¿Estás segura de que no es Otto? ¿Otto von Kleb?

Frunce el entrecejo cansado.

—¿Supongo? Claro. Parece que sí.

—¿Y lo atacó un oso? —digo.

—No lo sé. Puede que no. Es decir, una chica lo mató, pero seguramente no le echó un oso encima. Solo es lo que cuenta la fábula. No sé lo que ocurrió de verdad.

En mi cabeza veo todo como las piezas de un rompecabezas: todavía no está montado, pero sí a punto de encajar.

—Entonces ¿cómo crees que lo mató Inna? —digo.

Natasha me mira con aire escéptico.

—Te lo he dicho, no lo sé. —Hace una pausa—. Aunque si piensas que una joven haya asesinado a un rey, en realidad solo hay una forma en que pudiera hacerlo.

Me he pasado tanto tiempo haciéndome esa misma pregunta que ya tengo la respuesta.

—Veneno.

—¿Cómo demonios conoces a Otto von Kleb, ya que estamos? —pregunta Natasha.

Las últimas piezas encajan.

—Por los mares —susurro.

El libro. El libro de botánica de la biblioteca. Ahora visualizo la página: una seta a acuarela, encantadora, salida de un cuento, con la parte superior redondeada y branquias ligeras. El tipo de setas bajo el que elegirías vivir si fueses una oruga. Las notas escritas a mano junto a la ilustración: *Huele a miel. ¿Otto von Kleb?*

Es veneno. Han envenenado a Sofie y Ness. Pero... no es posible. Todas comemos la misma comida, siempre, y el chef adora a Sofie. ¿Alguien les puso algo en la cena mientras no miraban? ¿Y por qué ellas dos? ¿Por qué las dos bailarinas más inofensivas?

Entonces me miro los dedos. Una miga dorada, una mancha diminuta de jugo de arándanos en la uña del pulgar. Y recuerdo cuando regresaron al palacio con los pasteles en la mano y el rostro manchado de arándanos.

Tengo que ver a Ness y Sofie.

No se mueren por una plaga. Se mueren por el veneno.

—¿Ella? —dice Natasha—. ¿Qué pasa?

Echo a correr.

53
NATASHA

Persigo a Ella por el pasillo hacia la enfermería. ¿En qué está pensando? ¿Qué ocurre?

Se me resbalan las zapatillas por el suelo de mármol. Me choco con un guardia y no me molesto en disculparme cuando me enderezo y sigo corriendo. Cuando Ella y yo entramos a toda prisa por la puerta de la enfermería, estoy sudando y sin aliento.

La enfermera está entre las camas de Ness y Sofie. Cuando me ve, me dirige una mirada cortante.

—La máscara —dice.

No me la pongo. No puedo. No cuando veo los rostros de Ness y Sofie.

Corro hacia sus camas y luego me desplomo de rodillas. Siento vagamente la presencia de Ella a mi lado.

La piel de Ness ha perdido todo el color y su piel se estira como la cera.

—Lo siento —musita la enfermera.

Mi mente se niega a procesar por qué lo siente. Me arrastro hacia la cama de Sofie y le aprieto la mano todo lo fuerte que puedo. Un momento después, siento un apretón débil en respuesta.

—¿Sofie?

Entreabre los ojos. Separa los labios para hablar y me inclino hacia delante para escucharla.

—Mucho aliento —susurra.

Le acaricio el pelo. Me arden los ojos. Quiero memorizar su rostro precioso y esperanzado. Las palabras tardan en llegar.

—Mucho aliento.

Lo digo un instante más tarde. Ya no hay más aliento que despierte el aire entre sus labios.

54
ELLA

Lo que pasa con las cosas horribles es lo siguiente: todos las quieren en pequeñas dosis.

Las tormentas son una aventura si tienes un hogar cuando pasan. Si puedes verlas desde el lado seco de la ventana. Encender unas lámparas. Beber una botella de sidra con tus seres queridos. Dices tener miedo, pero es una pequeña fachada emocionante. Un fervor en ser las personas más duras que hayan vivido en los tiempos más oscuros habidos y por haber. Navegas por la niebla del horror como un turista. Es la miasma, ese horror. Estarás bien si llevas una máscara. Quédate lo suficiente para llenarte los pulmones con ella y ya nunca podrás marcharte.

Natasha se hace un ovillo sobre sí misma en el suelo entre las camas como un animal herido.

Cubro su cuerpo con el mío. La envuelvo y apoyo el rostro contra su pelo mientras ella se echa a temblar.

—Shh —susurro una y otra vez—. Shh.

Su corazón late contra el mío. Creo que no se da cuenta de que estoy aquí.

¿Por qué alguien envenenaría a toda esta gente? ¿A la mitad de Kostrov? El único que tiene motivos para ello es... Nikolai. Se está enfrentando a Gospodin para mantener su férreo control del poder. Batallando contra la presión de la población.

No hay bastantes suministros para la flota real, todo el mundo lo dice.

Así que a Nikolai se le ocurrió una solución: matar a aquellos que abandonarían en la Primera Tormenta. Entonces, cuando consiga salvar a todos los demás, salvar a quienes queden, será un *héroe*.

Entierro la cara en el hombro de Natasha.

Sofie, Ness, Maret, Cassia.

—No puedo —dice Natasha con voz estrangulada—. No puedo. No puedo.

Sé muy bien a qué se refiere. No soporta la pérdida de Sofie y Ness. No puede plantarle cara al mundo, a esta ciudad enferma, a este palacio vil.

Pero yo sí.

55
NATASHA

Me paso el día después de su muerte vagando en trance por los pasillos. Una cortina sedosa frente a una ventana me recuerda que hace mucho tiempo que no vuelo. Resulta que no me importa.

Solo voy a su habitación una vez. El incienso de Katla se arremolina en el aire. Miro fijamente la cama de Sofie. Las sábanas todavía están revueltas de cuando se las sacudió para vomitar por primera vez. La cama de Ness está cubierta de cintas para el pelo. Seguramente estas camas no vuelvan a ocuparse nunca.

Las bailarinas del aire están acabadas.

Puede que el océano deba tragarnos a todos. No solo a las personas excluidas de la flota, sino al palacio, al Álito Sacro y a todos los demás.

El incienso me marea, pero no tengo otro sitio al que ir, así que cuando salgo de la habitación, sigo paseando por los pasillos de palacio. Fuera, la nieve se derrite bajo una cortina injusta y disoluta de luz solar. Camino, camino y camino hasta que el sol se hunde bajo el océano y las nubles exponen la luna.

Necesito hablar con Nikolai. Seguro que él puede hacer algo. Proteger al resto de mis chicas. Detener esta plaga antes de que Gretta, Katla y Ella mueran también. Tiene que saber algo. Tiene que *hacer* algo.

Vagamente recuerdo que pronto es su cumpleaños. Quizá ha pasado ya. Todavía no ha elegido reina.

Tengo el corazón hueco. Después de todo esto... todavía quiero la corona. Todavía quiero sobrevivir. Quiero que mis chicas sobrevivan. Cuando me imagino el rostro de Katla, el de Gretta..., el de Ella...

Un estremecimiento me recorre el cuerpo.

No puedo perderla. A ellas. A ninguna de ellas.

De vuelta en mi habitación, me siento en el escritorio y empiezo a escribir. Solo tengo tres hojas de papel a mi nombre, así que elijo cada palabra con cuidado.

Su alteza real:

Como habrás oído, dos bailarinas murieron ayer. Mi dolor es difícil de describir. Espero que no hayas perdido a nadie. No te lo desearía.

Si puedes, me gustaría hablar contigo. Estaré en el invernadero a medianoche.

Saludos,
Natasha Koskinen

Derrito un amasijo pegajoso de cera y sello la carta cerrada. Encuentro a un guardia que reconozco: Zakarias, uno de los favoritos de Nikolai. Le doy la carta y le digo que es importante.

Me apoyo en la pared y cierro los ojos. Contengo el aliento, como si la Inundación hubiese llegado antes y el océano me hubiese encontrado. Uno, dos, tres...

Ya me estoy ahogando.

56
ELLA

Si lo hubiese matado antes, puede que Ness y Sofie aún siguieran vivas.

Por los planos que encontré en la biblioteca sé que estoy en la zona correcta. Nunca me he atrevido a adentrarme donde vive Nikolai, la parte con más guardias del palacio. Si el pánico por la plaga de los pantanos ha tenido algo bueno es que todos están demasiado consternados como para fijarse en una bailarina vagando por ahí.

Cuando me acerco a la puerta que creo que es la de Nikolai, regreso sobre mis pasos y giro la esquina. Hay dos hombres apostados frente a ella. Vuelvo a echar un vistazo por la esquina. Son Gregor y Andrei.

—¿Por qué quiere ir al invernadero? —pregunta Andrei.

Gregor sacude la cabeza.

—No lo sé. Solo ve con él y no hables mucho. No está de humor para cháncharas.

—Bueno, dile a Sebastian que vaya al invernadero si no he vuelto cuando comience su guardia.

Me escondo para que no me vean. Caminando tan silenciosamente como puedo, vuelvo por donde he venido. Solo podían referirse a Nikolai. Y es mucho más fácil llegar hasta Nikolai en el invernadero que en su habitación.

Aprieto las tiras de la mochila de Sofie. Cuando creo que ya no me escuchan, corro. Con las prisas de atravesar los Jardines de Piedra sin ser vista, rodeo demasiado rápido la estatua de un soldado con una pica en una esquina. La punta afilada del arma me abre un tajo en la manga del traje. La sangre gotea sobre la cola de la sirena. Me presiono la herida punzante con la mano y sigo moviéndome.

El invernadero está vacío cuando llego. El aire huele a tierra mojada. Esperaba que las piscinas termales estuviesen preparadas como la última vez, y cuando aparto los helechos colgantes veo que he tenido suerte. Por aquí debe de haber pasado un sirviente. Colocada junto al borde de la piscina hay una bandeja con pan. Al lado, una jarra de agua. Unas hojas de menta flotan en la superficie. Las moras de los pantanos se han quedado al fondo. Han colocado un juego de vasos vacíos al lado.

Lleno uno hasta la mitad. Me tiemblan las manos cuando abro la mochila de Sofie. Los dedos, con la sangre del brazo, dejan unas manchas rojas en las hebillas. Saco el fardo de tela y lo desenvuelvo con cuidado. Me da miedo tocar el contenido, pero me obligo a hacerlo de todas formas. El interior del pastel está pegajoso y húmedo. Lo vierto en el vaso de agua. Los arándanos la tiñen de rosa. Los trozos de setas picadas se asientan en el fondo junto con las moras.

Para cuando guardo lo que queda de pastel en la mochila, me tiembla el cuerpo entero. Vuelvo a colgármela del hombro. Hace calor del vapor de la piscina, pero no puedo dejar de temblar.

Necesito salir de aquí. No solo del invernadero, sino del palacio.

Me levanto; noto los pies inestables.

Tras los helechos, una puerta se abre.

Me quedo paralizada. Una bota hace crujir la nieve.

Me lanzo contra la maraña de plantas que hay en el extremo más alejado de la piscina. La red de ramas me empujan. La tela suelta de mi manga se engancha con una espina y la rasga unos centímetros más. La hoja junto a mi mano se tiñe de rojo, si es por mi sangre o del interior de los arándanos, no lo sé. Las plantas se cierran con firmeza en torno a mí. Me agazapo en el refugio de sus ramas. A través del sombreado, veo a Nikolai.

Se acerca a la piscina. Inhala el vapor termal. Se quita las botas, se arremanga los pantalones e introduce los pies en el agua.

Alcanza el vaso de agua. A mi alrededor, las hojas están inmóviles. No bebe. Gira el vaso y mueve las piernas en círculos perezosos en la piscina.

No. Vuelvo a introducir la mano en la mochila, buscando, pero… no me traje el barómetro de Maret. Sigue bajo mi almohada. No tengo el cuchillo.

Me quedo mirando el vaso deseando que se lo beba. Se lo lleva a los labios.

No sé qué es lo más adecuado: que muera envenenado o que se ahogue en el agua.

Entonces, el silbido del viento contra el cristal. La puerta se abre de nuevo. Deja el vaso.

Espero a que Andrei entre. Que también lo deje beber. Me encantaría verlos a los dos muertos. Pero no es Andrei quien aparta los helechos.

Natasha no. No puede ser.

Se sienta junto a Nikolai y las hojas tiemblan sobre mi piel.

—Siento lo de tus bailarinas —dice Nikolai.

Un largo silencio. Natasha tiene los ojos rojos.

—Lo siento, Natasha. —Parece sincero. Casi resulta tan convincente como para que me lo crea. Por favor, que Natasha no sea tan incrédula.

Nikolai alza una mano como si fuera a tomar la de Natasha. Como ella no se mueve, la retira.

—En realidad, hay algo que quería preguntarte, pero creo que no es el mejor momento.

Ahí es cuando me doy cuenta. El inicio de la estación del oso llegó y ya ha pasado. Con el caos de la plaga de los pantanos, Nikolai no llegó a anunciar a su reina.

—Cada día que pasa, más me doy cuenta de lo adecuada que eres. Que necesito una reina en la que pueda confiar. Me dijiste que podía confiar en ti, así que tú también deberías confiar en mí.

No. No puede. No puede confiar en él.

Permanece muy quieta mientras lo sopesa. Las siluetas encajan: dos figuras altas, esbeltas, de cabello suave, mandíbula prominente. La reina y el rey. Es demasiado fácil imaginárselo.

—Si alguien más muere… —dice Natasha—. Creo que no podría… —Tiene la voz ronca.

Nikolai le apoya una mano titubeante en el hombro.

—Yo… —Natasha frunce el ceño, le fallan las palabras.

—Ten —dice Nikolai. Y le tiende el vaso de agua.

Natasha se lo lleva a los labios.

57
NATASHA

Los ojos grises de Nikolai están serios. Noto la garganta opri-
mida. Nos observamos a través del cristal mientras lo vuelco para llevármelo a la boca.

—¡Para!

El cristal se me resbala y se hace añicos contra la piedra.
Ella aparece entre la maraña de plantas a apenas un metro de
mí. Nikolai y yo retrocedemos y nos ponemos en pie.

—¿No has bebido? —dice Ella. No mira a Nikolai. Ni siquiera parece fijarse en él—. Dime que no has bebido.

Lleva la manga rasgada hasta el codo; la sirena queda expuesta. Tiene la piel perlada de sangre y las uñas, manchadas
de rosa.

—Ella —digo—, ¿qué ocurre?

—¡Dime que no has bebido!

¿Por qué grita? Tengo el corazón en la garganta. No tiene
sentido.

—¡Natasha! —insiste.

Aturdida, niego con la cabeza. No, no he bebido.

La puerta del invernadero se abre de golpe. Andrei entra como una exhalación. Pasea frenético la mirada de nosotras al cristal y la expresión afectada de Nikolai.

Cuando lo miro, está contemplando fijamente el cristal hecho añicos en el suelo. Las hojas de menta empapada y la fruta aplastada.

—He oído que algo se rompía —dice Andrei—. ¿Qué ocurre?

Pero Ella sigue con la vista clavada en mí, casi suplicante, y no lo entiendo. Nada ha tenido sentido desde que Sofie y Ness han muerto.

—¿Cómo has entrado aquí? —espeta Nikolai. Su voz suena cortante, acusadora…, asustada. Hace que me sobresalte. Ella ni siquiera mira en su dirección. Sigue observándome a mí.

Andrei da un paso hacia Ella, pero ve algo que lo hace retroceder como si le hubiesen dado un puñetazo.

—Tú. —Le mira la muñeca manchada de sangre y marcada con tinta—. Eres tú.

Ella tiene los ojos muy abiertos. Entonces, se encuentra con los míos. Susurra una palabra de la misma forma en que recitarías una plegaria al mar.

—Ayúdame.

¿Qué está pasando?

Me he pasado toda la vida huyendo del peligro, corriendo hacia el lugar más seguro. Protegiendo mi corazón, mi cuerpo, mi seguridad, mi supervivencia.

La sangre me ruge en los oídos. No sé por qué está Ella aquí. No sé a qué se refiere Andrei cuando ha dicho: *Eres tú.* Pero reconozco la forma en que la mira, en que avanza hacia ella. Como si fuese a hacerle daño.

Tomo a Ella de la mano y nos movemos.

Andrei es rápido, pero nosotras más. Lo esquivamos y conseguimos salir por la puerta del invernadero. El corazón me late en la garganta cuando Nikolai grita mi nombre.

Atravesamos el jardín nevado. Ella intenta tirar de mí en dirección a la puerta, pero yo la llevo en dirección contraria. Me dejo caer de rodillas sobre la nieve donde una fuente rectangular cae sobre una rejilla junto al borde del camino. Entrelazo los dedos entre los barrotes y tiro hasta que se suelta. La apertura casi es demasiado estrecha. Al menos, demasiado para Andrei.

Me deslizo por el agujero y salpico al caer en el túnel de abajo. El agua me llega hasta las rodillas.

Un momento después, Ella aterriza a mi lado y me salpica de agua, barro y nieve. Cuando me mira, sus ojos frenéticos brillan en la oscuridad.

¿Quién eres?

¿Estaré cometiendo un terrible error?

Mi mano envuelve la suya.

Corremos.

58
ELLA

Sigo a Natasha a ciegas por los pasadizos oscuros. Mi respiración es fuerte y superficial. Tengo la sensación de que corremos colina abajo, que cada vez nos adentramos más bajo tierra. Pronto, el agua me lame la cintura. Opone resistencia a cada paso que doy.

El sonido del agua corriente y el mar se hacen más fuertes. El pasadizo acaba en una rejilla que da a un canal. El agua se escurre entre nuestros tobillos.

Natasha se apretuja entre los barrotes. Me pongo de lado para colarme tras ella. Su mano aparece sobre mí. La tomo. Me aúpa al borde de la calle. La reconozco. Estamos a unas calles al sur del palacio.

Está lloviendo. Solo es un chaparrón, pero la nieve derretida hace rebosar los canales. Sobre nosotras, las nubes ocultan las estrellas. Me estremezco. Tengo los pies más que entumecidos.

Ahora que nos hemos detenido, Natasha me suelta la mano.

—¿Quieres explicarme qué ha sucedido ahí? —sisea.

Compongo una mueca. Antes de que pueda responder, escucho un repiqueteo como de un carro volcando a unas calles de distancia.

—Vamos —dice Natasha—. Tenemos que seguir moviéndonos.

A lo mejor seguimos moviéndonos para siempre. Así no tendré que explicarle lo que acabo de intentar hacer.

Chapotea por la calle encharcada y se mantiene a un paso por delante de mí. La lluvia le oscurece el pelo a un bronce óxido y le pinta los mechones de la nuca. ¿Qué estará pensando? ¿Se da cuenta de que intentaba envenenar a Nikolai? Creo que no me estaría ayudando si lo supiera.

No pregunto nada mientras serpenteamos por las calles. Sé que nos dirigimos al sur, pero en cuanto pasamos la Costa de la Anguila, no reconozco nada. Los edificios se apelotonan juntos. Un puñado de figuras en sombras atraviesan el agua con esfuerzo y los hombros encorvados.

Natasha me conduce por una calle oscura y en pendiente, cercada en ambos extremos por edificios torcidos. El callejón termina en un canal que intenta con todas sus fuerzas conquistar esta calle. El agua me llega por las rodillas. Estoy demasiado entumecida para que me importe.

Me agarra del hombro como si fuera a escaparme —y, en realidad, podría hacerlo— y dice:

—Venga. Habla.

—¿Conoces este lugar?

—No —dice Natasha—. Es una calle de mierda. Una de muchas en Southtown. Nos quedaremos aquí hasta que me cuentes… —Hace una pausa. Hay demasiadas cosas por decir—. Hasta que me cuentes quién eres.

Me tironeo del pelo empapado de agua.

Soy tan consciente del contacto de su mano sobre mi hombro. Doy medio paso hacia delante y, como ella no retrocede, me acerco más.

—Sabes quién soy —digo con suavidad. Quiero que sea cierto. Muchísimo. No quiero explicárselo todo. Solo quiero que lo sepa. Quién soy. Qué he hecho.

La espalda de Natasha da contra el muro del callejón. Se desliza hacia el suelo y se lleva las piernas al estómago. Está temblando, tiene miedo. Es por mi culpa. Por los mares. Haría lo que fuera para que volviera a sentirse segura.

Me agacho en el suelo frente a ella.

Natasha apoya la cabeza sobre las rodillas y cierra los ojos. Mi mano sobrevuela su brazo un rato antes de reunir la valentía necesaria para tocarla.

—Entonces respóndeme solo a esto —dice—. ¿Por qué intentabas herir a Nikolai?

No digo nada.

Suelta un suspiro largo y trémulo.

—Y yo te he ayudado.

Sus palabras me atraviesan las costillas como un cuchillo. Se retuercen.

—Puedo explicártelo —digo.

—Y ahora —añade— seguramente nos estarán persiguiendo los guardias de palacio. Todo porque *tenía* que ayudarte. Qué idiota soy.

—Natasha…

—Iba a sobrevivir —afirma.

—Lo siento —susurro. Me arden los ojos.

Soy fuerte. Soy vengativa, temible y *fuerte*, y la única razón de ser se supone que debe girar en torno a Cassia, matar a Nikolai, y ahora…

—Lo tenía todo bajo control —continúa Natasha—. Iba a casarme con Nikolai y zarpar en la flota real y despedirme de esta isla y de todos los que habitan en ella porque soy así de egoísta. —No sabría decir si las gotas que penden de sus pestañas son de la lluvia o lágrimas—. Iba a sobrevivir. Hasta que llegaste tú.

Me mira como si no fuese a comprenderlo. Pero sí lo hago. Entiendo lo que es despertarte y anhelar. Quedarte dormida y anhelar. La forma en que, si encuentras algo lo bastante bueno que anhelar, se come todos los espacios vacíos. Te llena.

Lo entiendo.

Sobrevivir es su propósito al igual que la venganza era el mío.

Entre nosotras solo podía haber un final feliz.

—Todavía puedes —digo. Tengo la voz ronca y hueca—. No lo maté, ¿verdad? Fallé. Fallé porque no podía dejar que murieses. Pero tú todavía puedes volver. Cásate con Nikolai. Sobrevive, Natasha. Todavía puedes sobrevivir.

—No lo entiendes —mascula—. Lo has arruinado todo.

—¿Por qué?

Sacude la cabeza. Un mechón de pelo pegado a la piel delinea la forma de su mandíbula y clavícula. Le tiemblan los brazos. Cada uno de sus músculos son largos y están tensos.

—Porque ya no solo quiero sobrevivir —dice.

Luego se inclina hacia delante. El agua crece a nuestro alrededor. Sus dedos se entrelazan en mi pelo.

Me besa como si fuera el fin del mundo.

59
NATASHA

Los labios de Ella están pegajosos por el agua salada y el sudor. Pasa las piernas sobre las mías. Encuadro su rostro entre las manos con un pulgar en cada sien. Presiono mis labios y caderas contra los suyos y respiro el mismo aire que ella, aquí, en la calle inundada, con el agua y la noche arremolinadas a nuestro alrededor. Cuando se mueve, la corriente empuja, tira. Se aferra a mi pelo y me acerca más a ella. Nuestras narices se frotan.

Le acaricio los brazos con las manos y, a su paso, descubro que tiene la piel erizada.

Cuando la beso, intento olvidar que no es mía y que yo no soy suya. Que ambas tenemos personas junto a las que regresar y otros que nos persiguen. El beso no es un comienzo, sino un final.

Sus labios abandonan los míos. Nuestras frentes se tocan.

¿Me da tiempo de memorizarla? ¿La forma en que su nariz se eleva un poco en la punta, solo un poco? ¿La forma en que el agua destella sobre su piel?

—Natasha —susurra.

—No puedo quedarme —digo.

Ella asiente con su cabeza todavía apoyada en la mía. Entonces cierra los ojos. Compone una mueca.

—Tengo que contarte algo.

—¿Qué?

—La razón por la que quería matar a Nikolai —dice.

Matar a Nikolai. Cuando lo dice, se vuelve real. Quería matar a Nikolai. No me responden los pulmones. Me mareo.

—Cassia —dice.

Lo entiendo. Todo. En esa palabra.

Cassia. La hermosa e inteligente Cassia. La princesa real exiliada. Por supuesto que lo entiendo. Siempre envidié a Cassia. Admiré a Cassia. Puede que incluso tuviera cierto presentimiento sobre ella de la misma manera que siempre lo tuve hacia Nikolai, algo que nunca traté de poner en palabras. Cassia.

—Éramos… —comienza Ella, pero niego con la cabeza rozando la suya.

—No tienes por qué —digo.

—Maret —continúa Ella—. Su tía. Es la mujer con la que me viste hablando. Vinimos juntas. Nikolai envió a sus hombres a asesinar a Cassia. Así que quise vengarme. Maret quería el trono.

¿Cassia está muerta? ¿Y Nikolai la mató? Pienso en el muchacho. Ese al que he comenzado a conocer durante los últimos meses. Tan inseguro, cauteloso, consciente de lo poco que Gospodin y el resto de sus consejeros esperan de él.

—¿De verdad piensas que fue capaz de asesinar a su hermana? —digo.

—Yo estaba allí —responde Ella—. Vi que Andrei la mataba.

Se me revuelve el estómago. ¿Nikolai? ¿Nikolai, que ni siquiera podía enfrentarse a su hermana cuando ella le daba una paliza en un juego de mesa?

Ella analiza mi expresión. Debe ver mis dudas porque añade:

—Y la plaga de los pantanos. Nikolai la orquestó. Estaba en la comida y en la colecta de alimentos. Setas envenenadas, como las que utilizó Inna.

Me quedo de piedra, pero mi mente no para de dar vueltas. Desenterrando recuerdos. La colecta de alimentos. La forma en que Gospodin se limpiaba los dedos en el mantel de manera tan meticulosa. Sofie y Ness, riéndose con los dulces en las manos.

—¿Natasha? —dice Ella.

—Fue Gospodin. —Sacudo la cabeza. Mi cuerpo entero se sacude—. No Nikolai. Fue Gospodin.

Sigue en el poder porque prometió mantener al pueblo a salvo de la Inundación. Y solo unos pocos caben en la flota real. Así que cuantas menos personas sobrevivan hasta la Primera Tormenta, mejor será su índice de éxito. Más probabilidades tendrá de que la flota real esté bien abastecida para el año de la Inundación.

Habrían muerto de todas formas, diría. *Es un mal necesario. Para mantener la paz. Lo entiendes, ¿verdad, señorita Koskinen?*

Ella niega con la cabeza.

—No, fue Nikolai. Es lo que siempre decía Cassia. Que Nikolai iba tras ella. No Gospodin.

Entonces, también se queda en silencio. Seguimos con la frente apoyada en la de la otra y su olor me embota los sentidos; solo quiero que todo se detenga, no más Gospodin, no más Nikolai, no más Inundación, solo Ella.

—Te equivocas —digo.

Debemos arrancar de raíz a los individuos peligrosos, ya sean hombres o insectos, y darles muerte antes de que puedan contaminar a los demás. Eso es lo que Gospodin me pidió que leyera en *El cuaderno de bitácora del capitán.* Que acabaría con cualquiera que amenazase su poder, cualquiera que amenazase su idea de paz.

—Tú no estabas allí —dice Ella cortante—. No viste morir a Cassia.

Cuando pronuncia su nombre, se me forma un nudo en el estómago. Tengo celos de una chica muerta.

—Sé que conocías a Cassia. Pero yo conozco a Nikolai. Y no creo que fuera capaz de hacerlo. De enviar a alguien a que la matase.

Ella retrocede para sentarse.

—Si estás tan segura de que es inocente, cásate con él. —No intenta ocultar la burla en su voz—. Sobrevive. —Contempla el agua que se desliza por el suelo. Siento la distancia repentina en cada parte de mi cuerpo—. Quiere casarse contigo. Cualquier idiota lo vería. Así que conviértete en reina.

Si mirase en mi interior, vería lo mucho que quiero que me pida hacer lo contrario. Que olvide a Nikolai. ¿Qué importa si el malo es Nikolai o Gospodin? Ella y yo podríamos encontrar un bote. Podríamos huir. Se escondió de mí durante mucho tiempo por miedo a que la odiase, pero ahora que la veo en toda su magnitud... siento lo contrario. Si me mirase, volvería a besarla y lo sabría.

410 · DOS CHICAS EN LOS CONFINES DEL MUNDO

No lo hace.

—No —digo—. Ella, no. Yo… no voy a dejarte.

Alza la mirada.

—Entonces ¿dónde iríamos? —musita en voz baja.

Hago una pausa.

—¿A largo plazo o ahora mismo?

Es una pregunta dolorosamente importante. Llevo meses desesperada por asegurarme un futuro con Nikolai. Me he imaginado zarpando con él en la flota real, despidiéndome de Kostrov y disfrutando de mi suerte por sobrevivir al menos un poco más que mi madre.

No quiero querer eso.

Sin embargo, este futuro —este futuro estúpido, imposible, tentador— es lo único que sé cómo querer. No tengo la respuesta a nada a largo plazo, así que me alivia que ella responda:

—Ahora mismo. Solo… ahora mismo.

—Pippa —digo—. Podemos pedirle ayuda a Pippa.

—Vale —responde Ella—. Yo… Vale.

La miro a los ojos. Me devuelve la mirada.

Se me olvida respirar.

—Natasha, no sé qué acabo de hacer —dice—. No me creo que… Lo siento.

¿Qué se supone que debo hacer? ¿Decirle que no pasa nada? ¿Decirle que no importa que acaba de intentar matar a alguien? No está bien.

Pero la ayudé. ¿Y no había una parte de mí que sabía que debía de estar tramando algo horrible en el momento en que salió de entre los helechos en el invernadero? La ayudé igualmente. Porque es Ella. Es Ella.

Solo desearía quedarme con este momento, con todo lo bueno, y guardarlo en una botella. Me la llevaría muy lejos de Kostrov y disfrutaría de algo hermoso, sorprendente, algo más que esto.

Ella asiente. Entonces se muerde el labio, titubeante de una forma en la que no estoy acostumbrada a verla.

—Es que… sé que seguramente tú… Yo…

La agarro por los hombros y vuelvo a besarla. La sostengo contra mí, siento los latidos de su corazón. Entonces dejo que mis manos caigan a mis lados.

—Vámonos.

Por un instante, parece conmocionada. Entonces asiente.

La ciudad aún está sumida en la oscuridad, pero la luz de las ventanas titila con valentía proyectando unos cuadrados amarillos veteados sobre la calle húmeda. Cuando paso por uno de esos recuadros de luz, una forma oscura se estremece en las olas cuando levanto el pie. Una rata. Muerta. Está enroscada sobre sí misma como una coma y se agarra la cola con las patitas rígidas. Ella la roza con la pantorrilla. Emite un sonido estrangulado.

Alargo el brazo hacia atrás y la tomo de la mano, solo por un instante, para darle un apretón.

—Nunca me han gustado las ciudades —dice.

—Pues ahora mismo a mí tampoco me gusta mucho Nueva Sundstad —respondo—. ¿Tiene algo que guste?

—He oído que la Compañía Real de las Bailarinas del Aire son bastante espectaculares —dice.

Me río antes de que pueda contenerme. Pero se va tan pronto como llega. Demasiado pronto. La magnitud de lo que acabo de hacer comienza a asentarse.

He huido de Nikolai. He huido de palacio. Eso significa que he elegido, ¿no? Sin pensar, he tomado la estúpida decisión de seguir los sentimientos desbocados de mi estómago en lugar del plan racional que llevo construyendo desde que era pequeña. Quedarme en palacio. Sobrevivir.

—¿Dónde estamos? —pregunta Ella.

El estómago me da una sacudida incómoda cuando paseo la mirada por los edificios, como si mis tripas hubiesen dejado de funcionar mientras que el resto de mi cuerpo sigue en movimiento. Es familiar de la peor manera posible. La carnicería. Los ladrillos manchados de marrón. Mi antiguo barrio. Sigo adelante.

—Casi estamos —digo.

No nos detenemos hasta que llegamos a la puerta azul, la casa torcida donde viven Pippa, Iskra y Rasa.

Alargo la mano para asir la de Ella. Entrelaza los dedos con los míos. Acaricio con el pulgar las marcas que se arrastran arriba y abajo por su muñeca.

—Vamos —digo.

Nunca me ha gustado este sitio, pero no tenemos otro lugar al que ir. Me digo a mí misma que no es permanente. Que es un buen escondrijo. Un lugar donde Ella y yo podremos sentarnos unas horas hasta que tengamos un plan.

Una vocecilla en mi interior pregunta: *Y luego ¿qué? ¿Se supone que debo abandonar Kostrov? ¿Se supone que debo volver a palacio, rezar por estar en lo cierto acerca de Nikolai y defender mi inocencia?*

Todo está patas arriba.

Ahora mismo podría haber guardias persiguiéndonos. Puede que los haya.

—¿Entramos? —pregunta Ella en voz queda.

Respiro profundamente. Luego doy un paso al frente y levanto la mano para llamar.

60
ELLA

Natasha levanta la mano para llamar y luego vuelve a bajarla.

—Yo… —Sacude la cabeza. No llega a terminar la frase.

Me pongo de puntillas y presiono los labios contra los suyos. Desearía que hubiera más claridad en esta calle en penumbras para poder cartografiar cada peca de su nariz y así conservar el recuerdo.

¿Cómo puedo sentirme así? Después de Cassia, no me imaginaba con nadie más. Ni siquiera cuando la atracción que sentía hacia Natasha crecía, nunca pensé que sería así. Nunca pensé que sentiría tanto. Y me sorprende darme cuenta.

Lo que siento por Natasha no hace que lo que sentí por Cassia sea menos cierto. Es como cuando una Inundación consume unas tierras antiguas para dejar paso a la nueva. No significa que la anterior no existiese. No significa que nadie bailara, cantara, se enfadara, amara en esas tierras. Mientras estaba ahí, con sus montañas y sus ríos, la tierra era buena.

Ahora que se ha ido, no es menos. Solo el pasado.

Cuando nuestros labios se separan, aprieto la mano de Natasha una última vez. Luego la suelto.

Natasha llama a la puerta.

Un minuto después, se abre con un chirrido. Aparece una joven de trenzas largas. Su vientre, bajo la túnica, se curva suavemente.

—¡Oh, Tasha! —dice Pippa—. Y tú debes de ser Ella. Es muy temprano para... —Y entonces Pippa nos recorre con la mirada, nuestra ropa mojada y mis manos manchadas de rojo. Entreabre los labios—. ¿Qué está ocurriendo?

—Por favor —dice Natasha—. Necesitamos tu ayuda.

Pippa nos deja pasar. Nos conduce por un pasillo estrecho y escaleras arriba. Apenas está iluminado. Huele a flores marchitas. No culpo a Natasha porque no le guste este lugar. Pippa nos lleva a una habitación pequeña, abarrotada. Montones de libros y periódicos ocupan el espacio bajo la cama. Tiene un atlas colorido sobre la manta. Pippa cierra la puerta tras nosotras.

—Bueno —dice—. No sé muy bien por dónde empezar.

Natasha me mira de reojo.

—Yo tampoco.

—¿Qué ha pasado? —pregunta Pippa—. ¿Por qué habéis venido?

—Teníamos que huir —dice Natasha—. Ella... Nikolai iba...

No lo dice. No me merezco esa amabilidad.

—He intentado envenenar a Nikolai —confieso.

—¿Qué? —dice Pippa—. ¿Por qué?

Cierro los ojos. Compongo una mueca.

—Cassia —musito.

—¿La princesa? —dice Pippa.

Así que se lo explico. Les cuento que perdí a mi familia pero que encontré otra en Cassia y Maret. Les hablo de Andrei y los otros que llegaron a Terrazza, que la asesinaron. Les hablo de mi venganza.

—¿Cómo estás tan segura de que fue Nikolai? —pregunta Pippa—. Tasha, tú lo conoces tan bien como nosotras. ¿De verdad crees que haya podido hacer algo así?

—Creo que estaba celoso de ella —responde—. Celoso de su inteligencia. De su poder. —Hace una pausa—. ¿Y tú crees que haya enviado a Andrei a matarla?

Pippa se muerde el labio.

—No lo sé. Seguramente Gregor diría que no. Pero… pero las cosas cambiaron después de que Nikolai exiliase a Cassia. Todo se volvió más… tenso.

—Sé que Nikolai es culpable —digo. Hasta yo escucho el cansancio en mi voz. Me siento como una canción de una sola nota.

Cassia quería a Nikolai muerto; Nikolai quería a Cassia muerta. ¿Tan distintos son?

Me hundo en el borde de la cama de Pippa.

Por los mares. Iba a asesinar a alguien. La magnitud del asunto me golpea. Lo habría hecho de no haber sido por Natasha. Ahora mismo sería una asesina. Puede que nunca hubiera descubierto si Nikolai es culpable o no…, pero lo sería.

Me recorre un escalofrío. Me hago un ovillo. Me envuelvo las rodillas con los brazos y contemplo mi muñeca. Cuando acaricio mi sirena con el pulgar, la piel se arruga sobre la amplia superficie de su rostro y parece que me guiña el ojo. ¿Puedo odiarla y amarla al mismo tiempo? Lo ha visto todo. Las verdades y las mentiras. El corazón roto, la venganza y el amor. Ha visto muchas cosas de las que me avergüenzo, muchas cosas de las que me arrepiento. Pero no quiero arrepentirme de quién soy, jamás.

—¿Y ahora qué? —pregunta Pippa—. ¿Vais a volver al palacio?

Natasha se tensa.

—Ella no puede.

No puedo volver al palacio, pero ¿y ella? ¿Lo haría? ¿Lo hará?

—Natasha —musito—. ¿Puedo hablar contigo a solas? Solo un momento.

Pippa asiente y sale. Cierra la puerta con suavidad tras ella.

Natasha titubea junto a la cama. Me levanto. La tomo de las manos.

Estoy muy cansada de vivir por el recuerdo de otra persona.

Estoy muy cansada de fingir que no la quiero.

—Me has salvado —digo.

Ella niega con la cabeza y la beso.

—Me has salvado —repito. Siento la presión aumentando tras mis ojos—. Y ahora quiero salvarte yo a ti.

—No puedo… —comienza a decir, pero vuelvo a besarla.

—Tienes que volver al palacio —digo. ¿Tan firme suena mi voz? Si es así, es mentira. Se me está rompiendo el corazón—. Regresa. Cásate con Nikolai. Salva a las bailarinas. Sálvate. —La beso por tercera vez, desesperada; ya la echo de menos. Luego susurro contra sus labios—: Sobrevive.

—No —dice Natasha—. Sin ti, no. No estaba segura, pero…

—Tienes que hacerlo —la interrumpo. Me sale con ímpetu. Casi enfado. Pero esto no puede ser en vano.

—*No* —repite y veo las lágrimas en las comisuras de sus ojos. Sin embargo, no puedo dejar que lo haga. Renunciar a todo. Por mí. Está tan cerca.

—Escucha —digo—. Los guardias nos estarán buscando. Se les ocurrirá venir aquí. Necesitas marcharte antes de que lo hagan. —Intenta interrumpirme, protestar, pero continúo—: Nikolai se preocupa por ti. Creo que de verdad. Tú solo... Tú solo tienes que decirle que intentabas descubrir qué me traía entre manos.

—No voy a dejarte —dice Natasha.

Empiezo a hablar más rápido.

—Gospodin puede ser peligroso, pero si consigues una de las setas que utilizó, podrás protegerte. Demostrar lo que hizo. —Le explico deprisa dónde encontrar el libro de botánica en la biblioteca, la página sobre la seta, y aunque Natasha no dice nada, no deja de negar con la cabeza.

—Ella, no.—suplica—. ¿Qué hay de ti?

—¿Qué hay de mí? —repito—. No importa. Prefiero verte a salvo. ¿No lo entiendes?

—¿No entiendes tú que prefiero verte a salvo? —dice.

Siento que me paralizo. No, quiero responder, claro que no lo entiendo. Nunca se me ocurrió que podría amar a alguien después de Cassia. Pero más imposible me resulta la idea de que otra persona pueda amarme.

Vuelvo a sentarme en la cama. Natasha se acomoda a mi lado.

—Podríamos irnos a algún sitio, ¿no? —propone—. ¿Huir?

Acerca el atlas de Pippa. Pasa las páginas. Todos los países que el océano cubrirá pronto. Todas las tierras que no permanecerán ahí mucho más. La observo pasar las ilustraciones de lagos relucientes, acantilados derruidos y montañas que se alzan entre la tundra para atravesar la aurora boreal.

—Podríamos ir a cualquier parte —dice Natasha.

Iría a donde fuera con Natasha. Pero no hay ningún lugar que pueda ofrecerle tanto como Nikolai en la flota real.

¿Soy egoísta si digo que sí? Quiero hacerlo. Con todo mi corazón.

—Tasha…

La puerta se abre de nuevo.

—Tenéis que iros —dice Pippa—. Ahora.

Nos ponemos en pie.

—¿Por qué?

Escucho unos golpes en la puerta en el piso de abajo.

—Los guardias —dice Pippa—. Están aquí.

El corazón me martillea. Una puerta se abre con un chirrido. Las voces de abajo ascienden hasta nosotras. Un hombre —un guardia—, que dice:

—Iskra. Vamos. Éramos amigos cuando estabas en el palacio.

—Pues ahora no lo somos.

—Solo queremos comprobar si las bailarinas están aquí.

Pippa nos empuja a que avancemos. Atraviesa el pasillo con pasos silenciosos.

Alargo el brazo hacia atrás buscando a Natasha y ahí está. Encuentro su mano, sus dedos, los entrelazo con los míos.

Me da un apretón.

Seguimos a Pippa por el pasillo y a través de una puerta pequeña que gime cuando la empuja.

—¿Qué ha sido eso? —dice la voz de un hombre.

—¡Daos prisa! —Pippa baja las escaleras a toda prisa.

El corazón me bombea más rápido para seguirle el ritmo. Corremos por las escaleras abandonando cualquier pretensión de cautela. Un tramo de escaleras, dos tramos…

Llegamos en un suspiro al piso de abajo y atravesamos a toda velocidad otra puerta.

No suelto la mano de Natasha en todo el camino.

La puerta se abre a un callejón húmedo y sucio.

—Marchaos —dice Pippa.

Natasha y yo salimos a la calle mojada y echamos a correr.

Doblamos una esquina. Natasha se detiene de forma tan abrupta que me choco con ella. Se tropieza, pero recupera el equilibrio, me sujeta de los hombros y me gira en la otra dirección. Atisbo por qué.

Cuatro hombres altos con los uniformes de la guardia corren por el callejón hacia nosotras.

Salimos corriendo en dirección opuesta. Corremos hasta que jadeamos sin aliento. Corremos hasta que me duelen las piernas y el pecho.

No tenemos ningún lugar al que ir. Ninguno.

Doblamos una esquina y le doy la mano a Natasha. Tras nosotras, pasos rápidos sobre los adoquines mojados.

Esto no era… no era como debía suceder.

Con los guardias persiguiéndonos. La ciudad desapareciendo frente a nosotras. Y, entonces, la frontera de Nueva Sundstad y el océano abierto frente a nosotras.

Cuando le grité a Natasha —cuando la salvé del veneno—, arruiné toda oportunidad de asesinar a Nikolai. No tuve tiempo de pensar. Pero volvería a hacerlo.

No pude salvar a Cassia. Puedo salvar a Natasha.

Derrapamos para detenernos en la frontera de la ciudad. Miro hacia atrás justo a tiempo de ver unas sombras, los guardias, brotando de la calle que acabamos de atravesar y arrinconándonos contra el mar.

—¿Qué vamos a...? —dice Natasha.

—¡Confié en ti! —grito—. ¡Y me has traicionado!

Los guardias están aquí. Natasha tiene los ojos muy abiertos; está confusa.

—Nikolai y tú sois tal para cual —digo.

Y entonces la empujo al océano.

61
NATASHA

Salpico cuando caigo al agua. El frío me arranca el aire de los pulmones. Cuando emerjo, tomo una bocanada de aire.

¿Por qué ha hecho eso Ella?

Me aferro al rompeolas tratando de encontrar la manera de volver a subir. La piedra está resbaladiza y está a más altura que yo. No puedo dejar de toser.

En la lejanía, escucho una voz. ¿Los guardias?

Abro la boca para gritar. Una ola me golpea el costado. Me llena los pulmones de agua salada. Empiezo a toser. Golpeo el lateral del rompeolas. Pero el océano es grande, ruidoso, y yo soy diminuta.

Y entonces… unas manos me buscan. Pálidas y llenas de pecas. Me agarro a ellas y alguien fuerte me saca del agua y me deja sobre los adoquines formando un charco.

—¿Natasha? —Gregor se agacha a mi lado y me apoya una mano con suavidad en el hombro—. ¿Estás bien?

Veo las botas de otro puñado de guardias. Todos están inclinados hacia mí mirándome muy preocupados.

Así que eso es lo que ha hecho Ella.

Ha hecho que pareciese que la había engañado. Para que no me meta en problemas. Para que los guardias me apoyaran la mano en el hombro con suavidad y me mirasen muy preocupados.

Paseo la mirada por la calle.

Ella ya no está.

—¿Qué ha pasado? —digo. Estoy temblando y mareada.

—Estás bien —responde Gregor—. Venga. Vamos a llevarte a casa.

¿*Bien*? No estoy bien. Nunca he estado menos bien.

—¿Dónde está Ella? —pregunto.

—No te preocupes por eso —responde Gregor con tono afilado. Me dedica una mirada de advertencia—. Has sido muy lista. Por llevarla a un callejón sin salida.

Me noto lenta, pesada.

—Claro.

¿Dónde está?

Cuando regresamos a palacio, Gregor me deja en la habitación de las bailarinas. Katla es la única que está aquí. Se pone de pie a toda prisa y corre hacia mí.

—¿Qué está pasando? —dice.

Gregor asiente en mi dirección.

—Haz que entre en calor. El capitán Waska querrá hablar con ella. Nikolai también. —Entonces se va.

Katla me envuelve los hombros con una toalla. Me mira con el ceño fruncido.

—Ella intentó asesinar a Nikolai —susurro.

Su semblante empalidece.

—¿Qué?

Se lo cuento todo. Si le sorprende descubrir mis sentimientos, los sentimientos de Ella, el beso, no lo demuestra. Cuando le pregunto, se limita a encogerse de hombros.

—Me fijé en el tatuaje de Ella hace meses. Supuse que me lo contaría si quisiera.

—¿Y yo?

—Me sorprende y a la vez no.

—¿Qué se supone que significa eso? —pregunto.

—Sabes que yo también estaba en la sala cuando Ella y tú os mirabais, ¿no?

Me arden las mejillas.

—¿Sabes lo que sí me sorprende? —dice bajando la voz—. El hecho de que hayas ayudado a alguien que quería asesinar al rey.

—Tomé la decisión en una fracción de segundo —digo—. ¿Una locura momentánea?

Pero... ¿lo fue? Si tuviera que hacerlo otra vez, ¿volvería a ayudar a Ella? Ahora que sé lo que sé. Que no me estaba equivocando. Que no es inocente. Quería matar a Nikolai... Así de simple.

¿Volvería a ayudarla?

Empiezo a temblar con más violencia.

—Vale —dice Katla con una exhalación—. Vale, esto es lo que vamos a decir. Sabías que confiaba en ti, así que decidiste ayudarla a salir de palacio para descubrir con quién estaba trabajando. En cuanto supiste cuáles eran sus motivos, la llevaste a un callejón sin salida para que los guardias pudieran apresarla. Eres leal a la corona. No quieres tener nada que ver con Ella. ¿Comprendido?

—¿Dónde crees que está? —digo.

—No puedes preguntarlo. Esto ya es demasiado sospechoso de por sí.

—Por favor, Katla —digo—. Ve a hablar con los guardias. Con Gretta. Alguien debe saber algo.

Frunce el ceño. Me observa con cautela.

—Está bien. Pero… ten cuidado, ¿vale? No hagas ninguna estupidez mientras esté fuera.

Cuando se marcha, la habitación se queda demasiado tranquila. Oigo los latidos de mi corazón. Me quedo muy quieta en medio de la estancia.

¿Decía la verdad Ella? Si Nikolai mató a Cassia, puede que él también orquestase la plaga de los pantanos. Quiero contárselo a alguien, pero tengo demasiado miedo a que, si lo hago, me incrimine aún más.

La puerta se abre de par en par.

Adelaida la cierra de un golpe tras ella y me señala con el dedo.

—¿Qué —dice— está pasando?

Abro la boca. La cierro.

—En la lista de las peores maneras de despertarme, pongamos la primera: «el capitán de la guardia entra echo una furia en mi habitación para decirme que dos bailarinas han intentado asesinar al rey y están desaparecidas».

—Yo… no estaba ayudando a Ella. —Trato de repetir la excusa que me dio Katla—. Solo intentaba descubrir con quién trabajaba.

—¿Y? —me insta Adelaida—. ¿Lo hiciste?

—Maret.

Arquea las cejas.

—¿La tía de Nikolai?

426 · DOS CHICAS EN LOS CONFINES DEL MUNDO

—Ella conocía a Maret y a Cassia —digo—. Viajaba con ellas. Me contó que Nikolai ordenó asesinar a Cassia y luego me contó una teoría sobre la plaga de los pantanos y creo que de verdad es...

Adelaida sostiene una mano en alto.

—No quiero oírlo.

—¿Perdón?

—Ya tienes suficientes problemas —dice—. No sueltes teorías sobre la plaga de los pantanos. Ni de que el rey ha enviado asesinos tras su hermana. Vas a quedarte callada y a colaborar. El culmen de la lealtad. ¿Entendido?

Asiento despacio.

—¿Qué pasa con Ella?

—Será mejor que no preguntes por ella.

Me asalta el temor.

—¿Dónde está?

Adelaida me recorre lentamente con la mirada. Frunce los labios. Y entonces, da media vuelta, como si no soportase mirarme.

—El capitán Waska me lo acaba de comunicar. Ejecutada.

Daría lo mismo que lo hubiera dicho en otro idioma. Me pitan demasiado los oídos como para que nada de lo que diga cobre sentido.

—Debe de haber un error —digo—. No. Yo... ¿La van a ejecutar?

—No, Natasha —responde Adelaida con un tono casi amable, solo por un instante—. Ya está muerta.

62
ELLA

Cuando los guardias me llevan a rastras hacia las entrañas del Palacio Gris, todo se vuelve oscuro. Las escaleras están tan empapadas que parece que me esté lloviendo encima. Cuanto más avanzamos, más frío se vuelve el aire.

Andrei me sujeta con fuerza de la cintura con la mano mientras me obliga a bajar los peldaños. Lo está disfrutando. Me acaricia el tatuaje con el pulgar, como siempre hago cuando estoy nerviosa, triste o pensando en la chica que amo.

—Tatuaje de mierda —dice.

—Ya —digo y estoy furiosa al escuchar mi voz trabada por las lágrimas—. Una pena que no me marcases con más cuidado.

Andrei resopla.

—Una pena que no cerrases las piernas y te casaras con un buen hombre.

Doblo la rodilla y elevo la pierna para golpearle entre las piernas. Andrei sisea y trastabilla, y el guardia frente a mí echa un vistazo hacia atrás preocupado.

—Cuidado —dice Andrei.

—Una pena que no cerraras las piernas para evitar que te diera un rodillazo —replico.

Su agarre me retuerce la piel y tengo que morderme la lengua para no gritar de dolor.

Pero Natasha está a salvo, ¿verdad? Tiene que merecer la pena siempre y cuando Natasha esté a salvo.

Llegamos al final de las escaleras. Uno de los guardias abre una celda y me empuja dentro. El repiqueteo de la puerta al cerrarse reverbera.

Cuando se marchan, cierro las manos en torno a los barrotes. Oteo la oscuridad.

Silencio.

Entonces, escucho la voz de un hombre con acento:

—¿Estás bien?

Miro la celda frente a la mía. Veo un rostro bronceado entre las sombras. Es más joven de lo que esperaba. Tiene la nariz aguileña.

—¿Por qué estás aquí? —pregunta.

—Una poesía de pena —digo—. ¿Y tú?

—Una ciencia muy buena.

De repente, ubico el acento.

—¡Ah! Eres uno de los investigadores skaratanos. Estabais buscando osos polares.

El hombre compone una mueca. Tras él, alguien dice algo en skaratano. Nunca fue uno de los idiomas predilectos de mi padre; no tengo ni idea de lo que dicen.

—Fósiles de osos polares, en realidad —dice el hombre.

—¿Encontrasteis alguno?

Asiente.

—Y más pájaros de los que puedas contar.

Recuerdo lo que los padres de Katla dijeron de los investigadores que buscaban fósiles que podrían desmentir partes de *El cuaderno de bitácora del capitán*. Fósiles que demostrarían que los animales pueden sobrevivir a las Inundaciones, que los humanos no somos tan especiales.

—¿Y? —digo—. ¿Habéis desmentido ya con éxito a Kos?

—No si no podemos fechar los fósiles —responde—. Pero encontramos un mérgulo que estoy casi seguro de que tiene al menos unos miles de años. Por otro lado, nuestro mejor intento y el más completo fue el de una gaviota; la envergadura de sus alas es la más grande que he visto en…

—¿Un mérgulo? —lo interrumpo.

El investigador parpadea.

—Sí. Bueno, la mitad de uno al menos. ¿Sabes algo de los mérgulos?

—Solo… una vez oí una historia.

En la lejanía, me parece oír las olas rompiendo contra el palacio. Si cierro los ojos, me imagino a Natasha leyéndoles a Sofie y a Ness. Tras las siete montañas y los siete mares…

—Entonces, ¿cómo sobrevivieron a la Inundación? —pregunto—. Los pájaros.

—Pues hay muchas teorías —dice el investigador. Empieza a señalar las opciones con los dedos—. Cuevas submarinas, bosques de manglares, balsas de piedra pómez…

—¿Qué es una balsa de piedra pómez? —pregunto.

Servicialmente, el investigador responde:

—La piedra pómez es una roca repleta de bolsillos de aire. Es lo bastante ligera como para flotar. Algunos investigadores (la compañía presente a veces incluida, dependiendo del día) creen que la piedra pómez expulsada por las erupciones volcánicas han podido formar balsas enormes, tan amplias y recias que los animales pueden caminar sobre ellas. Seguro que lo bastante amplias y recias para que las semillas viajen por todo el mundo.

Tamm escribió sobre una princesa que se lanzó a un volcán para que las semillas y los mérgulos pudieran sobrevivir. Escribió sobre islas que no estaban ancladas al lecho marino. Escribió sobre una chica que mató a un rey invasor con lo que encontró en los pantanos.

Si la historia de Inna está basada en algo real, ¿por qué no lo estaría la de la princesa Talia? ¿Y la de Turelo? Puede que sean ciertas de la misma manera que los escritos de Kos: unas fábulas mezcladas con la realidad, y nosotros hemos perdido la línea que los separa.

Las fábulas completas de Tamm es un libro sobre maneras extrañas en las que las personas han sobrevivido a las Inundaciones. Pero ¿y si no todas son fantasías? ¿Y si *Las fábulas completas de Tamm* pueden enseñarnos cómo sobrevivir a ella?

Me pongo de pie. Me aprieto contra los barrotes.

La única persona en el mundo a quien quiero contárselo es Natasha.

Esas fábulas, le diría. *Esas fábulas que tanto adoras. Son más importantes de lo que piensas.*

Imagino una cuerda que va entre ella y yo, esté donde esté. Que nos conecta. Imagino que le doy un tironcito. ¿Sentirá que estoy aquí? Debe de hacerlo.

Los barrotes están fríos bajo mis dedos.

Me encontrará.

Tiene que hacerlo.

63
NATASHA

Una parte fundamental de mí se rompe. Siento como si hubieran cercenado todas las arterias conectadas a mi corazón y que ahora simplemente está libre, flotando en mi pecho, inservible.

Alguien ha pasado una nota por debajo de la puerta hace una hora. Todavía no la he recogido.

Estoy aovillada en la cama de Ella; todavía huele a ella. Cuando me tumbé, encontré un barómetro bajo su almohada. En la parte externa, alrededor: *Seco, Favorable, Chaparrones, Tormentoso.* La manecilla apunta a *Tormentoso,* pero fuera el cielo está despejado y pálido.

Katla me encuentra mirando todas las camas vacías. Los objetos personales de todas están justo donde los dejaron. Un momento, congelado en el tiempo, al que no puedo volver. Ella está muerta. Sofie está muerta. Ness está muerta. ¿Por qué estoy tan desesperada por sobrevivir cuando ser la superviviente se siente así?

—Adelaida me lo ha contado —susurra Katla. Se sienta a mi lado y deposita la nota sobre la manta—. Lo siento.

No digo nada.

—Mira. —Katla me envuelve las manos entre las suyas. Tira de mí para incorporarme—. Ellas querrían que sobrevivieras. Todas. Yo también estoy triste. Y enfadada. Por los mares, estoy tan enfadada. Pero no podemos dejar de intentarlo sin más.

Me ofrece la nota que pasaron por debajo de la puerta. Llamamientos oficiales. De Nikolai.

—Mañana es su cumpleaños —dice Katla—. ¿Te acuerdas?

Me llevo una mano al pecho. Todavía llevo su anillo colgado, frío sobre mi corazón a la deriva.

—Ve —dice Katla—. Por eso te salvó Ella, ¿no es así? Para que pudieras sobrevivir.

Despacio, me pongo de pie. Y me dirijo a reunirme con el rey.

Nikolai me espera en la sala del trono. Está sentado en una silla elevada bajo un velo de terciopelo. Su cabello se alza en ondas rebeldes alrededor de la corona y tiene sombras púrpuras bajo los ojos cansados. Tiene apoyada la barbilla en la palma. Me quedo de pie, frente a él, con las manos unidas.

Me recorre con la mirada. Entonces, dice:

—El capitán Waska me ha contado lo que ha ocurrido. Lo que le contaste a Adelaida. —Me analiza. Trago saliva—. ¿De verdad estaba trabajando con mi tía?

Vamos, Natasha. Síguele el juego. Sabes cómo hacerlo.

—Sí. —Se me crispa la voz—. Sí —repito—. Y con la princesa Cassia.

Él entorna la mirada. Apenas perceptible, pero está ahí.

—¿Está aquí? ¿En la ciudad?

Una pausa.

—Cassia está muerta.

—¿Cómo lo sabes? —dice Nikolai—. ¿Porque Ella te lo ha contado? ¿Qué te hace pensar que puedes confiar en ella?

—Porque Ella amaba a Cassia. Por eso estaba aquí.

—Por venganza —dice Nikolai. Sus cejas se unen—. ¿Ella pensaba que yo era responsable?

—Estaba con Cassia en Terrazza. —Trago saliva. Miro de reojo a los guardias apostados a lo largo de la pared. El capitán Waska. Gregor, Twain, Sebastian. Andrei no, gracias a los mares—. Lo viste, en ese momento, en el conservatorio. Andrei la reconoció. Ella me contó que Andrei fue quien disparó a Cassia.

Nikolai alza una mano y el capitán Waska da un paso al frente.

—Enviad un mensaje a Terrazza. A ver qué podéis descubrir sobre mi hermana. —Entonces cierra los ojos. Se reclina en la silla.

He visto lo suficiente de Nikolai y Cassia juntos para saber que no eran cercanos. Después de todo, la envió al exilio, con independencia de que fuese idea de Gospodin o suya. Sin embargo, cercanos o no, oprime los reposabrazos de la silla como si el mundo bajo sus pies se sacudiera.

—¿Qué pasa con Ella? —pregunto. Sé que no debería, pero tengo que hacerlo.

—No tienes que preocuparte por Ella. —Vuelve a abrir los ojos—. No va a volver a hacerte daño o a engañarte.

Trago saliva. El nudo de la garganta no se me deshace.

—Hay algo más.

Nikolai ladea la cabeza.

¿Y si Ella decía la verdad? ¿Y si Nikolai es el villano que me dijo que era de los pies a la cabeza?

Tengo que creer que no lo es.

—La plaga de los pantanos —digo—. Eso es lo que impulsó a Ella a actuar cuando lo hizo. Pensó que estabas implicado en su creación.

—¿En su creación? —dice Nikolai. Su atención parece agudizarse—. ¿Cómo se crea una plaga?

Le hablo de la colecta de alimentos, la seta y de Otto von Kleb. Le cuento que han ofrecido pasteles envenenados a docenas de personas.

Su rostro se vuelve pétreo.

—¿Disculpa? —Su voz suena ronca, un susurro.

—Ella lo descubrió —digo—. Por eso envenenó el agua.

Se pone de pie.

—¿Lo sabíais? —Mira fijamente a los guardias—. ¿Alguno de vosotros?

Todos permanecen callados.

—¿Y bien?

Tomo aire.

Nikolai confía en Gospodin. Quizá más que en nadie.

Pero sé que Ella tenía razón. Puede que no sobre Cassia, sino sobre esto.

—¿Has hablado con Gospodin? —pregunto.

Nikolai me mira. Por mucho tiempo. Luego cierra los ojos de nuevo. Suelta el aire. Estoy demasiado acostumbrada a ver su máscara. Pero ahora su rostro está al desnudo.

Nunca he visto a alguien tan agotado.

—Crees que es posible —digo—. ¿No es así?

Agacha la cabeza, la corona se desliza.

—No importa si creo o no que sea posible.

—Pero...

—La paz de Kostrov pende de un hilo. Hace dos días encontramos a cuatro cenagosos asesinados en el camino a los pantanos. Ayer, fueron dos hermanos del Álito Sacro los fallecidos. ¿Y tienes una idea de cuántas personas han intentado saquear las reservas para la Inundación este mes? ¿Cuántos han intentado colarse en los barcos de la flota real? El pueblo está aterrorizado. La esperanza que les da Gospodin podría ser lo único que nos separa del caos, de convertirnos en Illaset. ¿Sabes lo que le ocurrió a la princesa Colette tras la Cuarta Tormenta?

Abro la boca, pero la tengo demasiado seca como para responder.

—Clavaron su cabeza en una estaca —añade.

—Pero ¿y si vuelve a ocurrir? —pregunto. Mi voz suena tan bajita. Tan débil—. ¿Y si muere más gente?

Atraviesa la estancia. Se reúne conmigo en el centro. Me da unos golpecitos con suavidad en la barbilla para que lo mire.

—No puedes hacer nada, Natasha.

Entonces ¿Sofie, Ness y Ella han muerto para nada? ¿Así que Katla y Gretta podrían ser las siguientes en morir?

—¿Y si consigo la seta? —Estoy desesperada—. Eso sería una prueba, ¿no? Tal vez que uno de los médicos pueda examinarla. Inspeccionarla por... por... No lo sé, su toxicidad. O podríamos cotejarla con los pasteles. Tiene que quedar algo en alguna parte. Podríamos buscar a las personas que trabajaron con Gospodin. No puede haberlas hecho todas él mismo.

Sin embargo, Nikolai niega con la cabeza.

—No. No hagas nada para amenazarlo. Yo hablaré con él.

No le creo.

—Escúchame. —Me mira con impaciencia. Suplicante—. Sin Gospodin, no tengo ningún poder.

Estallo.

—¡No tienes ningún poder con Gospodin! ¿No lo ves?

Me toma de las manos. Las suyas son muy grandes, nudosas, y engullen las mías.

—Sé que estás disgustada. Sé que tus amigas murieron por la plaga. Pero necesitas tranquilizarte.

Estoy temblando.

—Natasha —dice, pero no lo escucho.

Necesito hacer algo. Para que todo esto merezca la pena.

Cuando besé a Ella, le dije que ya no quiero limitarme a sobrevivir. No mentía. Necesito hacer algo más grande. Necesito… No lo sé. Un motivo por el que sobrevivir.

Nikolai me mira expectante.

Parpadeo.

—¿Qué?

—He dicho que es obvio que te preocupas por los habitantes de Kostrov.

Es mentira. No me lo merezco. Me preocupo por mis chicas y por mí misma. Es todo por lo que he luchado siempre, ¿no? Hasta que no me quedé sin el pasaje a la flota real, no me molesté en darme cuenta de lo difícil que le resulta a la mayoría sobrevivir.

—Muy amable —musito.

—Mañana es mi cumpleaños —dice.

Me arde la garganta, me pica como si acabase de inhalar humo.

—Lo sé. Me acuerdo.

Asiente a mi collar. Su anillo.

—Todavía lo llevas. ¿Puedo?

Ella se ha ido. Ella ya no está.

Asiento. Me aparta el pelo con una caricia y lo desabrocha. Deja que la cadena se arremoline en su palma mientras saca el anillo.

—Los kostrovianos tendrán la suerte —murmura— de llamarte su reina.

Esto es lo que quería. Es lo que siempre he querido.

Estoy entumecida.

Dejo que Nikolai tome mi mano con la suya. Con cuidado, desliza el anillo, el anillo que ha estado sobre mi piel durante meses, por mi dedo.

—¿Natasha? —dice.

Me arden los ojos.

—Sí —respondo; la palabra me atraviesa en la garganta—. Me casaré contigo.

64
ELLA

No tengo ni idea de cuánto tiempo llevo atrapada bajo el palacio —¿horas? ¿un día?— cuando escucho la puerta de las escaleras abrirse. Me aprieto más contra las barras y envuelvo las manos alrededor del metal oxidado. Entrecierro los ojos.

La corona reluce a la luz de la linterna.

Nikolai.

—Ella, ¿verdad? —dice.

A simple vista, no se parece mucho a Cassia. Si ella era como el oro —de rizos color miel y ojos oscuros—, él es como la plata. Hasta su piel tiene un subtono frío que lo hace parecer como si no estuviese acostumbrado al sol. Sin embargo, cuanto más lo miro, más semejanzas veo. Los pómulos altos. La nariz larga. Los dientes rectos.

—El broche de Cassia te queda ridículo —le espeto.

Se mira el pecho. Luego, de nuevo hacia mí. En voz baja, dice:

—La conocías de verdad, ¿cierto?

—La amaba.

—Bueno —dice acariciando uno de los barrotes de la celda—, las cosas nunca les salieron demasiado bien a las personas que amaban a mi hermana.

Lo miro. Ese rostro familiar con forma de diamante y la manera altiva en que alza la barbilla.

—Me das asco —susurro.

—A veces —dice—, hasta yo me doy asco.

—No te mereces llevar esa corona.

—¿Y Maret sí? —dice—. ¿Y Cassia?

—Al menos, Cassia era lo bastante valiente como para enfrentarse a Gospodin —replico.

Se ríe sin gracia.

—Valiente. ¿Crees que habría supuesto alguna diferencia? Si no me hubiese desvinculado y contado a Gospodin lo que estábamos planeando, lo habría hecho ella. No importaba quién de los dos ostentara la corona. Sin Gospodin, habría comenzado una revolución. Cassia sabía los resultados. Podíamos pelearnos entre nosotros. Pero ninguno de los dos podría haber vencido a Gospodin jamás. Así que Cassia y yo intentábamos matarnos todo el rato. Gané yo. Ella perdió. Soy el rey. Ella está muerta. ¿Es lo que querías oír?

—Te enorgulleces de ti mismo, ¿no es así?

—¿Que si me enorgullezco? —Su voz suena baja, monocorde, vacía—. ¿Que si me enorgullezco de vivir a entera disposición de Gospodin? ¿Por dejar que me convenciese de enviar a mis hombres tras Cassia?

—Deja de culpar a Gospodin. Sabes que tú eres quien…

—Está bien —dice—. Tienes razón. Es mi culpa que Cassia esté muerta. Quería la corona más que a mi hermana. Era y sigo siendo un idiota pernicioso y sediento de poder, ¿y tú tienes las agallas de preguntar si me enorgullezco de mí mismo? —Me mira de arriba abajo—. Dudo que quieras oírme hablar en verso de las noches sin dormir que he pasado. O cuando intentaba ahogarme en la ginebra. No querrás oírme decir lo culpable que me siento, o que me arrepiento, porque no va a cambiar nada. No la va a traer de vuelta. Puedo contar el número de veces en mi vida en las que me he *enorgullecido de mí*. Me sentí orgulloso cuando vencí a Cassia en un juego de mesa. Me sentí orgulloso cuando la hice reír o dije algo lo bastante inteligente como para hacer que cambiase de opinión. Pensaba que lo que me hacía sentir orgulloso era superar a Cassia, pero me equivocaba. La única vez que me enorgullecí de mí fue cuando Cassia estaba *orgullosa de mí*. Y ahora está muerta, y es mi culpa. ¿Me enorgullezco de mí? —Nikolai me mira fijamente. Tiene las mejillas húmedas—. Sabía que Cassia estaba intentando matarme. Sé que lo habría conseguido si no me hubiese adelantado. Pero si pudiera retroceder, dejaría que lo hiciera.

Me toco la mejilla. También está húmeda.

—Todos estaríamos mejor. Ella no habría envenenado a la mitad de Kostrov.

—Yo no envenené a nadie.

Lo miro con fijeza. Intento encontrar algún indicio en su rostro enfadado y surcado de lágrimas.

—¿De verdad?

—Te he dicho que fue mi culpa que Cassia muriera —responde—. Pero eso no lo hice yo.

—¿Crees que Gospodin…?

—No deberías haberle contado a Natasha nada de esto. Va a conseguir que le hagan daño.

—Pero ¿está bien? —digo—. ¿Natasha está bien?

Me mira, busca algo.

—Lo estará. Siempre y cuando no haga demasiadas preguntas sobre Gospodin.

—Crees que es culpable —digo—. Lo noto.

—No importa lo que piense. Gospodin es quien me mantiene en el trono.

—Pues sí que eres un idiota sediento de poder, ¿eh?

—No lo entiendes —dice—. No tengo familia. A nadie. Salvo la corona. Y sí. Estoy desesperado por mantenerla.

—¿Por qué quieres el poder con tantas ganas si no haces nada con él? —pregunto.

Permanece en silencio un buen rato. Mira los barrotes, la celda, no a mí. Al fin, dice:

—Supongo que dejas que los pequeños males te resbalen para que puedas ser quien, al final del día, sigue ahí cuando algo verdaderamente horrible ocurra.

Su sinceridad es tan repentina que parpadeo. Me lleva un instante recuperar la voz.

—Si esto no es algo verdaderamente horrible —digo—, ¿qué lo es?

No añade nada. Solo niega con la cabeza. Luego se da la vuelta. Se dirige a las escaleras para marcharse y empieza a subirlas.

—Asegúrate de que está a salvo —digo aferrándome a los barrotes—. Por favor. Natasha. Asegúrate de que está a salvo.

Nikolai me mira.

—Lo haré.

65
NATASHA

La mañana del cumpleaños de Nikolai, Adelaida nos dice a Katla, Gretta y a mí que tendremos que actuar.

—Pero solo somos tres —dice Gretta—. Y ninguna ha estado practicando.

—Representaremos *Evelina*. Nos las apañaremos con tres.

Evelina fue uno de los primeros vuelos que aprendí cuando era junior. No está en nuestra programación habitual de los festivales, pero Adelaida nos hace practicarla cada pocos meses por si algo —como una fiesta de compromiso, supongo— surge.

A mi madre le encantaba *Evelina*. Trata sobre un chico que le pide a una chica que se case con él, así que parece apropiada. El chico le dice a ella, Evelina, que se lo dará todo. Le promete que serán más ricos de lo que pueda llegar a creer; le promete que crecerán y envejecerán juntos; le promete que bailarán hasta que se despejen los cielos cada día. El chico es un mentiroso. No puede ofrecerle a Evelina nada de esto. Sin embargo, resulta que Evelina no lo amaba por su riqueza, la salud o los días sin tormenta. Desde el principio, sabía que le estaba mintiendo. Así que se casa con él de todas formas.

Adelaida nos hace practicar toda la mañana y luego nos echa después del almuerzo, aunque yo no pruebo bocado.

—¡Descansad! —dice y me da un pellizquito en la mejilla—. Esta noche intenta parecerte un poco más a una reina.

Actuaremos en el Escenario del Cielo, en lo alto de la torre más al sur de palacio. No hemos tenido la oportunidad de actuar ahí arriba desde antes de la Décima Tormenta. Normalmente me encanta tener cualquier excusa para volar tan lejos del suelo. Hoy, solo me hace sentir enferma.

Las bailarinas saben lo de la propuesta de matrimonio de Nikolai, pero el resto de Kostrov no. Debemos actuar para la ciudad entera, reunida en torno al palacio, para que lo vea. Entonces, Nikolai aparecerá en uno de los altos ventanales justo debajo del Escenario del Cielo con su futura esposa. Yo.

En cuanto Adelaida nos deja marchar, me precipito hacia mi habitación. El traje de Evelina cuelga por dentro de la puerta, pero en lugar de ponérmelo, busco una capa, las botas, me miro de reojo en el espejo y hago una pausa. Parezco un fantasma, pálida y hueca. Me parezco a mi madre.

Llaman a la puerta.

Me quedo paralizada.

—¿Tasha? —dice Katla—. Soy yo.

La puerta se abre. Contempla mi atuendo y frunce el ceño.

—¿Vas a alguna parte?

Titubeo.

—Deja que lo diga de otra forma —dice Katla—. Sí, está claro que vas a alguna parte, lo que significa que yo también. Voy a por mi capa.

Diez minutos después, Katla y yo nos escabullimos de palacio con las capuchas puestas. El viento eriza las olas. Espero que esto solo nos lleve unas horas. El vuelo es al atardecer.

Bajo el brazo, llevo el libro de botánica de la biblioteca. El verde del que me habló Ella. Sin reducir el paso, paso las páginas hasta que encuentro la que Ella me describió. Se la enseño a Katla. El sombrero tembloroso.

—Parece una seta —dice.

—Entonces ¿no sabrías dónde puedo encontrar una?

—No. ¿En algún sitio pantanoso? Conozco los caminos lo bastante bien como para que no te pierdas ahí fuera, pero no soy experta en setas. —Me mira con el ceño fruncido—. Incluso si encontraras una cosa de esas, ¿qué vas a hacer con ella?

—Todavía no lo he pensado, ¿vale? —digo—. Pero puede que si se la enseño a Nikolai, si le enseño que es real… Bueno, a lo mejor pueda enfrentarse a Gospodin. Debo intentarlo, ¿no?

—Para que conste, creo que es una mala idea.

—¿Por qué? —digo—. Odias a Gospodin.

—Sí, pero tú eres mi persona favorita no consanguínea —añade Katla—. Y vas a conseguir que te maten.

—¿Y qué?

Katla deja escapar un sonido fuerte; no llega a risa.

—¿Quién eres tú y qué has hecho con Natasha?

Cuando subimos a la plataforma elevada de madera que conduce al corazón de los pantanos, la niebla se asienta a nuestro alrededor. Envuelve la ciudad. No veo más allá de la distancia de mi mano en cualquier dirección. Katla tiene un aire fantasmagórico en el aire denso.

En algún punto en la distancia, o quizá muy cerca, unas campanas tintinean.

—¿Qué es eso? —El eco de mi voz regresa a mí.

Katla aparece a mi lado.

—Los recolectores de turba cuelgan campanas en los árboles en días como estos. Así encuentran el camino principal.

—Pero nosotras necesitamos salirnos del camino principal, ¿no es así?

Katla asiente.

—Suponiendo que la gente de Gospodin haya recolectado cientos de sombreros temblorosos, es probable que no quede ninguno a simple vista.

—¿A los pantanos, pues?

Me señala el borde de la plataforma de madera.

—A los pantanos.

Mis pies chapotean en el barro al hundirse.

—Ah, qué sensación tan agradable.

Katla me guía por el suelo enlodado. Tras unos cuantos minutos empapados, el terreno cambia de tierras aradas y cosechadas a unos cultivos resbaladizos entre verde y dorado. Unos pinos azotados por el viento salpican las franjas más secas de tierra. Las partes más húmedas relucen con sus juncos largos meciéndose al viento.

En una ocasión, cuando tenía once años, le pregunté a Adelaida si podíamos visitar las profundidades de los pantanos. Todavía no había conocido a Katla y no sabía que la gente no solo venía aquí, sino que vivía en la naturaleza. Nunca había pasado de las afueras.

Quédate en las calles de piedra, chica de ciudad, me dijo Adelaida. *Tienes cosas más grandes frente a ti que ahogarte en el barro.*

El viento silba. Las campanas suenan. Doy un salto y Katla me mira.

—¿Asustada?

—No —digo.

—No lo estés —responde—. No intenta asustarte.

—¿Porque es un paisaje inanimado o porque intenta hacer otra cosa que no sea asustarme?

El viento vuelve a soplar deslizándose entre las campanas y las ramas. Cuando pasa la ráfaga, bien podría estar diciendo mi nombre. Empiezo a tararear para alejar los ruidos.

—Natasha —dice Katla—, cállate.

—Es inquietante —replico. No me refiero a que es inquietante. Me refiero a que el entorno se arrastra, se enrosca a mi alrededor, demasiado suave o lento para que mis ojos de chica de ciudad lo ubique, pero que se mueve igualmente.

—Deja que se arrastre —dice.

Cuando dejo de hacer mis ruidos humanos, mis palabras y canciones tarareadas, cuando dejo incluso de pensar en qué decirle a Katla, encuentro lo opuesto al silencio. No es un silencio espeluznante, sino detalles vívidos: el crujido de un árbol, la cadencia lejana de las olas, la tierra ya saturada drenando la lluvia. No sabría describir los olores si tuviera que hacerlo. No tengo palabras originales para los olores, solo símiles. Como el pino, como el barro, como la lluvia de la mañana al norte de los pantanos kostrovianos. Cuanto más me esfuerzo en encontrar las palabras adecuadas, menos percibo los olores en sí mismos.

Me sorprende la sensación abrumadora de que me están tocando. No solo cuando mis pies pisan el barro, sino que el barro sostiene mi peso. No solo que mi tobillo roza la hoja plana de la hierba, sino que esta me toca. Veo poco del pantano; este lo ve todo de mí.

Solo ahora que se ha ido me doy cuenta realmente de la sensación de que algo está mal que se instaló en mi interior después de la Cuarta Tormenta. Sin embargo, en los pantanos, mi cuerpo, mi cabeza, se despeja. Siento como si... recordase.

Katla deja de caminar. Me detengo a su lado. Está en la orilla de un estanque. El agua refleja el cielo color hueso. Un montículo de hierba con forma de ojo, no más grande que un bote de remo, aguarda en el centro.

Está claro que es ahí donde debo ir. Si lo digo en voz alta, me da miedo no recordar por qué es tan obvio.

—¿Desearías —comienza a decir Katla en voz baja, pues esa es la única forma de hablar en este lugar— que el Álito Sacro nunca hubiese venido aquí?

—No lo sé —respondo—. Me cuesta imaginarlo.

—Las otras bailarinas siempre se han comportado como si yo fuese demasiado cínica como para creer en algo —dice Katla—. Pero creo en todo.

Cualquier otro día, en cualquier otro lugar, no lo habría entendido. Pero aquí, acunadas en sintonía con esta tierra, me resulta la cosa más clara del mundo. No hay una deidad ni un espíritu en este estanque o ese árbol. Es el estanque en sí mismo. El árbol en sí mismo. El poder de la salvia bajo las uñas y la pluma anidada con suavidad entre las hierbas.

Pienso en algo que me preguntó Gospodin en una ocasión, una pregunta que solo respondí como él esperaba que lo hiciera y nunca, ni una sola vez, me cuestioné.

—¿Cómo crees que sobrevivieron a la Inundación? —digo—. Las personas que vivían aquí al principio. En Maapinn. No tenían barcos, agricultura ni industria.

Hay un largo silencio no vacío en el que ninguna de las dos habla.

—Siempre he pensado —musita Katla al final— que ese es el motivo por el que sobrevivieron.

Mi madre no creía en Kos, sino que tenía una fe inquebrantable en las antiguas leyendas, los rápidos de los ríos, los árboles y yo. Hace mucho que llevo la cuenta de las cosas que he heredado de mi madre; nunca había considerado la sensación de desapego que sentía: de la familia, del Álito Sacro, de los pantanos que nuestros ancestros llamaban hogar. No estoy segura de haberme dado cuenta nunca de que es parte de mi herencia.

—Voy a buscar el sombrero tembloroso —digo.

—¿Lo ves? —pregunta Katla.

—No. —No me molesto en explicárselo. Al fin y al cabo, está demasiado quieta en este estanque.

Chapoteo con los pies descalzos hasta que el agua me llega a la cintura. El barro se me cuela entre los dedos de los pies. Me detengo, las manos ligeras sobre la superficie, y me quedo ahí hasta que siento que el alma se me entumece.

El roce del agua susurra lo mismo una y otra vez. No conozco su idioma lo bastante bien como para traducirlo.

El agua pasa por mi lado a medida que me acerco a la isla. Arranco la seta de la tierra. Huele a miel de trébol. Las láminas como con plumas son lavanda como el anochecer. La envuelvo en el pico de mi capa.

Cuando regreso a la orilla donde está Katla, dice:

—¿De vuelta al palacio?

—No quiero irme. —Mi voz suena débil e infantil.

Katla me toma de la mano.

—Lo sé.

Cuando llegamos a la orilla de los pantanos, la sensación de la Cuarta Tormenta vuelve a surgir en mi interior. Se me constriñe el estómago. Noto los pulmones oprimidos. La hierba se aferra a mis gemelos como unas manos diminutas tirando de mí. Siento como si dijeran: *¿Te vas? ¿Tan pronto?*

Lo siento. Miro atrás, a los árboles que nadan entre la niebla. *Volveré. Solo necesito hacer algo antes.*

66
ELLA

Me pregunto si seguiré aquí cuando llegue la Inundación. Me imagino cómo el agua llenará este espacio: primero, las grietas en la piedra. Luego, una capa fría entre mis pies. Sube hasta las rodillas. Manteniéndome a flote hasta llegar al techo. Aplastada por la presión. Oscuridad.

Esa sensación de ansiedad y náuseas de la Cuarta Tormenta ha empeorado desde que me metieron aquí. Nunca he querido ver el cielo con tanta desesperación.

Escucho unos pasos. Los guardias me han traído agua unas cuantas veces. Comida, no. Espero al *clic* delator de la taza del metal contra la piedra.

En lugar de eso, escucho:

—¿Ella?

Despacio, me doy la vuelta. Entorno la vista.

Pelirrojo. Orejas separadas. Unos ojos enormes.

—Pensaba que te habían ejecutado.

—¿Gregor? —digo. Me arrastro hasta los barrotes—. ¿Dónde está Natasha? ¿Está bien?

—Está… Está bien. Por los mares, pensé que estabas muerta. —Gregor no deja de mirar a sus espaldas, hacia las escaleras—. No debería estar hablando contigo. Mira, Pippa me lo ha contado todo. Al parecer, cree que hubo una especie de…

Un chirrido metálico. La puerta de las escaleras se abre y Gregor retrocede de un salto. Otro guardia grita y Gregor me mira de reojo.

Por un instante, casi tengo la esperanza de…

Pero entonces vuelve a subir las escaleras sin añadir otra palabra.

Trago saliva.

Natasha está bien. Eso es lo que importa. Gregor ha dicho que está bien; no tiene motivos para mentirme.

Intento no contar los minutos que transcurren. Me hago un ovillo contra la pared, deseando dormirme, deseando poder hacer algo.

Cuando la puerta vuelve a abrirse varias horas después, me asalta la esperanza repentina y cruel de que veré a Natasha en las escaleras. Sé que es una estupidez. Seguramente sea Gregor, o peor, Andrei. Pero cuando alzo la mirada…

Hay dos figuras, no una. Sí, es Gregor. Pero también, alguien más pequeño. No bajan las escaleras con estrépito a causa de unas botas pesadas, sino en un susurro con los pies enfundados en unas zapatillas.

Me siento. Y distingo sus rostros al otro lado de los barrotes.

67
NATASHA

La multitud que rodea el palacio esta noche está bulliciosa y festiva. Supongo que todos están sedientos por oír buenas noticias. Algo que rompa el ciclo oscuro de la enfermedad y las tormentas.

—¿A qué está jugando Katla? —dice Adelaida—. ¿Cómo puede llegar tarde precisamente hoy?

Niego con la cabeza. Cuando regresamos de los pantanos, nos separamos para recoger los trajes y el maquillaje. Fue la última vez que la vi.

Adelaida, Gretta y yo estamos esperando en la habitación más alta de la torre donde Nikolai me presentará como su futura reina después de que acabe la actuación.

Gretta suspira.

—Iré a buscarla.

En la esquina de la habitación, escondidas bajo la capa doblada, tengo mis pruebas. El libro verde. Una seta venenosa guardada dentro de un saquito de terciopelo.

Suelto el aire con una exhalación trémula y me aliso el traje de cuerpo entero. Es blanco. De tul.

De repente, recuerdo a mi madre en uno de sus días buenos bailando por el apartamento en medias. La escucho cantar: *Evelina, mi amor, debí haberlo sabido; tu amor nunca lo arrastró la tormenta ni se lo llevó el viento.*

Mi madre me agarró las manos. Dio vueltas conmigo. *Evelina, mi amor, eres mi tierra; eres mi aliento, mi canción y todo lo bueno que tengo.*

Me llevo una mano a los labios.

Si pudiera ver a mi madre ahora mismo, le diría: *¿Todos esos cuentos de hadas que tanto te gustaban? Estoy en uno. Mírame.*

Pero cuando ella soñaba con cuentos… nunca lo hizo con coronas o bodas reales, ¿no es así?

La puerta se abre y Gospodin entra. Me froto los ojos e intento parecer emocionada.

—Señorita Koskinen —me saluda.

—Marino Gospodin.

—Felicidades —dice—. Estoy deseando trabajar contigo como reina.

Quiero saltar sobre él. Me obligo a respirar, a tranquilizarme.

—Marino Gospodin —dice Adelaida tocándole el codo ligeramente—. Si me lo permites, quería discutir el hospedaje de Natasha en la flota. Como verás, creo que necesita una consejera…

La puerta se abre de golpe.

Katla.

Tiene el traje hecho una bola entre los brazos. Su pelo es un desastre. Adelaida le dirige una mirada letal, pero está demasiado ocupada con Gospodin como para decirle nada.

Katla colisiona contra mí. En voz baja, dice:

—Ella está viva.

Me quedo boquiabierta.

—¿Qué?

—Me lo ha dicho Gregor —susurra—. Él y Pippa quieren liberarla.

Tardo en procesar lo que me está contando. ¿Liberarla? ¿De dónde? ¿Por qué me diría Adelaida que Ella está muerta?

—Yo… tengo que ir a verla.

—No. —Katla me sujeta de las manos. Mira de reojo a Gospodin—. La multitud que rodea el palacio, ¿no lo ves? Así es cómo la van a sacar de aquí. Habrá mucho ruido y caos y todos estarán distraídos con la actuación.

Está viva.

Suelto el aire despacio, tranquilizador.

—Entonces será mejor que sea buena.

68

ELLA

—Pero anímate —dice Pippa.

—No tan alto —dice Gregor.

Parpadeo.

—¿Qué? —Sacudo la cabeza—. Yo no…

Gregor saca algo del cinturón.

—Una cosa que necesitas saber de Pippa —añade—, es que se le da extremadamente bien juzgar a la gente. —La cerradura emite un *clac*. La puerta se abre con un chirrido—. Y que es increíblemente persuasiva.

Pippa me lanza un revoltijo de ropa a los brazos. Con esta luz tenue, reconozco el vestido azul marino que llevan las doncellas de palacio y una capa oscura con capucha.

—Y una cosa que deberías saber de Gregor —dice ella— es que es muy amable. Aunque tal vez no sea *el mejor* guardia, ya sabes.

—Oye —replica Gregor.

—Póntelo —me ordena Pippa—. Vamos. No te quedes ahí.

Doy un paso titubeante, luego otro.

—¿Y qué pasa con nosotros? —preguntan los investigadores skaratanos.

Pippa les dedica una mirada de disculpa.

—En verdad, hoy vamos con pies de plomo, pero hablaré bien de vosotros.

—No vamos a hacer de esto una costumbre —dice Gregor.

Supongo que no me muevo lo bastante rápido porque Pippa empieza a tironear de mi vestido manchado de barro para sacármelo por la cabeza y reemplazarlo con el nuevo. Ni siquiera tengo tiempo para que me dé vergüenza.

—¿Natasha va a…? ¿Está…?

—Las bailarinas van a actuar en el Escenario del Cielo en unos… —Gregor mira el reloj—. Tres minutos. Tenemos que sacarte durante la función. Todos los guardias estarán apostados frente al palacio para cercar a la multitud. Nadie les prestará atención a un guardia y a un par de doncellas saliendo por la puerta trasera.

Cuando subimos las escaleras, veo que Gregor tenía razón. El interior de palacio está desértico.

—Cariño —dice Pippa—, correr sería un poquito sospechoso.

Gregor apenas ralentiza el paso. No deja de mirar por encima del hombro.

—¿A dónde vamos? —pregunto.

—Seguramente de vuelta a las mazmorras —murmura Gregor.

Giramos una esquina y, de repente, sé dónde nos encontramos. El pasillo de las bailarinas. Está vacío. Gregor atraviesa el estudio a trote. Empuja la puerta azul.

Y entonces salimos al exterior.

El aire frío huele a salitre. Escucho la música que proviene del tejado del palacio. Los violinistas tocan algo lento, suave, dulce.

—Oh, me encanta *Evelina* —dice Pippa tarareando unos compases.

—Vamos —apremia Gregor.

Nos alejamos deprisa del palacio.

Intento con todas mis fuerzas no echar la vista atrás. Pero lo hago. A la torre más alta del palacio. Donde tres sedas blancas cuelgan de unas vigas de maderas increíblemente altas. Tres chicas giran sobre sí mismas en ellas.

Natasha.

Veo su cabello, radiante en contraste con el blanco de la seda.

Me duele el corazón.

—Es el cumpleaños de Nikolai —digo—, ¿verdad?

Pippa me toma de la mano y me da un tirón.

—Sí.

—¿Y Natasha...?

—Lo anunciarán en cuanto termine la actuación.

—Ah. —Me trago el nudo que se me ha formado en la garganta—. Es estupendo.

Gregor, a unos metros frente a nosotras, se da la vuelta y sacude la mano para decirnos que avancemos.

—Daos prisa, os lo pido por favor.

Natasha va a ser reina. Eso está bien. Genial. Merece sobrevivir.

La música se desvanece a nuestras espaldas. No vuelvo a mirar atrás.

—¿Podéis decirme ahora a dónde vamos? —pregunto.

—Al puerto —responde Pippa—. Hay un bote esperándote allí. Es pequeñísimo y no es que vayas a tener tripulación precisamente.

—No pasa nada —digo. Aprendí a navegar bastante bien en el viaje desde Terrazza—. ¿Cómo lo habéis conseguido?

—Sofie me dejó algo de dinero —dice Pippa—. Ella siempre tan considerada. Ahorró un poco mientras estaba en palacio y tenía una herencia.

Empiezo a negar con la cabeza.

—No podría…

—No —dice Pippa con firmeza—. Sofie lo habría querido así.

Trago saliva.

—Gracias.

Delante, Gregor maldice.

—¿Qué ocurre?

—Pasa algo —dice—. Veo humo.

Cuanto más nos acercamos al puerto, más lo huelo: a quemado. Cuando doblamos la última esquina, casi esperaba ver la flota real ardiendo. En vez de eso, se trata de un edificio bajo imposible de describir embutido entre unas tiendas tapiadas. La calle entera está salpicada de cristales. Unas columnas tiznadas de humo oscurecen el cielo.

Gregor emite un sonido de incredulidad.

—¿Qué sitio es ese? —pregunto.

—El almacén —dice Gregor—. Para la flota. Se suponía que nadie debía saberlo.

—¿El agua y la comida? —inquiero.

Si no me equivoco, Gregor se está esforzando en contener una sonrisa.

—En realidad, casi todos son muebles antiguos.

—¿No era el espacio como una limitación importante de los barcos? —pregunto—. ¿De verdad lo iban a desperdiciar con muebles antiguos?

—Bueno, ya no —señala Pippa.

El puerto está sumido en el caos. La gente arrastra cubos de agua de mar para el edificio en llamas. Gregor, Pippa y yo nos abrimos paso entre la multitud. Al fin, veo a dónde nos dirigimos: un bote diminuto con las velas arriadas meciéndose junto al muelle.

—¿Estáis seguros? —pregunto.

—Afirmativo —dice Pippa. Prácticamente me empuja para que suba a bordo—. De verdad me encantaría despedirme largo y tendido, pero…

—… unos cientos de guardias estarán a punto de aparecer para intentar capturar a cualquiera que esté implicado en eso —termina Gregor señalando el fuego.

—Vale. —Miro una última vez en dirección al palacio, pero no lo veo desde aquí. Ni siquiera la torre más alta. Ni siquiera las sedas blancas sobre ella.

—¿Alguna idea de dónde irás? —dice Pippa.

Por los mares. ¿A dónde iré?

Hablo antes incluso de terminar de pensarlo:

—Turelo.

Gregor mira a Pippa de reojo.

—Sabes que no es un lugar real, ¿no?

—¿Sí? —digo.

—Bueno, me alegro de haberlo aclarado.

En la lejanía, se escuchan unos gritos. Veo el destello de los uniformes: los guardias llegan al puerto.

—Vale, definitivamente es hora de irse —dice Pippa.

Asiento.

—Gracias.

Pippa agarra el bote con ambas manos y lo empuja.

Y así, dejo atrás Kostrov.

69
NATASHA

La brisa sopla en el Escenario del Cielo. Aquí arriba, en sillas forradas de terciopelo, están Nikolai, Gospodin y el consejo. Mucho más abajo, toda Kostrov. En algún punto del palacio, Ella. Tratando de escapar.

Ocupamos nuestras posiciones y los músicos comienzan a tocar.

Agarro los extremos de las sedas en cada mano. Las bato como si fuesen alas.

Evelina, amor…

Me envuelvo el pie en la seda y giro hacia el cielo.

Se siente tan bien. La tirantez de la tela al mantenerme en el sitio. Los dolores y ardores de tantos años de prácticas se han convertido en algo… familiar, seguro.

Miro a Nikolai. Tiene el ceño ligeramente fruncido, como si estuviera tan lejos de este lugar, como yo.

Entonces me envuelvo más y más alto. Me engancho en posición y giro. El mundo pasa como un borrón a mi alrededor. Katla, Gretta, el cielo abierto, la seda al viento.

Tres siluetas apresuradas por los adoquines, alejándose rápidamente del palacio.

Y lo sé.

No quiero ser reina.

Corre, Ella. Están distraídos. Corre.

En lo alto de las sedas, doy una voltereta y quedo bocabajo. Paso las rodillas por la tela y me envuelvo el torso, los brazos. Separo las piernas como una estrella.

La multitud siempre jadea cuando hago esta caída.

Al mismo tiempo, Katla, Gretta y yo estamos sujetas por los nudos de la tela sinuosa que nos hemos enrollado y saltamos en las telas tensas.

Solo un poco más. Solo unos minutos más y Ella estará a salvo, libre, lejos…

La siguiente vez que subo a lo alto de mis sedas, veo el humo ascendiendo desde el puerto.

No. Ella. No.

El capitán Waska se levanta junto a Nikolai. La multitud murmura en voz baja.

Katla, Gretta y yo nos miramos. Nos quedamos paralizadas en posición durante uno, dos, tres segundos.

El capitán Waska grita instrucciones a los guardias. Gospodin le hace gestos a Nikolai para que entre en la torre. Él hace un ademán a la multitud para tratar de calmarlos. Adelaida gesticula con frenesí a los violinistas, intentando que reanuden la canción.

Y sé lo que quiero hacer.

Bajo de la seda. Katla y Gretta me siguen. Adelaida nos grita que volvamos a subir, pero la ignoro.

Tomo a Katla de la mano.

—Tengo que encontrarla.

Katla tuerce los labios.

—Lo sé.

—¿De qué estáis hablando? —inquiere Gretta.

Ya estoy retrocediendo.

—Os quiero. A las dos.

—Yo también te quiero —responde Katla.

—¿Qué está pasando? —dice Gretta.

Me precipito escaleras abajo y me choco contra Nikolai en la puerta que da a la habitación de la torre.

—Natasha —dice—. Iba a…

Lo agarro de la mano y tiro de él hacia dentro. Si le sorprende mi fiereza repentina, no lo demuestra. Sujeto la capa, luego el libro y la bolsa de terciopelo.

No es que nunca sintiera nada por Nikolai. Sí lo hice. En cierto momento. Si fuera su reina, nos besaríamos. Nos acostaríamos. Tendríamos hijos. Y… y creo que podría haberlo hecho. Creo que podría haberlo amado.

Pero está Ella.

Si hay alguna forma lógica en la que pudiese elegir no querer a Ella —a esta persona caótica, vengativa y peligrosa—, la habría escogido hace mucho tiempo.

No hubo elección.

Le doy a Nikolai el libro verde. El saquito de terciopelo. Y luego me quito el anillo del dedo y lo presiono contra su palma.

—Lo siento —le digo—. No puedo.

Niega con la cabeza. Alza el saquito y mira en su interior. Empalidece.

—¿Qué se supone que debo hacer con esto?

—Sé el rey que Kostrov necesita —respondo.

Suelta el aire. Me mira y luego de nuevo a sus manos, al saquito, a esta oportunidad de ser algo más.

—Tengo que irme —digo—. Lo siento. Debo hacerlo.

Y entonces, echo a correr.

70
ELLA

Puede que haya exagerado sobre mi destreza de capitanear un bote.

Pippa y Gregor me siguen observando desde el muelle, nerviosos, mientras manipulo con torpeza las líneas de dirección. El puerto se llena de guardias, despacio pero de forma constante, y cuanto más trabajoso me muevo a tres metros de la orilla, más probable es que alguien se fije en mí y dé la voz de alarma.

Y entonces la veo.

Natasha atraviesa el puerto a toda velocidad, se tropieza con Gregor y Pippa y dice algo que no escucho porque se lo lleva el viento. Lleva un traje de cuerpo entero, blanco cisne, y el cabello trenzado en una corona.

Pippa me señala. Y Natasha se vuelve para mirarme.

Nuestras miradas se encuentran al otro lado del agua.

Le doy la vuelta al bote.

Gregor se lleva las manos a la cara y suspira.

La luz menguante le arranca destellos al pelo de Natasha, a esos pequeños mechones rizados de filamentos cobrizos que sobresalen de la trenza.

Pasa al muelle.

—Pippa dice que vas a embarcarte hacia una isla imaginaria de *Las fábulas completas de Tamm*.

—Cuando lo dices así, parece estúpido.

En un hilillo de voz, para nada propio de Natasha, añade:

—¿Sin mí?

La miro, a su nariz puntiaguda, hombros encorvados y sus ojos, esos ojos esperanzados pero nerviosos color avellana. Le tiendo la mano.

La acepta y entrelaza los dedos con los míos. Cuando lo hace, acerca el bote. Entrechoca con el muelle.

—¿Qué pasa con Nikolai? —pregunto.

Natasha se acerca más. Nuestros brazos se pliegan entre nosotras y, de repente, está por todas partes: en el aire que respiro, en mi cabeza y mi corazón.

—¿Qué pasa contigo? —dice.

71
NATASHA

El aliento de Ella es cálido y su cuerpo huele a menta y pino. Tiene la piel fría, pero hace que la mía se sienta viva.

Así que reduzco la distancia que nos separa y la beso.

Cuando tenía ocho años, me pasé un año entero preguntándome si me moriría de hambre. Cuando llegué al palacio me di un festín y comí hasta que me empezó a doler el estómago y la cabeza, a palpitar. Al final, descubrí lo mágica que era la comida cuando sabes que no será la última.

Así es el beso con Ella.

No la beso como en el callejón, bajo la lluvia, hambrienta y desesperada. La beso de manera que dice: *Sí. Pero piensa en el próximo beso.*

Separa los labios de los míos medio milímetro; su nariz aún roza la mía.

—¿Estás segura? —dice.

—Te escojo a ti.

Escojo el sonido de las olas y la brisa del viento. No escojo dentro de diez años, sino hoy. Escojo el horizonte que no conozco.

—Natasha…

Apoyo la frente sobre la de Ella.

—Te escojo a ti. —Abre la boca, como si fuera a preguntar por qué. Así que antes de que pueda hacerlo, le respondo—: No me importa lo que ocurra mañana. No me importa lo que ocurra cuando llegue la siguiente tormenta. Me importa que hoy estoy contigo.

Se ríe, más ligera que un suspiro.

Hace nueve años, una mujer que no debería haberse ahogado, lo hizo. Antes de morir, me contó cuentos de hadas hasta que los respiré. Me contó historias de chicas que sabían volar, que confiaban las unas en las otras y en ellas mismas.

Mi madre me contó historias de amor.

Al parecer, me las sé todas de memoria.

Enlazo mi mano con la de Ella.

Las tormentas pueden hacerme lo que quieran. Destrozarme. Ahogarme. Pero le pediré al mar que la salve.

72
ELLA

El viento infla las velas y estas retroceden.

Al parecer, Natasha y yo no somos marineras de primera categoría. Para empezar, hay cierta falta de conocimientos náuticos, lectura de mapas, ajuste de velas y arreglar cualquier cosa que vaya mal. Para empeorar el asunto, cada vez que estamos ejecutando una maniobra peligrosa, como virar para sortear una ola imponente, no falla que una de las dos diga alguna idiotez y haga a la otra reírse tan fuerte que la ola acaba por empaparnos a las dos, así que tenemos que pasarnos los próximos diez minutos ayudándonos la una a la otra.

Por la noche, cuando el cielo se oscurece y estalla plagado de estrellas y auroras boreales, nos acomodamos bajo una manta en la cubierta y hojeamos los libros que Pippa pensó en subir a bordo. Un atlas y un ejemplar de *Las fábulas completas de Tamm*. Volvemos a despertarnos con el sol, nos comemos nuestras pequeñas provisiones de pan y queso —aportación de Gregor— y tratamos de averiguar el próximo lugar donde conseguir comida. Natasha ha afirmado que se va a convertir en una pescadora de gran renombre.

Todavía no hemos encontrado ninguna isla flotante, pero estamos animadas.

El octavo día, Natasha y yo nos sentamos en el pasamanos mirando el agua.

Mis manos descansan junto a las suyas. Eleva el dedo meñique para que cubra el mío. Permanecemos sentadas sin hablar mucho rato, escuchando otras cosas que no sea la voz de la otra: las olas, el viento. Es una lástima romper el silencio.

—¿Te arrepientes de haberte marchado? —digo.

Natasha sonríe.

—¿No crees que el mar quería que nos fuésemos?

He estado muy mareada desde que nos subimos a bordo. Pero todavía me queda sentir ese dolor, la presión de la Cuarta Tormenta en mi interior desde que dejamos Kostrov. Sea lo que sea lo que el mar quiera decirme, parece que ha decidido que lo estoy escuchando.

—Puede —respondo.

Sobre nuestras cabezas, entonces, un sonido que se ha vuelto demasiado inusual últimamente: la llamada de un pájaro. Desde la Quinta Tormenta, ha sido un regalo, del tipo que nos hace mirar hacia arriba al destello de alas. El viento gira en espiral sobre mí. En ese giro suave, un pájaro de vientre blanco y pico negro vira las alas.

Me tapo los ojos y contemplo al pájaro dirigirse al horizonte.

—¿Te preocupa que no encontremos nada aquí fuera?

Natasha se inclina más sobre el pasamanos como si quisiera beberse el mar.

—Al menos, lo habremos intentado.

Cada ola que provoca el bote nos rocía el rostro de bruma.

—También podríamos morir —digo—. Es otra opción.

—Todo el mundo muere tarde o temprano —señala Natasha. Entrelaza los dedos con los míos—. ¿No preferirías vivir antes?

AGRADECIMIENTOS

Al parecer, los libros llevan mucho trabajo. Gracias, desde cada fibra de mi ser, a todas las personas que han contribuido a que esta historia cobre vida.

Gracias, gracias y gracias a Danielle Burby, optimista, heroína, animadora y amiga. Eres la agente de mis sueños y aún más.

Este libro ha tenido dos editoras increíblemente listas. Gracias a Kathy Dawson por creer en él y por recordarme no solo que escribiera una historia, sino una historia que tratase de algo. Gracias a Ellen Cormier por adoptarme y guiarme por este año tan extraño que fue el 2020. No lo habría conseguido sin ti. Le estoy muy agradecida a todo el equipo que ha hecho que este libro se haga realidad: Samira Iravani, Cerise Steel, Regina Castillo, Tabitha Dulla, Bree Martinez, Rosie Ahmed, Lauri Hornik, Nancy Mercado y el equipo al completo de Dial y Penguin Young Readers.

A todas las mujeres formidables con las que viví en Stanford y en Outdoor House: a Alexa, por una vida de Coupa y por inspirarme cada día con tu pasión por la escritura. A Halle, por leer el primer borrador y ser mi compañera bailarina. Y a

Blaire, por decirme que mi voz podría inspirar a las mujeres jóvenes que están ahí fuera; tú eres quien me inspira.

A Chris, Joey, Martín y Sofie, el Thimble, el apartamento más oscuro del mundo: gracias por el champán, el apoyo moral y por vuestro entusiasmo por los piratas. A Wyatt, por tu amor eterno por la naturaleza. A Kevin, Fompy, por leer el libro que escribí cuando tenía trece años, una tarea que literalmente no le desearía a nadie. A Gia, por tu amabilidad. A Ariana, por tu pasión por los libros de todas clases y por los mejores pasteles de cumpleaños del mundo.

Les estoy increíblemente agradecida a Rosaria Munda, Rachel Morris, Ava Reid y Allison Saft por leer los borradores de este manuscrito, por animarme a continuar y por hablar de libros conmigo.

Gracias a los profesores que me hicieron querer escribir en primer lugar: Jennifer Baughman, Jan Webb, Susan Walker y Christie McCormick. Me enseñasteis a amar las historias, a encontrar algo significativo que decir, a hablar, escribir, ser con confianza. Gracias también a los profesores inspiradores que tuve en Stanford, y en especial a Austin Smith, que leyó un primer borrador desordenado de este libro y me ayudó a decidir el siguiente paso.

Le debo mucha gratitud a toda la familia que ha ayudado a que este libro (y yo) exista. Gracias a los Biggar, por recibirme en Australia y por ser unos amantes y partidarios tan entusiastas de los libros. Oliver, te debo muchos cafés por ayudarme a desentrañar tantos agujeros en la trama durante nuestras caminatas de cinco kilómetros después del almuerzo.

A Nana, Ga, Gum, la abuela Jean y Mauri. A los Robson, Kniese, Carmody, Hubbard y Strobel, mis tías, tíos y primos por rodearme de libros. La mejor forma de hacer a una lectora es leer con ella, a ella, junto a ella. Os debo a todos una biblioteca entera.

Todo el agradecimiento del mundo a Aidan. Por celebrar cada victoria escritoril y por ayudarme a superar cada bache (hubo muchos de ambos). Por oírme hablar sobre el Edén prelapsario. Por ser la otra mitad de mi club de lectura de dos personas. Por los largos viajes con acompañamiento musical y podcasts políticos. Por beber café un miércoles normal. Te entiendo muy bien.

A Drew, por saber siempre qué libros regalarme por mi cumpleaños. Te admiro, en parte porque eres mi hermano mayor, y en parte porque eres muy alto, pero sobre todo porque tus juegos de palabras son legendarios.

Por último, a mamá y papá. Por leer esa historia sobre nutrias que escribí en quinto de primaria. Por mandarme a Iowa. Por construirme una estantería más grande. Por Stanford. Por decirme siempre que no tenía que preguntarme si quería ser escritora… solo cuándo. Por todo vuestro amor. Por todas vuestras palabras.

¿TE GUSTÓ
ESTE LIBRO?

Escríbenos a

puck@edicionesurano.com

y cuéntanos tu opinión.

ESPAÑA ⚑ /MundoPuck 🐦 /Puck_Ed 📷 /Puck.Ed

LATINOAMÉRICA ⚑ 🐦 📷 /PuckLatam

▶ /PuckEditorial

¡Gracias por vivir otra
#EXPERIENCIAPUCK!